ULISSES SPIELE

Dennis Mathiak wurde 1986 in Gelsenkirchen geboren und lebt in der Ruhrfestspielstadt Recklinghausen. Bereits mit elf Jahren fing Mathiak an, die PERRY RHODAN-Serie und in der Folge auch die ATLAN-Zeitabenteuer zu lesen.
Seine ersten Schreiberfahrungen machte Mathiak mit Fanfiction, und schon bald konzipierte er die SF-Online-Serie *Thydry*.
Mathiaks erste professionelle Veröffentlichung gelang ihm bei *Sunquest* mit einem von ihm verfassten Beitrag. Im März 2011 erschien im Rahmen der Serie *Sternenfaust* sein erster Heftroman. Und mit seinem Roman *Das Urteil des Drachenbaumes* feierte Dennis Mathiak sein Debüt bei ATLAN.

Dennis Mathiak

Versprengte der Unendlichkeit

Dritter Band der Polychora-Trilogie

Originalausgabe

Ulisses Spiele
Band 71036

Titelbild: Arndt Drechsler

Redaktion: Sabine Kropp
Lektorat: Michael Thiesen
Satz und Layout: Ralf Berszuck
Umschlaggestaltung: Ralf Berszuck

Besuchen Sie unsere Website *http://www.ulisses-spiele.de*

Printed in Germany 2012

ISBN 978-3-86889-186-7

Kleines Who is Who

Aliken Hantoon – die Terranerin kann ihrer Vergangenheit nicht entkommen

Angen-Math – der Wanderer erfährt, wer er wirklich ist

Atlan – der Lordadmiral der USO trägt eine schwere Verantwortung

Brody Bernsing – das »Walross« schätzt Atlans Zeitabenteuer

Cornelia Karsyk – der kesse Korporal gefällt nicht nur dem Salipir

Damika Milano – die alte Dame wird zur Mutter einer neuen Nation

Das Orakel – die Bewusstseinskopie kommt noch einmal davon

Faun Malkovoch – Tipa Riordans Erster Wesir findet den kalten Mann

Galverin Schmidt – der Herr des Quantenschaums gibt nicht auf

Ganus a That – Tipa Riordans Wissenschaftler riskiert viel

Harl Dephin – der Chef des Thunderbolt-Teams vertraut einem Greenhorn

Harlon Darter – der Hyperphysiker wird zum Kämpfer

Jamie Olmos – der Kommandant der Dredful Three ist in »so etwas« einfach nicht gut

Jensen und **Perez** – die Soldaten haben Grund zum Schmunzeln

June McCarthy – der Leutnant gehört zu einem Psycho-Team, ohne es zu ahnen

Korbinian Yun – der Kommandant der VESPER ist stets die Ruhe selbst – zumindest nach außen hin

Korporal Meyer – der Shift-Pilot hat den Tunnelblick

Krzycho Seppelt und **Bogdan Alabuks** – die Piraten tragen ihre Chefin auf Händen

Lemut Halet – der junge ertrusische USO-Kadett wird zum Straßenbauer

Lea Long – der Oberleutnant der USO ist eine Smilerin

Naron Falton – der tiefgekühlte Arkonide sieht sich am Ziel seiner Träume

Persher Gust und **Satran Kalandaar** – die Mitglieder der »Fünf« müssen sich neu orientieren

Rulan Karkeron – der Chef der Abteilung A912 kann sein Misstrauen nicht überwinden

Saken Dasch und **Ainut Hernason** – das Duumvirat muss über seinen Schatten springen

Silana tar Kosh – die misshandelte Frau verrennt sich in eine Wahnidee

Tipa Riordan – die Piratin sorgt sich um den Arkoniden-Scheich

TRÄNE EINES ERSCHRECKTEN SONNENAUFGANGS – ein lebendes Schiff braucht einen neuen Namen

Vernil Grosz – der Leutnant und seine Männer beweisen Organisationstalent

Prolog

Ich bebte vor Zorn. Sprachlos starrte ich auf den Leichnam Tarquoschs. Die Arme des toten Zwergs standen weit von seinem hutzeligen Körper ab; die dürren Finger waren zu Klauen verkrampft. Ein Loch prangte inmitten der schmalen Brust. Aus den ausgefransten, fleischigen Rändern ragten an einigen Stellen Knochensplitter der Brustwirbel. Anders als thermische Waffenstrahlen hatte der herausgeschossene Glitter die Wundränder nicht kauterisiert. Dunkles Blut quoll daraus hervor und sammelte sich in dem exakt kreisförmigen Loch.

Der Angriff hatte ganz klar mir gegolten. Nur durch einen warnenden Impuls meines Extrasinns war es mir gelungen, rechtzeitig auszuweichen. Mein Herz schlug immer noch hart unter den Knochenplatten des Brustkorbs. Ich sah dem Tarquosch ins Gesicht. Die pergamentartige Haut spannte sich über den ausgeprägten Wangenknochen und die ohnehin schon blasse Farbe war vollständig aus ihr entwichen. Den schmallippigen Mund hatte der Tote zu einem stummen Ruf geöffnet. Dunkelgelbe Zähne lugten daraus hervor. Seine aufgerissenen Augen zeugten von der schmerzhaften Überraschung, die der Gnom in seinem letzten Moment verspürt haben musste. Niemand ahnte, dass er die mir geltende Waffe in sich trug, nein, dass er selbst diese Waffe war.

Tarquosch hat dich nicht in Schmidts Sphäre gelotst, sondern gelockt, warf mein Extrasinn ein. *Der Angriff war von vornherein geplant, und Schmidt hat es mit ansehen wollen, nachdem er dir seine Macht demonstriert und dich gedemütigt hat!*

Ich ging zu dem Kleinwüchsigen und kniete mich neben ihn in den Sand. Dann legte ich meine Hand auf seine Stirn. Der hutzelige Körper war noch warm. Einen letzten Gruß murmelnd schloss ich ihm die Augen. Er hatte sich zwar von Schmidt einspannen lassen, doch ich bezweifelte, dass Tarquosch wirklich verstanden hatte, in was für eine Auseinandersetzung er hineingeraten war.

»Vorsicht Sir«, rief einer der mich begleitenden USO-Spezialisten. Ich zuckte zusammen.

Angriff von rechts!, signalisierte mein Extrasinn, der um einiges schneller, als es mir möglich war, die auf mich einprasselnden Sinneseindrücke auswertete.

Ich warf mich nach hinten. Rücklings rutschte ich die niedrige Düne hinunter, auf der Tarquosch und ich gestanden hatten, um die Attacken des Paladins auf Galverin Schmidts Turm zu beobachten. Durch den aufgewirbelten Sand hindurch erkannte ich ein flirrendes Geschöpf, das genau an jener Stelle einschlug, an der ich mich soeben noch befunden hatte. Staub und Felsen verschwanden mit einem Prasseln aus der Realität. Und mit ihnen der Leichnam des Gnoms.

Glitter! Galverin Schmidt war wieder dabei, den Quantenschaum zu manipulieren.

Instinktiv griff ich an meine Hüfte. Der Waffenholster registrierte meine Bewegung und stieß mir den Strahler in die Hand. Ich setzte auf den Glitter an, bevor er mir zu nahe kam, und schoss.

Eine giftgrüne Strahlenbahn drang auf die Erscheinung ein, die aussah, als würde man die Landschaft durch ein billiges Prisma beobachten. Die flirrende Wolke verharrte auf der Stelle, kontrahierte ... und zog sich zurück.

Ich atmete auf. Doch zu früh. Erneut raste etwas auf mich zu. Täuschte ich mich oder nahm *dieser* angreifende Glitter die Form eines Wurms an? Noch während ich meinen Blick über den röhrenförmigen, segmentierten Leib aus gebrochenem Licht schweifen ließ, löste ich erneut den Desintegrator aus. Die Molekülverbindungen aufspaltenden Strahlen hatten sich bislang als einzig wirksame Waffe gegen den Glitter erwiesen. Wieder traf ich, wieder zog sich der Angreifer zurück. Doch unverzüglich folgten weitere Feinde.

Ich vernahm das Zischen mehrerer Strahlenwaffen hinter mir und sah grüne Energielanzen auf die unterschiedlich geformten Gegner zuschießen.

Es handelte sich mittlerweile um regelrechte *Glitterkonstrukte!* Bislang hatten sie uns lediglich durch die Wüstenlandschaft dieser Sphäre gejagt und uns von Schmidts schwarzem Turm ferngehalten, der sich in einigen Kilometern Entfernung drohend in den Himmel erhob.

»Sind sie in Ordnung, Sir?« Es rauschte in meinem Helmempfänger, dennoch erkannte ich die Stimme eines der fünf USO-Spezialisten.

Ich warf einen Blick über die Schulter und rief: »Ja! Bringen Sie sich in eine gesicherte Position! Ich komme klar!«

Ich ballte die Hände. Wenn das hier Schmidts Vorstellung eines Spiels war, musste es um seine Psyche schlimmer stehen, als ich befürchtet hatte. Allein der riesige Turm inmitten der Wüstenei war Sinnbild seiner Hybris.

Hundertvierzig Jahre im Besitz grenzenloser Macht durch die Schaumphasentechnologie korrumpieren den tadellosesten Menschen. Und zu dieser Gattung gehörte Schmidt schon bei eurem Aufbruch nicht.

Der Extrasinn hatte recht. Fieberhaft überlegte ich, wie wir uns aus der misslichen Lage befreien konnten.

Denk nach! Was sind seine Schwächen?

Ich vergegenwärtigte mir, was mir Aliken Hantoon über ihren ehemaligen Partner berichtet hatte. Deutlich erinnerte ich mich an ihre Schilderungen seiner Wutausbrüche ...

Jähzorn!, schoss es mir durch den Kopf. *Schmidt ist leicht zu provozieren, ein cholerischer Charakter. Und am empfindlichsten trifft es ihn, wenn man seine Leistungen herabsetzt.*

Die Situation schien ausweglos. Die Angriffe des Paladins trugen keine Früchte. Es ging lediglich darum Zeit zu gewinnen – nur, wofür? Wer sollte uns zu Hilfe kommen? Die Stadt aus Eis und Stahl war weit entfernt. Wir mussten Schmidt aus der Reserve locken und eine Entscheidung herbeiführen.

Deshalb stellte ich die Außenlautsprecher meines Anzugs auf volle Lautstärke und rief in Richtung des schwarzen Turms: »In Ordnung Schmidt, ich gebe Ihnen eine letzte Chance. Ergeben Sie sich! Ihre kleinen Kunststücke beeindrucken mich kein bisschen!«

Augenblicklich verharrten die Glitterkonstrukte für einen kurzen Moment. Ich erkannte in meiner Helmprojektion, dass die fünf Spezialisten die Gelegenheit nutzten, zu mir vorzudringen. Dann vernahm ich ein wütendes Lachen, das die trockene, heiße Luft in Schwingung versetzte. Der Glitter griff den Paladin wieder an. Heftiger als zuvor.

Es scheint zu funktionieren, raunte der Extrasinn.

Einige der flirrenden Konstrukte rasten auf mich zu. Zunächst gestaltlos, bündelten sie sich und nahmen das Erscheinungsbild eines Haluters an. Von einem leisen, gläsernen Singen begleitet, stürzte die Gestalt auf den Boden zu und landete, ohne eine Erschütterung zu verursachen. Sie verharrte für den Bruchteil einer Sekunde. Dann ruckte der halbkugelförmige Kopf in die Höhe. Der Glitter fuhr die Stielaugen seines Haluterkörpers aus, riss das kegelzahnbewehrte Maul auf und kreischte wie tausend zerspringende Gläser. Er ließ sich auf die Handlungsarme fallen und galoppierte los.

Er verspottet dich, indem er deine wirksamste und gefährlichste Waffe imitiert, raunte der Extrasinn.

Ich aktivierte den Antigrav meines Kampfanzugs und flog in die Höhe. Der Glitter-Haluter preschte unter mir hindurch. In ungezählten Trainingseinheiten und Kampfeinsätzen geübte Bewegungsmuster griffen, ließen mich meinen Kombistrahler auf das Konstrukt aus Schaumphasentechnologie richten und feuern. Der Desintegratorstrahl traf das Geschöpf Galverin Schmidts. Es zuckte zusammen. Ich ließ den Auslöser nicht los. Der Angreifer verlor seine Form, zog sich zusammen und floh. Ich gönnte mir einen kurzen Moment der Erholung und sog die heiße, sandige Luft in meine Lungen.

Vorsicht!

Instinktiv schoss ich noch höher in die Luft, dem blaugrauen Himmel der Hohlsphäre entgegen. Unter mir raste ein weiterer Glitter-Haluter hindurch. Er bremste, wirbelte Sand auf, sah zu mir hoch und – und sprang!

Ich feuerte, was mein Kombistrahler hergab. Noch mehr Konstrukte stürmten auf mich zu.

Sie agieren unüberlegt und übereilt, analysierte der Extrasinn. *Schmidt muss außer sich vor Wut sein und die Kontrolle verlieren. Deine Strategie scheint aufzugehen. Hör nicht auf damit! Das schafft dem Paladin Lücken in der gegnerischen Defensive!*

Ich tat das Einzige, was mir spontan in den Sinn kam: Ich lachte Galverin Schmidt aus.

»Mehr hast du nicht zu bieten?«, rief ich.

Ein Vibrieren erfüllte die Luft, griff auf meinen Körper über und bereitete mir Übelkeit. Ich krümmte mich und ächzte, immer weiter lachend, um den Terraner zu provozieren.

»Major Dephin«, krächzte ich in mein Funkgerät und blickte zu dem schrundig-schwarzen Turm. Nur an den Siganesen gewandt sagte ich: »Ich denke, es wird Zeit, Mr. Schmidts Phallus-Ersatz den einen oder anderen Kratzer zu verpassen.«

Ich lächelte gequält. Eine sämige, warme Flüssigkeit tropfte mir aus der Nase auf die Oberlippe. Blut.

Dephins Stimme vibrierte trotz der heiklen Lage vor Belustigung. »Ich verstehe, Sir. Aye!«

Kapitel 1

15. September 3126
Gainbal-System, Ultraschlachtschiff VESPER

Captain Jamie Olmos

Die beiden Menschen, die sich an Bord des Superschlachtschiffes VESPER auf den Rettungseinsatz vorbereiteten, waren eines der Psycho-Teams, derer sich die USO gerne bediente. Auch, wenn ihnen das nicht bewusst war. Die Ausbilder und Psychologen hatten sich entschieden, Einsatzteams darüber im Unklaren zu lassen, um die Dynamik ihrer sozialen Interaktion nicht zu bremsen. Das war durchaus Usus. Psycho-Teams konnten mit den verschiedensten Voraussetzungen und in den unterschiedlichsten Konstellationen mit höchster Effizienz funktionieren.

Im Gegensatz zu Duos wie Ronald Tekener und Sinclair M. Kennon bestand ihr Einsatzgebiet jedoch nicht in der verdeckten Ermittlung und Kriminologie, sondern in handfester Soldatenarbeit. Captain Jamie Olmos war Leiter der Abteilung Drei der Raumlandetruppen des USO-Superschlachtschiffes VESPER, Leutnant June McCarthy seine rechte Hand.

Die Dreadful Three genannte Einheit galt als furchtlos und risikofreudig. Innerhalb einer Organisation wie der USO, die nicht eben den Ruf besaß ihre Reihen mit Feiglingen und Hasenfüßen zu bestücken, war das durchaus bemerkenswert. Hundert Soldaten – Männer und Frauen, Terraner und Kolonialterraner sowie Mitglieder weiterer galaktischer Völker – unterstanden dem Kommando des Terraners Jamie Olmos.

Es entbehrte nicht einer gewissen Ironie, dass gerade die Dreadful Three zu Hilfe eilen sollte. Ihre Alleingänge waren berüchtigt und bei Vorgesetzten nur zähneknirschend geduldet.

»Das ist unser Tag«, murmelte June. Sie saß neben Jamie in der vorderen Reihe des Besprechungsraums ihrer Einheit, strich sich durch die fingerlangen blonden Haare und überprüfte nebenbei die Systeme ihres Kampfanzuges. June schien seinen Blick bemerkt zu haben, denn sie blickte ihn an und runzelte die Stirn. »Was ist?«

Er räusperte sich.

June seufzte. »Ich meine: Kann ich Ihnen behilflich sein, Captain, Sir?«

Jamie Olmos schüttelte den Kopf und fragte sich zum tausendsten Mal, was June und ihn seit ihrer gemeinsamen Ausbildung aneinander band. »Ich überlege nur gerade, weshalb dies *unser Tag* sein sollte.«

June grinste. »Die bösen Buben und Mädels der Dreadful Three hauen den Lordadmiral und die Musterknaben der A192 raus. Wenn das nicht ein Tag ist, der in die Geschichte der USO eingehen wird.«

»Erstens«, insistierte Jamie, »denke ich nicht, dass wir an *diesem* Tag noch Geschichte schreiben werden.« Er deutete auf die im Präsentationsdisplay eingeblendete Zeitanzeige.

Der 15. September neigte sich dem Ende zu. »Zweitens sind Captain Karkerons Leute keine Musterknaben, sondern bestens ausgebildete USO-Spezialisten.«

June grinste schief. »Sag ich ja!«

»Obwohl man sie im Vergleich zu dir durchaus als solche bezeichnen könnte.« Jamie schüttelte wieder den Kopf.

Das wiederum veranlasste sie, noch breiter zu grinsen. »Und genau aus diesem Grund bist du so scharf auf mich, Tiger.«

»Leutnant!« Jamie blickte durch das offenstehende Schott des spartanisch eingerichteten Besprechungsraums in das angrenzende Zimmer hinein. Zwei seiner Männer waren zu sehen, doch sie schienen darauf konzentriert, ihre Kampfanzüge für den bevorstehenden Einsatz zu überprüfen.

Leiser fuhr er fort: »Du könntest dich wenigstens umsehen, ob wer mithört, bevor du solche Sprüche raushaust. Hinterher glaubt noch irgendwer den Unsinn, den du von dir gibst.«

Junes Grinsen wich nicht aus ihrem Gesicht. Langsam führte sie ihre Lippen an sein Ohr und flüsterte: »Gib zu, du willst es auch. Du vermisst es doch, mir zu zeigen, dass du der Tiger bist.«

Jemand räusperte sich.

Jamie sah auf. Er hatte nicht gehört, dass eine Person den Raum betreten hatte.

»Genug geflirtet, Sir.« Korporal Meyer trat schmunzelnd zu ihnen. Er hatte einen recht klein gewachsenen Mann im Schlepptau. Die runzlige Haut und eine vorgewölbte Tonnenbrust wiesen ihn als Marsianer aus. Er trug weite, beigefarbene Hosen und einen schlabberigen Pullover.

»Darf ich vorstellen: Ganus a That. Er wurde uns von Oberst Yun als wissenschaftlicher Berater zugeteilt.«

Jamie verkniff sich die Zurechtweisung, die ihm ob der Respektlosigkeit Meyers auf der Zunge lag, sondern strafte den Korporal mit einem bösen Blick. Er wusste, dass die lockeren Sprüche zu den Soldaten der Dreadful Three gehörten, wie der Rüsselreiniger zum Unither. Letztendlich genoss Jamie bei seinen Leuten den höchsten Respekt, den sich ein Vorgesetzter nur wünschen konnte. Das hatte sich in den letzten zehn Jahren in ungezählten Einsätzen gezeigt. Nur deshalb, dessen war sich Jamie sicher, war ihre Gruppe nicht längst auseinandergerissen und diszipliniert worden: Es gab nichts zu disziplinieren; die schreckliche Drei mochte ungehobelt wirken, doch wenn es drauf ankam, war an ihrer Effizienz nicht zu zweifeln.

»Mister a That, es freut mich, Sie kennenzulernen. Ich nehme an, Sie sind über das Ziel unseres Einsatzes ausführlich unterrichtet worden.« Er stand auf und reichte dem Marsianer die Hand.

A Thats Händedruck war angenehm fest, zumindest für einen Wissenschaftler. Noch dazu für einen, der bei der prominentesten Verbrecherin der Milchstraße angestellt war. Manche Vorurteile erwiesen sich eben doch als das, was sie waren.

»Ihre Vorgesetzten und Spezialisten haben mich sozusagen mit Informationen vollgestopft«, jammerte a That. »Mir steht der Kopf sonst wo.«

June stand ebenfalls auf. Sie grinste immer noch. Oder schon wieder. »Gut, Sandfloh, dann wissen Sie ja bereits, wie schwer wir einfaches Volk es mit dem übrigen USO-Personal haben.« Sie klopfte dem Marsianer auf die Schulter, worauf dieser ächzend in die Knie ging.

»Einfaches Volk ... Pah!«, murmelte er.

June stieß ein glockenhelles Lachen aus und ließ die Männer allein.

»Müssen wir wirklich all den Krempel mitschleppen?«, mäkelte June.

Jamie schenkte ihr nur einen unwilligen Blick. Dann konzentrierte er sich wieder auf seine Datenfolie. Er wischte darüber hinweg. Die nächste Seite des Inventars erschien.

»Ganz im Ernst: Mit den Sachen könnten wir ja eine ganze Stadt notversorgen.«

Im Hangar A5 der VESPER beluden Transportroboter soeben die Frachträume der fünf Spezial-Shifts, mit denen vierzig Soldaten aus Jamie Olmos' Abteilung zu einer Erkundungsmission aufbrechen sollten. Hinzu kamen ebenso viele GLADIATOR-Roboter vom Typ R3 – Kampfmaschinen der neusten Bauart – und jede Menge Ausrüstungs- und Nothilfematerial. In den Hangars der übrigen fünf Raumlandeabteilungen sah es nicht anders aus, wie Jamie wusste.

Es war auf den oberen Decks heftig und bitter diskutiert worden, ob sie diese Rettungsmission für Lordadmiral Atlan, die Abteilung A192 und die Besatzung der WAV-E in Angriff nehmen sollten. Die Erkundungssonden und -drohnen waren allesamt vom Glitter attackiert und in den meisten Fällen zerstört worden, bevor sie hatten abdrehen können. Tiefer als zweihundert Meter unterhalb der Magmakammer, in der die Forschungsstation Tipa Riordans lag, hatten sie nicht vordringen können. Letztendlich hatte man beschlossen, einen Vorstoß zu wagen.

Jamie faltete die Datenfolie zusammen und steckte sie in eine Tasche seines Kampfanzugs. Dann drehte er sich zu June um, die nicht aufhörte, sich über den verschwendeten Platz zu beschweren. Sie hätte lieber Waffen geladen, um die Flüchtlinge gegen den Glitter auszurüsten. Vollgepackt mit sieben Sachen, die humanitäre Hilfe leichter machten, fühlte sie sich angreifbar.

»June, wir wissen nicht, wie viele Menschen tatsächlich auf unsere Unterstützung angewiesen sind. Denk daran, dass Galverin Schmidt laut Riordans Angaben um Jahrzehnte gealtert schien. Offensichtlich existieren in diesem Polychora unterschiedliche Zeitabläufe. Die WAV-E-Besatzung hat sich angeblich über mehrere Generationen vermehrt. Der letzte Funkspruch, der uns von Karkeron erreichte, sprach von über fünfhundert Flüchtlingen. Und das war erst der Beginn der Evakuierungsmaßnahmen.«

Jamie spielte auf die Hyperboje an, die den Übergang zwischen der Störungszone und dem Polychora genannten Gebilde durchflogen hatte, in dem die Menschen verschollen waren. Zunächst hatte sie ein Datenkonvolut gesendet, das sie auf den neuesten wissenschaftlichen Stand bezüglich der Zone und Polychoras gebracht hatte. Die Daten waren an das Orakel, Tipa Riordans Wissenschaftler und die USO gegangen. Geheimniskrämerei hatte in dieser Notsituation keinen Sinn, weshalb alle Parteien auf dem ungefähr gleichen Wissensstand waren. Mit dem Unterschied, dass Riordans Wissenschaftler Erfahrungen aus mehreren Jahren Forschung mitbrachten. Deshalb war Jamie auch Ganus a That als Berater zur Seite gestellt worden. Aus dessen Bericht ging hervor, dass die bisherigen Erkenntnisse viele Vermutungen seines Teams bestätigt und ergänzt hatten. Man bewegte sich zwar immer noch auf dem dünnen Eis des Spekulativen. Jedoch übersprang man durch die von Aliken Hantoon übermittelten Erfahrungen mit der Schaumphasentechnologie mehrere Jahre Forschungsarbeit.

Die humanitäre Situation hingegen, die Karkeron in seinem letzten Funkruf geschildert hatte, schien katastrophal. All ihr Wissen über den Quantenschaum und die damit verbundenen Möglichkeiten nützten kaum etwas bei der Durchführung der Rettungsmission. Zuletzt hatte der Oxtorner von Angriffen des Glitters berichtet. Das war in den frühen Morgenstunden des 15. September gewesen. Seitdem war kein Funkkontakt mehr zustande gekommen. Man befürchtete, dass der Übergang geschlossen worden war.

Das Orakel hingegen – das Maschinenbewusstsein eines uralten Lemurer-Roboters, das sich in die Positronik der Station transferiert hatte – beteuerte, dass die Passage weiterhin durchquert werden könne. Man hatte sich letztendlich dazu durchgerungen, mehrere Kommandos zu entsenden. Zusätzliche Sorgen bereitete der zum Standarduniversum verschobene Zeitablauf in der Blase. Es war völlig unklar, ob er sich durch die Verbindung zur Milchstraße dem des Normalraums angepasst hatte oder nicht.

»Vorsicht ist die Mutter der Porzellankiste«, meinte Jamie deshalb. »Wir müssen damit rechnen, dass sich die Zahl der Flüchtlinge weiter erhöht hat, während wir unsere Mission vorbereiteten.«

June seufzte. »Die Mutter der Porzellankiste, ja? In Ordnung. Pack die Medoroboter, Notfall-OPs, Zelte, Thermodecken und was weiß ich ein. Stapel sie ruhig zwischen unseren Füßen bis zur Decke. Aber *bitte* – irgendwer muss unbedingt ein Medikament gegen eure anachronistischen Vergleiche erfinden. Das ist ja nicht auszuhalten.«

Kapitel 2

15. September 3126
Gainbal-System, Störungszone innerhalb des Mondes Nacht

Ganus a That

»Nehmen Sie bitte auf dem Notsitz Platz, Mr. a That«, wies ihn der Captain in der engen Pilotenkanzel des Shifts an.

Olmos war ein USO-Offizier, wie ihn sich Ganus a That stets vorgestellt hatte. Die mokkabraunen Haare trug er militärisch kurz. Seine Stimme klang nicht hart und rau, jedoch unerbittlich ernst. Aus jeder Pore seiner feinen Haut dünstete der Offizier das Pflichtbewusstsein regelrecht aus. Kurzum: A That wunderte sich, wie Olmos es in einer derart verlotterten Gruppe aushalten konnte.

»Ihre Männer«, versuchte sich der Marsianer an etwas Small Talk, »haben eine ... nun, nennen wir es eine eigensinnige Art von Humor.«

Gelächter drang aus dem hinter ihnen liegenden Raum, in dem sich die Soldaten des Raumlandetrupps aufhielten. Derbe Scherze schwirrten durch die Luft, wie a That sie eher von Tipa Riordans Söldnern erwartet hätte. Vor allem die rechte Hand des Captains, Leutnant June McCarthy, tat sich als besonders einfallsreich hervor, was das gestenreiche Vortragen möglichst zotiger Witze anging.

Olmos nickte lediglich knapp, murmelte etwas und konzentrierte sich unbeirrt auf die Schaltungen seiner Konsole.

A That zwängte sich daher in den ihm zugewiesenen Notsitz. Der Kampfanzug, den man ihm angelegt hatte, passte gerade so zwischen die Lehnen. Der Wissenschaftler fühlte sich eingepfercht wie ein marsianischer Sandläufer in seinem Fahrgestell, die den Nachfahren terranischer Dromedare bei den alljährlichen Kutschrennen auf dem Pounder Desert Circuit aufgezäumt wurden.

Er seufzte und verfluchte seine Entscheidung, die USO bei der Rettungsmission für Atlan, Captain Karkerons Gruppe und die Besatzung der WAV-E zu unterstützen. Aber wer wagte es schon, Tipa Riordan einen Wunsch abzuschlagen?

»Ich möchte, dass zumindest ein vernunftbegabter Mensch bei diesem Himmelfahrtskommando dabei ist und den USO-Lümmeln auf die Finger schaut, Ganus«, hatte Riordan gesagt und mit der Spitze ihres Stocks auf seinen Brustkorb gedrückt. »Passt man nicht auf, jagen diese Kretins noch ganz Polychora in die Luft und reißen damit die gesamte Milchstraße in den Abgrund.«

Die Chefin hatte ihn natürlich nicht gezwungen. Sie war sich der Gefahr bewusst, die dieser Einsatz barg. Doch was wäre die Alternative gewesen?

Denzen Hesper gehen zu lassen. Diesen Frischling!

Sein ›Kollege‹ war ganz wild darauf gewesen, die Mission zu begleiten. Selbstverständlich hatte a That also zugesagt. Seine Aufgabe sollte es nun sein, Captain Olmos wissenschaftlich zu beraten ...

Wissenschaftlich beraten. Ha! Was gibt es da schon zu beraten?, dachte a That in einem Anflug von Fatalismus.

Er starrte über Olmos Schulter in die Weite der Magmakammer. Unter ihnen lagen die Kuppeln der Forschungsstation. Graublaue Gasschwaden waberten durch die Kammer, von der aus Springer einst ihre Bergbauarbeiten begonnen und Schächte in die Tiefe des Mondes getrieben hatten, eines Trabanten des Gasriesen Nancanor.

A Thats Gedanken verloren sich im Anblick der Schwaden und drifteten in die Vergangenheit ab, in eine Zeit, da die vor ihm liegende Magmakammer noch mit einem atembaren Stickstoff-Sauerstoff-Gemisch gefüllt gewesen war. Mit was für einem Enthusiasmus war er damals der Einladung der Piratenlady Tipa Riordan gefolgt, als sie ihm von ihrer Entdeckung berichtet hatte – eine Störung des Universums hatten es ihre Wissenschaftler genannt. Nun, Jahre später, waren sie klüger. Und auch wieder nicht.

Er seufzte leise. Bei der vor ihnen liegenden Zone, in der es unaufhörlich wetterleuchtete, handelte es sich um einen Durchgang zu dem von Riordan angesprochenen Quantenschaumgebilde namens Polychora. Dieses war, so vermutete zumindest der darin verschollene Lordadmiral Atlan, eine Arche, die aus unzähligen Lebensblasen bestand.

A That fröstelte, wenn er nur daran dachte, welche Macht derjenige besaß, der über diese unfassbare Technologie verfügen konnte. Eine Technologie, die Materie, Energie und Raumzeit auf der Ebene der Planck-Länge manipulierte. Die kleinsten Bausteine der Realität wurden durch die Anwendung der Schaumphasentechnologie beeinflusst. Die Möglichkeiten schienen unbegrenzt, denn die dafür benötigte Energie wurde quasi aus dem Quantenschaum geborgt.

Was dies ermöglichte, hatte a That mit eigenen Augen sehen müssen. Galverin Schmidt, der einstige Korporal der Solaren Flotte, hatte Gebilde namens Glitter geschaffen, die beinahe die Forschungsstation auf Nacht zerstört hätten. Dabei handelte es sich um flirrende Strukturen, die aussahen, als würde man den hinter ihnen liegenden Raum durch ein Prisma beobachten. Wenn er angriff, bildete der Glitter regelrechte Tentakel aus, die Verderben brachten. Dort wo sie auf Materie trafen, löste sich diese einfach auf. Menschen verschwanden, wie vom Erdboden verschluckt, oder quälten sich unter undenkbaren Schmerzen.

Wie schlimm mochten diese Leiden wirklich sein? A That hatte von einem Kollegen gehört, der Opfer des Glitters geworden war. Bislang war er unansprechbar, ein zitterndes und sabberndes Wrack, das sich einnässte vor Angst. Auch Faun Malkovoch, der erste Wesir Tipa Riordans, hatte Bekanntschaft mit dem Glitter gemacht, als er versucht hatte, Galverin Schmidt anzugreifen. Der Hüne schien es besser verkraftet zu haben. Zumindest sah es nach außen hin so aus.

Captain Olmos räusperte sich. »Mister a That?«

»Ja?« Der Marsianer schüttelte die trüben Gedanken ab und sah Olmos an. Er schauderte, als er des Ausdrucks in dessen Augen gewahr wurde. Mit einem Mal verstand er, weshalb dieses Muster eines Offiziers an der Spitze der Dreadful Three genannten Einheit stand. *Wenn* jemand diese Bande in Zaum halten konnte, dann er.

»Ich habe so eben unseren Marschbefehl empfangen. Sie waren bereits einmal in dieser Zone.« Olmos hatte sich in seinem Kontursessel zu ihm gedreht und deutete nun mit dem Daumen über seine Schulter, hinter der das Wetterleuchten der Störungszone blitzte. Nur die Kontrolle der Hochleistungspositronik, die Riordan einst von der USO erhalten hatte und in die sich das unausstehliche Orakel, die Bewusstseinskopie Calipher-SIMs transferiert hatte, verhinderte bislang, dass der Übergang zu Polychora kollabierte und den Mond womöglich in den Untergang riss. Genau konnte niemand sagen, was in diesem Falle geschah.

A That schluckte bei der Erinnerung an seinen ersten Ausflug und die Bergung Galverin Schmidts. Keiner hatte zu diesem Zeitpunkt ahnen können, was für ein Unglück der ehemalige Korporal über sie bringen würde.

»Ja, ich berichtete bereits mehrmals von meinen Erfahrungen.«

Olmos nickte. »Ich habe den Bericht eingehend studiert. Dennoch eine letzte Frage: Was, denken Sie, erwartet uns dort? Auf was sollen wir uns einstellen? Ich kenne den Ruf meiner

Truppe, wir seien waghalsig. Aber glauben Sie mir, trotz allem hasse ich es, ins Ungewisse aufzubrechen.«

Ein bedauerndes Kopfschütteln war a Thats spontane Reaktion. »In der Zone ist nichts festgeschrieben. Kein Objekt, keine Realität hat Bestand. Ich kann Ihnen nur einen sehr unwissenschaftlichen Rat geben, Captain Olmos.«

»Und der wäre?«

Ganus a That faltete die Hände. »Sollten Sie an irgendwelche Götter glauben, dann beten Sie zu ihnen.«

Leutnant June McCarthy

»Es geht los, Leute«, rief Jamie aus der Pilotenkanzel. Neben ihm fungierte Meyer als Pilot. Der Wissenschaftler Ganus a That zwängte sich in den rechten der zwei Notsitze, die hinter den Pilotensesseln an den Wänden angebracht waren. Die leichten Seitwärtsbewegungen verrieten seine Unruhe. Hätte die wuchtige Konstruktion des gepanzerten Kampfanzugs ihn nicht in seiner Bewegungsfreiheit eingeschränkt, wäre er sicherlich auf dem Sitz hin- und hergerutscht.

June lächelte schmallippig. *Zivilisten!*

Allmählich erstarben die Gespräche der übrigen fünf Soldaten, die gemeinsam mit ihr im Personenraum saßen. Das Licht dimmte herunter und die Geräuschkulisse veränderte sich geringfügig. Der Boden vibrierte leicht, als Meyer ihren Spezial-Shift beschleunigte und auf die Störungszone zusteuerte, die inmitten der Magmakammer aus dem Untergrund gestiegen war. Angeblich hatte sie sich vor kurzer Zeit noch unter dem Felsgestein in den ehemaligen Bergbauschächten befunden, ihr Zentrum in acht Kilometern Tiefe.

Es war ein Himmelsfahrtskommando mit ungewissem Ausgang. Selbst für die krisenerprobten Männer und Frauen ihrer Abteilung war dies keine Alltäglichkeit. June merkte es an Nuancen. Die Lautstärke der knappen Bemerkungen war etwas höher, die Lider und Mundwinkel zuckten öfter. Ihr gegenüber saß Perez und mahlte mit den Zähnen, so dass seine Wangen bebten. Jensen neben ihm tippte nacheinander den Daumen auf die vier Finger der rechten Hand; mit der Linken klopfte er in einem unruhigen Rhythmus auf seinen Oberschenkel.

»Kommen Sie auf keinen Fall den Glitterkonstrukten zu nahe«, mahnte soeben Ganus a That. Widerwillig musste June dem Zivilisten Respekt zollen. Er war bereits einmal in die Störungszone aufgebrochen und wusste um die darin lauernden Gefahren. Dennoch begleitete er sie auf ihrer Mission. Und das, obwohl er nicht einen Einzigen der Menschen, denen die Rettung galt, persönlich kannte.

June klappte das Visier ihres Helms halb herunter und legte sich die Bilder der Außenbeobachtung auf das Display. Der Shift durchpflügte in zwanzig Metern Höhe graublaue Gasschwaden. Steuerbord in der Ferne erkannte June die Positionslichter der sie begleitenden Flugpanzer. Es waren vier an der Zahl, ausgerüstet mit dem Feinsten, was die USO zu bieten hatte. Paratron-, HÜ- und Deflektor-Schirme sowie ein verbesserter Anti-Ortungsschutz bildeten das Rückgrat der Defensivbewaffnung; hinzu kamen die empfindlichsten Ortungssysteme, die derzeit zur Verfügung standen. Die Offensivbewaffnung wies die größten Veränderungen auf; Paralysatoren als auch Thermo- und Impulsgeschütze waren größtenteils von Desintegratoren ersetzt worden. Der Glitter hatte bislang nur auf Beschuss durch die Molekülverbindungen zersetzenden Strahlenwaffen reagiert.

June schaltete auf die bauchseits liegenden Kameras um. Einige der unter ihnen daherhuschenden Kuppeln der Forschungsstation waren bereits von Glitterkonstrukten übernommen worden. Die Gebilde wüteten darin wie Derwische und lösten die Gebäude aus Terkonit, Panzertroplon und Stahlplastik aus der Realität, als seien es Seifenblasen, die man mit einem Fingerstich zum Platzen brachte. Die Soldatin erkannte die befallenen Segmente an der desaktivierten Beleuchtung; kein Schimmer drang durch die Sichtluken. Man nutzte die infolge der Abschaltung aller Systeme in diesen Bereichen gesparte Energie, um die noch nicht betroffenen Teile der Station besser schützen zu können. In erster Linie galt es, die Hochleistungspositronik zu unterstützen. Denn nur aufgrund ihrer Rechenleistung wurde die Störungszone inmitten der Magmakammer stabilisiert, wusste June aus dem Missionsbriefing. Eine Kopie des Lemurer-Roboters Calipher-SIM, die zu Tipa Riordan gehört hatte und deren Träger bei einem Angriff Galverin Schmidts zerstört worden war, existierte fortan in der Rechenmaschine. Das Orakel genannte Maschinenbewusstsein war es auch, das die Hyperfunkbojen steuerte. Diese sollten auf ihrer Mission dafür Sorge tragen, dass der Kontakt unter den Abteilungen der Raumlandetruppen und zur Station nicht abbrach.

»Achtung, wir erreichen die Ausläufer der Zone«, meldete Jamie. Er klang ruhig und gefasst, wie immer. Doch June kannte ihn seit über zwanzig Jahren. Sie registrierte im Timbre seiner Stimme die Sorge um das Wohlergehen der ihm anvertrauten Männer und Frauen. Zwar handelte es sich vorerst nur um eine Erkundungsmission, doch brannte ihnen die Zeit unter den Nägeln. Sollte sich die Möglichkeit ergeben, nach Polychora durchzubrechen, würden sie diese nutzen.

June schaltete wieder auf die Bugkameras um. Die Gasschwaden waren einer irrealen Szenerie gewichen. Es schien, als flogen sie durch ein riesiges Höhlensystem, dessen Wände aus grünlich-gelbem Marmor bestanden. Gleich imposanten Kalmaren trieben Glitterkonstrukte umher. Aus etlichen Felskammern lugte insektoid geformter Glitter, krabbelte daraus hervor und, einer Ameisenkolonne ähnelnd, in Reih' und Glied die Höhlenwände entlang.

Sekunden später passierte ihr Shift eine unsichtbare Barriere. Das Höhlensystem wich einem purpurnen Tal. Ein ockerfarbener Strom floss träge daher. Am violetten Firmament schwebten weiterhin die Glitter-Kalmare. Die Ameisenkolonnen erklommen die Steilwände der das Tal begrenzenden Berge und ließen die Grenze der an Zypressen erinnernden Kristallbäume hinter sich.

»Ist das schon Polychora?«, fragte Jamie den Wissenschaftler. »Ich kann mir nicht vorstellen, dass der Übergang sich als derart problemlos erweist.«

»Ich denke nicht. Auch bei unserer ersten Expedition, auf der wir Galverin Schmidt entdeckten, wurden uns fremde Realitäten vorgegaukelt. Beziehungsweise existierten sie tatsächlich. Zwar sind diese ... Schaumphasenrealitäten mittlerweile um einiges komplexer, glaubt man aber Schmidts Erzählungen, besteht Polychora aus unzähligen, auf eine gewisse Größe begrenzten Lebensblasen. Ich messe jedoch keine klare Begrenzung *dieses* Bereichs an. Er gleicht eher einer Wolke. Wir befinden uns folglich noch in der Störungszone. Allerdings ermittle ich eine Verdichtung des Quantenschaums. Einige Kilometer von unserer derzeitigen Position entfernt. Sie entspricht genau den Koordinaten, an denen wir vor bald acht Tagen Schmidt entdeckten und bargen.«

»Dann nichts wie hin«, sagte June.

Jamie warf ihr einen prüfenden Blick zu. In diesem Moment wandelte sich ihre Umgebung ein weiteres Mal. Die Berge implodierten regelrecht. Meyer betätigte ein Befehlsfeld und übertrug die Töne der Außenbordmikrofone. Ohrenbetäubendes Donnern erschallte. Noch bevor die Geräuschlawine verstummte, entstanden aus den Trümmern kristallene Türme. Anstatt in die Höhe zu wachsen, schossen sie in alle Himmelsrichtungen. Erde und Himmel verblassten und machten einem wesenlosen schwarz-blauen Wallen Platz, ähnlich dem Abstrahlfeld eines

Transmitters. Die silberweißen Kristallsäulen spannten darin ein unentwirrbares Netz.

»Irrsinn«, raunte Jensen. »Sieh dir das nur an, McCarthy.« Dem bulligen Olymp-Geborenen hing die Kinnlade herab. Wie ein kleines Kind bestaunte er die auf sein Display projizierten Bilder.

»Reiß dich zusammen«, zischte sie. »Das ist alles nur Illusion.« June interessierte viel mehr, wo der Glitter abgeblieben war.

»Keineswegs«, schaltete sich a That ein. June sah in die Pilotenkanzel. Der Marsianer hatte sich ihnen zugewandt. Schweißperlen standen ihm auf der Stirn, doch seine Stimme klang wissenschaftlich nüchtern. »Was Sie sehen, ist real. Fragen Sie mich nicht, wer das hier wieder und wieder erschafft. Aber es muss einen lenkenden Geist geben. Die Schaumphasentechnologie wirkt durch die Manipulation des Quantenschaums. Alles scheint denkbar. Doch die erschaffenen Objekte und Realitäten benötigen einen konstruktiven Einfluss, der sie aufrecht hält.«

»Galverin Schmidt?«, riet June.

»Möglich«, antwortete a That. »Vielleicht sind wir es aber auch selbst; alle gemeinsam.«

»Wie soll das denn gehen?«, fragte Jensen.

»Das ist eines der quantenmechanischen Gesetze«, erklärte a That. »Ein Beobachter beeinflusst das Ergebnis seiner Beobachtungen.«

»Aha.« Perez runzelte die Stirn.

June grinste. »Zerbrich dir nicht dein hübsches Köpfen über ...«

»Glitter!« Meyers Stimme schrillte durch den Shift.

Da ist er also geblieben, durchzuckte es Junes Verstand. Gerade passierten sie eine der Kristallsäulen in nur wenigen Metern Entfernung, da preschte ein Kalmar genau auf sie zu.

June krallte sich instinktiv in die Lehnen ihres Sitzes. Dann schüttelte es den Shift durch.

Jensen fluchte.

Meyer riss den Flugpanzer in eine steile Linkskurve.

Für einen Moment reagierten die Andruckabsorber zu träge, und die Fliehkraft presste June in ihren Sitz. Keuchend rang sie nach Luft.

»Desintegratorfeuer ...«, krächzte Meyer.

June drehte ihren Kopf in Richtung Pilotenkanzel. Wie durch einen roten Schleier sah sie Jamie, der Schaltungen vornahm. Erneut erschütterte ein Schlag den Shift. June rebellierte der Magen. Sie hatte plötzlich das Gefühl zu fallen.

Dann war es vorbei. Der freie Fall endete. Die Absorber nahmen wieder ihre Tätigkeit auf. Die Last wich von ihrer Brust. Mit einem tiefen Stöhnen saugte June Luft ihn ihre Lungen. Tränen rannen ihr die Wangen hinab.

»Scheiße! Ich bring den Idioten um, der diesen Shift für einsatzbereit erklärt hat!« Perez Gesicht glühte rot. Ächzend griff er sich an die Stirn. Eine dicke Beule wölbte sich darauf.

Allmählich bekamen die Männer und Frauen wieder Luft. Weitere Flüche und Drohungen wechselten die Besitzer.

»Das ... war ... der Glitter.« Ganus a That rang nach Luft. Mit einer fahrigen Bewegung wischte er sich den Schweiß von der Stirn. Mittlerweile klebten die Haare des Marsianers an seinem schmalen Schädel. »Er hat uns fast erwischt.«

»Klappe halten!«, rief Jamie. Er drehte seinen Sessel um und funkelte sie an. Sein Gesicht war aschfahl. »Abteilung Eins und Zwei wurden ebenfalls angegriffen. Sie haben Verluste erlitten.«

Jamie hielt den Kopf schräg, lauschte sicherlich dem Funkverkehr. Seine Wangenmuskulatur zuckte. In diesem Augenblick war ihm June dankbar, dass er es ihnen ersparte, die Funksprüche mit anhören zu müssen.

Mit einem Mal herrschte Stille. Niemand sprach ein Wort.

Dann explodierte neben ihnen der Shift S-V-31.

Kapitel 3

15. September 3126
Gainbal-System, Asther/Perya

Tipa Riordan
Der 8. September 3126 würde Tipa Riordan wohl für ewig als ein schwarzer Tag in Erinnerung bleiben. In den letzten Stunden hatte sie sich mehr als einmal gefragt, was geschehen wäre, hätte sie sich nicht dafür entschieden, Ganus a That in die Störungszone fliegen zu lassen, um die verschollenen Wissenschaftler ihres Teams zu suchen. Sie hätten nicht Galverin Schmidt gefunden und geborgen, so viel stand fest. Aber hätte das auch bedeutet, dass dieser dort geblieben wäre, wo er war? Hätte ihre Entscheidung wirklich bedeutet, dass die Leben der im Kampf verstorbenen Männer und Frauen verschont worden wären? Hatte Riordan sie mit der damaligen Entscheidung auf dem Gewissen?

Konjunktive!

Sie schüttelte den Kopf und führte die mit feinen Goldmustern geschmückte Porzellantasse zu ihren Lippen. Der Kaffee dampfte. Ein Duft nach Zimt und Cognac mischte sich unter das herbe Aroma.

Riordan seufzte, nippte an dem Getränk und genoss den bitter-scharfen Geschmack einen Augenblick lang auf der Zunge, bevor sie schluckte.

»Ich hoffe, es mundet«, sagte Oberst Korbinian Yun. Der Kommandant des USO-Schlachtschiffs VESPER hatte um eine ›Audienz‹ bei ihr gebeten. Eines musste man dem streng wirkenden Mann zugestehen – er hatte Humor.

»Vorzüglich«, antwortete sie und trank dem Konterfei des Obersts zu, das ihr vom Hauptbildschirm ihrer Zimmerflucht auf Asther entgegenblickte.

Die letzten Tage und Stunden waren entbehrungsreich gewesen. Deutlich spürte Tipa Riordan das Pochen des Zellaktivators auf ihrer Brust, die schon viel zu lange auf die Zuwendung eines knackigen Burschen hatte verzichten müssen.

»Legen Sie los, Oberst Yun. Was liegt Ihnen auf der Seele?«, eröffnete sie den ernsten Teil des Gesprächs. »Sie melden sich bestimmt nicht, um mit mir zu plauschen.«

»Selbstverständlich nicht, Madam. Vielmehr geht es mir darum, Ihnen die dringliche Bitte vorzutragen, dem Triumvirat Asthers die Unaufschiebbarkeit eines offiziellen Hilfegesuchs an die USO deutlich zu machen.«

»Duumvirat«, korrigierte Riordan. »Vergessen Sie nicht, dass meine Leute den Naat Tirfin ›Blackfinger‹ Surget an die USO übergeben haben, weil er in die Machenschaften des Kults der feurigen Wiedergeburt involviert war.«

»Verzeihen Sie meinen Fauxpas. Ich ging davon aus, dass das Dreigestirn baldmöglichst einen Nachfolger ausfindig machen würde.«

»Warum so förmlich, Oberst? Vergessen Sie doch mal die Etikette der Diplomatie und sprechen Klartext: Die USO macht sich in die Hose, dass ihr Einsatz im Gainbal-System bei dem Triumvirat – von solchen Führungstrios scheint es in der Milchstraße derzeit zu wimmeln – des Carsualschen Bundes auf wenig Gegenliebe stoßen wird, sollte es erst einmal Wind davon bekommen.«

»Die diplomatischen Verwicklungen, die das nach sich ziehen würde, insbesondere eine militärische Auseinandersetzung als finale Reactio, sind unsererseits nicht erwünscht«, bestätigte Yun.

Erst vor ein paar Stunden war er mit der VESPER unweit des Mondes Nacht aus dem Linearraum aufgetaucht. Unversehens hatte sich das Ultraschlachtschiff über den Schacht zur Magmakammer und damit über ihrer Forschungsstation positioniert. So weit Riordan durch ihre Informanten, die noch innerhalb der Station weilten, in Kenntnis gesetzt war, liefen bislang Erkundungsmissionen mit Hilfe von Sonden und Drohnen, die jedoch bis dato allesamt in der Vernichtung der Aufklärer geendet hatten.

Wieder führte Riordan die Tasse zu ihren Lippen. Einen Moment lang beobachtete sie den Terraner über den mit Gold besetzten Tassenrand. Dann trank sie einen Schluck, noch einen, setzte die Tasse auf dem Unterteller ab und übergab das Porzellangedeck einem Servorobot.

»Ich habe hier noch einiges zu erledigen, Oberst. Aber ich erkenne die Priorität Ihres Ansinnens an. Selbstverständlich werde ich mit Saken Dasch und Ainut Hernason sprechen und Ihren Vorschlag vehement unterstützen.«

Yun nickte.

»Ich danke Ihnen, Madam.«

»Mir war es wie immer eine Freude, mit einem feinen Herr der USO zu parlieren, Colonel. Adieu.« Sprach's und trennte die Verbindung.

»Sie werden also mit den beiden reden?«

»Faun!« Riordan hatte nicht mitbekommen, dass ihr Erster Wesir den Raum betreten hatte. Er trat hinter den in Rottönen gefärbten Seidentüchern hervor, die ihren Diwan umgaben. Neben ihr blieb er stehen und neigte grüßend seinen Kopf.

»Du sollst dich nicht so anschleichen«, schimpfte Riordan. Mit gut hinter ihrer runzligen Haut verborgener Sorge betrachtete sie den hünenhaften Terraner, der ihr stets zur Seite stand und der für sie diejenige Person in dieser Galaxis war, die einem Freund am nächsten kam. Er würde für sie durch die Hölle gehen, das hatte er bewiesen, als er sich Galverin Schmidt entgegen geworfen hatte und fast dem Angriff des Glitters zum Opfer gefallen war. Tipa Riordan machte sich eine geistige Notiz, Faun Malkovoch diese Tat zu entlohnen. Es wurde Zeit, ihm einmal zu sagen, wie sehr sie ihn schätzte. Aber vorerst mussten die sentimentalen Gespräche zurückstehen.

»Pardon, Ma'am. Ich bin sofort losgeeilt, als ich informiert wurde, dass Sie von der Forschungsstation auf Nacht zurückgekehrt seien.«

»Ich beschwerte mich nicht darüber, dass du unpünktlich seiest, du tumber Klotz! Aber sei's drum. Ich werde vielleicht noch einmal zur Station zurückkehren müssen. Aber ich hoffe, die Evakuierung geht mittlerweile ihren geregelten Gang. Leider werden wir nicht all das teure Gerät bergen können.«

»Aber wir können alle Wissenschaftler und Techniker retten«, tröstete ihr Erster Wesir.

»Ja.« Die Miene der Piratin verfinsterte sich. »Zumindest diejenigen, die diesem verdammten Schmidt nicht schon zum Opfer gefallen sind.« Sie stand auf und klatschte in die Hände. »Faun, du hast es mitbekommen: Unser lieber Gast von der USO hat um Hilfe gebeten. Jemand muss versuchen, die Präsenz der USO im Gainbal-System politisch zu legitimieren. Ich werde mit Dasch und Hernason reden. Die Plophoserin wird uns keine Probleme bereiten. Ich hoffe zum einen auf ihre erkaufte Verbundenheit zu mir, zum anderen auf ihren gesunden Menschenverstand. Asther und Perya ist es nicht damit gedient, wenn der Carsualsche Bund galaktopolitische Zwistigkeiten in das Gainbal-System trägt. Saken Dasch ist auch nicht dumm. Ich bin zuversichtlich, das Thema rasch erledigen zu können.«

»Ich werde Sie begleiten, Ma'am«, bot Malkovoch an.

»Nein, das wirst du nicht.« Riordan schüttelte den Kopf, dass ihr Haarnest wackelte. Mit der Plophoserin und dem Akonen würde sie allein fertig werden. Zwar war vor allem Saken Dasch auf das Äußerste verstimmt, da die USO mit ihrer Hilfe mittlerweile die Schlüsselpositionen auf der zur Raumstation umgebauten Springerwalze übernommen hatte. Doch sie würde ihm schon die Vorzüge der *Hilfsaktion* begreiflich machen. Bislang hatte sich die USO noch immer als großzügig erwiesen, wenn man ihr Unterstützung geleistet hatte.

Letztendlich würde er nicht erfahren, dass Tipa Riordan bereits vor einigen Monaten dafür gesorgt hatte, dass der kriminelle Ara Gorken Tansith ›kaltgestellt‹ worden war. Der vom Wissenschaftler Naron Falton gegründete Kult der feurigen Wiedergeburt hatte endzeitgläubigen Idioten die Reinkarnation in einer besseren Welt versprochen. Angeblich hatte Falton eine Schwächung des Universums ausgemacht, die der Übergang zu einer anderen Ebene darstellte. Aufgrund dessen war Riordan einst auf das System aufmerksam geworden und hatte die Störungszone auf Nacht entdeckt. Falton hingegen hatte die Anomalie innerhalb des Gasriesen Nancanor vermutet. Mit viel Geld oder durch Frondienste hatten einige geistig Schwache dafür bezahlt, in Kryostase versetzt zu werden und in Nähe des Übergangs auf ihre ›feurige Wiedergeburt‹ warten zu dürfen. Irgendwann war der Ara Tansith in der Sekte aufgetaucht und dazu übergegangen, unschuldige Menschen zu entführen, lebendig einzufrieren und ihre Angehörigen um Lösegeld zu erpressen. Tante Tipa schätzte ›ehrliche‹ Gaunereien. Aber was Tansith verbrochen hatte, machte sie nun doch rasend. Mittlerweile hatten Angehörige der USO den von ihren Leuten ebenfalls in Kryostase versetzten Ara verhaftet und erste Entführungsopfer entdeckt.

Rätselhaft blieb, wo der arkonidische Wissenschaftler Falton abgeblieben war. Riordan vermutete, dass Tansith ihn in gleicher Weise auf Eis gelegt hatte.

»Der Übergang zu Polychora scheint alles andere als einfach begehbar zu sein«, reagierte Riordan auf Malkovochs fragenden Blick, warum er sie nicht begleiten solle. »Du erinnerst dich sicher an den Namen Naron Falton.«

Faun Malkovoch nickte. »Ich verstehe. Sie versprechen sich von ihm, dass er uns zu einem weiteren Übergang führt, den er in der Atmosphäre Nancanors vermutete.«

Riordan nickte. Ihr Erster Wesir wirkte tumb. Er war aber alles andere als das. »Oder dass er mehr über den Durchgang weiß, als man annimmt. Dann könnte er das Orakel dabei unterstützen, die Störungszone zu stabilisieren und den Durchgang passierbar zu halten.«

»Dafür müssten wir ihn aber erst einmal ausfindig machen.«

»Ich baue auf dich, Faun. Finde mir das Weißhaupt und taue es auf. Dann soll es dem Orakel helfen oder uns zu seiner Schwächung des Universums führen.«

»Falton wurde ob seiner Theorie verlacht«, wandte Malkovoch ein.

»Vielleicht ist er nur ein Wirrkopf. Aber wir haben tatsächlich eine Störungszone auf Nacht entdeckt. Wahrscheinlich ist derjenige, der am meisten verlacht wurde, letztendlich mal wieder auch derjenige, der zuletzt lacht.«

Tipa Riordan seufzte. Natürlich hatte ihr Erster Wesir nicht darauf verzichtet, ihr zwei Leibwächter von Bord der BUTTERFLY hinterherzuschicken. Unauffällig – zumindest glaubten die beiden Männer das wohl – folgten sie ihr durch die schmuddeligen Gänge Asthers. Mit Hilfe des in ihrem Haarnest verborgenen Ortungsgeräts, das seine Messdaten über eine Schwingungsflachsonde direkt in Riordans Gehirn übertrug, hatte sie die beiden schnell identifiziert. Es waren der aus einer Modelaune heraus Brille tragende Krzycho Seppelt und Bogdan Alabuks, der von den Frauen Schatz gerufen wurde und dessen ganzer Stolz sein gepflegter, von einigen grauen Haaren durchsetzter Schnurrbart war. Liebevoll tätschelte Tante Tipa, wie der Arkon-Scheich sie einst getauft hatte, ihren Spazierstock. Wann würde Faun endlich kapieren, dass sie sich selbst zu beschützen wusste? Sie seufzte. Er meinte es ja nur gut. Also tat sie ihm den Gefallen und schickte die zwei Piraten nicht weg.

Asther war hässlich. Und die derzeit vorherrschende Atmosphäre war nicht gerade geeignet, diesen Eindruck zu verwischen. Wie die USO nun mal war, hatte sie sich auf leisen Sohlen auf Asther und Perya breitgemacht. Die Evakuierung von Riordans Wissenschaftlern, Technikern und Söldnern war per Transmitter über das USO-Schlachtschiff VESPER abgewickelt worden. Trotzdem hatten die Bewohner der Raumstation irgendwie Wind davon bekommen, dass die Galaktische Feuerwehr Fuß in ihrer Heimat gefasst hatte. Da die Bevölkerung dieses schmuddeligen Schrotthaufens sich aus allerlei zwielichtigen und gescheiterten Persönlichkeiten zusammensetzte, war sie den Gesetzeshütern des Arkon-Scheichs nicht eben wohlgesonnen. Riordan meinte, die Unruhe beinahe riechen zu können. Sie mischte sich unter das Odeur aus Metall, Plastik, Öl, Schweiß und anderen Körperflüssigkeiten, das sich zwischen den mit Graffiti beschmierten Wänden ausbreitete.

Es war Faun Malkovoch jedoch gelungen, jeden Verdacht von Riordan und ihren Freien Piraten fernzuhalten. Diese gingen schließlich schon seit Jahren ihren Tätigkeiten im Gainbal-System nach, und niemals war deshalb die USO auf den Plan getreten. Selbstverständlich ist an allem dieser vermaledeite Ara Gorken Tansith schuld, der die Super-Bullen der Galaxis wegen seiner Machenschaften hierher geführt hatte. *Dieser Idiot!*

So lautete der Grundtenor, den die von Malkovoch geschmierten Stationsbewohner lautstark verbreiteten. Dementsprechend ungestört durchschritt Tipa Riordan die maulende Meute, die sich an einigen Treffpunkten der Halle mit ihrer so hochtrabenden Bezeichnung ›Promenade‹ versammelte. Sie war Mittelpunkt des öffentlichen Lebens auf Asther, obwohl sich hier überwiegend Alkohol und andere Drogen offerierende Lokalitäten aneinanderreihten.

Riordan durchschritt den Pfuhl flotten Schrittes, als ein Mann sich ihrer Gangart anpasste und neben ihr lief. Sie erkannte den untersetzten Mann sofort – es war Neeson Glad, ein Beauftragter des gewählten Trium-, nun Duumvirats von Asther.

»Sie sollten nicht allein durch Asther spazieren, Ma'am. Die Stimmung ist aufgeheizt. Ich geleite Sie zu Mr. Dasch und Miss Hernason.«

»Mademoiselle«, korrigierte Riordan ihn. »Ich bin ja wohl viel zu jung, um mich auf einen Mann festzulegen.«

»Natürlich«, lenkte Glad rasch ein.

»Außerdem kann ich sehr gut auf mich allein aufpassen. Auch wenn mein Erster Wesir deine Sorge teilen mag, Jungchen.«

Glad sah sich um, schien ihre beiden Leibwächter aber nicht zu entdecken. Er runzelte die Stirn, sagte jedoch nichts.

»Trotzdem danke ich dir für das Angebot. Bring mich also zu deinen Chefs.«

Glad führte Riordan über stinkende, aber kaum frequentierte Schleichwege zu einer Hintertür des ›Regierungsamtes‹. Sie traten ein und fuhren mit einem Lift zwei Etagen in die Höhe. Das Schott glitt zur Seite und sie betraten den Besprechungsraum, in dem das – damals noch komplette – Triumvirat sie vor wenigen Tagen empfangen hatte.

»Willkommen auf Asther, Tipa Riordan«, begrüßte Saken Dasch sie mit den gleichen Worten, mit denen er es bereits am 8. September getan hatte. »So schnell sieht man sich wieder.«

»Ja, welch freudige Überraschung«, spottete die bei Riordan in Lohn und Brot stehende Ainut Hernason ganz ihrer Rolle entsprechend. »Erst hetzen Sie uns die Bluthunde Rhodans auf den Hals und nun kommen Sie, um *was* noch mal zu tun?«

Saken Dasch hob beschwichtigend die Hände. »Aber, aber ... Beginnen wir unser Gespräch doch nicht gleich mit gegenseitigen Anschuldigungen.« Der Akone blieb seiner Rolle als Diplomat treu, doch sein Unterton ließ bereits den Verdruss erspüren, den seine nächsten Worte dann unverkennbar unter Beweis stellten. »Wobei es tatsächlich pikant ist, dass Sie erst vor sieben Tagen Ihren Unmut über Gorken Tansith äußerten und flugs die USO auf der Bildfläche auftaucht und ihn verhaftet.«

»Und unseren hochgeschätzten Kollegen Tirfin Surget ebenfalls«, warf Hernason ein.

»Blackfinger ...«, zischte Riordan verächtlich. Sie warf einen vielsagenden Blick auf Neeson Glad.

Dasch verstand sofort. »Neeson, bitte lassen Sie uns allein.«

»Aber ...«

»Nun hau schon ab!«, fauchte Hernason.

Ohne weitere Einwände entfernte sich der Terraner – dieses Mal über den offiziellen Ein- und Ausgang des Besprechungsraumes – und schloss die Tür hinter sich.

»Reden wir Klartext«, sagte Riordan. »Blackfinger und Tansith waren skrupellose Verbrecher.«

»Und das aus Ihrem berufenen Mund.« Hernason hob eine Augenbraue.

»Auch ich habe meine Prinzipien.« Für Riordans Geschmack spielte die Plophoserin ihre Rolle gerade *zu* gut. Es ging ihr auf die Nerven, die in den letzten Tagen schon genug gelitten hatten. Deshalb schnitt sie der erneut zum Widerspruch ansetzenden Hernason mit einer herrischen Geste das Wort ab.

»Jetzt hören Sie mir mal zu. Es gibt Dinge, von denen verstehen Sie nichts. Ob es Ihnen gefällt oder nicht, aber Gorken Tansith habe ich schon lange außer Gefecht gesetzt. Seine Nase passte mir nicht, aus den eben genannten Gründen. Blackfinger entwickelte sich ebenso zu einem Ärgernis.«

»Die Sache, die wir angeblich nicht verstehen ...«, warf Dasch ein. »Dabei handelt es sich doch bestimmt nicht um Tansith und Tirfin Surget.«

»Nein«, gestand Riordan. »Der Ara und der Naat hatten in keiner Weise damit zu tun. Wohl aber der von Tansith beiseite geschaffte Naron Falton. Wegen der von ihm entdeckten Schwächung des Universums bin ich auf Ihre Heimat und den Mond Nacht aufmerksam geworden. Tatsächlich existiert eine Gefahr, die ich nicht allein bekämpfen kann. Deshalb musste ich notgedrungen die USO zu Hilfe rufen.«

»Weshalb dann die Verhaftung von Tansith und Surget?«, fragte Dasch.

»Stell dich nicht dümmer an, als du bist, Saken.« Hernason war blass um die Nase herum geworden. So wie Riordan die Frau einschätzte, konnte sie sich bereits zusammenreimen, was für ein Ausmaß die Situation angenommen hatte, wenn die Chefin der Piraten die USO um Hilfe bat.

»Der Carsualsche Bund«, murmelte Dasch verstehend.

»Die USO will jede diplomatische Verwirrung im Keim ersticken. Die Verhaftung der zwei ist vorgeschoben. Und auf Sie beide kommt es an, die Scharade zu perfektionieren. Senden Sie einen offiziellen Notruf an die USO ab, um ihren Einsatz im Gainbal-System zu legitimieren.«

»Ist die Gefahr denn so groß, dass die USO unbedingt eingreifen muss?«

»Größer«, gab Riordan zu. »Die Intervention der USO ist alternativlos.«

»Besteht ein Risiko für Asther und Perya«, fragte Hernason.

Riordan warf ihr einen finsteren Blick zu. »Nicht, wenn der Einsatz der USO Erfolg hat.«

»Und wenn sie scheitern?« Die Plophoserin hielt sich an der Tischkante fest.

»Dann kann uns auch eine Evakuierung nicht mehr helfen, befürchte ich.«

»Und selbstverständlich können Sie uns nicht erklären, um was für eine Bedrohung es sich handelt«, murmelte Saken

Dasch. Er musterte Riordan vorwurfsvoll. »Wie lange wissen Sie schon von dieser Gefahr? Seit Jahren? Seit sie das erste Mal auf Asther waren?« Die Lautstärke seiner Stimme war von Wort zu Wort gestiegen.

»Seit kurzem«, gab sie die ehrliche Antwort. »Und glauben Sie mir, ich hatte genug damit zu tun, um mein eigenes Leben zu kämpfen. Das alles hat mich vollkommen unerwartet getroffen. Es gibt nicht einen Grund, mir Vorwürfe zu machen. Meine Bestrebungen galten einzig und allein einem Forschungsprojekt. Und meine Leute und mich trifft keine direkte Schuld an dem, was derzeit geschieht.«

»Aber eine indirekte?«, spöttelte Hernason. Und dieses Mal war sich Riordan sicher, dass sie keine Rolle spielte.

Die Piraten-Lady dachte an Galverin Schmidt. Wegen ihrer Entscheidung war er geborgen und dazu in die Lage versetzt worden, seine unheilvollen Pläne durchzuführen.

»Ja«, gab sie zu und sprang über ihren Schatten. »Und es tut mir leid. Es sind auch einige von meinen Leuten gestorben, gute Freie Piraten und hervorragende Wissenschaftler. Wir waren jedoch nicht die Ursache, sondern bestenfalls der unfreiwillige Auslöser einer Entwicklung, die zu einer Katastrophe führen könnte. All das ändert aber nichts daran, dass eine Intervention des Carsualschen Bundes nicht wünschenswert wäre. Eine Eskalation, die in militärischen Auseinandersetzungen gipfelt, wird auch nicht in Ihrem Sinne sein.«

»Natürlich nicht«, gab Dasch zu. »Aber wenn wir einen offiziellen Hilferuf an die USO senden, sind wir politisch dazu verpflichtet, auch den Carsualschen Bund darüber in Kenntnis zu setzen.«

Riordan seufzte. Politik!

»Ich schlage vor«, warf Hernason ein, »bei solch einer bedeutenden Entscheidung, sollte die Nachricht persönlich überbracht worden. Ich dachte da an ›Botschafter‹ Neeson Glad.«

»Die diplomatische Schneckenpost sozusagen.« Dasch rieb sich über das Kinn. »Sie haben recht, werte Kollegin. Das wäre nur angemessen.«

Riordan konnte ein Grinsen nicht verhindern. »Meine Dame, mein Herr, ich sehe, wir kommen ins Geschäft.«

»Wir vertrauen Ihnen, Tipa Riordan«, sagte Hernason. »Ich hoffe, Sie enttäuschen uns nicht.«

»Sie *können* mir vertrauen, Mädchen.«

Tipa Riordan wünschte, sie wäre so zuversichtlich, wie sie es zu sein vorgab.

Kapitel 4

15. September 3126
In der Störungszone

Captain Jamie Olmos

Für zwei, drei Herzschläge lang kam es Jamie Olmos vor, als stünde er neben sich und könne beobachten, wie er vor Entsetzen erstarrte. Als sei die Zeit gefroren, musterte er sein verzerrtes Antlitz in der Bugscheibe. Die Augen aufgerissen, die Pupillen geweitet, saß seine körperliche Hülle steif im Kontursessel, den Rücken durchgestreckt, die Hände auf den Armlehnen. Sein Mund stand halb offen.

Mit einem Schlag hatte der Glitter acht Menschenleben ausgelöscht. Acht USO-Raumlandesoldaten, die seinem Kommando angehörten. Acht Männer und Frauen der Dreadful Three. Menschen, Arkonidenabkömmlinge, Nichtlemuroide – intelligente Lebewesen.

Tränen schossen ihm in die Augen. Scharf sog er die Luft ein und rief: »Desintegratorfeuer!«

Zielraster fokussierten sich auf den heranrasenden Glitter-Kalmar. Im Bildschirm giftgrün dargestellte Strahlenbahnen rasten dem Monstrum entgegen. Das Konstrukt wich rückwärts.

»Wir ziehen uns zurück«, befahl Jamie.

June sah ihn entgeistert an. »Was? Jetzt schon? Wir sind gerade einmal zehn Minuten unterwegs!«

Jamie bemühte sich, die Haltung zu wahren. Am liebsten hätte er die Augen geschlossen und langsam bis zehn gezählt. Doch er behielt die Ortung im Auge und den Glitter im Visier der Waffenleitsysteme. Dann befahl er den übrigen Shifts, die lockere Formation endgültig aufzulösen, um den Feind durch irrationale Manöver die Angriffe zu erschweren.

Wenn ein ordnender Geist die Schaumphasen-Realitäten und den Glitter stabilisiert, dann muss dieser auch in geordneten Bahnen denken, hoffte er auf den Erfolg seiner Maßnahme. Zufrieden beobachtete er, wie die Shifts ungehindert wendeten und den Rückflug antraten.

»Hörst du mir überhaupt zu, *Captain* Olmos?« June war aufgestanden und stieß ihn vor die Schulter.

Das reichte! Er fuhr mitsamt des Kontursessels herum. »Kannst du bitte einmal den Mund halten, *Leutnant* McCarthy?«, ranzte er June an.

»Nein, kann ich nicht.« Sie legte den Kopf schief. Ein deutliches Zeichen dafür, dass sie auf Konfrontationskurs ging. Seltsamerweise hatte das seiner Autorität bislang nie geschadet. Niemand anders außer June traute es sich, so mit ihm zu sprechen. »Und weißt du auch warum? Da drüben sind so eben acht unserer Leute gestorben. Acht Kameraden und Freunde. Soll ich dir die Namen aufsagen?«

»Ich kenne sie alle.«

»Schön. Dann tut es dir hoffentlich gerade genau so weh hier drin wie mir.« Sie klopfte sich vor den Brustpanzer ihres Anzugs. »Und dann befiehlst du den Rückzug? Soll ihr Tod umsonst gewesen sein? Willst du das?«

Er warf einen letzten Blick auf die Ortung. Der Glitter blieb hinter ihnen zurück. Gut so. Jamie richtete sich auf und schob June in den Personenraum.

»Dies ist eine Aufklärungsmission, Leutnant. Ein erster Vorstoß, um zu erkunden, ob der Übergang zu Polychora passierbar ist. Sollen noch mehr Menschen sterben?«

»Wir haben doch schon Dutzende von Sonden verbraten. Lass uns richtig loslegen. Ein Shift ist explodiert – heißt das etwa, dass der Durchgang unpassierbar ist? Sollen unsere Kameraden gestorben sein, nur damit wir den Schwanz einziehen? Sei ein Mann!«

»Wir haben unsere Befehle!«

»Scheiß auf unsere Befehle, Jamie!«

»Captain Olmos, Sir, wenn ich anmerken dürfte ...« Aus dem Augenwinkel, sah Jamie, dass der Wissenschaftler seine Hand gehoben hatte und winkte.

»Einen Moment, a That.« Er bedeutete ihm zu warten. »Unsere Befehle, Leutnant McCarthy, lauten, uns umgehend zurückzuziehen, sollten wir genügend Daten gesammelt haben oder die Gefahr, vernichtet zu werden, zu groß werden.«

»Oder – wenn sich die Möglichkeit ergibt – den Durchbruch nach Polychora wagen. Unterschlage das nicht.«

»Captain ...«

»Gleich, a That. – Nicht um jeden Preis! Geht das nicht in deinen Dickschädel rein? Dem Glitter ausweichen, wo wir können. Und der Weg nach Polychora ist voll von Glitter.«

»Captain, ich muss ...«

»Glitter!«, meldete Meyer.

»Was?« Jamie wirbelte herum.

»Das versuche ich Ihnen doch die ganze Zeit zu sagen«, beklagte sich a That. Er deutete auf die Ortungsanzeigen. »Ich habe die Energieemissionen um uns herum zu deuten versucht.« Eine Wand aus silbern flirrenden Kalmaren und Ameisen schälte sich aus dem Dunst. »Der Rückweg ist verbaut.«

»So ein Mist.« Jamie knirschte mit den Zähnen.

»Dem Glitter ausweichen, wo wir können, wie?«, ätzte June.

Jamie löste sich vom Anblick des silbrig flirrenden Walls. June grinste ihr »Ich-habe-da-eine-Idee«-Grinsen. Er wusste nicht, ob ihm das gefallen sollte oder nicht. Bisweilen kam etwas Gutes dabei heraus, aber nicht immer ... In manchen Situationen hatte es sich als richtig herausgestellt, auf sie zu hören. Andererseits gab es aber auch die Fälle, in denen es klüger gewesen war, ihr zu widersprechen und sich genauestens an die Befehle zu halten. Beinahe kam es ihm so vor, als würden sie gemeinsam stets das Richtige entscheiden. Als merkten sie jedes Mal, wann der andere die schwächeren Argumente hatte.

»Was schlagen Sie vor, Leutnant McCarthy?« Jamie glaubte, das Aufatmen der Besatzung deutlich hören zu können. Keiner von ihnen wollte unverrichteter Dinge zur VESPER zurückkehren, wenn der Verlust von acht Kameraden auf dem Gemüt lastete.

»Mr. a That, Sie sagten, dass Sie die uns umgebenden Energiemissionen zu deuten versucht hätten.«

Der Marsianer wiegte sachte den Kopf. »So ungefähr. Ich kann es schlecht beschreiben. Es ist, wie ich bereits erklärte, so, dass die Schaumphasentechnologie durch Manipulationen des Quantenschaums Realitäten und Objekte erschafft. Die Energie borgt sie sich aus dem Quantenschaum selber. Selbstverständlich werden dabei Emissionen freigesetzt, wenn sie auch sehr gering und schwer messbar sind. Dank der feinfühligen Messgeräte des Shifts kann ich diese Emissionen registrieren. Zwischen der erschaffenen, uns umgebenden Realität und den Glitterkonstrukten besteht ein energetisches Gefälle. Je besser ich die Ortungssysteme kalibrieren kann, desto erfolgreicher bin ich dabei, die Lage des Glitters verorten zu können. Also ...«

»Ja, ja.« June unterbrach ihn wirsch. Beinahe war Jamie ihr dankbar dafür. Es schien kein Gerücht zu sein, dass Wissenschaftler das Wort Ausführung von ausführlich herleiteten. »Was ich wissen will, ist, ob Sie uns einen Weg durch den Glitter weisen können. Eine Art Raumkarte der Störungszone sozusagen, die uns nach Polychora führt.«

A That kratzte sich am spärlich behaarten Schädel. »Ich könnte ... also, wenn ich die Parameter der ...«

»Ja oder nein?«, mischte sich nun auch Jamie ein.

»Äh ... ja, es müsste möglich sein. Aber ...«

»Gut. Dann legen Sie endlich los.«

»Ich habe mich mit den Gruppenführern der übrigen drei Shifts besprochen«, verkündete Jamie. »Sie haben ihre Ortungssysteme mit den unseren gekoppelt, um hoffentlich sekundengenau die Ergebnisse von Mr. a Thats Ortungs-Interpretationen zu empfangen.«

Es hatte ungefähr eine halbe Stunde gedauert, bis der Wissenschaftler eine Benutzeroberfläche zusammengebastelt hatte, die es ihnen leidlich ermöglichen sollte, die Lage des Glitters verorten zu können. Dreißig Minuten, in denen sie versucht hatten, mit völlig irrationalen, unsystematischen Manövern dem Glitter auszuweichen, um die geringstmögliche Angriffsfläche zu bieten. Dennoch wäre beinahe ein weiterer Shift zerstört worden. Er war mit einem angeschlagenen Impulstriebwerk gerade noch davongekommen.

Die aus a Thats Bemühungen entstandene und ständig aktualisierte Karte erinnerte an eine dreidimensionale Darstellung meteorologischer Messungen. Der Glitter nahm dabei die Rolle der Wolken ein, das energetische Äquivalent von Hoch- und Tiefdruckgebieten schien die Lage der Glitterkonstrukte zu beeinflussen.

»Es ist seltsam und doch wieder logisch«, meinte a That dazu. »Theoretisch könnte der Glitter in dieser Zone zu jeder Zeit an jedem Ort entstehen. Ganz spontan. Wir hätten keine Chance zu überleben.«

»Dann seien wir doch froh, dass die Praxis nicht der Theorie entspricht. Ich finde unsere Situation so schon brenzlig genug.«

Jamie war June einen warnenden Blick zu. »Jetzt lass ihn endlich mal ausreden.«

Sie hob zur Antwort nur eine Braue, schwieg ansonsten.

»Also, theoretisch könnte der Glitter hier und jetzt auf der Stelle entstehen und uns ... was auch immer, auflösen, unsere Existenz einfach beenden, töten – suchen Sie sich etwas aus. Stattdessen jedoch folgt er Regeln. Zwar handelt es sich dabei um willkürliche und sich ständig verändernde Direktiven, aber es ist möglich, durch stetige Beobachtung vorauszusagen, wo der Glitter als Nächstes entsteht. Ich vermute, das liegt daran, da wir Menschen, als in geordneten Bahnen denkende Lebewesen, diesem Ganzen hier ...« Er machte eine umfassende Geste. »... eine Art Struktur geben. Wir sind berechenbar, also machen wir mit unseren Beobachtungen der Zone diese selbst einigermaßen prognostizierbar.«

»Aha«, sagte Jensen.

Perez gluckste kopfschüttelnd. »Ist mir zu wirr.«

»Wundert's irgendwen bei euch zwei Intelligenzbestien?«, fragte June.

»In Ordnung. Die Karte scheint also zu funktionieren und wir können mit ihrer Hilfe einen Weg finden«, kam Jamie wieder zum Thema.

»Einen Weg ja«, sagte a That, schränkte jedoch ein: »Nur, *wohin* ist die Frage.«

»Jedenfalls nicht zurück zur Forschungsstation«, meinte June und deutete auf die dreidimensionale Karte. »Dieser Weg ist versperrt.«

»Richtig«, stimmte der Marsianer zu. »Und der Kontakt zu den Hyperbojen des Orakels und zu den Shifts der anderen Abteilungen ist abgebrochen. Der Weg führt in die Tiefe unterhalb der Magmakammer. Vor wenigen Tagen konnte man zu diesem Bereich nur über die einstigen Bergbauschächte der Springer gelangen. Mittlerweile scheint die Zone das massive Gestein aus unserer Realität entfernt und durch ihre eigene Wirklichkeit ersetzt zu haben.«

»Kann uns irgendwer garantieren, dass wir die Zielkoordinaten erreichen, wenn wir den Wegen folgen, die uns der Glitter freigibt?« Jamie runzelte die Stirn. Das alles gefiel ihm ganz und gar nicht. Wenn jemand, der feindlich gesinnt war, einem den Weg freimachte, dann sicher nicht in der Richtung, in die man eigentlich wollte. Und überhaupt, wieso versperrte der Glitter den Rückweg, nicht aber auch alle anderen Wege? War er ihnen überhaupt feindlich gesinnt oder lediglich durch einen unbegreiflichen Instinkt gesteuert?

»Nein«, gab a That zu. »Aber etwas anderes kann ich Ihnen garantieren: Die Zone ist instabil und wird sich nicht wieder stabilisieren. Dessen bin ich mir sicher. Ich glaube nicht, dass die Anwesenheit von uns paar Leuten genügt, die Zone aufrechtzuerhalten. Und da die Verbindung zu den Hyperfunkbojen abgebrochen ist, bezweifle ich ebenfalls, dass das Orakel das Ende der Zone noch lange hinauszögern kann.«

Jamie nickte. »Also können Sie uns nur eines garantieren – wenn wir uns nicht beeilen, fliegt uns der Laden um die Ohren.«

»So ungefähr. Ja.«

Sie folgten den Routen, die laut a Thats ›Kartenmaterial‹ frei von Glitterkonstrukten waren. Wieder und wieder wechselte die Szenerie beziehungsweise die neu erschaffene ›Realität‹ wie der Marsianer sich ausdrückte. Meyer steuerte den Flugpanzer ungefährdet durch die Korridore. Seltsamerweise griff sie der Glitter nicht an.

Im Innern des Shifts war es still geworden. Selbst June schwieg und brütete vor sich dahin. Nur ein leises Murmeln durchbrach den monotonen Singsang der akustischen Signale und dem Summen der Triebwerke. Jamie sah von seinen Kontrollen auf und lauschte.

Das kommt von Meyer, erkannte er, stand auf und trat zu seinem Piloten. Ihm fiel der starre Blick auf, den der Terraner zur Schau trug. Seine Lippen bewegten sich und verursachten das leise Murmeln.

»Alles in Ordnung, Korporal?« Jamie legte ihm eine Hand auf die Schulter. Durch den Panzer konnte er die Berührung nicht spüren, doch die Geste zählte. Meyer brauchte einen Moment, um sich aus seiner Trance zu lösen. Zögerlich drehte er sich zu Jamie um.

»Es sind die raschen Umgebungswechsel, Sir.« Sein Gesicht war fahl. Die blauen und grünen Lichter der Steuerkonsole verstärkten diesen Eindruck. Feine Schweißperlen standen dem Piloten auf der Stirn.

»Sie machen Ihnen zu schaffen? Schränkt Sie das ein, Korporal?« Jamie bemühte sich, seine Sorge nicht zur Schau zu tragen. Er hatte sich dieses Verhalten bei Oberst Yun, seinem Kommandanten abgeschaut, der seiner Besatzung stets ein Pol der Ruhe war.

»Nein, Sir. Ich hätte sofort gemeldet, wenn es mir Probleme bereitete. Es ist nur so, dass mich der ständige Wechsel der Landschaften, Räumlichkeiten und ... und so was halt, Sir – es lenkt ab! Ich versuche deshalb eine Art Tunnelblick hinzubekommen. Nein, das ist das falsche Wort. Ich bekomme mit, was die Ortungen mir anzeigen – Gebirge, Wände, Glitter –, aber ich bemühe mich, die sinnverwirrenden Details auszublenden, mich ganz auf die nackten Zahlen und Fakten zu konzentrieren.«

»Gut. Hoffen wir, dass das von Erfolg gekrönt ist.« Jamie löste seinen Griff und klopfte Meyer auf die Schulterteile seines Anzugs, dann ließ er von ihm ab.

Er drehte sich um und damit a That zu. Der Marsianer war in die Interpretationen der Messwerte und die ständige Aktualisierung der Route vertieft. Unaufhörlich bewegten sich seine Lippen, gaben lautlose Befehle. Seine schlanken Finger rasten über die berührungssensitive Schaltfläche der Konsole, an der bis vor zwei Stunden noch Jamies Platz gewesen war. Er hatte sie a That überlassen und sich ein subalternes Bedienpult vor den Notsitz gezogen.

Jamie setzte sich wieder auf seinen neuen Arbeitsplatz und zog das Pult zu sich heran. Die Ortungsdaten und weitere Applikationen hatte er am Rand des Bildschirms angeordnet. Mittig prangte die Anzeige der Waffenleitsysteme. Die Positronik war auf den Glitter eingestellt, würde ihn notfalls schneller unter Desintegratorbeschuss nehmen, als es Jamie in seiner körperlichen Beschränktheit jemals möglich gewesen wäre. Doch er behielt gern die Fäden in der Hand. Er fühlte sich so schon hilf- und nutzlos genug.

»Langeweile, Sir?« Jemand legte eine Hand auf seinen Hinterkopf. Schlanke aber kräftige Finger begannen seine Kopfhaut zu massieren.

»Lass das, June«, flüsterte er.

»Aber du magst das.«

»Hör schon auf.«

June hielt inne, zog die Hand zurück. »Entspann dich, Tiger.«

»Nenn mich nicht so.« Er runzelte die Stirn, vergrößerte die Anzeige der Ortungsergebnisse und tat, als kontrolliere er Messdaten, die ihm seltsam vorkamen.

June beugte sich zu ihm herab und führte ihre Lippen dicht an sein Ohr. »Okay, Jamie, was auch immer dein Problem ist, lass es uns nicht vor den anderen austragen.«

»Genau das ist mein Problem, June«, gab er eben so leise zurück, »dass du vor unseren Leuten stets so tun musst, als hätten wir etwas miteinander.«

»Ach, also liegt es nicht an meinem Date mit dem Techniker auf Quinto-Center vor fünf Monaten?« Sie seufzte theatralisch.

»Dann habe ich ja vollkommen umsonst befürchtet, du wärst eifersüchtig.«

Jamie knirschte mit den Zähnen. »Das hast du wohl.«

»Lügner.« Sie biss ihm ins Ohrläppchen.

»Beziehungen mit Untergebenen sind strengstens untersagt.«

»Tröste dich damit, dass ich dir gleichgestellt sein könnte, wenn ich so stromlinienförmig wäre wie du, Tiger. Ernsthaft: Mach dich locker.«

»Ich bin nur wachsam.«

»Wachsamer als unser hochgezüchtetes Positronenhirn?« June lachte. »Werd erwachsen. Niemandem ist mit einem unausgeruhten, überreizten Captain gedient. Und jetzt mach die Augen wenigstens für eine halbe Stunde zu.«

Jamie hatte sich zumindest teilweise an Junes Vorschlag gehalten. Von der Medokomponente seines Kampfanzugs hatte er sich ein gering dosiertes Sedativum verabreichen lassen und die folgenden fünfzehn Minuten genutzt, um seine Batterien aufzutanken. Auf die Sekunde genau weckte ihn die Anzugpositronik aus dem leichten Schlaf. Es zischte leise, als Jamie ein Aufputschkonzentrat injiziert wurde. Im Nackenwulst verborgene Massagesysteme begannen seine Muskulatur zu lockern. Sofort war er hellwach.

»Irgendwelche Vorkommnisse?«

»Nein, Sir.« June hockte neben seinem Sitz und schaute zu ihm hoch. »Gut geschlafen?«

»Hast du die ganze Viertelstunde da gehockt?«

»Nein, ich bin kurz bevor du aufgeweckt wurdest, hergekommen. Glaube nicht, dass ich dich nicht kennen würde, Tiger.« Die letzten Worte hatte sie geflüstert. Sie zwinkerte, was wohl bedeuten sollte: *Ein ganz leiser Tiger. Extra für dich.*

Er ignorierte sie und kontrollierte zunächst die Ortungssysteme. A Thats Karte der Zone hatte sich in der Zeit, die er geruht hatte, in vielen Details geändert. Allerdings nicht so sehr, dass er den Überblick verloren hätte. Gut so.

»Wie weit sind wir noch vom Durchgang entfernt?«

»Gute fünfhundert Meter«, antwortete a That. Während er sprach, ließ er die Projektion seiner Karte nicht aus den Augen. Seine Finger huschten immer noch über die Schaltflächen. Jamie fragte sich, ob sie ihm nicht längst schmerzen mussten. Vielleicht hatte er aber ob seiner Arbeit jedes Gefühl für seinen Körper verloren.

»Demnach stünden wir kurz vor unserem Ziel.«

»Ja. Demnach. Leider häufen sich die Ansammlungen von Glitter auf dem direkten Weg.«

»Und auf dem indirekten?«

»Den suche ich noch.«

Meyer fluchte plötzlich. »Dann suchen Sie besser schnell, Mister! Der Glitter greift an.«

Alarmsirenen heulten auf.

»Auf die Plätze!«, befahl Jamie. Ohne weitere Fragen eilte June zu ihrem Sitz. Die übrigen Soldaten befolgten den Befehl ebenfalls kommentarlos und schnallten sich an.

Jamie schob wieder die Zielerfassung in den Mittelpunkt seiner Konsole. Eine regelrechte Wand aus Glitter-Kalmaren trieb aus den erstarrten Gasblasen eines Vulkangebirges auf sie zu. Der Gipfel des Kraters schoss Rauch und Gestein in den dunklen, wolkenverhangenen Himmel.

»Wieso jetzt?«, murmelte Jamie. »Warum lässt uns das Glitterzeug in aller Seelenruhe bis kurz vor den Durchgang fliegen, nur um uns dann anzugreifen?«

Er warf einen kurzen Blick zu Meyer. Angespannt starrte der auf den Frontbildschirm. Zahlenkolonnen flirrten darüber hinweg. Fieberhaft versuchte der Korporal einen Weg durch die Formation der Glitterkonstrukte zu berechnen.

»Der Vulkan«, sagte a That plötzlich. »Wir müssen in den Vulkan hineinfliegen.«

»Unmöglich«, lehnte Jamie reflexhaft ab.

»Nichts ist unmöglich«, rief June aus dem Personenraum.

»Warum, Leutnant, hm? Warum ist nichts unmöglich? Weil wir die Dreadful Three sind?« Seine Frage klang spöttischer als beabsichtigt. Tatsächlich meinte er die erste Frage ernst. Warum glaubte sie, dass es nicht unmöglich sei?

»Nein! Weil der Vulkan aus Schaumphasentechnologie erschaffen wurde. Die Realitäten wechselten die letzten fünfzehn Minuten immer rascher. Gleich ...«

Und in der Tat – der feuerspeiende Kegelberg sackte ab, fiel in sich zusammen und verschwand in einem riesigen Schlund. Die dunklen Wolken über ihnen brachen auf. Ein azurblauer Himmel erstrahlte. Eine grelle Sonne stand im Zenit. Das Vulkangestein verwandelte sich in gelben Sand. Blaues Licht, in zäher Konsistenz gebannt, sprudelte aus dem Abgrund an die Oberfläche der Wüste. Es schoss in die Höhe, in den Himmel empor, vereinigte sich mit ihm.

»Das ist der Durchgang«, rief a That schrill durch die Pilotenkanzel. »Die Koordinaten stimmen überein.«

All das dauerte nur eine Minute. Der Glitter stürzte auf sie zu. Jamies Gedanken rasten. Was sollte er tun? Er starrte auf den Bildschirm, drehte sich um, sah in Junes giftgrüne Augen. Die blaue Lichtfontäne spiegelte sich in ihnen.

»Tu es«, formten ihre Lippen.

Und er tat es.

»Ziegelformation bilden. Meyer! Wir und die dreißig Bäuche zueinander. Zweiunddreißig und Dreiunddreißig dicht an die Flanken. Breit gefächerten Desintegratorbeschuss auf die angreifenden Glitterkonstrukte«, befahl er seinem Piloten und den Kommandanten der drei anderen Flugpanzer. »Steuerungen an meinen Shift koppeln.«

Bestätigungen gingen ein.
»Meyer?«
»Sir?«
»Vollschub in Richtung Durchgang.«
»Aye, Sir.«

Kapitel 5

15. September 3126
Gainbal-System, Ultraschlachtschiff VESPER

Oberst Korbinian Yun
Der hochgewachsene Asiat saß im Kommandosessel der VESPER. Um ihn herum schwirrte die Zentralenbesatzung des Zweitausendfünfhundert-Meter-Raumers gleich emsigen Bienen. Scheinbar brachte das Oberst Korbinian Yun nicht aus der Ruhe. Innerlich brodelte er jedoch vor Anspannung.

»Geschwader Eins meldet Verluste, Sir. Ein Shift abgeschossen.« Leutnant Belgrade übermittelte die Meldung in dem sachlichen Tonfall, den Yun auch in brenzligen Situationen von seinen Leuten einforderte.

Der Oberst ließ einen feinen Riss in seiner Maske aus scheinbarer Abgebrühtheit zu, die er sich in den Jahrzehnten als Kommandant eines Raumschiffes geschaffen hatte. Ein schmerzlicher Ausdruck um die Lippen, ein kurzes Zucken des Augenlids, das musste reichen, um der Besatzung deutlich zu machen, dass ihm das Schicksal der Soldaten nicht gleichgültig war. Dass er kein eiskalter Klotz war, sondern ein Mensch mit Gefühlen. Dann tat er so, als hätte er den minimalen, unbeabsichtigten Gefühlsausbruch wieder unter Kontrolle.

Ein Kommandant, Captain Yun, muss immer die Ruhe bewahren. Zumindest nach außen hin. Zeigt er Unruhe oder Nervosität, greift dies umgehend auf seine Untergebenen über. Bleibt er stattdessen ruhig und kontrolliert, ermöglicht er es ihnen, sich an ihm festzuhalten. Denken Sie daran, Yun, sollten Sie einst ein Schiff befehligen. Sie müssen die Last tragen, damit Ihre Mannschaft sich darauf konzentrieren kann zu funktionieren. Sie sind dann der Fels in der Brandung.

Wie viele Jahrzehnte lag es nun zurück, dass ihm sein einstmaliger Kommandant diesen Ratschlag anvertraute hatte. Eine Beförderung war der Anlass gewesen. Yun hatte damals eine Stellung als Erster Offizier an Bord eines Leichten Kreuzers übernommen.

Statt eines Kopfschüttelns gönnte sich Yun lediglich ein Räuspern, um sich von den unnützen Gedanken frei zu machen. Sofort sahen ihn einige seiner Offiziere erwartungsvoll an.

»Status der Störungszone«, fragte er.

»Laut dem Orakel stabil, Sir«, meldete Leutnant Belgrade, der in ständigem Kontakt zu der Hochleistungspositronik stand, die Tipa Riordan einst dem Lordadmiral abgeschwatzt hatte. Und somit gleichzeitig zu dem Maschinenbewusstsein Calipher-SIM, das sich in die Positronik transferiert hatte. Wie auch immer dieses lemurische Relikt es anstellte: Es stabilisierte die Störungszone und ermöglichte es mit Hilfe von Hyperfunkbojen, dass sich die Shifts seiner Landungstruppen innerhalb der Zone ansatzweise orientieren konnten.

Es missfiel Yun zwar dies zuzugeben, aber die Piratenlady hatte hochwertiges Equipment sowie fähige Wissenschaftler und Techniker um sich geschart. Einen von Ihnen hatte sie gar abgestellt, um die USO zu unterstützen. Yun besaß zwar Prinzipien, aber er war kein arroganter Idiot. Die Forscher Tipa Riordans untersuchten die Zone bereits seit vielen Jahren und hatten unmittelbare Erfahrungen mit Galverin Schmidt und seinem sogenannten Glitter gemacht. Es wäre töricht gewesen, das Angebot der Piratin abzulehnen.

Yun hatte den Wissenschaftler Ganus a That Captain Olmos und seiner Dreadful Three zugeteilt. Wenn es eine Abteilung von Raumlandesoldaten gab, die verrückt und waghalsig genug war, diese Zone zu durchqueren und zu Lordadmiral Atlan durchzudringen, dann die schreckliche Drei.

Beinahe stahl sich ein Lächeln auf Yuns Lippen, als er an den armen Olmos dachte. Sollte er jemals herausfinden, dass er und Leutnant McCarthy mit voller Absicht seit ihrer Grundausbildung in den gleichen Einheiten eingesetzt wurden ... nun, Yun würde sich nicht wundern, wenn Olmos darüber den Dienst quittierte. Selbstverständlich nur, um nach einiger Zeit zurückzukehren. Der Mann hatte die Werte der USO mit der Muttermilch aufgesogen. Bereits seine Eltern waren Offiziere gewesen.

McCarthy und er – es war eine ewige Geschichte. Sie zogen sich an und stießen sich ab. Und sie ergänzten sich kongenial, trieben einander zu Höchstleistungen an. Da war es vernachlässigbar, dass sie dann und wann eine Romanze miteinander hatten, nur um sich im Streit zu trennen und wieder zueinanderzufinden. Es war Olmos' einzige Schwäche und eine von McCarthys vielen. Wichtig war: Es behinderte niemals ihre Effektivität.

»Sir, ein weiterer Verlust. Ein Shift der Abteilung Drei. Die S-V-31.«

»Verstanden, Leutnant.«

Yun spreizte die Finger, legte deren Spitzen aneinander und führte seine Hände zum Mund. In dieser Position harrte er schweigend der Dinge, die da kommen mochten.

Zwei Shifts. Sechzehn Leben, die beendet wurden. Er hatte stets befürchtet, sich an dieses Gefühl zu gewöhnen. Abzustumpfen. Es war nie geschehen. Der Verlust schmerzte noch genau so wie zu Beginn seiner Laufbahn. Einzig verändert hatte sich sein Umgang mit dem Tod. Er hatte gelernt, sich damit zu arrangieren, Männer und Frauen in den Tod schicken zu müssen.

Dann geschah es Schlag auf Schlag: Abteilung Eins und Zwei brachen die Erkundungsmission ab. Vier und Fünf folgten rasch ihrem Beispiel. Nur die Dreadful Three hinkte hinterher.

Was habt ihr vor, ihr Irren, dachte Yun. Er beugte sich leicht nach vorn. Sein Erster Offizier hob überrascht eine Augenbraue ob der ungewohnten Reaktion seines Vorgesetzten.

»Oberst Yun, Sir, die Drei dreht auch ab«, meldete Leutnant Belgrade.

Beinahe enttäuscht sank Yun zurück in die Rückenlehne seines Kommandosessels.

»Augenblick.« Der Ortungsoffizier stutzte. »Sir, ich bekomme beunruhigende Nachrichten vom Orakel. Ich lege die Übertragung auf den Panoramaschirm.«

Zunächst war nur flirrendes Gestöber zu sehen, als tobe ein von Kunstlicht beleuchteter Schneesturm durch die finstere Polarnacht. Dann klarte das Bild auf. Yun erkannte die Störungszone. Ihm war, als erkenne er ein Geflecht aus kristallenen Fäden. Nein, wenn er die Größenrelationen berücksichtigte, die eingeblendet wurden, musste es sich um regelrechte Kristallsäulen handeln. Der sie umgebende Raum wallte schwarzblau, ähnlich dem Abstrahlfeld eines Transmitters. Ortungsreflexe erschienen. Dabei handelte es sich eindeutig um die USO-Shifts. Yun zählte neunzehn von ihnen.

»Neunzehn?«, stellte er seinem Ortungsoffizier die entscheidende Frage. Es hätten dreiundzwanzig Reflexe anzumessen sein müssen.

Der Leutnant nickte. Fieberhaft hämmerte er auf die glatte Oberfläche seiner Konsole ein. Allmählich wurden den Ortungssymbolen Bezeichnungen zugeordnet.

Yun hakte sie eine nach der anderen ab. Abteilung Eins. Vier Shifts. Ein Verlust. – Abteilung Zwei vollzählig. – Abteilung Vier vollzählig. – Abteilung Fünf vollzählig.

»Wo ist die Drei?« Yun wunderte sich selbst darüber, wie rau seine Stimme klang.

Belgrade schüttelte den Kopf.

»Keine Chance?«

»Ich befürchte ...« Belgrade verstummte, konzentrierte sich auf seine Konsole. Seine Miene hellte sich auf, nur um einen Moment später wieder zu verfinstern.

»Meldung, Leutnant«, forderte Yun.

»Dank einer Rasterortung der Bojen, die das Orakel in die Zone lenkt, konnten wir – die Stationspositronik und unsere Bordpositronik – die Abteilung Drei ausfindig machen.«

»Aber? Raus damit, Leutnant.«

»Der Rückweg ist ihnen versperrt.«

Innerlich schimpfte Yun wie ein Rohrspatz. An seinen Ortungsoffizier gewandt, fragte er sachlich: »Besteht unmittelbare Lebensgefahr für die Abteilung Drei?«

Leutnant Belgrade musterte die ihm von der Stationspositronik zur Verfügung gestellten Daten. »Nein, momentan nicht. Der Glitter scheint sich ruhig zu verhalten.«

Wieso nun das schon wieder, grübelte Yun.

»Irgendwelche Vermutungen, was die Inaktivität des Glitters bedeuten mag?«, fragte er laut. Der Oberst erntete nur Kopfschütteln aus dem weiten Rund der Zentrale.

»Das Orakel meldet sich, Sir!«

»Zu mir durchstellen.«

Belgrade zögerte einen Moment, dann schüttelte auch er den Kopf. »Sir, das Orakel teilt mir mit, dass es nicht mit Ihnen zu plaudern bereit sei.«

»Das waren seine Worte?«

»Es drückte sich etwas ›blumiger‹ aus. – Ich bekomme folgende Informationen von ihm übermittelt: Die Datenmenge, die es über die Übergangszone zu dem Polychora genannten Gebilde sammele, wachse mit jeder Sekunde. Fünfundzwanzig Shifts den Glitter vom Hals zu halten, übersteige seine Möglichkeiten. Die verbliebenen vier Flugpanzer vermöge es jedoch zu schützen.«

»Wie das?«, fragte Yun. »Und warum liefert es uns erst jetzt diese lebenswichtige Information.«

»Es sei erst mit diesem Vorfall dahintergekommen. Wie es das anstellt, mag es mir nicht verraten. Wir Organischen seien zu ... beschränkt, um die Sachverhalte in einem angemessenen Zeitraum nachvollziehen zu können. Es versucht nun, den vier Shifts Passagen hin zu den Koordinaten frei zu machen. Dort vermutet es den konkreten Übergang zu Polychora.«

Yun war klar, dass es keinen Zweck hatte, die zurückgehaltenen Informationen mit größerem Nachdruck vom Orakel zu verlangen. Es würde sie nicht herausrücken. Des Weiteren bezweifelte der Oberst, dass es sinnvoll war, das Maschinenbewusstsein abzulenken. Sicher, ein technisches Produkt wie das Orakel, noch dazu in Personalunion mit einer Hochleistungspositronik neuester Bauart, sollte nicht daran scheitern, neben seinen Rechenaufgaben – und darum handelte es sich nach Yuns Verständnis bei der Erforschung und Beeinflussung der Zone – Informationen weiterzuleiten. Doch dieses quantenmechanische Gebilde innerhalb der Magmakammer Nachts stellte etwas Unbegreifliches dar. Yun hütete sich davor, einen Präzedenzfall zu schaffen.

Diese Maschine wird alles tun, um Lordadmiral Atlan zu retten, dachte er. Yun war über die Affinität des Orakels zu dem Arkoniden informiert worden. Er bezweifelte nicht, dass es seine Soldaten und Ganus a That aus der Zone hätte befreien können. Allein der Wille dazu fehlte ihm. Yun sprach es nicht laut aus, doch in dieser Hinsicht ging er mit dem Orakel konform.

Minuten vergingen. Stunden flossen träge dahin, während die vier Shifts der Dreadful Three durch die vom Orakel geschaffenen Passagen manövrierten. Zwar maß die Zone nur etwa sechzehn Kilometer im Durchmesser, doch es gelang dem Orakel nicht, einen direkten Weg zu den Zielkoordinaten frei zu machen. Yun hatte nie daran gezweifelt, dass das Geschwader der Abteilung Drei erkannte, dass sich ihnen ein Weg zum Übergang bot. Abzuwarten blieb, ob das Orakel die Kontrolle über den

Glitter behielt, bis Olmos und seine Leute nach Polychora durchgebrochen waren. Und – was noch ungewisser war –, ob es für sie eine Rückkehr gäbe. Im Endeffekt war genau das ihr Ziel: der Rücktransfer des Lordadmirals, der Abteilung A912 Rulan Karkerons und der Besatzung des imperialen Experimentalraumers WAV-E in die Milchstraße.

In den frühen Morgenstunden des 16. September 3126 geschah schließlich, was Oberst Korbinian Yun längst befürchtet hatte.

»Meldung vom Orakel«, rief Leutnant Belgrade. Seine Stimme zitterte. »Es verliert die Kontrolle. Die Beharrungskräfte des Glitters im Zentrum der Störungszone sind zu stark. Der Glitter greift an!«

Yun schwieg. Er starrte auf die Anzeige auf dem Panoramaschirm. Der massivste Energieausstoß war deckungsgleich mit den Koordinaten, an denen die Wissenschaftler Tipa Riordans vor einigen Tagen Korporal Galverin Schmidt geborgen hatten. Die Ortungsreflexe der vier Shifts verschmolzen miteinander und beschleunigten geradewegs darauf zu.

Und mit einem Mal waren sie verschwunden.

Yun schluckte schwer.

»Meine Damen und Herren, drücken Sie unseren Leuten die Daumen, auf dass das Verschwinden der Ortungsreflexe einen erfolgreichen Durchbruch zu Polychora bedeutet.«

Kapitel 6

16. September 3126
Gainbal-System, Asther/Perya

Tipa Riordan

»Wir haben ihn!«

Faun Malkovochs Nachricht elektrisierte Tipa Riordan. Sie hätte es natürlich niemals zugegeben, doch sie war in großer Sorge um Atlan. Es war höchste Zeit, ihm zu Hilfe zu eilen. Ohne ihre Unterstützung bekam der Beuteterraner eben nichts auf die Kette. Insbesondere deshalb, weil die USO weitere Vorstöße nach Polychora aufgegeben hatte. Nur einer einzigen Abteilung von Raumlandesoldaten war es gelungen, bis nahe an den Durchgang vorzudringen. Als die Shifts vom Ortungsschirm verschwanden, war der Kontakt abgebrochen. Ausgerechnet bei dieser Gruppe hielt sich Ganus a That auf. Hatte sie ihren Wissenschaftler nun ebenfalls ins Verderben geschickt? Lastete ein weiterer Toter auf ihrem Gewissen? Sie hoffte, dass sich ihre Befürchtungen als falsch erwiesen.

Die Piraten-Lady beorderte Alabuks und Seppelt herbei. Wenn Malkovoch ihr schon Aufpasser aufbürdete, sollten sie auch nützlich sein. Während sie auf die beiden wartete, wechselte sie rasch ihre Kleidung. Achtlos warf sie das bunte Wickelkleid auf den Boden und tauschte es gegen eine weiße Bluse, schwarze Lederhosen und ihre ebenso schwarze Lederjacke; statt der ausgetretenen braunen Sandalen mit den Kreuzriemen zog sie ihre heiß geliebten, ledernen Riemchen-Sandalen an, die sie bis zu den Waden schnürte. Zu guter Letzt legte sie den breiten Gürtel um und schloss die drei

Zentimeter dicke Bronzeschnalle. Dann summte auch schon der Türmelder.

»Rein mit euch!«, rief Riordan und desaktivierte das Spiegelfeld. Die Kommode sank zurück in die Wand. Tipa machte es sich wieder auf ihrem Diwan bequem und wartete.

»Ma'am?« Die beiden Männer traten ein und grüßten mit der traditionellen Geste der Freien Piraten, indem sie sich dreimal mit der Faust unters Kinn schlugen. Etwas benommen standen sie nun da. Alabuks zupfte an seinem akkuraten Schnurrbart. Seppelt rückte sich die Brille zurecht.

»Wo ist die Antigravscheibe, die ihr mitbringen solltet?«, herrschte Riordan die zwei an.

»Vor der Tür ...«, gab Alabuks zur Antwort und lugte durch die Lücken zwischen den Seidentüchern hindurch, die immer noch das Polstermöbel umgaben.

Die Piratin schnitt ihm zahnlos lächelnd das Wort ab. »Dann habt ihr die Ehre, mir so nahe zu kommen, wie es nur wenigen Männern vergönnt ist.«

Die zwei erblassten.

»Los! Ärmel hochgekrempelt und angepackt. Ich will, dass ihr meinen Diwan auf die Antigravscheibe verfrachtet!«

Unschlüssig blieben die beiden stehen.

»Wird's bald?«

»Aber Sie sitzen doch noch drauf«, wagte Seppelt einzuwenden.

»Komm näher, Bursche.« Die Piratin winkte ihn heran. Als er nur noch einen halben Meter von ihr entfernt war, langte sie zu und schlug ihm mit ihrem Stock auf den Kopf. »Und jetzt los. Ich habe es eilig.«

Im Eilschritt bugsierten die beiden Piraten die Antigravscheibe samt Tipa Riordan und ihrem Diwan durch die Gänge des Exporthafens Asthers hin zu dem stabilisierten Feldtunnel, der die Raumstation mit Perya verband. Diese kleinere Station diente als Anlaufpunkt für die Sammelschiffe, die in den Tiefen der Atmosphäre Nancanors nach exotischen chemischen Verbindungen schürften.

Bedeutsamer war derzeit, dass Perya außerdem Heimat des Kults der feurigen Wiedergeburt war, der dort ein permanentes Heimrecht erworben hatte. Wie es mit dem Kult nach der Inhaftierung Gorken Tansiths und Tirfin Surgets weitergehen sollte, stand in den Sternen geschrieben. Es kümmerte Riordan auch nicht weiter. Sektierer standen auf ihrer Beliebtheitsskala nicht an exponierter Stelle.

Anders war es mit Naron Falton. Was auch immer ihn dazu bewogen hatte, diese Sekte zu gründen – Riordan schätzte, dass er damit seine Forschungen hatte finanzieren wollen –, war er sicher nicht der Spinner, als den man ihn tituliert hatte. Riordan hoffte, in ihm einen nützlichen Verbündeten zu finden, obwohl die Wahrscheinlichkeit, dass Naron Falton ihr würde helfen können, gering erschien. In all der Zeit, die er auf Perya geforscht hatte, war er ihrem Wissensstand nach dem Geheimnis der Schwächung des Universums nicht näher gekommen. Und immerhin hatte er einundzwanzig Jahre lang Zeit gehabt, bis ihn Gorken Tansith im Jahr 3123 aus dem Verkehr gezogen hatte. Doch in dieser ausweglosen Situation sah sie sich gezwungen, nach jedem Strohhalm zu greifen.

Faun Malkovoch erwartete seine Chefin bereits an der Grenze zum Reich des Kults der feurigen Wiedergeburt. Tipa Riordan sah ihn schmunzeln, als sie ihren beiden ›Trägern‹ befahl, sie herabzulassen. Die Piratin stand von ihrem Diwan auf und trat zu ihrem Ersten Wesir.

»Faun, du bist also erwartungsgemäß erfolgreich gewesen. Brav.« Sie klopfte ihm mit ihrem Spazierstock lobend vors Schienbein. Der Hüne verzog keine Miene, obwohl es ihn schmerzen musste. »Aber wer ist *das*?«

Die Piratin runzelte die eh schon runzlige Stirn. Eine junge Frau stand halb hinter Faun Malkovoch und lächelte ihr entgegen. Sie trug eine beigefarbene Hose und eine blassblaue, vor der Brust geraffte Bluse. Darüber hing der Grund für Riordans Stirnrunzeln – eine dunkelblaue Uniformjacke der USO.

»Das ist Oberleutnant Lea Long«, stellte Malkovoch die Frau vor. Riordan schätzte sie auf knapp über 1,70 Meter Körpergröße. Ihre brünetten Haare trug sie zu einem Zopf geflochten, der ihr über die Schulter bis zum schmalen Schlüsselbein hing. Ihre Haut hatte einen leicht dunklen Teint. Die Iriden ihrer runden Augen glänzten in Blau und Grün und waren durchsetzt von bronzefarbenen Sprenkeln. Die Stupsnase sowie ihr Lächeln, bei dem die vollen Lippen ihre obere Zahnreihe entblößten, ließen sie eigentlich sympathisch wirken, wäre da nicht dieses verdammte Logo auf der Brusttasche der Jacke gewesen.

»Ach. Wie schön, dass du Oberleutnant Long eingeladen hast, uns zur Hand zu gehen, Faun.« Tipa zog ihre Oberlippe ebenfalls zu einem Grinsen hoch und ließ den Oberkiefer sehen, in dem die Zahnreihe fehlte.

Zu ihrer Enttäuschung reagierte Lea Long nicht in irgendeiner negativen Weise. Stattdessen trat sie hinter Malkovoch hervor und reichte der Piratin die Hand. »Es ist mir eine Freude, Ihre Bekanntschaft zu machen, Ma'am.«

Riordan seufzte. »Ganz meinerseits, Mädchen.« Wie auch immer die USO von ihren Plänen erfahren hatte, jetzt musste Riordan sich damit arrangieren. »Also, Faun. Wo ist er?«

»Naron Faltons Schlafplatz ist tief in den Reihen der Kryotanks verborgen, Ma'am.« Malkovoch verschwieg den Namen des Wissenschaftlers nicht. Demzufolge wusste die USO auch über das Ziel ihrer Suche Bescheid und darüber, dass diese erfolgreich gewesen war. *Wie ärgerlich!*

»Also hat Tansith ihn tatsächlich in Kryostase versetzt. Dass dies auf Faltons eigenen Wunsch geschehen ist, wie der Ara stets versichert hat, wage ich zu bezweifeln. Aber immerhin ist er am Leben.« Sie schaute fragend zu Malkovoch hoch.

Dieser nickte zustimmend. »Ja. Es dürfte jedoch ein langwieriger Prozess werden, ihn aus dem Kälteschlaf zu wecken. Die Kryostase-Systeme des Kults sind alles andere als auf dem neuesten technischen Stand. Ich bedauere.«

Während sie sprachen, gingen Riordan und Malkovoch in Begleitung von Long eiligen Schrittes auf ein großes, rostrotes Tor zu, in dessen Mitte sich so eben ein Schott öffnete. Sie betraten das Reich des Kults, in dem es von USO-Spezialisten nur so wimmelte, seit Tipa Riordan der United Stars Organisation Gorken Tansith ans Messer geliefert hatte. Sie konnte Malkovoch offensichtlich keinen Vorwurf machen, dass er die Suche nach Naron Falton nicht vor Oberst Yuns Leuten hatte verbergen können.

Missmutig stieß Riordan bei jedem Schritt die Spitze ihres Spazierstocks auf den verschrammten Boden. »Wir haben keine Zeit für langwierige Prozesse, Faun.«

»Wenn ich dazu etwas sagen dürfte«, meldete sich Oberleutnant Long zu Wort. »Die USO hat – allein durch die persönlichen Erkenntnisse unseres Lordadmirals – einschlägige Erfahrungen im Bereich der Kryostase. Selbstverständlich können wir behilflich sein.«

»Aber ...?«, fragte Riordan. »Wo ist der Haken? Wenn die USO eine Gefälligkeit anbietet, tut sie das nicht ohne Hintergedanken.«

Zumindest in dieser Hinsicht sind wir uns ähnlich, fügte sie in Gedanken hinzu.

Lea Long lächelte wieder ihr sympathisches Lächeln. Dabei kräuselte sich ihre Nase leicht. »Wir würden gerne wissen, weshalb Sie solche Mühe darauf verwendeten, Naron Falton ausfindig zu machen. Warum wollen Sie den Wissenschaftler so rasch wie möglich aus dem Kälteschlaf wecken? Ihr hochgeschätzter Erster Wesir ist hinsichtlich dieser Frage leider schweigsam wie ein Grab.«

»Faun ist nicht sehr gesprächig. Sehen Sie ihm das nach. Solch tumbe Riesen taugen mehr zu Taten denn zu Worten.«

Long nickte. Dabei trug sie jedoch ein Grinsen zur Schau, das ausdrücken mochte: »Rede du nur, ich habe Faun Malkovoch durchschaut.«

Diese Frau gefiel ihr ganz und gar nicht, solange sie auf Seiten der USO stand. Sie war zu kompetent. Vielleicht konnte sie Long eines Tages abwerben. Aber das musste warten.

»Reden wir also Klartext«, gab Riordan das Versteckspiel auf. Sie durchquerten einige Räume und durchschritten schummrig beleuchtete Gänge, die nach irdischem Weihrauch, rumalischer Trockenmyrrhe und anderen Substanzen duftete, wie sie von Religionen und Sekten zur Verdichtung einer mystischen Stimmung bevorzugt angewandt wurden. Endlich blieben sie vor einem Schott stehen, auf dem »Saal der nahenden Wiedergeburt« geschrieben stand.

»Wir sind da«, erklärte Malkovoch.

»Ich kenne poetischere Sektierer. Mag daran liegen, dass Falton nicht zum Guru geboren ist. Gehen wir rein.« Tipa Riordan klopfte mit dem Stock gegen das zerkratzte Panzerplastschott. Es klang massiv.

Ihr Erster Wesir schob eine handtellergroße Platte neben dem Rahmen des Schotts beiseite, tippte einen Code ein, dann legte er den Zeigefinger seiner rechten Hand auf ein Indikatorfeld, das seine Genstruktur kontrollierte. Erst danach erklang eine schrille Lautfolge, und ein grünes Licht flammte auf. Das Tor öffnete sich vor ihnen und sie betraten die Kryoabteilung des Kultes. Es roch intensiv nach Desinfektions- und Kühlmitteln. Die Temperatur mochte um die sieben Grad unter Null liegen, obwohl eine Raumkühlung keinen Sinn ergab, da die Tanks ja eine Welt für sich darstellten. Vielleicht trat irgendwo Kühlflüssigkeit aus? Die Luft war zumindest so trocken, dass es Riordan im Hals kratzte.

»Wie lange infiltrieren Sie den Kult schon?«, fragte Lea Long.

»Seit ungefähr einem Jahr«, gab die Piratin bereitwillig Auskunft. Das Thema schien ihr nicht bedeutsam genug, die Mühe einer Lüge darauf zu verschwenden.

Malkovoch führte sie zielsicher durch die verzweigten Gänge zwischen den Kryotanks, die sich von gewöhnlichen Gastanks nicht unterschieden. Die drei Meter hohen, grauen Zylinder standen aufrecht und waren in drei Etagen gestapelt. Blassblaue Leuchtelemente in der Decke tauchten die Halle in ein schwaches Licht. Das sonore Summen der Tanks und das Rauschen in den zwischen ihnen verlaufenden Rohren sorgten für eine monotone Geräuschkulisse. Grüne und gelbe Kontrolllampen blinkten auf der zum Gang zugewandten Seite der Behältnisse. Unter beschlagenen Eingabefeldern standen die Namen der in Kältetiefschlaf versetzten Sektierer geschrieben.

Wie viele Solar oder Chronners mochten Falton und erst recht Gorken Tansith wohl ihren minderbemittelten Anhängern aus der Tasche gezogen haben, denen die Geschichte von der Wiedergeburt im Paradies aufgetischt worden war?

Tipa Riordan fröstelte. Nicht wegen des Gedankens an die armen Idioten, sondern aufgrund der Temperatur. Sie aktivierte die Heizelemente ihrer Ledermontur und hieb Malkovoch ihren Stock in den Rücken.

»Schneller, Faun! Ich frier mir hier noch mein knackiges Gesäß ab. Und Miss Long ist auch kalt.« Sie warf einen vielsagenden Blick auf die Bluse des Oberleutnants.

Long störte sich nicht daran.

Nach zehn Minuten Fußweg durch die verschachtelten Gänge blieb Malkovoch stehen. Tipa fragte sich nach dem Fußmarsch, wie groß die Fläche der Halle sein musste. Bislang hatte sie sich darüber keine Gedanken gemacht.

»Wir sind da.« Der hünenhafte Wesir klopfte auf einen Kryotank, der aus der zweiten Etage gelöst und auf dem Gang abgesetzt worden war, sodass man sich nur mit Mühe daran vorbeizwängen könnte. Es klang hohl und hallte durch die Kryoabteilung.

Tipa stellte sich neben Malkovoch und rief: »Anheben!«

Ihr Erster Wesir griff ihr um die Taille und hievte sie vor das Sichtfenster des Tanks. Himmelsblaues Licht war aktiviert und beleuchtete das blasse, schmale Gesicht des in Kältetiefschlaf liegenden Arkoniden. Eine scharf geschnittene Hakennase prangte darin. Die eingefallene Mundpartie, die ausgeprägten Wangenknochen und ein spitzes Kinn gaben dem Wissenschaftler ein markantes, aber nicht sonderlich sympathisches Erscheinungsbild.

»Der Erweckungsvorgang ist eingeleitet«, erklärte Malkovoch. Obwohl er für seine Verhältnisse leise sprach, hallte die Stimme durch die Gänge und wurde metallisch klingend von den Tanks zurückgeworfen.

»Miss Long.« Riordan winkte die junge Offizierin heran. »Wie schnell können Sie den Burschen auf die Beine bekommen.«

»Das kommt drauf an, was Sie mit ihm vorhaben«, antwortete sie. Das Lächeln auf ihren Lippen blieb, doch es hatte seine Herzlichkeit verloren.

»Was auch immer Sie anstellen, es sollte flott gehen. Ich erkläre Ihnen auf dem Rückweg, weshalb.«

Riordan berichtete Oberleutnant Lea Long in aller Ausführlichkeit, was Faun Malkovoch und sie bereits besprochen hatten. Long saß ihr in einem ehemals von Gorken Tansith genutztem Büro gegenüber. Sie tippte mit ihren schwarz lackierten Fingernägeln auf der Platte des Schreibtisches und kaute auf ihrer Unterlippe.

»Man sagt, Naron Falton sei ein Spinner. Ich habe seine Akte überflogen, als meine Vorgesetzten mich darauf ansetzten, Ihre Suche nach dem Wissenschaftler näher zu beleuchten.«

»*Man* erzählt vieles, Miss Long.«

Die Piraten-Lady versetzte ihre Stimme in einen nüchternen Tonfall und zitierte aus einer ihr bekannten, sicher ähnlich klingenden Aktennotiz: »Der pseudoreligiöse Kult der feurigen Wiedergeburt entstand 3081 auf Arkon I unter dem Einfluss des arkonidischen Wissenschaftlers Naron Falton, der sich für einen fernen Nachkommen von Toge Falton hielt und bemüht war, dessen Arbeiten zur Fernerkundung zu verfeinern – eine Aufgabe, der sich vor vielen Jahren schon der terranische Wissenschaftler Tyll Leyden verschrieben hatte. Naron Faltons ›neues‹ System zur Fernerkundung hyperphysikalischer Phänomene wurde jedoch von den Fachkollegen aller Völker verlacht, was ihn in die Abgeschiedenheit eines unbekannten Kolonialplaneten trieb. Dort gelang ihm allem Anschein nach der Durchbruch – er detektierte eine ›Schwachstelle‹ im Universum, die laut seinen Auswertungen Zugang in eine andere Welt bot, und errechnete deren hypothetische Position auf dem Planeten Nancanor. Er wurde erneut verlacht und aus der wissenschaftlichen Gemeinschaft ›entfernt‹.«

Riordan räusperte sich und nahm wieder ihre gewohnte, auf viele Leute unangenehm wirkende Intonation an. »Merken Sie was, Mädchen? Naron Falton wurde verlacht. Meine Wissenschaftler und ich haben aber solch eine ›Schwächung des Universums‹ unterhalb der Magmakammer auf dem Mond Nacht entdeckt. Aus ihr wurde Galverin Schmidt geborgen und das Unheil nahm seinen Lauf. Glauben Sie immer noch, Falton sei ein Spinner?«

»Ich habe nie behauptet, dass ich dies glauben würde.« Long hielt darin inne, die Tischplatte mit ihren Fingernägeln zu traktieren und sah Riordan direkt in die Augen. »Ich werde mit meinen Vorgesetzten Rücksprache halten. Bis dahin gedulden Sie sich bitte.«

»Geduld?« Riordan musste sich bemühen, ihre Stimme unter Kontrolle zu halten. Beinahe überschlug sie sich. »Ich bin zwar eine Zellaktivatorträgerin, aber die Zeit zerrinnt auch mir zwischen den Fingern – und Ihrem heiß geliebtem Lordadmiral ebenso.«

»Das ist uns bewusst«, versicherte Long, stand auf und verließ das Büro.

Kapitel 7

16. September 3126
Gainbal-System, Ultraschlachtschiff VESPER

Oberst Korbinian Yun

Oberst Korbinian Yun saß immer noch in seinem Kommandantensessel und brütete vor sich hin. Die meisten Mitglieder seiner Zentralebesatzung dienten bereits seit Jahren unter ihm und konnten selbst die geringsten Anzeichen von Unwillen an ihm deuten. Die anderen waren von den Alteingesessenen sicher gewarnt worden. Sein zwischenzeitlicher Gefühlsausbruch hatte sein Übriges hinzugetan. Es störte ihn also niemand in seinen Überlegungen.

In der linken Hand trug er eine Porzellanuntertasse. Mit Zeige-, Mittelfinger und Daumen hielt er an einem für seine Fingergröße beinahe zu kleinem Henkel eine Tasse. Das Porzellan war cremefarben und mit der himmelblauen Zeichnung vielzackiger Sterne geschmückt. Schwarzer Tee, Darjeeling, dampfte darin. Nachdem die Abteilung Drei seiner Landetruppen vom Ortungsschirm verschwunden war, hatte sich Yun des Gesprächs mit der Piraten-Lady erinnert und sich an ihr ein Beispiel genommen. Mit dem kleinen, aber feinen Unterschied, dass er im ewigen Duell der Heißgetränke die mit kochendem Wasser aufgegossenen Blätter bevorzugte.

Mittlerweile war die ehemalige Forschungsstation auf dem Mond Nacht vollständig geräumt. Nur noch wenige USO-Spezialisten und Roboter harrten in der Hauptkuppel aus, in der die Großpositronik untergebracht war und mit ihr das Bewusstsein Calipher-SIMS.

Ghost in the machine, fiel Yun spontan dazu ein. Ihm war jedoch entfallen, wann und wo er diesen altterranischen Begriff einst aufgeschnappt hatte. Er nippte an dem heißen, würzigen Getränk, das er mit etwas braunem Zucker verfeinert hatte. Doch die Erinnerung kam nicht zurück.

Die übrigen wie Schneckengehäuse im Gestein der Magmakammer verankerten Gebäude der Forschungseinrichtung Tipa Riordans waren mittlerweile verlassen, die Systeme desaktiviert. Nur die Energie produzierenden Bereiche waren aktiv geschaltet verblieben, um die Positronik bis zuletzt schützen zu können.

Wissenschaftler, Techniker und Söldner Riordans hatten ohne größere Probleme per Transmitter evakuiert werden können. Hin und wieder war es zu einigen Reibereien gekommen, als Akademiker sich geweigert hatten, die Station zu verlassen oder in höchster Not versuchten, ihre Versuchsaufbauten oder Forschungsergebnisse zu retten. In einem Fall war die Hilfe gescheitert. Ein ekhonidischer Hyperphysiker hatte den Soldaten, der ihn zur Flucht hatte zwingen wollen, mit einem Paralysator außer Gefecht gesetzt, den er in seiner exzentrischen Kopfbedeckung verborgen hatte. Dann war er zurück in sein Labor gelaufen, um die Ergebnisse seines aktuellen Projektes auf einen Datenkristall zu überspielen. Zum Verhängnis wurde ihm, dass sein Ziel und dasjenige des Glitters übereinstimmten. Der Soldat hatte von Kameraden gerettet werden können. Das Letzte, was man von dem Ekhoniden mitbekam, war ein Mark erschütternder Schrei im Funkäther. Dann Stille.

Yun hatte derlei bereits öfter erleben müssen. Dennoch ärgerte er sich über solch idiotische Tunneldenker. Sie brachten damit nicht nur sich selbst in Gefahr, sondern auch die Menschen, die ihnen zu helfen versuchten. Oft handelte es sich bei jenen Wesen tatsächlich um richtige Intelligenzbestien; doch ein analytischer, kreativer oder auf andere Weise talentierter Verstand schützte nicht vor Torheit im Leben. Yun bedauerte weniger die Personen, die ihrer eigenen, geistigen Eindimensionalität zum Opfer fielen, als vielmehr diejenigen, die später um sie trauerten. Und nicht zuletzt die Kameraden aus den Reihen der USO, die es den Hinterbliebenen würden mitteilen müssen.

Ein letztes Exemplar dieser hochintelligenten, doch realitätsfernen Wesen, ließ Yun dennoch bislang gewähren. Zwar handelte es sich bei dem Orakel nicht um ein Lebewesen im engeren Sinne, sondern um das positronische Bewusstsein einer Maschine, doch trat in seinen Charakterzügen eine erstaunliche Kongruenz zu seinen organischen Gegenstücken zutage. Dabei hatte Tipa Riordan Yun versichert, dass das Orakel streng dem Leben verbunden war – zumindest dem eigenen.

Derzeit schwelgte es jedoch – ungeachtet jeder Gefahr, die durch den Glitter drohte – in höheren Sphären. Und zwar in Datensphären. Während der wenigen Funkkontakte, die Leutnant Belgrade in den Stunden seit dem Verschwinden der Dreadful Three mit dem Orakel zustande bekommen hatte, hatte es regelrecht geschwärmt. Es berausche sich an den faszinierenden Datenströmen, die sein positronisches Ich erweiterten, hatte Belgrade die Mitteilung des Maschinenbewusstseins an Yun weitergeleitet.

Yun war fast der Kragen geplatzt. Deutlich hatte er den in ihm hochpeitschenden Blutdruck gespürt. In seinen Ohren hatte es gerauscht. Seine Gesichtsfarbe musste in diesen Augenblicken eine dermaßen ungesunde Tönung angenommen haben, dass seine Offiziere einen Medorobot riefen. Tatsächlich entsann Yun sich nur weniger Momente in seinem Leben, die ihn derart in Rage gebracht hatten. Zuletzt war dies seinem Sohn gelungen, einer Sache wegen, derer Yun sich nur ungern erinnerte. Seitdem herrschte Funkstille zwischen Filius und Vater.

Den Kontakt zum Orakel konnte er indes nicht abbrechen, selbst wenn er es gewollt hätte. So sehr es Korbinian Yun verärgerte, dass dieses Geschöpf sich im Angesicht höchster Not und dem drohenden Tod vieler tausend intelligenter Lebewesen an Datenströmen ›berauschte‹, kam er nicht umhin, zuzugeben, dass es dadurch genau diese Gefahr in Zaum hielt. Nämlich indem es durch seine Aktivität die Störungszone stabilisierte und ihren Kollaps verhinderte.

Moralisch befand sich Yun derzeit in einer Zwickmühle. Selbstverständlich war er über den Status informiert, den der Lordadmiral dem Orakel zugestand. Zweifellos handelte es sich um eine schützenswerte ... Lebensform. Es galt also, ihm die gleiche Zuwendung zukommen zu lassen wie seinen organischen, bereits evakuierten Geistesverwandten, von denen diejenigen, die auf Riordans BUTTERFLY keinen Platz gefunden hatten, die Gastfreundschaft der USO genießen durften. Dennoch schrak Yun davor zurück. Denn auf der anderen Seite der Medaille stand, dass das Orakel die derzeit einzige bekannte Möglichkeit war, den Durchgang zu Polychora offen zu halten. Oder ihn wieder zu öffnen, sollte er geschlossen sein. Yun verfluchte sein Unwissen. Kein Nachteil wog schwerer als derjenige, schlecht informiert zu sein.

Yun stieß durch die Nasenlöcher die Luft aus, die er bei seinen Überlegungen unwillkürlich angehalten hatte. Die rotgoldene Flüssigkeit in seiner Tasse wellte sich. Er spürte, dass ihm seine Offiziere unsichere Blicke zuwarfen. Langsam führte er das Getränk zu den Lippen und nahm einen weiteren Schluck. Vielleicht hätte er etwas Honig in dem Tee auflösen sollen, schoss es ihm durch den Kopf.

Auflösen ..., sinnierte der Oberst. Es galt, ein Rätsel aufzulösen. Und zwar das der Schaumphasentechnologie. Sollte es ihnen gelingen, hinter das Geheimnis zu kommen, weshalb einigen Menschen die Befähigung gegeben war, den Quantenschaum zu manipulieren, und sollten sie sich in der Folge das Wissen zu Nutze zu machen können ... Dies wäre ein entscheidender Vorteil im Kampf um das Überleben der in Polychora Verschollenen.

Noch ein Grund mehr, die Positronik an Ort und Stelle zu belassen. Laut eigener Aussage begünstigte die räumliche Nähe zu der Störungszone die theoretischen Einblicke des Orakels in die Schaumphasentechnologie und deren Möglichkeiten und Eigenschaften.

Ein Funkspruch riss Oberst Yun aus seinen Überlegungen.

»Sir, Oberleutnant Long wünscht, Sie zu sprechen.«

Yun nickte. »Durchstellen«, rief er und winkte einen Servorobot herbei, dem er sein Porzellanservice übergab. Dann aktivierte er einen Schallschutz um sich herum und öffnete die Verbindung zu Long. Vielleicht ergab sich doch noch eine Handlungsalternative.

Kapitel 8

16. September 3126
Gainbal-System, Asther/Perya

Tipa Riordan
Neben dem Schreibtisch, von dem aus Gorken Tansith vor einigen Monaten noch seine dubiosen Geschäfte abgewickelt hatte, stand ein Schalenkoffer, dessen Hälften aus massivem Stahlplastik bestanden. Das Schloss war positronisch gesichert und nur nach einer Stimmfrequenzanalyse, einem Netzhautscan sowie einem Gehirnwellenmusterabgleich und der Analyse einer Genprobe Tipa Riordans oder Faun Malkovochs zu öffnen. Was in diesem Koffer verborgen war, darüber rätselten die Mitarbeiter der Piraten-Lady ebenso wie die Agenten der USO. Sicher war nur, dass es sich dabei um ein sehr voluminöses Transportgut handeln musste. Möglicherweise dutzende Ledermonturen und bunte Wickelröcke? Ein ganzes Arsenal von Duplikaten ihres Spazierstocks? Die Spekulationen rissen nicht ab, und Riordan amüsierte sich prächtig darüber.

Die Piraten-Lady hatte ihren Diwan hinter dem Schreibtisch platziert und es sich darauf gemütlich gemacht, als Oberleutnant Lea Long von Faun Malkovoch hereingeführt wurde.

»Sie verreisen, Ma'am?«, fragte Long freundlich lächelnd. Die junge Frau hatte wieder ihren unbekümmerten Esprit zurückgewonnen. Die Fronten schienen geklärt und eine Entscheidung gefällt.

»Tatsächlich habe ich das vor.« Riordan sog genüsslich an dem Mundstück der Shisha vor ihr auf dem Schreibtisch. Sie war aus buntem Glas gefertigt, in Messing gefasst, mit Ornamenten aus feinsten Edelmetallen verziert und hatte mindestens zehn Mal so viele Jahre auf dem Buckel wie die Piratin selbst. »Es sei denn, Sie legen mir Steine in den Weg, Mädchen. Einmal ziehen?« Sie bot Long den Schlauch an.

Diese hob abwehrend die Hände. »Nein, danke. Und was Ihren Ausflug angeht, so steht diesem unsererseits nichts im Wege. Oberst Yun ist mit Ihrem Vorschlag einverstanden, Naron Falton zu wecken und zur Mitarbeit zu bewegen. Wie ich aufgrund Ihrer Reisevorbereitungen mit ziemlicher Sicherheit annehmen kann, zieht es Sie in die tieferen Atmosphärenschichten Nancanors?«

Riordan schmeckte einen Augenblick lang dem Melonenaroma des Rauchs nach, dann legte sie den Schlauch der Wasserpfeife beiseite und nickte Lea Long zu. »Dem ist tatsächlich so, mein Mädchen.«

Longs rechte Augenbraue zuckte für einen Sekundenbruchteil irritiert in die Höhe, als sie den Zusatz ›mein‹ vernahm. Doch sie unterbrach Riordan nicht. Das junge Fräulein wurde der Piratin immer sympathischer.

»Naron Falton hat die ›Schwächung des Universums‹, wie er seine Entdeckung getauft hat, stets in der Atmosphäre Nancanors vermutet. Ich hoffe, dass er eine Ahnung hat oder gar *weiß*, wo sich diese zweite Zone befindet. Ich verspreche mir mehr von diesem Vorhaben als von einem Einsatz Faltons auf Nacht, da der Arkonide keine besseren Kenntnisse über *unsere* Zone besitzen dürfte als meine Leute.«

Lea Long wiegte den Kopf. »Woher nehmen Sie diese Gewissheit? Wenn Falton die Zone innerhalb Nancanors gefunden hätte, müsste er als Experte auf diesem Gebiet umfangreiche Ergebnisse gewonnen haben.«

»Vielleicht.« Riordan winkte ab. »Aber diese Schlussfolgerung beruht auf der Hypothese, dass Falton eine bestens ausgerüstete

Forschungsstation ähnlich der meinen sein Eigen nannte. Nun, davon haben meine Leute bisher keine Spur entdeckt.«

»Haben wir nicht«, bestätigte Malkovoch, der wie ein Fels in der Brandung in dieser weiblichen Runde die Stellung hielt.

»Ich halte Falton zwar nicht für einen Spinner, aber nachdem er in akademischen Kreisen zur ›Persona non grata‹ erklärt wurde, hielten sich seine finanziellen Mittel in Grenzen. Ich habe psychologische Beurteilungen Naron Faltons studiert; er ist kein Esoteriker, sondern der exakten Wissenschaft verbunden, so abgehoben sein Forschungsbereich in Ihren Augen auch sein mag. Ein Mann wie er hätte keine Sekte gegründet, es sei denn aus der angesprochenen finanziellen Not heraus.«

»In Ordnung. Sie haben mich überzeugt«, gestand Oberleutnant Long. »Ich möchte Ihre Reisevorbereitungen nun nicht weiter aufhalten.« Misstrauisch schielte sie zu der Shisha, auf deren Messingkopf noch immer ein Rest Kohle glühte. Dann nickte sie zum Abschied, drehte auf dem Absatz ihrer glatt polierten Stiefel um und schickte sich an, das Büro zu verlassen.

»Wann gedenken Sie, den Erweckungsvorgang Faltons einzuleiten?«, fragte Riordan, noch bevor Long den Ausgang erreicht hatte.

Die Offizierin warf einen letzten Blick über ihre Schulter, während das Schott in die dafür vorgesehene Wandeinsparung glitt. »Das habe ich bereits vor meinem Gespräch mit Oberst Yun veranlasst.«

Mit einem breiten Grinsen verließ Long das Büro. Ein verblüffter Faun Malkovoch und eine kichernde Tipa Riordan blieben zurück.

Der einstige Sammler war ein bauchiges Gefährt. Ein regulärer Sammler war es nach den Umbauten eigentlich nicht mehr. Ein Raumschiff? Nun, raumflugtauglich mochte es sein; zumindest über einige hunderttausend Kilometer. Optimiert war es jedoch einzig und allein auf den Einsatz innerhalb der stürmischen Atmosphäre Nancanors, weshalb der Begriff Schwadentaucher die Konstruktion am anschaulichsten umschrieb. Womit hätte Riordan den in Gasschwaden tauchenden, ehemaligen Sammler am ehesten verglichen? Einerseits ähnelte er von der Form her dem Panzer einer Schildkröte, andererseits war seine Oberfläche nicht segmentiert; nur die von umhertreibenden Silikat-Wolken verursachten Kratzer verliehen der dunkelblauen Arkonstahlhaut eine Spur von Charakter. Die Piratin verzichtete daher darauf, einen Vergleich mit einem Objekt irgendeiner Flora oder Fauna zu bemühen.

Es sprach für sich, dass die Hülle des Schwadentauchers nicht aus Terkonit gefertigt war, sondern aus der altbekannten Legierung, die Jahrzehntausende als das Nonplusultra aller Metallmischungen der bekannten Milchstraße gegolten hatte. Die Prospektoren, die in der Atmosphäre des heißen Gasriesen nach exotischen chemischen Verbindungen fischten – die in den dicht besiedelten Gebieten der Galaxis wesentlich kostengünstiger synthetisiert werden konnten – besaßen schlichtweg nicht die finanziellen Mittel modernes High-Tech-Gerät zu erwerben.

»Wir nennen ihn PEARL«, stellte Tipa Riordan ihren Schwadentaucher vor und deutete mit dem Zeigefinger ihrer linken Hand durch ein Bullauge. In der Rechten hielt sie, wie meistens, ihren Spazierstock. Die PEARL dockte an einer Schleuse Peryas an. Etwa vierhundert Kilometer über ihnen war Asther mit Antigravfeldern knapp an der oberen Grenze der Atmosphäre Nancanors verankert. Dort herrschten Temperaturen zwischen 900 bis 1100 Kelvin, während es in Peryas Umgebung ›moderate‹ 500 Kelvin waren. Nur die blauen und roten Positionslichter entrissen den Schwadentaucher in Ausschnitten der Dunkelheit. Rings herum dominierte Finsternis die aus heißem

Helium und Wasserstoff bestehende Atmosphäre, die von gasförmigen Silikaten und Alkalimetallen durchsetzt war.

»Beeindruckend.«

Täuschte sich Riordan oder klang ein Hauch von Spott in der müden, brüchigen Stimme Naron Faltons? Der Arkonide war nicht nur hager, wie in den über ihn kursierenden Erzählungen beschrieben, sondern wahrhaft dürr. Die Thermojacke, die er um seinen Leib geschlungen hatte, hätte ausgereicht, drei Männer seiner Sorte zu kleiden. Trotz der Heizfunktion des goldfarbenen, anschmiegsamen Stoffs, zitterte der Wissenschaftler und Sektengründer wie Espenlaub.

Tipa Riordan hatte sich nicht damit aufgehalten, Falton zu befragen, aus welchen Beweggründen er ihnen helfen wollte. Höchstwahrscheinlich hatte die von ihr versprochene Erfüllung seiner wissenschaftlichen Träume den Ausschlag gegeben, die Möglichkeit, endlich die »Schwächung des Universums« zu besuchen, in der er den Übergang in eine andere Welt vermutete. Tatsächlich sei es ihm niemals gelungen, dorthin vorzustoßen, hatte er Riordans Vermutungen bestätigt.

Nun, wie dem auch war. Es eilte. Sobald Naron Falton aus der Kryostase erwacht und ansprechbar gewesen war, hatte die Piratin ihn den betreuenden USO-Medikern abspenstig gemacht, in warme Kleider wickeln lassen und zur Schleuse verfrachtet. Auf dem Weg dorthin hatte sie ihn über ihre Absichten aufgeklärt. Nicht ohne bescheiden zu erwähnen, dass sie persönlich es gewesen sei, die Gorken Tansith aus dem Verkehr gezogen und ihn, Naron Falton, gerettet habe.

»Danke«, war eines seiner ersten Worte gewesen. Riordans Theorie, dass Tansith ihn »auf Eis gelegt« hatte, weil Falton seinen kriminellen Machenschaften auf die Schliche gekommen war, hatte er nicht widersprochen.

»Beeindruckend?«, wiederholte Riordan Faltons Bemerkung. »Finden Sie?« Die Piratin musterte den Arkoniden. Sein silberweißes Haar war fein, die Spitzen von Spliss zerfressen. Blaurote Wundmale auf den Handrücken und der pergamentenen Haut über den Jochbeinen verriet die veraltete und fehlerhaft arbeitende Technik der Kryotanks. Wenn er rasselnd ein- uns ausatmete, verströmte der Mann einen Geruch nach Magengeschwüren.

»Nein. Es ist ein Sammler ...«, keuchte Falton, »... wie jeder andere.«

»Sie irren sich, mein Lieber. Dieses ehemalige Stück Schrott wurde unter den Fittichen meiner Techniker flott gemacht und kann uns so tief in die Atmosphäre transportieren, wie es *keinem* anderen Fahrzeug Peryas möglich wäre.«

Falton reagierte darauf nur mit einem kaum merklichen Achselzucken.

»Sie sind sich sicher, dass wir an den von Ihnen genannten Koordinaten, die ›Schwächung des Universums‹ ausfindig machen können?« Riordan hatte dem Mann wohlweislich verschwiegen, dass auf Nacht ebenfalls eine derartige Anomalie existierte. Falton hatte selbstverständlich auch keinerlei Ahnung von Schaumphasentechnologie. Er hatte die Schwächung entdeckt; das war aber auch schon alles. Wissenschaftler wie Ganus a That hatten mittlerweile einiges mehr darüber herausgefunden, als es Naron Falton in Hunderten Jahren auf Perya gelungen wäre.

»Ich bin mir sicher«, antwortete Falton mit brüchiger Stimme, ohne Riordan anzublicken. Seine Augen irrten unstet in alle Himmelsrichtungen. Die Piratin hoffte, dass es nur physische Folgeerscheinungen der Kryostase sowie des raschen Erweckungsvorgangs waren und der Mann keine psychischen Schäden davongetragen hatte.

»Brechen wir also auf«, sagte sie, hakte sich das jämmerliche Kerlchen unter und spazierte auf die Personenschleuse zu. »Wir haben einiges vor.«

Naron Falton

Ja, das haben wir. Uns erwartet Kolossales, dachte Naron Falton, als die uralte und doch erschreckend vitale Terranerin ihn mit sich zerrte. Ein schwaches Lächeln schlich sich auf seine ausgedörrten, spröden Lippen. *Du ahnst ja gar nicht, was auf dich zu kommt, Tipa Riordan.*

Kapitel 9

15. September 3126
Polychora, Schmidts Refugium

Atlan

Der Paladin griff wieder an. Mit höchster Beschleunigung, einen Wirbel aus Sand und Glitterfragmenten hinter sich herziehend, raste er dem schwarzen Turm Galverin Schmidts entgegen. Fusionsgeschosse jagten aus den Mündungen des Spezialroboters, explodierten an der Fassade des Turms und entfalteten sich zu schrecklich schönen Feuerblumen.

Druckwellen fluteten heran. Sie warfen meine Begleiter und mich zu Boden. Donnergrollen hallte durch die Hohlsphäre. Ohne die hochgezüchtete Technik des Kampfanzugs wäre mein Körper unter der Hitze der Kunstsonne längst dehydriert, mein Trommelfell von dem ungedämpften Lärm der Explosionen geplatzt, meine Augen von dem Druck zerquetscht worden und meine Lunge von der überhitzten Luft verbrannt. Von den Auswirkungen der radioaktiven Strahlung ganz abgesehen.

Ja, ihr werft tatsächlich alles in den Ring, bestätigte der Extrasinn. *Wo rohe Kräfte sinnlos walten. Hoffen wir, dass deine Provokationen aufgehen und Schmidt eine Lücke in seiner Abwehr erkennen lässt.*

Ich enthielt mich einer Antwort, presste die Zähne aufeinander, ballte die Fäuste und beobachtete, wie der Paladin sich dem Turm näherte. Alles warfen wir nicht in den Ring. Der Spezialroboter der Siganesen war zum Beispiel mit Fusionsbomben ausgerüstet, die eine Sprengkraft von bis zu fünfhundert Megatonnen TNT erreichten. Doch innerhalb dieses begrenzten Raumes wäre ihr Einsatz reiner Selbstmord gewesen. Und dass die Sphäre Schmidts Grenzen besaß, wenn auch keine für uns messbaren, dessen war ich mir sicher. Das Blut auf meiner Oberlippe war getrocknet, doch frische Tropfen folgten nach. Beiläufig öffnete ich mit gemurmelten Befehlen das Menü der Körperhygiene.

Gleichzeitig starrte ich auf mein Helm-Display. Filter in der Helmscheibe dimmten die blendenden Blitze der Waffen und das Gleißen der Sonne, so dass ich den Angriffen des Paladins mit meinen Blicken folgen konnte. Desintegratorstrahlen schossen aus den vier Kombistrahlern in den Händen des Spezialroboters. Trotzdem loderte sein Paratronschirm unter einigen Attacken des Glitters grell auf. Beinahe erreichte der Kunsthaluter die schwarze Wandung des Turms. Doch im letzten Augenblick gelang es dem Glitter, ihn abzuwehren, indem sich die einzelnen Konstrukte zu einer dichten Wolke zusammenzogen und mit geballter Wucht auf den Paladin eindrangen. Unter heftigem Abwehrfeuer zog er sich zurück.

Ich ging währenddessen mit einigen Bewegungen meiner Pupillen das Hygienemenü des Kampfanzugs durch und murmelte Befehle. Dünne Fäden drangen daraufhin aus einer Öffnung des Multifunktionskragens, lavierten auf mein Gesicht zu und beseitigten das getrocknete Blut. Gleichzeitig sprühten sie Blutungsstopper in meine Nasenhöhlen. Das leichte Brennen und Kitzeln lenkte mich ab. Zwar vergingen höchstens zwei oder drei Sekunden, in denen ich in meiner Aufmerksamkeit nachließ, doch genügte das bereits. Etwas riss mich von den Beinen. Ich stürzte in den Sand. Staub wirbelte auf. Mir war, als würde ich durch ein Prisma sehen. Silberne Fäden flirrten vor meinen Augen. Ich konnte mich nicht mehr bewegen, nicht mehr den Desintegrator heben und feuern. Nicht einmal die Fähigkeit zu atmen war mir geblieben.

Glitter!, zischte der Extrasinn. *Er hat dich erwischt, du Narr!*

Sollte es so enden? Im Kampf gefallen, weil ich abgelenkt war durch eine Nasenreinigung? Einen Moment lang beherrschte mich ein Gefühl der Dankbarkeit, dass ich nicht dazu in der Lage war, diesen grotesken Gedanken auszusprechen. Es hätte sich schlecht in der Galerie der berühmten letzten Worte gemacht.

Dann wich der Druck. Zunächst von meiner Brust. Als Nächstes gab er meine Glieder frei. Ich zuckte reflexartig, hob die Waffe und schoss auf die zurückweichenden Glitterkonstrukte. Ich ahnte mehr, denn ich sah. Mühsam drehte ich mich auf den Bauch, stieß mich mit den Händen vom Boden ab und kam auf alle viere. Arme packten zu und zogen mich in die Höhe. Wankend kam ich auf die Beine. Meine Knie zitterten. Stimmen redeten auf mich ein. Es rauschte in meinen Ohren. Kein verständliches Wort drang zu mir durch. Mit blutigem Schleier vor den Augen stierte ich in den Himmel. Nur schemenhaft nahm ich wahr, dass ein dunkler Punkt von dem noch dunkleren Turm davongeschleudert wurde.

Der Paladin, erklärte der Quälgeist in meinem dröhnenden Schädel. *Erneut ein gescheiterter Angriff.*

Ein Zischen erklang und der Druck, der bereits von meinem Körper gelassen hatte, entließ auch meinen Verstand aus seinen Pranken.

»Sir«, erkannte ich eine der Stimmen nun deutlich und klar. »Wir haben Ihnen ein Aufputschmittel verabreicht. Das sollte sie die nächste Zeit erstmal auf Trab halten. Zwei der GLADIATOR-Roboter hat es erwischt.« Strahlenschüsse fauchten durch die Luft. Die Hände, die mich festhielten, verringerten sich in ihrer Anzahl.

»Danke«, krächzte ich und stieß auch die letzten Helfer von mir fort. »Aufpassen ...« Wieder erklangen Schüsse.

Auf meiner Brust pochte brennend der Zellaktivator und trug seinen Anteil dazu bei, dass ich schnellstmöglich die Folgen des

Angriffs überwand, dem jeder andere Mensch zum Opfer gefallen wäre. Ich sog die klimatisierte Luft tief ein, absolvierte eine kurze Dagor-Atem-Übung. Mein Blick klärte sich nun auch. Der schwarze Punkt, den mein Extrasinn als den Paladin identifiziert hatte, hatte die erneute Attacke Schmidts ebenfalls überstanden. In einer weiten, flachen Kurve raste er über den Boden.

»Phallus-Ersatz sagten Sie, Sir?«, erklang eine hohe, dünne Stimme aus den Lautsprechern meines Helms. Ich erkannte sie als diejenige Harl Dephins. Sie klang gar nicht mehr amüsiert.

»Genau«, krächzte ich. »Eine Prothese, um seine Unzulänglichkeiten zu kompensieren.«

Dephin lachte humorlos.

Ich wunderte mich über die Schlingerlinien, auf denen der Paladin plötzlich um das Fundament des Turms herumflog. Wich er vor von meiner Position aus nicht erkennbaren Angriffen des Glitters aus? Ich sah mich nach den fünf USO-Spezialisten um, die mir Rulan Karkeron zur Seite gestellt hatte. Die Männer knieten rundum auf unserer flachen Erhebung, dieser nur als lächerlich zu bezeichnenden Verteidigungsposition, und hielten ihre klobigen Kombistrahler im Ansatz. Die drei uns verbliebenen Maschinen taten es ihnen gleich. Doch die vielfältig gestalteten Glitterkonstrukte hingen unschlüssig in der Luft.

Ein Signal ertönte und kündete von einer eingehenden Videobotschaft des Paladins. Ich nahm an und erwartete das lindgrüne Gesicht Dephins zu sehen. Stattdessen erblickte ich eine blassgelbe, wellige Fläche. Glitzernde Muster zeichneten sich im Wüstensand ab, als wäre dort der Sand geschmolzen. Es musste sich um das Terrain handeln, über dem Dephin in gewundenen Wegen geflogen war. Ich erkannte Schriftzeichen in Interkosmo und versuchte sie zu entziffern.

»Großer ... Turm ...«, las ich. »Kleiner ...« Ich grinste, als ich das letzte, sich auf Turm reimende Wort entzifferte. Trotz der

Situation musste ich schmunzeln. Das hatte ich dem Siganesen nicht zugetraut. Anscheinend färbte schlechter Umgang auf Dauer doch ab …

Wieder betrachtete ich den Glitter. Plötzlich erschienen mir die Konstrukte wie an unsichtbaren Fäden hängende Puppen, dessen einziger Spieler im Augenblick ebenfalls versuchte die per Thermostrahler in den Sand gebrannten Buchstaben zu Wörtern aneinanderzureihen und deshalb seine Geschöpfe vernachlässigte.

Karkerons Männer, die mich immer noch schützend umringten, nutzten die Chance und feuerten aus allen Rohren, um uns Luft zu verschaffen.

Es vergingen vielleicht zehn Sekunden, bis Schmidt auch das letzte Wort gelesen hatte. Wie mit einer von Wut beseelten Bewegung gelenkt, stürzten sich Wolken von Glitter auf die Schriftzeichen und fraßen den geschmolzenen Sand metertief weg.

»Das wird nicht reichen«, murmelte ich. Ein Lächeln stahl sich auf meine Lippen. Neuer Mut erwachte in mir.

Jähzorn, dachte ich. *Dein ärgster Feind, Galverin Schmidt, ist mein derzeit bester Freund.*

Harlon Darter

Das muss ein Traum sein, dachte er. *Ein unglaublicher Traum.* Harlon Darter traute seinen Augen nicht, als sich die Schleuse in der Ferse des Paladins vor ihm öffnete. Ein Siganese erwartete ihn. Es musste sich um Captain Rigeler handeln, dem Dephin befohlen hatte, ihn zu empfangen. Der Captain trug einen schwarzen Kampfanzug und winkte lässig, aber nachdrücklich.

»Schnell!«, rief er mit heiserer Stimme.

Darter ließ sich nicht zwei Mal bitten und machte einen großen Satz. Dann stand er ehrfurchtsvoll wie auf heiligem Boden.

Wie oft hatte er davon geträumt, ein einziges Mal dieses Meisterwerk siganesischer Ingenieurskunst betreten zu dürfen? Nun war es Wirklichkeit.

Schon betätigte Rigeler den Aufwärtsschalter des Lifts. Das Schleusenschott schloss sich und der Aufzug schoss in die Höhe, durch das gestreckte linke Bein hinauf in den Torso des Roboters.

Darter erkannte auf einem kleinen Bildschirm, dass sie die Decks Sieben bis Vier passierten. Auf Deck Drei hielt der Lift, das Schott öffnete sich und Rigeler eilte in den Raum dahinter. Darter folgte ihm etwas langsamer und sah sich um. Es war eng im Inneren des Paladins, selbst für einen Siganesen. Harlon Darter maß immerhin stolze 16,42 Zentimeter! In zwei Kontursesseln saßen Männer. Captain Amos Rigeler nahm mit verschwitztem Gesicht bereits wieder eifrig Schaltungen vor. Im Sessel daneben drehte sich eben ein ungewöhnlich großer Siganese – Darter schätzte ihn auf etwas achtzehn Zentimeter – zu ihm um und grüßte mit einem knappen Kopfnicken.

»Drof Retekin, Mathelogiker. Nehmen Sie bitte Platz und schnallen sich an«, stellte er sich vor und deutete auf einen ausklappbaren Notsitz hinter den Kontursesseln. Dann wandte er sich wieder den Bildschirmen seines Kontrollpultes zu.

Darter tat wie geheißen. Erst als er saß und sein Kreuz zu brennen begann, spürte er die Belastungen der letzten Stunden. Sobald die Schnalle der Gurte einrastete, öffnete er seinen Helm. Die Luft im Inneren des Paladins war angenehm kühl, roch jedoch salzig-feucht. Der Geruch stammte von den dicht vor ihm sitzenden Männern, die angestrengt arbeiteten.

»Wie kann ich helfen?«, fragte er.

»Sie sind Wissenschaftler. Lassen Sie sich was einfallen«, sagte Rigeler nur.

Darter nahm ihm seine Aussage nicht krumm. Ihm war bewusst, dass der Offizier als korrekter Siganese nicht hatte unhöflich sein wollen. Dies war eine Extremsituation und Darter ein gestandener Mann von 192 Jahren Alter, noch dazu ein Wissenschaftler im Dienste der Solaren Flotte. Natürlich musste er sich selbst etwas einfallen lassen. Er durfte kein Klotz am Bein der eingespielten Crew sein. Schließlich hatte der Lordadmiral ihn zur Unterstützung der Männer abgestellt und ...

Für einen Moment hakten die Gedankengänge des Siganesen.

Zur Unterstützung abgestellt ...

Darter runzelte die Stirn. Der Gedanke kam ihm so unerwartet, wie ein aus dem Meer auftauchender und die Wasseroberfläche durchbrechender Wal. War er nicht doch eher in die *Obhut* des Thunderbolt-Teams übergeben worden? War er in Atlans Augen zu waghalsig vorgegangen, sodass der Arkonide ihn in Sicherheit hatte wissen wollen, dort wo ihm nichts geschehen und er keinen Unfug anrichten konnte?

So wird es wohl sein, dachte Darter ernüchtert. Wie sollte ein Hyperphysiker in diesem Kampf auch helfen, in dem es nicht um die höhergelagerten Dimensionen, sondern, ganz im Gegenteil, um die kleinsten Bausteine der Realität, den Quantenschaum, ging?

Ein Signalton in seinem Helmlautsprecher kündigte eine eingehende Datei an. Er zog die Scheibe seines Helms vor die Augen. Bei dem Dokument handelte es sich um einen Plan des Paladins; des zweiten Modells, das diesen Namen trug, um genau zu sein. Darter verschaffte sich mit Hilfe der Risszeichnung einen ersten Überblick.

Er befand sich auf Deck Drei, knapp über den beiden Laufarmen des vier Meter hohen Roboters. Hier war die Verteilerschaltung der Bewegungsanlage untergebracht, für die Captain Amos Rigeler verantwortlich zeichnete. Oberstleutnant Drof Retekin war Chef der Rechenzentrale und außerdem für die Ortungssysteme zuständig. Des Weiteren befanden sich die

Kabinen, sanitären Anlagen und die Küche auf diesem Deck. Eine Etage höher saß der Kommandant der Thunderbolts, Major Harl Dephin, unter einer SERT-Haube. Der Gefühlsingenieur steuerte den Roboter mittels der simultanen Emotio- und Reflex-Transmission. Dephin musste ein außergewöhnlicher Siganese sein. Emotionauten gab es nicht wie Sand am Meer. Noch ein Deck höher, direkt unter der Schädeldecke des Kunsthaluters, war der Platz des ›Gunners‹ und Waffenoffiziers Leutnant Dart Hulos. Mithilfe seiner ›Feuerorgel‹ heizte er Galverin Schmidt und seinem Glitter ein. Unter ihren Füßen, auf Deck Vier, kümmerte sich der Hochenergie-Ingenieur Captain Mirus Tyn derweil um die Energieversorgung des technischen Wunderwerks, das der Paladin darstellte. Und noch ein Deck tiefer war Leutnant Cool Aracan verantwortlich für die positronischen Anlagen und den Funk.

Kurzum: Jeder der sechs Siganesen des Thunderbolt-Teams hatte eine Aufgabe zu erledigen und war auf seinem Gebiet mit großer Sicherheit eine Koryphäe. Was also konnte Darter leisten, um die Spezialisten der USO zu unterstützen? Verlegen kratzte er sich am Hinterkopf und überlegte fieberhaft.

Eine Erschütterung durchlief den Paladin. Der Boden vibrierte, bäumte sich auf. Für einen Moment ebbten die Erschütterungen ab. Nur ein starkes Zittern des Bodens und der Wände verweilte. Die Geräuschkulisse veränderte sich. Ein dumpfes Dröhnen übertönte das Summen und Piepen der Geräte. Wieder bäumte sich der Boden unter Darter auf. Angespannt umklammerte er die Armlehnen seines Sitzes.

»Wir sind heftigen Angriffen des Glitters ausgesetzt«, rief ihm Drof Retekin von seiner Ortungsstation her eine Erklärung zu. »Aber keine Panik. Die Paratronschirme halten. Wir müssen uns jedoch vom Turm zurückziehen.«

Harlon Darter nickte nur. Ihm war bewusst, dass Retekin die Geste nicht sehen konnte. Doch ihm war so flau im Magen, dass er sich nicht traute auch nur ein Wort zu sagen. Und das in *dieser* Situation, in der für ihn ein Traum in Erfüllung ging! Wie ärgerlich, ja, nachgerade *peinlich* war das!

Allmählich ebbten die Erschütterungen ab. Je weiter sie sich vom schwarzen Turm Galverin Schmidts entfernten, desto nachlässiger wurden die Attacken des Glitters. Retekin war so nett, Darter eine Auswahl von Ortungsergebnissen auf das Helm-Display zu übertragen. Dann griff der Paladin ein weiteres Mal an. Wieder erschütterten die Angriffe des Glitters den Roboter. Erneut wehrten Schmidts Konstrukte die Offensive ab.

»Dieser Wurm!«, schimpfte Rigeler. »Dieser kleine Wurm verschanzt sich in seinem Türmchen und spielt den großen Zampano!«

»Was haben Sie gesagt, Captain?«, erklang plötzlich Major Harl Dephins Stimme aus den Deckenlautsprechern.

»Ähm ... Großer Zampano, Sir? Ein antiker terranischer Film.«

»Nein, das andere.«

»Wurm?«

»Ja!«, Dephin lachte ein Lachen, das Darter alles andere als fröhlich vorkam. »Phallus-Ersatz sagten Sie, Sir?«, erklang seine Stimme erneut.

»Genau«, krächzte jemand. War das etwa Atlan? In was für einem Zustand musste er sich befinden! »Eine Prothese, um seine Unzulänglichkeiten zu kompensieren«, fügte der Arkonide hinzu.

»Leutnant Hulos, Sie haben den Lordadmiral gehört. Dann drücken wir mal auf den wunden Punkt. Großer Turm, kleiner Wurm! Danke, Captain Rigeler!«

Während die Thunderbolts Späße machten, um ihre Anspannung abzubauen, verharrte Darter schweigend auf seinem Notsitz. So hatte er sich seine Unterstützung nicht vorgestellt ...

Er klopfte mit seinen Fingern einen unruhigen Rhythmus auf die Armlehnen und überlegte, was er tun konnte, um eine tatsächliche Verstärkung für Dephin und seine Männer zu sein. Sein eigentliches Metier schied aus, darüber war er sich früh bewusst geworden. Also musste er improvisieren. Bereits im Studium hatte er sich rasch in neue Aufgabengebiete einarbeiten und an neue Voraussetzungen anpassen müssen. Es sollte also kein Problem darstellen, auf irgendeine Art und Weise den USO-Spezialisten beizustehen.

Wo lagen also seine Stärken? In seiner Personalakte wurde er als hochintelligent beschrieben, als anpassungsfähig, neugierig und mutig. Neugier und Mut hatten ihn zum Mitarbeiter des Projekts Laurin werden lassen. Doch solange er auf diesem Notsitz gefesselt saß, konnte er diese Attribute nicht ausspielen. Wissenschaftlich und analytisch zu denken jedoch vermochte er auch im Sitzen. Dies war sein täglich' Brot.

Also begann er die Situation zu analysieren. Frontale Angriffe blieben erfolglos; die Abwehr Schmidts erwies sich den Attacken der Kampfmaschine Paladin gewachsen. Überraschende oder verdeckte Offensiven waren reines Wunschdenken, denn der ehemalige Korporal hatte den perfekten Überblick über die so simpel angelegte Landschaft der Hohlsphäre. Sicher hatte er sie nicht grundlos auf diese Weise konzipiert. Erfolgversprechend schien die Strategie Atlans, Galverin Schmidt zu provozieren. Der Lordadmiral hatte sich anscheinend auf den Bericht Aliken Hantoons besonnen und den Jähzorn des Terraners in seine Pläne eingeflochten. Harl Dephin hatte dies mustergültig umgesetzt. Der Erfolg zeigte sich augenblicklich. Nachdem der Major den Schriftzug in Sichtweite des Turms per Thermostrahler in den Sandboden gebrannt hatte, war Schmidts Glitter in einer kompakten Wolke zu der Stelle hingejagt, um die Schmähung wegzufressen.

Dephin war es gelungen, die Ablenkung ihres Gegners auszunutzen: Die Thunderbolts hatten es geschafft, den provozierenden Text erneut in den Sand zu schreiben. Dieses Mal aber unmittelbar vor den Fuß des Turms! Der nächste, leidenschaftlichere Wutausbruch, hatte nicht lange auf sich warten lassen.

Noch behielt Schmidt einigermaßen die Kontrolle über sich. Die wütenden Reaktionen waren zwar heftig, jedoch kurz ausgefallen. Doch schien es Darter, als fiele es Dephin mittlerweile einfacher, die vernachlässigte Abwehr Schmidts zu durchbrechen, da dieser zornig in die Offensive ging und dabei unkonzentriert agierte.

Den Provokationen waren jedoch Grenzen gesetzt, dessen war sich Darter bewusst. Und Atlan sicher auch. Irgendwann würde ein Tropfen das Fass zum Überlaufen bringen und Schmidt sie mit einem Schlag töten. Dazu in der Lage war er bestimmt. Warum er damit zögerte? Darter vermutete, dass der Neurotiker sich beweisen und dem Lordadmiral zeigen wollte, dass *er* stärker und mächtiger war als der legendäre Arkonide.

Doch selbst, wenn Galverin Schmidt davon absah, sie aus seiner Quantenschaum-Realität zu eliminieren, nutzten sich die Manöver ab. Über einen dummen Spruch mochte er sich maßlos ärgern, vielleicht auch über einen zweiten oder einen dritten, aber dann würde es uninteressant für ihn werden.

Es hieß also, kreativ zu sein und im richtigen Augenblick zuzuschlagen. Sie mussten in den Turm eindringen und Schmidt überwältigen oder notfalls den Turm zerstören und damit sein Todesurteil unterschreiben.

Dessen war Atlan sich augenscheinlich ebenfalls bewusst. Die fünf USO-Spezialisten in seiner Begleitung sowie der Lordadmiral selbst beendeten ihre stetige Flucht und gingen in die Offensive. Mittlerweile waren vier der fünf GLADIATOR-Roboter den Angriffen des Glitters zum Opfer gefallen. Maschinen konnte man nicht beeindrucken, folglich nahm Schmidt auf sie keine Rücksicht. Die Sechs Menschen hatten Schächte in den Sandboden getrieben und gruben sich nun dicht unter der Oberfläche weiter. Zugleich setzten sie miniaturisierte Drohnen ein, die ebenfalls Tunnel aushoben, sodass Schmidt nicht sicher wissen konnte, wohin er seine Glitterkonstrukte entsenden sollte, um die ›Frevler‹ zu bestrafen, die sein Werk beschmutzten. Mittlerweile explodierten an weit auseinander liegenden Stellen der Sphäre Bomben und rissen tiefe, hässliche Krater in den bis dahin makellosen blassgelben Sandboden.

Darter durchschaute Atlans Vorhaben. Um all die Schändungen seines Meisterwerks rasch beseitigen zu können, musste Schmidt seine Kräfte aufteilen. Dies wiederum schaffte neue Lücken in der Abwehr, die der Paladin durchbrechen konnte.

Was also vermochte Darter beizutragen? Nachdenklich kaute er auf seinen Lippen.

In diesem Moment erschütterte erneut ein Angriff den Paladin. Heftiger Schmerz durchzuckte Darter. Er hatte sich die Unterlippe aufgebissen. Lautlos fluchend blickte er auf die Übertragung der Außenbordkameras, die Drof Retekin ihm freigeschaltet hatte. Er sah nichts als Sand. Ein dunkler Streifen war am Bildrand zu erkennen; dabei musste es sich um den Schattenwurf des schwarzen Turms handeln. Hin und wieder fingen seine Augen das verwirrende Flirren des Glitters auf. Dann erneut Sand, durchbrochen von Kratern, die Atlans Männer in den Boden gerissen hatten. Schwarz und Grau und Braun verunzierten das makellose Blassgelb. Wo die Explosionen gewütet hatten, war das elegante Wellenmuster durcheinandergewirbelt worden.

Von leichtem Kitzeln und Brennen begleitet, behandelte derweil die Medokomponente seines Kampfanzugs die aufgebissene Unterlippe. Heiß und gleichzeitig kalt wirkte das aufgesprühte Heilplasma.

Wie von Geisterhand ordnete sich der Boden wieder, langsam, doch stetig. Glitter sah Harlon Darter in diesen Bereichen der Sphäre kaum. Dies musste nichts bedeuten, denn die hiesige Lebensblase war derart riesig, dass die Gruppe die Abmessungen noch immer nicht hatten eruieren können. Vor allem, da außer den normaloptischen Systemen alle Ortungsanlagen mit Betreten der Hohlsphäre ausgefallen waren. Doch Darter war sicher, dass Galverin Schmidt seine Gestaltungskräfte im Kampf einsetzen würde, sofern es ihm möglich war.

Aufgrund dessen vermutete der Siganese, dass der ehemalige Korporal nicht so omnipotent war, wie er zu sein vorgab. Selbstverständlich besaß er eine unglaubliche Begabung, was den Umgang mit der Schaumphasentechnologie anging. Doch die Landschaft wieder herzurichten und gleichzeitig die Angriffe des Glitters zu lenken schien auch ihm nicht ohne weiteres ausführbar.

Was findet der Mann bloß an seinem Sand, überlegte Harlon Darter, *dass er es als wichtiger betrachtet, das Aussehen des Geländes zu restaurieren, als uns möglichst wirksam zu bekämpfen? Kränkt es ihn so sehr, wenn die Makellosigkeit seines Werkes zerstört wird?*

Der Siganese schüttelte den Kopf über so viel Arroganz und Eitelkeit. Dies war neben Schmidts Jähzorn ein nächster wunder Punkt. Es war deshalb irrelevant, weshalb die Zerstörungen ihn so beschäftigten. Der Sand war Darters Schlüssel, um endlich aktiv zu werden ...

Ihm fiel es wie Schuppen von den Augen! Wie hatte er nur so blind sein können? Das elegante Wellenmuster der Sanddünen und der zentral daraus hochragende Turm waren es, auf die Schmidt so stolz war. Es sollte Darter nicht vor unüberwindbare Hürden stellen aus dem Quarz ein Mittelchen herzustellen, mit dem sich der Terraner hervorragend ärgern ließ.

»Ich brauche anorganische Farben und Silikate ... Sand eben!« Er lachte.

»Geht es Ihnen gut, Mr. Darter?« Rigeler drehte sich zu ihm um und hob fragend die Augenbrauen.

»Ja«, beruhigte er den Captain. Dann schaltete er eine Verbindung zu Major Harl Dephin.

»Bitte?« Der Major klang etwas ungehalten, doch das kümmerte Darter in diesem Augenblick nicht allzu sehr.

»Wäre es möglich, einen Absturz vorzutäuschen und dabei etwa ... sagen wir, ein bis zwei Kilo geschmolzenen Sand aufzunehmen?«

»Theoretisch, ja.« Dephin hörte sich abwesend an.

Darter war bewusst, dass der Major sich auf die Steuerung des Paladins konzentrierte. Dennoch musste er eine weitere Frage stellen. »Und liegen im Magazin verschließbare Gefäße, mit Volumen von fünf bis sechs Litern?«

»Ich denke schon. Sehen Sie selbst im Inventar nach. Positronik, gib Mr. Darter Zugriff darauf.«

Ein Signalton erklang und ein Schriftband erschien in seinem Helmdisplay, auf dem immer noch die Aufnahmen der Kameras übertragen wurden. Der Schriftzug zeigte die neuen Zugriffsrechte an.

»Aber was soll das jetzt, Mr. Darter? Ich habe wirklich Wichtigeres zu tun.«

»Ich will Sie nicht mit weitschweifigen Erklärungen ablenken, Sir!«

»Den Sand hole ich nicht durch ein so riskantes Manöver an Bord, ohne zu wissen, aus welchem Grund.« Dephins Stimme klang fest entschlossen, deshalb entschied sich Darter dazu, dem Major sein Vorhaben knapp umrissen zu erläutern.

Als der Wissenschaftler endete, herrschte einen Moment lang Schweigen. Dann sagte Harl Dephin: »In Ordnung.«

Einen Augenblick später stürzte der Paladin zu Boden. Darter wurde unvermittelt übel, als er im Helmdisplay sah, wie er steil dem Sandboden entgegen zu fallen schien. Rigeler und

Retekin mussten mitgehört und die Entscheidung ihres Kommandanten geahnt zu haben. Darter hörte jedenfalls keinen einzigen Laut der Überraschung von ihnen.

Sand spritzte in die Höhe, als der Roboter in den Boden rammte. Die Mikrofone übertrugen die Geräusche des Aufpralls so stark gedämpft, dass sie selbst für zarte siganesische Ohren erträglich waren. Es prasselte und zischte, als der Sandboden im Paratronschirm verging. Einen Augenblick lang ging der Hyperphysiker mit Harlon Darter durch und wunderte sich mit einem Mal, warum der auf hyperenergetischer Basis arbeitende Schirm funktionierte, während die Ortungssysteme versagten. Dann obsiegte der Schrecken, jagte Adrenalin durch Darters Venen und verscheuchte jedweden wissenschaftlichen Gedanken.

Ach, du Sch...

Es vergingen nur wenige Augenblicke, in denen der Siganese seine Finger in die Lehnen des Notsitzes vergrub, dann raste der Paladin wieder in die Höhe.

»Darter?«

»J ... ja, Sir?« Seine Zähne klapperten.

»Alles in Ordnung bei Ihnen?«

Er schluckte. »Selbstverständlich.«

»Gut. Ich habe für einen kurzen Moment eine Strukturlücke geschaltet und den Sand aufgenommen. Sie finden ihn in der Notschleuse, knapp unterhalb des Ansatzes des linken Handlungsarmes.«

»Danke, Sir.«

Mit zitternden Händen öffnete Darter den Verschluss seines Gurtes. Er atmete tief durch, dann drückte er sich in die Höhe und kam wankend zum Stehen.

»Tun Sie sich und uns einen Gefallen«, bat Amos Rigeler, ohne sich zu ihm umzudrehen. »Aktivieren sie die Magnethaftsohlen Ihrer Stiefel und die Aufprallsicherung Ihres Anzugs.

»Ja. Mache ich.« Darter tat wie ihm geheißen, dann ging er zur Notschleuse los.

Im Vergleich zu Flottenraumern des Imperiums waren die Gänge innerhalb des Paladins eng wie verstopfte Arterien. Darter fühlte sich in seine frühe Jugend versetzt, als ein Freund seines Vaters sie beide mehrmals auf Reisen in seinem U-Boot mitgenommen hatte. Sie waren in die Tiefsee Sigas vorgedrungen, um die bizarrsten Lebewesen der Dunkelheit zu entreißen, die Darter in seinem damals noch jungen Leben gesehen hatte.

Anstatt eines Lifts musste er Treppen mit schmalen Stufen benutzen, die die Decks des Paladins miteinander verbanden. Zwei Etagen tiefer lag die Notschleuse. Dephin hatte ihm einen Servorobot bereitgestellt. Als Darter die Schleuse erreichte, schaufelte die kugelförmige Maschine die Schmelzbrocken des Sandes bereits in Säcke. Der Siganese wartete einige Momente, bis der Roboter sein Werk vollbracht hatte, den ersten Sack verschloss und mit einem Antigravstrahl in die Höhe schweben ließ.

Diese Arbeit konnte er also getrost dem Servo überlassen; ganz wie erhofft. »Bring den Sack in die Küche auf Deck Drei. Dann hole auch die anderen dorthin.«

»Jawohl, Sir«

Darter drückte sich eng an die Wand des Korridors. Die Kugel schwebte samt Sandsack an ihm vorbei und hoch zu Deck Drei. Der Siganese hingegen begab sich noch zwei Decks tiefer. Auf dem Weg durchsuchte er die Inventarliste nach passenden Gefäßen, prüfte, ob sie seinen Zwecken genügen würden, und kehrte dann zufrieden auf Deck Drei zurück. Mittlerweile hatte der Servorobot auch die übrigen Säcke hierhergebracht. Sie bedeckten den Boden der engen Küche und zum Teil auch den des davorliegenden Ganges.

Darter begann sofort zu arbeiten. Ziel seiner Küchenarbeit war es, mit seinem Desintegrator feinstes Kaliumsilikatpulver aus den Schmelzbrocken herzustellen. Zugleich trennte er aus dem losen Sand die natürlichen Farbpigmente ab und mischte sie unter das Pulver. Als Ergebnis entstanden Mineralfarben. Und diese würden Galverin Schmidt ziemliche Freude bereiten.

Der Siganese musste grinsen, als er sich die Miene des Korporals vorstellte, wenn dieser bemerkte, dass die Farbe nicht mehr zu entfernen war. Verkieselung war das Zauberwort. Der »Anstrich« würde sich unlösbar mit dem Untergrund, auf den er traf, verbinden.

Viel Spaß, Schmidtchen, dachte Darter vergnügt.

»Bereit«, meldete Harlon Darter. Etwa eine Viertelstunde war vergangen, in der er in höchster Eile zehn Päckchen der Mineralfarbe hergestellt hatte. Rasch hatte er diese in die zehn vom Servorobot in die Schleuse verfrachteten und schon mit Wasser gefüllten Plastikgefäße gerührt.

Nun wischte er sich den Schweiß von der Stirn, zwängte sich an den Kanistern vorbei in den Gang und setzte sich auf den Boden. Er zog die Knie an die Brust und beobachtete gespannt, was geschehen würde. Ein leichter Druck legte sich auf seine Schultern, als der Servorobot ihn mittels eines Antigravfeldes fixierte, damit er sicher auf seinem Platz verharrte.

»In Ordnung, Mr. Darter. Wir haben den Anflug bereits eingeleitet. Gut festhalten«, teilte ihm Harl Dephin mit.

»Aye, Sir!« Darters Herz klopfte heftig in seiner Brust. Funktionierte sein Plan? Fügte es Schmidt den erhofften Kratzer im übersteigerten Ego zu? Er hatte vor lauter Konzentration nicht mitbekommen, was in den letzten fünfzehn Minuten vorgefallen war. Doch grundlegend würde sich die Situation nicht verändert haben, sonst hätte man ihn sicherlich informiert.

Während sich der Servorobot hinter den zehn Fässern platzierte, die mit Sprengladungen bestückt waren, aktivierte Darter wieder die Übertragung der Außenbordkameras auf seinem Helmdisplay. Vorsorglich schloss er bereits den Helm.

In waghalsigen Manövern jagte Dephin den Paladin durch den angreifenden Glitter hindurch. Die Formen der flirrenden Konstrukte waren abenteuerlich. Von insektoiden, über arachnoide und avoide Gebilde reichten die Spielarten hin zu völlig abstrakten Machwerken. Dart Hulos tat sein Bestes, um dem Spezialroboter Schmidts Armee vom stählernen Leib aus Super-Atronital-Compositum zu halten. Desintegratorstrahlen rasten unablässig dorthin, wo unsichtbare Hände scheinbar Prismen vor die Landschaft hielten und ihr Abbild dadurch verzerrten.

Wenige Sekunden später geriet zum ersten Mal der schwarze Turm in Darters Blickfeld. Eine Gänsehaut jagte ihm die Arme und den Rücken hinauf. Wie viel Zeit war vergangen, seit sie die Sphäre erreicht hatten? Eine Stunde? Zwei? Nun, in der letzten Zeit war er höchst konzentriert gewesen. In diesem Moment, da die Konzentration nachließ und er der Vollendung seines Werkes entgegensah, wirkte der Turm mit all seiner optischen Gewalt auf ihn ein. Dem Siganesen schwindelte, als der Paladin auf direktem Wege auf das schwarze Erzeugnis reiner Hybris zuraste. Ihm war, als stürze das Ungetüm auf ihn zu und begrub ihn unter sich.

Darter schluckte. *Das ist nur eine optische Täuschung*, rief er sich zur Ordnung.

Unaufhaltsam rückte der Turm näher, wurde zu einer dunklen in die Unendlichkeit reichenden Wand, schien alles Licht der grell leuchtenden Kunstsonne zu schlucken, einem Schwarzen Loch in nichts nachstehend. Jemand blendete in der Übertragung die Flugbahn und Geschwindigkeit des Paladins ein. Dephin beschleunigte und zwang den Roboter in einer steilen Kurve in die Höhe.

Darter hielt die Luft an.

Plötzlich öffnete sich die Irisblende der Schleuse vor ihm. Heiße Luft schoss in den Gang. Eine flirrende Mixtur aus Licht und Dunkelheit flutete mit dem Luftstrom in den Paladin und blendete den Wissenschaftler. Er blinzelte. Einen Augenblick lang dauerte es, bis er sich an die eigentümlichen Sichtverhältnisse angepasst hatte. Als er wieder sehen konnte, waren die Behälter verschwunden. Nur noch der Kugelroboter schwebte einsam im Gang vor ihm. Die Irisblende schloss sich. Der grelle Schein wich der sparsamen Beleuchtung des Ganges. Rauschend wurde die heiße, sandige Luft abgesogen. Darter beobachtete, wie Sandkörner auf dem Boden, gerade erst zu Ruhe gekommen, zu tanzen begannen, in die Höhe flogen und ebenfalls abgesaugt wurden.

Der Wissenschaftler schüttelte die Benommenheit ab, fokussierte wieder die Kameraübertragung. Winzige Punkte stürzten in die Tiefe hinab und näherten sich zusehends der Turmwandung. Darter hätte sie nicht erkannt, wären sie nicht in leuchtenden Falschfarben gekennzeichnet worden.

»Ich lenke die Behälter per Antigravstrahl auf verschiedene Stellen des Turms zu«, sagte jemand in Darters Helmfunk. Die Positronik gab der unbekannten Stimme einen Namen: Leutnant Dart Hulos, der Waffenoffizier.

Die Sekunden vergingen. Sie kamen Darter vor wie Stunden. Bang starrte er auf die Kette der Gefäße. Schmidt beachtete die Aktion anscheinend nicht. Dann – nicht mal eine Minute nach dem Ausschleusen – explodierten sie.

Atlan

Die Situation war ... unüberschaubar. Das traf es am besten. Ich saß mit dem Rücken gegen eine Sanddüne gelehnt und verschnaufte. Nicht nur Schweiß rann mir in Strömen über das Gesicht. Auch Tränensekret floss aus meinen Augenwinkeln und verklebte die brennende Haut auf meinen Wangen.

Ich hielt meinen Kombistrahler fest umklammert, stets gefasst, ein Flirren zu bemerken und zu feuern.

Achte darauf, deine Sinne zu beruhigen. Solltest du einer optischen Täuschung unterliegen, verrätst du dem Feind ohne Not deine derzeitige Position!

Ich lachte humorlos und konterte dem Extrasinn: *Wenn es aber keine optische Täuschung ist und ich nicht schieße, bedeutet das mein Todesurteil.*

Einem der USO-Soldaten war es bereits so ergangen. Ein zweiter war, schwer verletzt, von mir und seinen Kameraden abgeschnitten. Den Vitalwerten zufolge, die seine Anzugpositronik mir übermittelte, konnte es sich nur noch um Minuten handeln, bis auch er seinen Verletzungen erliegen würde. Ich rief mir mithilfe meines fotografischen Gedächtnisses die Namen der zwei Männer in Erinnerung. Glenn Matthews und Dustin Schroeder.

Lass dich nicht durch so etwas ablenken!, mahnte mein Extrasinn.

»So etwas« bin ich den beiden »wenigstens« schuldig.

Wie dem auch sei. Es muss eine Entscheidung herbeigeführt werden, drängte mein Logiksektor. *Eure körperlichen Ressourcen schwinden in einem ebensolchen Maße wie eure materiellen!*

Ich musste ihm recht geben. Ich war erschöpft. Und das trotz der belebenden Wirkung meines Zellaktivators. Meinen verbliebenen vier – bald nur noch drei – Begleitern ging es bestimmt schlechter als mir. Und die Energiemagazine unserer Strahlenwaffen regenerierten sich zwar in einem gewissen Maße, doch auch ihnen waren aufgrund des permanenten Einsatzes Grenzen gesetzt. Der letzte der fünf GLADIATOR-Roboter war mittlerweile ebenfalls dem Glitter zum Opfer gefallen.

Ich drehte mich um und kam auf dem Bauch zu liegen. Langsam robbte ich den Hang der niedrigen Düne hinauf und lugte hinüber zu dem schwarzen Turm, darauf hoffend, dass der Chamäleoneffekt meines Kampfanzuges mich vor einer raschen Entdeckung schützte. Ich suchte den Himmel ab. Zwischen den flirrenden Ausgeburten Schmidts Phantasie flog ein dunkler Punkt auf den Turm des Tyrannen zu. Der Paladin. Gespannt beobachtete ich, wie Dephin den Spezialroboter durch die Phalanx des Glitters manövrierte. Plötzlich beschleunigte der Paladin noch stärker, schöpfte anscheinend die letzten Quäntchen Energie aus, stieg in eine steile Kurve und warf etwas von sich.

Die Farbbehälter, wusste ich aufgrund Dephins Mitteilung. Harlon Darter hatte mich nicht enttäuscht. In erster Linie hatte ich den zu Übermut neigenden Wissenschaftler an Bord des Spezialroboters in sicherer Obhut wissen wollen. Doch nicht umsonst hatte ich mir ausgerechnet, dass dem Siganesen noch zudem etwas einfallen könnte, um unsere Situation zu verbessern. Nun hatte er also eine Idee entwickelt und in die Tat umgesetzt. Gespannt beobachtete ich, wie die Behälter in einer ballistischen Kurve auf den Turm stürzten, sich aufteilten und unterschiedlichen Bereichen des schwarzen Gebäudes zustrebten.

Die Thunderbolts lenken die Fässer mit Hilfe von Antigravstrahlen, teilte mir der Logiksektor seine Beobachtung mit.

Dann explodierten sie. Flüssigkeit spritzte an die Fassade des Turms. Ich beobachtete lehm- und ockerfarbene sowie rotbraune Farberuptionen. In Roussillon in Südfrankreich hatte ich vor vielen Jahrhunderten Sandsteinfelsen in derartigen Tönungen gesehen. Die Einwohner hatten damals die bunten Erdformationen abgebaut und ihre Häuser in unterschiedlichen Farbtönen gestrichen. Die Farbbomben verteilten ihren Inhalt auf die gewölbte Wandung. In Streifen flossen die Farben nun hinunter, vermischten sich zum Teil, zogen in den porösen Untergrund ein und hafteten unversehens daran. Die heißen Winde würden ihr Übriges tun, um den Anstrich rasch auszuhärten.

Ich wartete einige Augenblicke, doch die Reaktion Schmidts ließ nicht lange auf sich warten. Glitter raste heran und ließ sich auf den Farbklecksen nieder, die mehrere Meter große Flächen bedeckten. Wie erwartet, gelang es den Geschöpfen nicht, die Farben zu entfernen. Zumindest nicht, ohne die Struktur des Gebäudes zu beschädigen. Die Mineralfarbe hatte sich unlösbar mit dem Grund verbunden. Ich grinste, als ein gutturaler Schrei vom Turm herüber hallte.

»Was habt ihr getan, ihr Frevler?« Wie ein Donnergrollen brandete Schmidts Stimme heran. Im ersten Augenblick klang sie so, wie sich die Hellenen der Antike das Timbre eines ihrer Götter vorgestellt haben mochten. Doch dann hörte ich deutlich, wie sie sich vor Hysterie überschlug. »Nicht ... nicht der Turm. Das kannst du nicht machen, Atlan! Das ist ...«

Genüsslich grinsend aktivierte ich die Lautsprecher einer Sonde, die ich vorausschauend in den Himmel geschickt hatte, weitab meiner jetzigen Position, um mich nicht zu verraten.

»Das ist was?«, sprach ich in das Helmmikrofon. »Etwa Blasphemie, Korporal Schmidt? Oh nein, Ihr Domizil ist kein Heiligtum, es ist ein Symbol für Unterdrückung und Hybris.« Ich legte eine Kunstpause ein. »Das sind übrigens beste Fassadenfarben. Bereits die alten Franzosen oder König Ludwig I. von Bayern schätzten sie aufgrund ihrer Robustheit. Die halten lange. Sieht doch hübsch aus.«

Der markerschütternde Schrei des Terraners überzeugte mich, dass der Extrasinn wieder einmal mehr Recht behalten hatte. Wir mussten eine Entscheidung herbeiführen.

Harlon Darter

Sie waren aufgrund der heiklen Situation kurz gehalten, doch Harlon Darter genoss die Reaktionen der Thunderbolts in vollen Zügen.

»Gut gemacht«, lobte Amos Rigeler.

»Tolle Idee«, fügte Drof Retekin hinzu.

»Hätte von mir sein können«, funkte ihm Dart Hulos eine augenzwinkernde Nachricht zu.

Auch Cool Aracan und Mirus Tyn schlossen sich an. Zu guter Letzt hatte Harl Dephin ein paar lobende Worte für ihn übrig. »Ich muss zugeben, als Sie mich nach dem Sand fragten, dachte ich, die Kunstsonne habe ihr Hirn verbrannt. Aber da habe ich mich geirrt. Herzlichen Glückwunsch, Mr. Darter. Sollten Ihnen weitere Einfälle kommen – nur raus damit!«

Mit jeder Faser sog er das Lob des legendären Thunderbolt-Teams auf. Größer wäre nur die Ehre gewesen, solch anerkennende Worte von seinem verstorbenen Vorbild Lemy Danger gesagt zu bekommen.

»Tatsächlich habe ich da eine Idee«, offenbarte Darter dem Major genüsslich. »Aber die Durchführung ist riskant und ich brauche Ihre volle Unterstützung.«

»Die haben Sie, Mr. Darter, insoweit ich es verantworten kann.«

Harl Dephin hatte der Atem gestockt, während Darter ihm seinen Plan erläutert hatte. So etwas sollte er einem Zivilisten erlauben? Erst als ihn Darter darüber aufklärte, dass er sämtliche Programme der Solaren Flotte, die ihn zu einem Kampfeinsatz befähigten, mit Bravour bestanden hatte, und dies mit seinem ID-Chip nachwies, lenkte der Major ein.

»Ihr Vorhaben gleicht trotz allem einem Hochrisiko-Einsatz«, meinte Dephin. »Aber Sie sind offiziell für Kampfeinsätze zugelassen. Was bleibt mir in dieser Situation also anderes übrig, als die Durchführung des Planes zu genehmigen. Wir werden Ihnen den Rücken freihalten, Mr. Darter.«

Nun befand sich der Wissenschaftler wieder auf dem untersten Deck. Er hatte die Freigabe für das Waffenmagazin erhalten. Langsam schritt er durch die Gänge und begutachtete, was in den Regalen mehrfach gesichert lagerte. Den wichtigsten Baustein seines Vorhabens hatte das Lager bereits in der Nabelschleuse des Paladins abgeliefert. Nun rüstete sich der Siganese noch aus, um auf alle Eventualitäten vorbereitet zu sein. Handdesintegrator, Handgranaten mit Desintegratorfunktion, Nadler mit Explosionsprojektilen, die in einem Desintegratorball detonierten – er hatte sich mit fast allem Handlichen ausgerüstet, was dem Glitter schaden konnte. Zu guter Letzt nahm er einen Paralysator und verstaute ihn in einer Halterung an seinem linken Fußknöchel.

Falls mir Schmidt über den Weg laufen sollte.

Harlon Darter war wagemutig und entschlossen. Aber zu einem Mörder würde ihn der verrückte Terraner nicht machen.

Schwer armiert machte er sich auf den kurzen Weg zur Nabelschleuse in Bauchhöhe des Paladins. Sie lag auf demselben Deck wie das Waffenmagazin. Die Desintegratorbombe lag bereits vor dem geschlossenen Schott. Sie war zylinderförmig und ruhte auf einem sechsbeinigen Gestell. Zwar maß sie nur sechzehn Zentimeter in der Länge und vier im Umfang, doch barg sie miniaturisierte siganesische Technik in höchster Perfektion. Kam es zur Auslösung der Bombe, blähte sich ein bis zu fünfhundert Meter durchmessendes kugelförmiges Desintegratorfeld auf.

Darter schloss einen Moment lang die Augen. So selbstbewusst er sich auch gab – er war Wissenschaftler, kein Soldat. Das, was er nun vorhatte, war nicht sein Metier. Trotzdem würde er es wagen. Sie mussten Galverin Schmidt Einhalt gebieten.

Zunächst war es Darter nur darum gegangen, die Besatzung der WAV-E zu retten. Nicht zuletzt empfand er als wissenschaftliches Mitglied des Projekts Laurin eine gewisse Schuld an dem Vorfall, obwohl sich langsam herausstellte, dass es sich um einen Unfall gehandelt haben musste, mit dem niemand hatte rechnen können. Doch als er in der Stadt aus Eis und Stahl gesehen hatte, was Galverin Schmidt den Überlebenden der WAV-E und ihren Nachfahren angetan hatte, als er erfahren hatte, was für ein Tyrann aus dem ehemaligen Korporal geworden war, hatte sich seine Motivation verändert. Spätestens der Anblick des schwarzen Turmes hatte ihn überzeugt, dass der Irrsinn Besitz von dem Terraner ergriffen hatte. Und dass er unter allen Umständen aufgehalten werden musste. Es ging nicht nur um das Überleben der Menschen in Polychora. Sollte es Schmidt gelingen, mit dieser Technik Einfluss auf die Milchstraße zu nehmen, war die Existenz von unzähligen Intelligenzwesen gefährdet.

»Mr. Darter«, unterbrach Harl Dephins Stimme seine Gedanken. »Wir wären so weit. In T minus 120 Sekunden beginnen wir den Täuschungsangriff, damit Sie ausschleusen können. Sie haben, wie besprochen, zwanzig Sekunden Zeit, sich durch die Strukturlücke im Paratronschirm vom Paladin zu entfernen. Dann verlagern wir unsere Angriffe auf die andere Flanke des Turms, damit der Glitter aus Ihrem Flugkorridor weggelockt wird. Alles klar?«

Darter nickte entschlossen. »Ja, Sir!«

»Dann viel Glück! T minus 78 Sekunden.«

Der Wissenschaftler schloss seinen Helm. Auf dem Display zählte ein Countdown die Sekunden ab.

T minus 60 Sekunden

Die Desintegratorbombe reichte ihm fast bis an die Schultern. Darter aktivierte den Antigrav der Bombe und verankerte sie vorne an seinem Anzug. Sie schwebte wenige Handbreit vor Brust und Beinen und schränkte seine Beweglichkeit empfindlich ein.

T minus 30 Sekunden.

Das Schleusenschott öffnete sich nach außen. Langsam sank die kreisrunde Verschlussplatte nach unten und gab den Blick frei auf die Hohlsphäre. Der Anblick des Turms mit seiner wie schwarzer Basalt drohenden Fassade, durch Farbspritzer und Ausfräsungen verunstaltet, war wie ein Schlag in seinen Magen.

Jetzt mach dir bloß nicht in die Hosen!

T minus 5 Sekunden.

Darter trat, die Bombe vor sich herschiebend, an den Rand der Schleuse, schritt über die Schwelle und auf die kreisrunde Platte. Der Wind jaulte und dröhnte in den Außenmikrofonen des Kampfanzugs.

T minus 1 Sekunde.

»Los!«, schrie eine Stimme in seinem Helmfunk.

Darter stieß die Bombe und sich über den Rand der Plattform. Sein Anzug folgte der einprogrammierten Route. Es geschah in Sekundenschnelle. Er hatte nicht einmal die Chance, seine Augen zu schließen, da raste er schon durch die pechschwarze Strukturlücke des grellblau leuchtenden Schutzschirms nach unten.

Der Siganese sah sich nicht um, als der Paladin hinter ihm zurückblieb. Wahrscheinlich schoss der Roboter wild um sich, um ein energetisches Feuerwerk zu entfachen und damit Darters Flug zu tarnen.

Die zwanzig Sekunden vergingen wie im Winde.

Harlon Darter musste trotz seiner Anspannung über den Gedanken lachen.

Dann signalisierte ihm die Anzugpositronik, dass die Zeit verstrichen sei und der Paladin seinen Angriff, wie besprochen, verlagere. Er löste die Verbindung zur Bombe und bremste ab. Rasch vergrößerte sich die Entfernung zwischen ihm und dem Sprengkörper. Unsicher sah er sich um. Tatsächlich stellte sich

Darter scheinbar kein einziges, auch noch so winziges Glitterkonstrukt in den Weg. Er lächelte siegesgewiss. Dann traf ihn ein Schlag, wie die Faust eines Titanen.

Atlan

Dustin Schroeder war seinen Verletzungen erlegen. Einen Augenblick lang hielt ich die Luft an und gedachte des Gefallenen. Dann blies ich sie wieder aus und schüttelte den Kopf. Meine drei übrig gebliebenen Gefährten und ich hatten uns längst aus den Augen verloren. Da die Ortungssysteme noch immer nicht funktionierten, wir uns aber ebenso wenig verräterische Peilsignale zusenden wollten, war jeder auf sich allein gestellt.

Atlan, der einsame Kämpfer. Das ist ja etwas ganz Neues, ätzte der Logiksektor.

Wie so oft ignorierte ich den Kommentar. Ich hatte aufgehört mich zu fragen, ob diese Bemerkungen zum Repertoire des Extrasinns gehörten, um mich anzuspornen, oder ob dies nur eine Persönlichkeitsspiegelung war. Schließlich war der Logiksektor ein Teil von mir, wie alle anderen Bereiche meines Gehirns auch. Und mich selbst bezeichneten nicht wenige Zeitgenossen als spöttisch und ironisch.

Ich zog eine weitere Miniaturgranate aus meinem Gürtelfach und machte sie scharf. Ein zusätzlicher Krater in Galverin Schmidts Werk würde entstehen. Drei Granaten blieben übrig.

Es muss eine Entscheidung fallen, Kristallprinz!

Ich weiß es doch.

Sorgsam stellte ich den Zeitzünder auf dreißig Sekunden. Kurz überlegte ich, wieder einen Tunnel durch den Untergrund zu schießen, entschied mich jedoch dagegen. Ich wollte den nächsten Angriff des Paladins verfolgen. Stattdessen aktivierte ich meinen Antigrav und schoss dicht über dem Wüstenboden hinweg auf eine Düne zu. Mit einer fließenden Bewegung rollte ich mich auf dem Sandboden ab. Ich kam ins Rutschen. Unsanft landete ich, halb vom Sand begraben, etwa zweihundert Meter von meinem Zielpunkt entfernt, am Fuße der Sandverwehung. Kurz danach explodierte die Granate und schleuderte Sand und Steine in die Luft.

Deine Kräfte schwinden, wisperte es in mir.

Ich setzte gerade zu einer gedanklichen Entgegnung an, da knallte es über mir. Ich hob den Kopf und sah in den Himmel. Die weiße Kunstsonne befand sich dort, wo sie seit unserer Ankunft stand. Etwas mehr als drei Stunden waren vergangen, die mir wie Tage vorkam. Rasch verdunkelte sich die Scheibe meines Helms. Dennoch tanzten einen Moment lang schwarze Flecken vor meinen Augen.

Der Paladin hat die Schallmauer durchbrochen. Er setzt zu seinem nächsten Angriff an.

Seitdem ich vor beinahe drei Stunden den Befehl zur Offensive gegeben hatte, ging es so. Der Spezialroboter griff an, wurde abgewehrt, floh vor den Glitterkonstrukten. Sobald er sie abgeschüttelt hatte, startete ein neuer Anlauf.

Bedenke, dass Schmidt überall und zu jeder Zeit Glitter aus dem Nichts erschaffen könnte. Dennoch tut er es nicht. Dein Plan trägt Früchte. Was zunächst als Spiel des Terraners begann, hat sich gewendet. Eure Provokationen zeigen Wirkung. Schmidt ist überfordert damit, die Schäden an der Sphäre zu beseitigen und euch gleichzeitig zu attackieren.

Womöglich ist der Plan Harlon Darters unsere letzte Chance, bevor Schmidt der Kragen platzt und er das »Spiel« beendet.

Mich wundert eh, dass er so lang die Geduld behält. Mir scheint, er führt noch etwas anderes im Schilde.

Wütend ballte ich die Hände und verfolgte den Angriff des Paladins. Einige Sekunden lang feuerte er auf die rechte Flanke des Turms. Dann verlagerte er seine Attacken auf die gegenüberliegende Seite. Ich wusste, dass in diesem Moment Harlon

Darter auf die Basis zuflog, eine schwere siganesische Desintegratorbombe im Schlepptau.

Unterstütze ihn, du Narr! Binde die Kräfte des Glitters!

Der Extrasinn hatte recht. Ich schnappte mir eine weitere Miniaturgranate. Es verblieben zwei. Ich sah mich um. Wo existierte in meiner Reichweite noch eine unberührte Fläche Sand?

Du bist zu langsam, alter Mann!

Da sah ich es auch. Am Fuß des Turms wölbte sich die grüne Kugel einer Desintegratorexplosion. Alles geschah in gespenstischer Stille. Nur ein Sirren schallte zu mir heran. Ihm folgte das undefinierbare Geräusch sich auflösender Molekülverbindungen. Gespannt starrte ich auf das schwarze Monument. Es wankte. Es dröhnte, als das Steingefüge zusammenbrach und der Turm sich langsam in die mir entgegengesetzte Richtung zu neigen begann.

»Er hat es geschafft«, murmelte ich. Die Funkverbindung zu Dephin hatte ich nur eine Sekunde später geöffnet. »Major, Zugriff!«

»Aye, Sir!«

Gespannt beobachtete ich die zunehmende Schräglage des Turms. Doch er wollte und wollte nicht endgültig kippen. Dafür verschwanden auf einmal alle Glitterkonstrukte aus der weiten Ebene und ballten sich um den Fuß des Gebäudes. Sie stabilisierten ihn – und hatten Erfolg!

»Verdammt!« Ich leckte mir über die spröden Lippen. Hoffentlich war Schmidt so sehr damit beschäftigt, den Turm zu stabilisieren, dass er den Paladin nicht nahen sah.

Dann erklang ein schrilles Lachen, und mir wurde mit einem Mal kalt. Ein etwa zwei Meter großes, flaches Glitterkonstrukt schwebte plötzlich vor mir. Ich hob meinen Desintegrator. Dann schälte sich ein Bild aus dem silbernen Flirren. Ein Körper wurde erkennbar. Die sonst lindgrüne Haut war dunkel angelaufen. Der Mann wand sich im Griff einer flirrenden Faust.

Harlon Darter, dachte ich entsetzt.

»Atlan«, dröhnte Galverin Schmidts Stimme über die Landschaft. »Man sagt, Ihnen sei das Leben eines jeden Ihnen anvertrauten Lebewesens mehr wert als das Ihre.«

Die Faust drückte fester zu. Darter schrie vor Schmerz.

»Na? Was gedenken Sie nun zu tun, Lordadmiral?«

Kapitel 10

15. September 3126
Polychora, unbekanntes Raumschiff

Angen-Math

»Es war ein Fehler«, sagte er.

Bep Faruss sah ihn an. Überrascht, wenn er ihre andersartige Mimik richtig deutete. »Was meinen Sie? Was war ein Fehler?«

Er witterte die Gefahr mit allen Sinnen. Wie ein Regenschauer in den Bergen hatte es ihn überkommen, das Gefühl, in Todesgefahr zu schweben. Etwas zupfte in seinen Gedanken. Dann griff es auf seinen Körper über, ziepte und zerrte an seinen Beinen.

»Wir hätten niemals hierher kommen dürfen«, erwiderte Angen-Math. »Ich habe mich geirrt. Es tut mir unendlich leid ...«

Ein heftiges Beben erschütterte das fremde Raumschiff, in das sie eingedrungen waren. Die Terranerin Bep Faruss strauchelte in die blauhäutige Aamaka Cugota hinein. Hinter ihnen brach Menning Harkness in die Knie. Glitter hatte ihm den oberen Teil seines Kopfes abgetrennt.

Angen-Math spürte nur noch Bedauern, die Menschen in das Schiff geführt zu haben. Nur seinetwegen waren sie hierher aufgebrochen. Und es war ein tödlicher Fehler gewesen. Dann verschwanden die Zweibeiner und der sie umgebende Raum aus der Wahrnehmung des Wanderers. Ihn umgab nur noch Schwärze. Nicht diejenige der Nacht, die in Polychora ohnehin nicht existierte – aber woher wusste er dann, dass es so etwas gab? –, auch nicht diejenige, die in abgedunkelten Räumen herrschte. Alle Arten von Schwärze, die er bislang kennengelernt hatte, bargen kleinste Reste von Licht. Die ihn nun umgebende Schwärze jedoch war absolut. Dennoch verspürte er keine Angst, nur Neugierde.

Etwas drang in ihn ein. Nicht abrupt und schmerzhaft, sondern sacht und selbstverständlich wie ein Traum. Ihm war, als höre er eine liebliche Melodie. Ein trauriges Motiv. Dazu sang eine Stimme, sanft wie die Seidengespinste in den Eikammern von Salipar, eine uralte Weise. Sie kündete von Tod und Verderben.

Dann explodierte eine Sonne in die Schwärze hinein. Sie spiegelte sich in einer gallertigen Masse, die den Hintergrund ausfüllte. Eine von beinernem Weiß umgebene, blau marmorierte, gewölbte Fläche. Ein Auge. Eine Träne stand darin.

Die Träne eines erschreckten Sonnenaufgangs, ging es Angen-Math durch den Kopf. Er wusste nicht, wie er auf diesen Begriff kam. Er war plötzlich in seinen Gedanken. Hatte vielleicht *er*, Angen-Math, den Sonnenaufgang erschreckt?

»Wer bist du?«, traute sich der Wanderer endlich zu fragen. Die Worte verließen ihn zögerlich, aus Furcht, die Reinheit der Melodie und des Gesangs zu stören. Doch es bildeten sich keine Laute aus Schall. Ebenso wenig wie Melodie und Gesang aus Schallwellen bestanden. Alle Töne waren von so kristallener Klarheit, wie die Gedanken auf der höchsten Stufe der saliparischen Kontemplation.

Wiederum wunderte sich Angen-Math, woher er solches Wissen besaß. Doch schob er die Verwunderung beiseite und fragte erneut: »Wer bist du? Und wo bin ich?«

Täuschte er sich oder mischte sich ein belustigter Triller unter die Moll-lastigen Töne des Todesliedes?

»Siehe«, raunte eine Stimme, ebenso sacht wie die der Sängerin, »und erkenne dich selbst.«

Und Angen-Math sah.

»Das Riff Gebenedarir ist gefallen«, sagte der größere der zwei Ahnen. »Die Bewohner ... werden vom Glitter gejagt und getötet.« Die Stimme stockte.

»Sie haben es nicht anders verdient. Sie waren Schaumfeinde«, erwiderte der Kleinere. Die Marmorierung seines ungewöhnlich dunkel gescheckten Körperpanzers war schön und glomm aus sich selbst heraus. Eine Modifikation aus Schaumphasentechnologie. Der Kleinere war eitel.

»Niemand hat den Tod verdient. Nicht einmal die Schaumfeinde«, widersprach der Größere. Die bunte Färbung seines Panzers war schlicht und zeitlos modern. »Sieh doch nur, diese schreckliche Zerstörungswut!« Er deutete mit dem rechten der beiden Filigranarme auf eine in der Luft schwebende Linse.

Desinteressiert schwenkte der Kleinere ein einzelnes seiner sechzehn Augen – welch Affront! – zu der Linse. Er blinzelte kurz, während er seine Spielfigur eine Ebene nach oben schob, dann wendete er auch das eine Auge wieder nach vorn. Mit sechs seiner Augen sah er dem Größeren ins Tentakelgesicht. Immerhin versagte er seinem Spielpartner nicht ebenso den Respekt wie den Sterbenden.

»Und?«, fragte der Größere. Mit zehn seiner Augen starrte er die Übertragung der Geschehnisse auf Gezanadar an. Die blau und weiß gescheckte Haut seiner Kopftentakel warf vor Entsetzen Falten.

»Was und? Du bist am Zug.«

Der Größere rotierte mit zwei Kopftentakeln, um sein Unverständnis über die Reaktion des Kleineren auszudrücken. »Teile deiner Familie leben im Riff Gebenedarir. Wie kannst du da so emotionslos reagieren?«

»Ich reagiere nicht emotionslos. Meine Emotion ist Gleichgültigkeit. Mein Eibruder und seine Brut sind Schaumfeinde. Bald sind sie es *gewesen*. Gut so! Es macht das Universum nicht schlechter.«

Gemächlich rieb er seinen gepanzerten Hinterleib über das blaue Gelkissen und reckte wohlig die sechs Armbeine. Silbernattern formten sich aus dem Blau heraus und drangen in die weichen Bauchlamellen des Kleineren, um ihr reinigendes Werk zu vollbringen.

All dies, ihre komplettes Raumschiff, war durch Schaumphasentechnologie erschaffen. Für die Schaumfeinde musste das azurblau leuchtende Korallenschiff am Firmament ihres Himmels ein Zeichen der Sünde sein. Die Schaumfreunde verhöhnten sie im Moment ihres Untergangs mit dem Anblick der ebenso gehassten wie gefürchteten Technologie.

»Jetzt zieh doch endlich!«, meckerte der Kleinere.

»Ich kann nicht. Ich bin ... erschüttert! Die Schaumfeinde begehen einen Irrweg. Aber sie dafür allesamt zu töten?«

Der Kleinere warf, wiederum mit nur einem Auge, einen weiteren Blick auf die Linse. Silbern flirrender Glitter fraß sich durch die weiß, blau und rot gemaserten Korallengebäude des Riffs Gebenedarir. Eine zweite Übertragung präsentierte die einstmals blau leuchtende Planetenkugel, ebenfalls eingehüllt in Glitter.

»Sie werden kaum etwas von ihrem Tod spüren. Alles geschieht in Sekundenschnelle. Zack – vorbei!«

»Sieh!« Der Größere zeigte mit einem Filigranarm auf einen weiteren Bildausschnitt. »Der Glitter greift auf die Sonne über.«

»Und?«

»So etwas ist nicht vorgesehen!«

»Ein unbedeutender Fehler. Wo ist das Problem?«

»Ich fürchte, wir verlieren nach und nach die Kontrolle über die Schaumphasentechnologie.«

»Ach was.« Der Kleinere winkte mit einem Filigranarm ab, während er mit einer Fußhand am Spiel manipulierte. Wenn der Größere nicht zog, durfte er sich nicht beschweren, dass er ihn übervorteilte.

»Die ganze Entwicklung gefällt mir nicht, bei den Eikammern von Salipar!«

»Dann schau nicht hin«, lamentierte der Kleinere.

Er sah nicht mehr das Glitterkonstrukt, das auf ihr Korallenschiff zuraste. In einer silberblau flirrenden Explosion verging das Schiff. Zeitgleich mit den beiden fernen Vorfahren Angen-Maths starb auf dem Planeten der letzte Bewohner.

»Planet um Planet fällt dem Glitter zum Opfer. Sonne um Sonne verfinstert sich, weil gigantische Konstrukte sich ihre Kraft einverleiben. Wilde, unfassbare Verstandessysteme, im und aus dem Schaum entstanden, entziehen sich unserer Kontrolle und wenden sich gegen ihre Schöpfer.«

Der Uralte senkte die Filigranarme. Sie schmerzten, seit er jedwede Schaumphasenprodukte aus seinem gebrechlichen Körper entfernt hatte. Er war der vorsitzende Rat von Salipar, der Urheimat aller Salipir. Wenn er eine solch weittragende, nie zuvor dagewesene Entscheidung fällte, war dies ein Signal, das die Leuchtkraft einer Galaxis übertraf. Sein rissiger Panzer schmerzte und knarrte lautstark, als sich der Uralte auf das Kissen niederließ. Ein aus Strauchwolle gewebtes Polster mit polymeren Stoffen gefüllt. Es war unbequem, aber frei von Schaumphasentechnologie.

»Also verrätst auch du die Schöpfung unserer Ahnen, Hoher Rat?« Der Junge fixierte ihn aus allen sechzehn Augen. Niemand wagte es, dem Hohen Rat von Salipar derart entgegenzutreten! Nur dieser verwöhnte, ungeheuer eingebildete Salipir. Ausgerechnet ein Kind seiner Eiablage. Einer seiner besten Ablagen. Der Junge war hochbegabt, das stand außer Zweifel.

»Du verkennst die Zeichen der Zeit, mein Sohn. Unsere Schöpfung wendet sich gegen uns.«

»Und du hättest lieber niemals auf den Einsatz des Schaums verzichtet, Eivater. Das Alter zerfrisst dir dein Gehirn, so wie es das der übrigen Räte tut.«

Empörtes Raunen rauschte über die Terrassen des Plenarsaals.

»Was also ist dein, von jugendlicher Weisheit beseelter, Vorschlag?« Der Uralte hatte spöttisch klingen wollen. Seine Worte hallten jedoch nur müde und schwach durch den Saal, allein von den Stimmverstärkern seines Platzes hörbar gemacht.

Der Junge riss in einer theatralischen Geste all seine Filigran- und Kraftarme in die Höhe und rief: »Meine Anhänger und ich, wir besteigen die Schaumarche. Lange Zeit schon, seit gewiss ist, dass die Galaxis dem Untergang durch die pervertierte Schöpfung geweiht ist, predigen wir euch den Gang ins sichere Exil.«

»Und nun seid ihr hier, um ein letztes Mal den Vorschlag zu unterbreiten, euch zu begleiten?«, fragte der Uralte. Ablehnung klang aus dem leisen Wortgemurmel der ihn umgebenden Räte, Minister und Beamte. Niemals würden sie *vor* dem Schaum in ein Gebilde *aus* Schaum fliehen! Welch krude Idee dies war!

Der Junge senkte die Arme und blinzelte höhnisch seinem Eivater zu. »Nein. Wir sind hier, um uns zu verabschieden. Wir sind Milliarden. Salipir als auch Nicht-Salipir. Wir hätten noch mehr Platz. Raum genug, den Großteil der Galaktiker zu retten, denn die verschiedenen Völker sind auf unterschiedlichen Existenzebenen angesiedelt. Doch unser Angebot war befristet. Die Zeit ist gekommen, zu gehen. Ich würde sagen: Lebt wohl! Doch jeder weiß, dass hier nur der Tod und das Verderben warten.«

Ein blau und silbern flirrender Durchgang bildete sich plötzlich aus dem Nichts hinter dem Jungen und seiner Eskorte.

»Du wagst es, Schaumphasentechnologie in diese geweihten Hallen zu bringen, du Frevler?« Die Stimme des Uralten zitterte vor Wut auf den Sohn.

»Das dürfte eure geringste Sorge sein«, waren die letzten Worte des Jungen. Dann traten er und seine zwei Begleiter in den Durchgang. In einem hellen Blitz schwand die Passage zur Arche aus der Realität.

Der Uralte seufzte. Dann flackerte das Licht. Die seit ewigen Zeiten leuchtende Kuppel des Plenarsaals erlosch. Silbern flirrend drang der Glitter durch die Tore. Der Hohe Rat spürte bereits nicht mehr, wie die pervertierte Schöpfung seinen Körper zerfraß.

Nur wenige, der in der sterbenden Galaxis Zurückgebliebenen, überlebten. Jene, deren Nachkommen man einst die Marodeure nennen würde.

Eine Last fiel von Angen-Math ab. Ihm war, als wäre er nach einer langen, beschwerlichen Wanderung heimgekommen. Es war ein schwieriger, steiniger Weg gewesen, durch ungezählte Lebensblasen Polychoras hindurch. Blasen des *Über*lebens, wie er nun wusste. Denn, da war er sich absolut sicher, Polychora war die Arche, von der er soeben erfahren hatte.

Es waren viel mehr Geschichten, Szenen aus der Vergangenheit, gewesen, die er durchlebt hatte, die ihm die TRÄNE EINES ERSCHRECKTEN SONNENAUFGANGS gezeigt hatte. Doch zwei von ihnen waren ihm am stärksten präsent. Weshalb war dem so? Führte möglicherweise seine Ahnenreihe direkt zu diesen Personen? War er einst einem Gelege entschlüpft, das mit jenen verbunden war, deren Geschichte er am deutlichsten erfahren hatte? Oder war es doch reiner Zufall?

So schwer die Last war, die von ihm genommen wurde, seit er nun endlich wusste, woher er stammte, umso schwerer legte sich ihm ein neuer Ballast auf das Gemüt. Seine Wiege, der Ursprung seines Volkes, war dem Untergang geweiht – *gewesen*.

Wie lange war es her, dass sich diese Ereignisse zugetragen hatten? Und was war mit ihm? War er noch in der Heimatgalaxis geschlüpft oder schon in Polychora, der Arche? Lebte noch wer in der Heimat oder waren alle gestorben? Einige waren zu Polychora durchgedrungen, sonst wüsste man hier auf der TRÄNE nicht von den Marodeuren. Und existierten überhaupt noch Angehörige seines Volkes? Schließlich war er in einer verlassenen Stadt erwacht, ohne Kenntnis darüber, wie lange und warum er geschlafen hatte.

Und noch weitere Fragen blieben offen: Gehörte er zu den Flüchtlingen oder war er einer der Marodeure? Weshalb waren die Marodeure nach Polychora vorgedrungen? Hatten sie den Glitter eingeschleppt oder hatten die Zurückgebliebenen recht gehabt mit ihrer Ansicht, jedwede Schaumphasentechnologie werde über kurz oder lang außer Kontrolle geraten?

Ihm schwirrte der Kopf. Endlich hatte er Antworten bekommen. Doch ergaben sich daraus nur noch mehr Fragen, als er bereits vorher je mit sich herumgetragen hatte. Reichtum an Wissen, verstand er, war nicht immer erstrebenswert.

Langsam schälte sich eine Umgebung aus der Dunkelheit heraus. Angen-Math ruhte auf einem blau leuchtenden, gallertartigen Kissen. Beunruhigt betrachtete er seinen Körper. Er war stofflich und doch wieder nicht. Irgendwie erschien er ihm so durchscheinend, so unwirklich, so ...

»Halbstofflich?«, half ihm eine traurige Stimme aus.

Angen-Math zuckte zusammen. »Halbstofflich«, echote er und ließ seine Kopftentakel durch den Raum gleiten, auf der Suche nach dem Sprecher.

»Ja«, bestätigte die Stimme. Da erkannte er sie wieder; es war die Sängerin aus der absoluten Dunkelheit.

Eine Sängerin ..., dachte Angen-Math. Also ein eitragender Salipir, wie ich es bin.

»Nein«, widersprach die Stimme.

»Kannst du meine Gedanken lesen?«

»Selbstverständlich, Angen-Math. Du bist von mir in meine Substanz integriert worden. Zumindest zum Teil. Denn ich bin mir deiner nicht sicher; zu viel Zeit ist vergangen.«

»Ich verstehe nicht. Wer bist du?«

»Ich bin die TRÄNE EINES ERSCHRECKTEN SONNENAUFGANGS. Ich bin das Schiff. Und du, Angen-Math, solltest dich schnellstens erklären. Du bist viel zu lange fortgewesen.«

Dem Salipir war, als würde ihm ein siebzehntes Auge wachsen. Doch nicht einem frisch gewachsenen Kopftentakel aufsitzend, sondern frei in der TRÄNE schwebend. Dann kam ein achtzehntes hinzu, ein neunzehntes und viele mehr. Jedes der ihm neu zur Verfügung stehenden Augen zeigte Szenen aus den Gängen, Räumen und Hallen des Schiffes.

Mit einem Auge sah Angen-Math die Terranerin Bep Faruss und die blauhäutige Aamaka Cugota, die sich ihm als Ferronin vorgestellt hatte. Regg Cooper stand nicht weit von ihnen entfernt. Der Leichnam Menning Harkness' lag in einer sich rasch ausbreitenden Blutlache vor den Menschen auf dem Boden, die obere Hälfte seines Schädels war abgetrennt. Über ihm schwebte in einer unförmigen Wolke Glitter und rührte sich nicht.

Zeigte ihm das Schiff Aufnahmen? Angen-Math schien es, als würde das Geschehen direkt an die Situation anknüpfen, in der er in die absolute Dunkelheit gerissen worden war. Oder war seitdem keine Zeit vergangen?

In diesem Moment riss Bep Faruss ihren Kombistrahler hoch und schoss. Mit leisem Singen entlud sich der Desintegrator. Für eine Sekunde vibrierte der Glitter. Die Lichtblitze wurden greller und kamen in schnellerer Folge. Dann wehte er auseinander wie von einer Windböe erfasster Rauch.

»Weg hier«, flüsterte Bep.

Die Ferronin atmete schwer. Angen-Math erkannte Tränen in ihren Augen. »Aber wir können ihn doch nicht einfach hier ...«

Bep Faruss packte sie an der Schulter und zog sie zu sich heran.

»Wir können und wir müssen. Verlier jetzt nicht die Nerven. Vor allem müssen wir so schnell wie möglich aus dieser Todesfalle raus. Aber zuerst wird uns ein gewisser Wanderer noch ein paar sehr drängende Fragen beantworten, denn wenn er das nicht tut, werde ich ...«

Sie hatte sich zu der Stelle des Korridors umgewandt, an der Angen-Math gestanden hatte und verschwunden war. Ungläubig starrte Bep Faruss nun mit offenem Mund dorthin. Dann fluchte sie.

Gleichzeitig – Angen-Math überraschte es eminent, dass sein Gehirn all die Eindrücke zeitgleich verarbeiten konnte – erblickte ein weiteres Auge den Eispalast. Mit der Sicht der neuen Augen schien dem Salipir zugleich Wissen zuzufließen. So war ihm, während er die Angriffe des Glitters auf die Flüchtlinge und die Männer um Captain Karkeron und Leutnant Vernil Grosz beobachtete, bewusst, dass Polychoras ungezügelter, inhomogener Verstand aus Millionen einzelner Splitter erwacht war und sich gegen einen fremden Einfluss wehrte. Nämlich gegen das Wirken Galverin Schmidts. Auch ihn konnte er sehen. Der Terraner hatte sich in einen tiefschwarzen Turm inmitten einer Wüstenei verbarrikadiert. An anderen Orten in der Arche kämpften Glitterkonstrukte Polychoras gegen die Glitterkonstrukte Schmidts.

Deshalb greifen sie die Stadt aus Eis und Stahl sowie den Palast an, verstand Angen-Math. *Sie ist eine Schöpfung Schmidts. Ein Fremdkörper. Ein feindlicher Quantenkomplex!*

Auch auf die TRÄNE EINES ERSCHRECKTEN SONNENAUFGANGS schien der Zweikampf übergegriffen zu haben. Zumindest spürte Angen-Math über weitere Augen innerhalb der sich stetig verändernden Gänge, Räume und Säle des Raumschiffs, dass ein Großteil der sich dort bewegenden Glitterkonstrukte nicht vom Schiff erschaffen wurde. Es waren Geschöpfe Schmidts und Polychoras, die sich mittlerweile auch an Bord erbittert bekämpften.

Was war mit dem Glitterkonstrukt, dass Menning Harkness getötet hatte? War es auch einer der zwei verfeindeten Parteien zuzurechnen? Oder hatte die TRÄNE etwa ...

Angen-Math beobachtete, wie Bep Faruss, Aamaka Cugota und Regg Cooper durch die hellgrünen Gänge des Schiffes rannten. Glitter war ihnen auf den Fersen.

Als Erster fiel ihm Regg Cooper zum Opfer. Ein Heer winziger, an Spinnen erinnernder Roboter wuselte zu Tausenden auf einer Linie, den drei USO-Spezialisten gegenüber. Sie bildeten größere Einheiten, trennten sich wieder und formten sich erneut zu Konglomeraten. Die stetige Bewegung verwirrte Angen-Math; das Verhalten der nur wenige Zentimeter messenden Maschinen schien weder Sinn noch Zweck zu haben.

Gehören sie zur TRÄNE oder zu Schmidt und Polychora?, fragte sich der Salipir. Er bekam keine Antwort.

Stattdessen hallte ein Ruf durch den Gang. »Glitter!«

Eine flimmernde, den ganzen Gang ausfüllende Wolke versperrte den Dreien den Fluchtweg vor den Spinnenrobotern. Dann verlor Regg Cooper die Beherrschung und schoss auf die Roboter. Das Unheil nahm seinen Lauf. Bep Faruss und Aamaka Cugota taten ihr Bestes, um dem Kameraden beizustehen. Doch er ging den Maschinen ins Netz. Und das im wahrsten Sinne des Wortes. Unter qualvollen Schreien starb er. Die zwei Überlebenden flohen weiter.

»Du warst viel zu lange fort ...« Plötzlich erklang wieder die sanfte und traurige Stimme des Raumschiffs. Doch hatte sich unter ihre elegische Stimmfärbung etwas anderes untergemischt, das Angen-Math noch nicht recht einschätzen konnte. Er war sich jedoch sicher, dass es nichts Gutes verhieß.

»Zu lange fort? Aber wovon denn?«, fragte er. »Von hier? Bin ich vor meinem Schlaf von diesem Schiff aus aufgebrochen? Weshalb? Und wohin?«

»So viele Fragen ... Alles in Vergessenheit geraten.« Irrte sich Angen-Math oder klang die Stimme nun sorgenvoll? »Du könntest mit *Wildem Geist* verseucht sein.«

»Womit?«

»Das macht dich zu einer ernsthaften Gefahr, Angen-Math. Polychoras Wilder Geist könnte auf mich überspringen.«

»Aber ...«

Eine weitere Sequenz unterbrach seine Frage. Wieder zeigte ihm ein Auge Szenen aus dem Inneren des Schiffes. Es präsentierte ihm Bep Faruss und Aamaka Cugota, wie sie flüchteten, in eine Halle gerieten. Glitter versperrte ihnen jeden Fluchtweg. Sie wehrten sich, schossen wie wild aus ihren Desintegratoren auf die flirrenden Wolken.

Irgendwann reagierte der Glitter nicht mehr auf die Strahlen. Die Frauen ergaben sich ihrem Schicksal und setzten sich. Ihre Anzüge hatten sie geöffnet, die Waffen neben sich abgelegt. Angen-Math lauschte ihrem Gespräch.

»Hast du Angst?«, fragte Bep Faruss.

»Ein bisschen«, antwortet Aamaka Cugota.

»Ich auch.«

Dann fassten sie sich an den Händen.

Wer seid ihr?, erklang da die Stimme der TRÄNE. *Warum seid ihr hier? Ihr hättet sie nicht wecken dürfen. Warum habt ihr das getan?*

Angen-Math beobachtete, wie sich eine Träne aus Bep Faruss Augenwinkel löste und ihre linke Wange hinabrollte.

Die Träne eines erschreckten Sonnenaufgangs, offenbarte sich ihnen das Schiff.

Dann kontrahierte die Glitterwolke und löschte die Existenz von Bep Faruss und Aamaka Cugota aus.

Angen-Math war wieder allein. Und er hatte Angst. War es die TRÄNE, die die beiden Frauen getötete hat? War es Absicht gewesen? Er wusste es nicht.

Aber es ist möglich. Und es ist noch nicht entschieden, ob ich selbst leben darf oder sterben muss.

»Du warst viel zu lange fort, Angen-Math ...«

Kapitel 11

15. September 3126
Polychora, Eispalast

Aliken Hantoon
»Sind Sie sicher?«, stieß Leutnant Vernil Grosz mit entsetztem Blick hervor. Für ihn waren erst wenige Tage vergangen, seit sie Polychora betreten hatten. Für Aliken Hantoon 140 Jahre. Was mochte er denken, was sie getan hatte in all der Zeit? Konnte er sich überhaupt eine Vorstellung davon machen oder musste dies alles unwirklich für ihn sein; ähnlich einem absurden Traum? Machte er ihr Vorwürfe, dass sie niemals ernsthaft Galverin die Stirn geboten hatte? Oder war er zu sehr damit beschäftigt, die Flucht der Menschen aus Polychora zu organisieren? Die Flucht, die nicht mehr zustande kommen würde, seit Aliken soeben hatte eingestehen müssen, dass sich der Übergang geschlossen hatte. Und ja, *dessen* war sie sich sicher.

Zumindest Rulan Karkeron, der USO-Kommandant, schien ihren Blick als Bestätigung zu verstehen. Er drehte sich um und blickte über die annähernd tausend Menschen, die sich im Eispalast versammelt hatten, um den Angriffen des Glitters und Galverins Zugriff zu entfliehen. Und der Zerstörung. Denn der Torus zerfiel und würde zusammenbrechen. Nicht irgendwann, sondern in absehbarer Zeit. Der Oxtorner murmelte etwas, von dem Aliken nicht mehr verstand als den Namen Atlan.

»Auch der Lordadmiral wird uns nicht helfen können«, flüsterte Aliken.

Karkeron hatte ihre Worte trotzdem gehört. Er wandte sich ihr wieder zu und musterte sie mit unbewegter Miene.

»Er hat keinen Einfluss auf die Schaumphasentechnologie«, erklärte Aliken. »Wie sollte er uns helfen können?«

»Ich muss dem Korporal recht geben«, mischte sich Leutnant Grosz ein. Dass er ihren einstigen Rang nannte, den sie auf der ANISAPH getragen hatte, bewies, dass er den hundertvierzigjährigen Abgrund zwischen ihnen noch nicht verinnerlicht hatte. Sie waren damals beide auf dem Ultraschlachtschiff der Solaren Flotte stationiert gewesen.

»Vielmehr benötigt Atlan wohl unsere Hilfe«, fuhr Grosz fort. »Er ist bereits einen halben Tag unterwegs. In wenigen Minuten beginnt der 16. September. Ich befürchte, sein Team und er sind in Schwierigkeiten geraten.«

Die beiden Männer standen nebeneinander vor den Bildschirmen ihres mobilen Kommandozentrums, die unter anderem Bilder des energetischen Molochs zeigten, der den Durchgang zur Milchstraße bildete. Oder korrekter: gebildet hatte. Aliken war sich nicht sicher, ob die Passage zumindest im Kern ihrer subatomaren Quantenschaumstruktur weiter bestehen blieb und Galverin sie bei Bedarf wieder würde öffnen können. Oder war sie für immer kollabiert?

Nachdenklich musterte sie die zwei sich in ihrem Habitus so ähnelnden Soldaten. Atemdunst stieg in kleinen Wölkchen aus den Mündern der beiden Offiziere. Aliken selbst spürte die Kälte längst nicht mehr. Erst jetzt wurde sie ihr gewahr, als sie den Atem der Männer sowie deren gerötete Wangen sah. Zuvor war sie wie entrückt gewesen in dem Versuch, den Übergang in die Milchstraße zu stabilisieren. Doch Galverin hatte ihr einen Strich durch die Rechnung gemacht. Wenn nicht er, wer sonst?

»Ich werde Notzelte errichten. Dafür müsste meine Kraft noch genügen«, schlug sie vor.

Karkeron nickte lediglich und winkte Grosz heran.

Aliken wusste den Blick des Oxtorners richtig zu deuten. »Ich lasse Sie beide allein.«

Sobald sie die ersten Meter gegangen war, sah Aliken aus dem Augenwinkel, wie die Offiziere die Köpfe zusammensteckten und sich berieten. Dabei schauten sie immer wieder sorgenvoll zu der Ansammlung von Menschen hinüber wie auch zu den Ortungsbildern des fremden Raumschiffs, das vor einer Flanke des Kegelbergs schwebte. Aliken hatte das Abbild des kolbenförmigen Flugkörpers, der grün- und gelbmetallisch glänzend auf der Stelle verharrte und dann und wann hellrote Strahlenbahnen verschoss, gesehen. Am dicken, abgerundeten Ende hatte das Gefährt eine Art von Flügeln entfaltet, die schwertförmigen Blättern ähnelten. Die Orter gaben eine Spannweite von fünfhundert Metern an. Das schmalere Ende des siebenhundertfünfzig Meter langen Schiffes schloss mit einem riesigen, weiß leuchtendem Kristall ab. Bislang griff es den Eispalast nicht an. Dafür bekämpfte es mit Hilfe seiner Strahlenwaffen erbittert die Glitterkonstrukte, von denen Aliken nicht zu sagen vermochte, ob sie Galverin zuzurechnen waren oder Polychora.

Auf halbem Weg zu den versammelten Flüchtlingen blieb Aliken stehen und schloss die Augen. Die Frau versuchte sich in die flirrenden Konstrukte einzufühlen, wollte ihren geistigen Imprint ertasten. Doch es misslang ihr kläglich. Alles was sie um sich herum erspürte, fiel in sich zusammen. Jedwede Struktur verlor ihren Zusammenhalt. Was dort gegeneinander kämpfte, war blankem Irrsinn entsprungen. Und Aliken befürchtete, dass es sowohl der Galverins als auch der Polychoras war.

Doch wem fühlte sich das Schiff zugehörig? Augenscheinlich keiner der zwei Parteien. Gehörte es gar zu den berüchtigten Marodeuren? Aliken schüttelte den Kopf. Letztendlich war es egal, wer zu wessen Gunsten eingriff, wer dem Irrsinn verfallen war und wer nicht. Was zählte, war das Überleben der Menschen, und dafür würde sie alles tun, was sie vermochte. Das war sie ihnen schuldig, nach all der Zeit, in der die Besatzung der WAV-E und ihre Nachfahren dem Joch der Fünf unterworfen gewesen waren. Die Fünf denen auch sie angehörte und unter denen doch nur einer Macht ausgeübt hatte – Galverin Schmidt.

Wo mochten die übrigen drei stecken, die keineswegs Herrscher, sondern nichts weiter als Spielzeuge ihres Partners gewesen waren. Ihres *ehemaligen* Partners, korrigierte sie sich. Ihr wurde übel, wenn sie daran dachte, dass sie mit ihm das Bett geteilt hatte. Ebenso bei der Erinnerung an die Gefühle, die sie ihm offenbart hatte, und an die Liebe, die niemals erwidert worden war. Wie hatte sie nur so blind sein können, Galverin immer wieder zu verteidigen? Hätte sie das Unheil, das von ihm ausgegangen war, nicht viel früher erkennen müssen?

Es war müßig, darüber nachzudenken. Es war geschehen und jetzt musste ihre Aufmerksamkeit den Menschen Polychoras gelten.

Die Frage nach Persher Gust, Silana tar Kosh und Satran Kalandaar stellte sie hinten an. Sicher verkrochen sie sich in irgendeiner Ecke, geflüchtet in ihre Traumwelten, um den Schrecken der Realität entgehen zu können. Aliken machte den Dreien daraus keinen Vorwurf nach dem, was Galverin ihnen – allen voran Silana tar Kosh – angetan hatte.

Auf halbem Weg zu den Flüchtlingen blieb sie stehen, setzte sich und legte die Hände auf das blauweiße Eis des Bodens. Für einen kurzen Moment ließ sie alle Kontrolle über die Schaumphasentechnologie los. Umgehend drangen die Einflüsse der Umgebung auf sie ein. Die Kälte des Eises arbeitete sich durch ihre Haut und ließ sie frösteln. Es schmerzte, doch sie presste die Hände weiterhin auf den Boden. Der Schmerz reinigte ihren Verstand.

Dann ließ sie los. Einzelne Hautfetzen blieben an dem Eis haften. Aliken breitet die Arme aus und schloss die Augen. Zelte entstanden und prasselnde Feuer vor fellbedeckten Lagern.

Ich nehme euch die Kälte, dachte sie. *Bitte, nehmt ihr dafür meine Hilfe an.*

Rulan Karkeron

Rulan Karkeron beobachtete, wie die einstige Mitbeherrscherin über die Stadt aus Eis und Stahl schweren Schrittes ging. Dann senkte er seinen Kopf zu Vernil Grosz. Der Leutnant der Solaren Flotte tat es ihm gleich.

»Ich bin ehrlich zu dir«, sagte er, längst das vertrauliche Du verwendend. Grosz war ihm sofort sympathisch gewesen. Das beruhte anscheinend auf Gegenseitigkeit. »Ich befürchte, wir werden schmerzliche Verluste erleiden. Und als vorrangige Aufgabe sehe ich es an, den Lordadmiral zu retten.«

»Ich schätze, Atlan wird das anders sehen.«

»Natürlich wird er das. Er befahl mir zu flüchten, sollte er nicht zurückkehren und der Palast um uns herum zerfallen. Doch seitdem der Durchgang verschlossen ist, ist dieser Befehl hinfällig.«

»Hast du denn eine Idee, wie wir auch nur eines unserer Ziele erreichen können?« Der Hüne strich sich nachdenklich durch das kurzgeschorene blonde Haar.

Karkeron musste verneinen. Ärgerlich schüttelte er den Kopf. »Wir haben kaum Ressourcen und die Gefahren werden von Minute zu Minute zahlreicher. Hinzu kommt mit dem unbekannten Schiff eine völlig unkalkulierbare Größe. Bislang greift es nur den Glitter an. Also entlastet es uns im Moment sogar. Doch wer garantiert uns, dass es uns nicht nur vorläufig verschont, weil wir im Vergleich zu den Konstrukten das geringere Übel darstellen?«

Der Oxtorner musste an seine Leute und an Angen-Math denken, die aufgebrochen waren, das fremde Schiff zu erforschen. Das war, bevor es sich aus dem Eis befreit hatte. Der Kontakt zu Bep Faruss und den anderen Spezialisten war seitdem abgebrochen, und Karkeron fragte sich, ob es ein Fehler gewesen war, Angen-Maths Drängen nachzugeben. In ihrer verzweifelten Situation wohl kaum; er hatte *jede* Option wahrnehmen müssen. Doch was war dem Team wohl zugestoßen? Hatte es – gewollt oder ungewollt – das Schiff aktiviert? Und lebten die Männer und Frauen noch?

»Durchaus möglich, dass das Schiff uns doch noch angreift«, stimmte Grosz zu. »Aber was sind denn unsere Alternativen? Ich schlage vor, wir machen weiter wie gehabt. Wir versammeln die Leute hier und ordnen sie so, dass sie schnell in kleinen Gruppen losmarschieren können. Uns bleibt nichts anderes übrig. Es kann nicht unsere Aufgabe sein, abzuwarten und uns den Kopf zu zerbrechen, über Dinge, die wir nicht ändern können.«

»Also forcieren wir die Evakuierung ohne Aussicht auf einen Fluchtweg?« Karkeron strich sich über das Kinn.

Grosz seufzte. »Was sonst? Willst du die Truppe tatsächlich weiter ausdünnen, um sie in eine aussichtslose Suche nach dem Lordadmiral auszusenden? Was brächte uns das? Und wie groß ist die Wahrscheinlichkeit, dass sie eine Spur finden?«

»Gleich Null«, musste Karkeron zugeben.

»Eben. Alles was wir tun können, ist das Flüchtlingslager zu ordnen. Wir sollten Aliken Hantoon den Flüchtlingen Hilfe leisten lassen. Es wird ihr einen moralischen Schub geben, hoffe ich. Dann zwingen wir Sie dazu, sich auszuruhen. Alle Hoffnung kann nur darin bestehen, dass sie den Durchgang in die Milchstraße erneut stabilisieren kann oder eine alternative Passage findet.«

Karkeron brummte zustimmend. Seine Hilflosigkeit behagte ihm ganz und gar nicht. »Die USO wird den Zusammenbruch registriert haben. Vielleicht gelingt es unseren Wissenschaftlern, den Durchgang wieder zu öffnen und zu stabilisieren.«

Grosz schüttelte den Kopf. »Wie hoch schätzt du die Wahrscheinlichkeit dafür ein?«

Rulan Karkeron antwortete ihm nicht auf diese Frage.

Aliken Hantoon
Während sie damit beschäftigt gewesen war, Notbehausungen aus dem Quantenschaum zu erschaffen, war unbemerkt eine Gruppe von Flüchtlingen zu ihr gekommen. Aliken bemerkte die kleine Delegation erst, als sie unmittelbar vor ihr stand und jemand ihren Namen rief.

Mühsam hob sie die bleischweren Augenlider und musterte die Männer und Frauen. Sie musste ein Gähnen unterdrücken. Am liebsten hätte sie sich hier und jetzt auf den Boden gelegt, zusammengerollt und geschlafen. Ob sie wieder aufwachen wollte?

Hm ...

»Aliken Hantoon?«, fragte eine alte Frau, die der Gruppe anscheinend vorstand. Sie war vielleicht einen Meter und siebzig groß. Ihre grauen Haare hatte sie zu einem lockeren Zopf gebunden, der bis knapp über die Schulterblätter reichte. Ihre Füße steckten in halboffenen, flachen Schuhen. Sie trug ein beigefarbenes Kleid und einen schmalen, platinfarbenen Ledergürtel. Um ihre Schultern hatte sie einen gestrickten Bolero gelegt, der himmelblau schimmerte. Tiefe Falten in ihrer samtbraunen Haut zeugten von einem bewegten Leben.

»Wie kann ich euch helfen?«, fragte Aliken und erschrak selbst über die Kraftlosigkeit ihrer Stimme. Täuschte sie sich, oder war der Blick der alten Dame besorgt?

»Mä ... Entschuldige. Mädchen hätte ich beinahe gesagt, dabei liegen unsere Geburtsjahre bestimmt nur wenige Jahre auseinander. Ich denke uns trennen wahrscheinlich nur die fünfzig Jahre, die du später in unserem Dorf angekommen bist. Ich heiße übrigens Damika Milano.« Sie reichte Aliken die Hand.

Nur mit großem Kraftaufwand gelang es Aliken, die Hand der Alten zu ergreifen und zu drücken. »Ich grüße euch.«

Der Blick der Frau wurde noch eine Spur besorgter. Sie runzelte die Stirn. »Wie du uns helfen kannst, fragst du? Das kann ich dir sagen. Niemand ist im Umgang mit der Schaumphasentechnologie so versiert wie du.«

Abwehrend hob Aliken die Hände. Die Muskeln schmerzten ihr, als hätte sie in den letzten Stunden dutzende Liegestützen gemacht. Dabei war es Jahrzehnte her, dass sie diese Übung zuletzt absolviert hatte. »Ich bin nicht so mächtig, wie ihr denkt. Es war Galverin ...«

»Das wissen wir«, unterbrach Damika Milano sie. »Es ist ein offenes Geheimnis, dass du und die anderen drei nur Staffage waren, während Galverin Schmidt uns tyrannisierte. Doch das ändert nichts daran, dass du unter uns die Fähigste im Umgang mit dem Schaum bist. Wenn uns einer vor dem Untergang retten kann, dann du.« Damika deutete mit dem Finger ihrer Rechten zu der mobilen Kommandostation Karkerons. »Die beiden Offiziere von Terra und der USO sind machtlos.«

Aliken folgte dem Fingerzeig mit ihren Blicken. Rulan Karkeron und Vernil Grosz hatten die Köpfe in den Nacken gelegt. Der Terraner zeigte in die vom Zeltlager abgewandte Richtung. Dort, wo die Energieballung des Durchgangs schwebte, hörte die Wirklichkeit auf zu existieren. Silbern und regenbogenfarben flirrend arbeitete sich eine Schaumstruktur von dort aus in die Tiefe hinab, während die energetischen Blitze verblassten.

»Was soll ich bloß tun?«, fragte Aliken und spürte, wie ihr Tränen in die Augen stiegen. Sie sah in die Höhe, wo Nebelschwaden vor dem unendlich hohen, kathedralenartigen Dach waberten. Täuschte sie sich oder verlor das Gewölbe seine Substanz und wurde durchscheinend?

Faltige Hände legten sich ihr auf die Schultern. Damika Milano. »Komm zu uns ans Feuer. Ruhe dich aus. Und wenn du erwachst, nutze deine Kräfte in vollem Umfang. Um uns zu retten.«

Rulan Karkeron

Er hatte Freiwillige unter den Flüchtlingen ausgesandt, um Waffen und Ausrüstung zu bergen, die von der WAV-E stammten. Zu einem großen Teil hatten die ehemaligen Besatzungsmitglieder ihr Equipment niemals aufgegeben, sondern es gut verpackt in Ausrüstungssäcken und Kisten verstaut. So gab es noch Raumanzüge, Strahlwaffen, Nadler, tragbare Schirm- und Prallfeldprojektoren, Antigravgürtel und dergleichen mehr. Bei allem handelte es sich um Geräte, welche die Flüchtlinge bei der plötzlichen Versetzung des Experimentalraumers am eigenen Leib getragen oder die sich in ihrer unmittelbaren Nähe befunden hatten. Alles, was außerhalb des Dunstkreises von Menschen gewesen war, war an Bord der WAV-E zurückgeblieben und mit ihr in den Einstein-Raum zurückgefallen.

Es verwunderte Karkeron nicht, dass ungewöhnlich viele alte Männer und Frauen – zum Teil in hohem Greisenalter – sich freiwillig zur Unterstützung meldeten. Sie gehörten zu den wenigen Dutzend Überlebenden der Havarie, die die Zeit überdauert hatten. Niemand von ihnen war derart jung geblieben wie Galverin Schmidt oder Aliken Hantoon. Doch waren sie innerhalb des Torus sichtlich langsamer gealtert.

»Du setzt sie bewusst einer unkalkulierbaren Gefahr aus«, kritisierte Vernil Grosz. Der Leutnant stand neben ihm an einem mobilen Pult und kontrollierte die Listen der Flüchtlinge. Man hatte versucht, sie zu registrieren und nach verschiedenen Kriterien zu sortieren. Verletzte und Gebrechliche benötigten intensivere Zuwendung als Gesunde und Junge. Kinder und Schwangere wiederum mussten wieder anders versorgt werden. All das zu kontrollieren und zu steuern oblag mittlerweile Grosz, während Karkeron den militärischen Teil der Führungsaufgaben übernommen hatte. Er versuchte, mit Hilfe der Freiwilligen das auf über tausend Menschen angewachsene Flüchtlingslager zu bewaffnen. Er versprach sich nicht viel davon, doch alles war besser, als sehenden Auges hilflos ins Verderben zu laufen.

»Ich habe sie über die Risiken und Unwägbarkeiten in Kenntnis gesetzt. Es kommt nicht von ungefähr, dass die meisten Freiwilligen ehemalige Besatzungsmitglieder der WAV-E sind. Bei ihnen handelt es sich um geschultes Personal; was die Flotte lehrt, vergisst man auch in 190 Jahren nicht. Die Nachfahren der Gestrandeten hingegen sind eher zurückhaltend. Die WAV-E, die Milchstraße und all ihre Technik sind abstrakte Begriffe für sie. Schmidt hat sie in der Hinsicht ganz nach seinem Willen geformt.«

Grosz sah kurz von seiner Arbeit auf und warf Karkeron einen undefinierbaren Blick zu. »Ich mache dir keinen Vorwurf. Ich wollte dir nur in Erinnerung rufen, dass es sich hier um Zivilisten handelt. Ob ein Teil von ihnen vor einem Lebensalter der Solaren Flotte angehörig war oder nicht, spielt dabei keine Rolle. Versprich dir nicht zu viel. Übrigens«, er tippte an sein Ohr, »mir wurde so eben mitgeteilt, das Aliken Hantoon wieder erwacht ist. Siehst du nach ihr?«

Die Zeltstadt, die Aliken Hantoon aus dem Nichts geschaffen hatte, war trotz ihres provisorischen Charakters beeindruckend. Rulan Karkeron hatte das Gefühl, durch das Zeltlager einer römischen Division zu gehen. Auf einem seiner zahlreichen Besuche Terras, der Welt seiner Ahnen, hatte er in einem Ort namens Xanten die Rekonstruktion eines solchen Römerlagers besichtigt. Die Vorstellung einer Macht, die weite Teile der ihr bekannten Welt unterworfen hatte, war einerseits erschütternd in ihrer Martialität, andererseits hatte ihm die pure Willenskraft und Kreativität der damaligen Menschen imponiert.

Das von Hantoon erschaffene Lager hatte nicht unbedingt viel gemein mit einem antiken Zeltlager, vielmehr entsprang es der Vorstellung, wie sie Filme suggerierten. Doch in seinen Grundzügen entsprach es eben doch dem antiken Vorbild. Die Unterschiede fanden sich im Detail. Die Planen der Zelte waren dicht gegen die Kälte und mit Ornamenten bestickt. Die Lagerfeuer waren ordentlich angelegt und muteten trotz ihres archaischen Charakters funktionell an. Wunderlicherweise hatte die Hitze der Flammen keine Auswirkungen auf das sie umgebende Eis. Überhaupt wirkte die Szenerie unwirklich inmitten der blauweiß glitzernden, doch zerfallenden Pracht des Eispalastes.

Karkeron sah in die Höhe. Mittlerweile konnte man den trüben Himmel deutlich erkennen. Das Dach existierte nicht mehr. Nachdem der energetische Moloch des Durchgangs degeneriert war, hatte er begonnen, die umgebende Realität aufzulösen. Anscheinend breitete sich sein verderblicher Ausfluss in die Höhe aus. Hier unten mochte sie der stabilisierende Einfluss der menschlichen Bewusstseine vorerst schützen.

Karkeron sah wieder auf die Wege zwischen den Zelten. Ab und an zu waren Menschen zu sehen. Sie saßen allein oder in kleinen Gruppen um die Feuer und redeten leise miteinander, als fürchteten sie, durch zu laute Geräusche die Glitterkonstrukte auf sich aufmerksam zu machen. Diese fegten wie Derwische durch den Torus, um die Wirklichkeit zu vernichten. Dabei bekämpften sie sich erbittert. Das fremde Raumschiff war mittlerweile weiter in die Höhe gestiegen und schwebte unverrückbar in Sichtweite des Palastes. Es erwehrte sich der Angriffe des Glitters, blieb ansonsten aber tatenlos. Karkeron hatte den Menschen über Mikrofon versichert, dass das Schiff keine Gefahr darstellte – ob er selbst das glaubte oder nicht, spielte dabei eine untergeordnete Rolle. Er musste die Flüchtlinge beruhigen, um Panik zu verhindern. Trotzdem vergrößerte der Anblick die Unsicherheit.

Karkeron wunderte es deshalb nicht, dass die meisten Menschen sich in die Zelte geflüchtet hatten. Wiederum andere hatten sich in die angrenzenden, noch bedachten Prachtsäle des Palastes zurückgezogen. Auch dort waren von Hantoon Zelte errichtet worden, in denen sich die Menschen aufwärmen konnten. Und wo sie nicht stetig die kristallenen Lüster, die ziselierten Säulen und all die anderen Zeugnisse von Schmidts Hybris anschauen mussten.

Aus den Augen, aus dem Sinn.

Ein hagerer, älterer Mann trat auf Rulan Karkeron zu, als er sich dem Zelt auf wenige Meter genähert hatte, in dem laut Grosz Angaben Hantoon zu Kräften kommen wollte. Eine Armlänge vor ihm blieb der Mann stehen und grüßte.

»Captain Karkeron? Ich bin Sergeant Julian Munich.« Er grinste. »Ungewohnt, sich so vorzustellen. Ich habe nicht damit gerechnet, noch einmal meinen Rang zu nennen, den ich auf der WAV-E innehatte. Sie suchen Aliken Hantoon? Bitte folgen Sie mir.«

Karkeron hielt den Mann an der Schulter zurück, als der sich rascher als vermutet, umdrehte. »Bevor wir gehen, Sergeant, beantworten Sie mir bitte eine Frage.«

»Gern«, sagte Munich und sah ihm über die Schulter hinweg in die Augen.

»Nach allem, was die Fünf Ihnen angetan haben, warum helfen Sie Aliken Hantoon?«

Munich leckte sich über die spröden Lippen. »Zum einen, weil niemand außer ihr so gut mit der Schaumphasentechnologie umgehen kann. Es ist nur zu unserem Besten, ihre Hilfe in Anspruch zu nehmen.«

»Als Wiedergutmachung?«

»Auch. Zum anderen«, fuhr Munich fort, »war es stets ein offenes Geheimnis, dass sich Aliken Hantoon und die übrigen drei in der Gewalt Galverin Schmidts befanden. Irgendwer hat vor vielen Jahren gesehen, was dieses Monster Silana tar Kosh angetan hat. Die Kunde verbreitete sich wie ein Lauffeuer. Glauben Sie mir, von Aliken Hantoon geht keine Gefahr aus. Einige erinnern sich auch noch daran, wie sie in der Zeit nach ihrer Ankunft im Torus oft versucht hat, uns zu helfen. Sie ist ein gebrochener Mensch, zerfressen von Selbstvorwürfen und enttäuschter Liebe. Ich habe noch als junger Mann erlebt, wie sie geradezu um die Zuneigung Schmidts gefleht hat. Diese Frau hat keinerlei Ambitionen, Macht über uns auszuüben.«

Karkeron nickte und bedeutete Munich vorzugehen. Er vertraute sich dem Mann an und schlüpfte hinter ihm in ein bunt geschmücktes Zelt. Das Gefühl, sich in einem gut ausgestatteten Legionärslager zu befinden, anstatt in einem Flüchtlingslager, verstärkte sich. Im Innern war es wohlig warm. Aliken Hantoon saß auf einem gescheckten Fell und trank ein dampfendes Getränk aus einer Porzellantasse. Es roch nach Kräutern und Fleischbrühe. Als er sich räusperte, sah sie zu ihm auf.

»Captain Karkeron. Ich habe Sie bereits erwartet.« Sie lächelte schmallippig.

»Haben Sie sich gut erholt, Miss Hantoon?«

Sie hob eine Augenbraue. »Miss? Nicht Korporal? Sie überraschen mich, Sir.«

»Ich bin immer für eine Überraschung gut«, erwiderte er nur.

»Um Ihre Frage zu beantworten: Ja, mir geht es tatsächlich besser. Die Pflege durch Mrs. Milano«, Hantoon deutet auf eine ältere Dame neben ihr, »und die kräftigenden Medikamente aus Ihren Vorräten, Sir, haben mich wieder auf Trab gebracht.«

Karkeron nickte zufrieden. Das hatte er hören wollen. »Dann können Sie versuchen, den Durchgang zu stabilisieren? Oder alternative Passagen suchen?«

Hantoon grinste beinahe fröhlich. »Ich bin bereits dabei, Captain. Allerdings lenken mich die Angriffe des Glitters ab.

Ich gebe alles, um ihn von uns fernzuhalten. Die Auseinandersetzungen zwischen den Konstrukten Galverins und denjenigen Polychoras werden immer heftiger. Das fremde Schiff greift zwar ab und an zu unseren Gunsten ein und bewahrt Flüchtlingsgruppen vor Zugriffen des Glitters, aber ...«

»Wie bitte?«, unterbrach Karkeron sie aufgeregt. Er musste an seine Leute und Angen-Math denken, zu denen der Kontakt seit Stunden abgebrochen war. »Wieso hat mir das keiner gesagt? Vielleicht ist es Bep Faruss und ihrem Team gelungen ...«

In diesem Moment erklangen Schreie von außerhalb des Zeltes. Sofort riss Karkeron die Decken vor dem Eingang zur Seite und stürmte hinaus.

»Das Schiff! Das Schiff! Es greift an!«

Alle zeigten sie in den Himmel über dem Palast. Einige schrien. Andere begannen zu rennen; wohin wussten sie wahrscheinlich selbst nicht. Kinder weinten. Männer schimpften.

Erschüttert starrte auch Rulan Karkeron in den dunklen, von Wetterleuchten durchzuckten Himmel. Der sich nach oben, zur gegenüberliegenden Seite des Torus hin verbreiternde Kegelberg war nicht auszumachen. Dafür senkte sich das metallisch in grünen und gelben Farben glänzende Raumschiff auf den Palast nieder. Der Kristall am verjüngten Ende strahlte weiß. Hellrote Strahlenbahnen zuckten durch die Luft. Wo sie auf Glitter trafen, loderte ein grellbuntes Inferno auf.

Karkeron schluckte.

Dies wird ein schwarzer Tag, dachte er.

Kapitel 12

16. September 3126
Gainbal-System, Nancanor

Tipa Riordan
»Miss Long, wie angenehm, Sie hier anzutreffen.« Tipa Riordan hatte alle Mühe, sich zusammenzureißen. Bei aller Sympathie, die sie dem Mädchen entgegenbrachte – was zum Teufel, hatte diese USO-Göre an Bord *ihres* Schwadentauchers zu suchen?

»Die Freude ist ganz meinerseits, Ma'am.« Lea Long grinste in typischer Manier und stemmte die Fäuste unternehmenslustig in die Hüften. Sie stand zusammen mit Faun Malkovoch hinter den in zwei Reihen angeordneten Doppelsesseln. »Wann geht die Reise los?«

Riordan sah sich um. Neben ihr selbst, Faun, Naron Falton und Lea Long zwängten sich noch drei ihrer Wissenschaftler in die Räume des Schwadentauchers. Denzen Hesper hatte seine strähnigen roten Haare zu einem kleinen Zopf gebunden und beäugte an den Rahmen des nachträglich integrierten Schottes gelehnt misstrauisch, was da vor sich ging. Der Epsaler Ropander Tin hatte es sich auf dem Kontursessel des Piloten »gemütlich« gemacht. Seine Körpermasse sprengte beinahe die Armlehnen. Die Plophoserin Myriam Weyport stand schräg hinter Hesper und lächelte spitzbübisch.

»Miss Weyport.« Riordan dehnte den Namen und grinste zahnlos. »Waren Sie so nett, Miss Long zu unserem Ausflug einzuladen?«

Die zierliche, junge Frau wurde blass. »Natürlich nicht, Ma'am.«

»Machen Sie sich keine Sorgen«, schaltet sich Long ein. »An der Integrität Ihrer Gruppe zu zweifeln besteht kein Grund. Selbstverständlich haben wir den Standort Ihres Gefährts selbst herausgefunden. Die USO besitzt ihre ... Mittel und Wege.«

»Sie misstrauen mir?«

»Vertrauen ist gut, Kontrolle ist besser. Anweisung von Generalin Kah.«

Natürlich. Die Generalin. Riordan und Hoyka Kah hatten erst ein einziges Mal das Vergnügen gehabt, sich auszutauschen. Nämlich als die Piratin die USO über die Störungszone und Galverin Schmidt informierte. Harmonisch war das Gespräch nicht verlaufen. Und so lange wie Atlan in Polychora verschollen war, hatte die Paronerin mit dem herben Gesicht als seine Stellvertreterin das Oberkommando über die USO inne.

»Ich glaube, ich muss mit dem Arkon-Scheich mal ein ernstes Wörtchen über die Wahl seiner Gespielinnen wechseln. Decaree Farou war mir bedeutend sympathischer.«

Lea Long grinste nur. Das schien ihre Art Pokerface zu sein. Sie war eine Smilerin.

»Nun gut, jetzt sind Sie einmal hier, also dürfen Sie auch bleiben. Ihnen ist hoffentlich klar, dass Sie lediglich die Rolle einer Beobachterin einnehmen?«

Der weibliche Oberleutnant nickte und fügte hinzu: »Wir gehen nicht davon aus, dass Sie gegen die Interessen oder Grundsätze der USO verstoßen werden. Ich bin nur hier, um zu beobachten und gegebenenfalls meine Fähigkeiten als Offizierin der USO anzubieten, sollte sich die Notwendigkeit ergeben.«

»Kahs Wachhündin also«, brachte es Faun Malkovoch auf den Punkt.

»Das ist nicht meine Diktion, Mr. Malkovoch, und es beschreibt mein Einsatzgebiet nur ungenügend. Aber, wenn Sie es so nennen möchten ...« Long zwinkerte Riordans Erstem Wesir zu.

»Haben wir genug geplaudert?«, meldete sich Naron Falton mit brüchiger Stimme zu Wort.

Riordan hob überrascht die Augenbrauen. Von dem nach seinem jahrelangen Kryoschlaf schwach und kränklich wirkenden Arkoniden hatte sie als Allerletztes einen solchen Tatendrang erwartet. Sie musterte das dürre Kerlchen und verstand. Das Fieber in seinen Augen sprach Bände. Der Wissenschaftler konnte es nicht erwarten, endlich das Objekt seiner jahrzehntelangen theoretischen Forschung zu sehen.

»Also gut!« Sie schloss das Schleusenschott in ihrem Rücken. »Brechen wir auf.«

Naron Falton

Endlich!, dachte der Wissenschaftler erleichtert. Ewig hatte er darauf gewartet. Nun war es so weit. Sein ganzer Körper bebte vor freudiger Erwartung. Wie lange hatte er sich gedulden müssen, bis sich ihm diese Möglichkeit bot? Jahre lang schon spürte er dieses Kribbeln in jeder Faser seines Leibes. Selbst in der Zeit seiner Kryostase hatte es ihn wohl erfüllt. In seinen eiskalten Träumen hatte es ihn heimgesucht. Die Anspannung drohte ihn beinahe zu zerreißen. Nun, da er so kurz vor seinem Ziel stand, konnte er es nicht mehr erwarten. Er stieß einen überraschten Laut aus, als ihn jemand am Arm packte.

»Nur die Ruhe«, brummte eine sonore Baritonstimme. Es war dieser Malkovoch, der sogenannte Erste Wesir der Piratin. Der tumbe Klotz zog an ihm, als sei er ein billiges Spielzeug oder ein störrisches Haustier. Dann drückte er ihn unsanft in einen zerschlissenen Sessel. »Schnallen Sie sich an. Der Tauchgang in die Tiefen der Atmosphäre wird kein Spaziergang.«

Falton zischte. »Woher wollen Sie wissen, dass es in die Tiefe geht.«

Verblüfft öffnete der Hüne den Mund. »Ähm ... keine Ahnung. Ich dachte ...«

»Denken gehört augenscheinlich nicht zu Ihren Stärken. Lassen Sie es lieber.« Mit einem Ruck drehte Falton den Kopf herum und starrte auf den Frontschirm der kleinen Zentrale. Es knackte. Ein stechender Schmerz raste durch seinen Nacken. Mühsam unterdrückte er ein Stöhnen. Mit tränenverschleiertem Blick sah er nach vorn. Die Köpfe des epsalischen Piloten und des sich neben ihn setzenden Faun Malkovoch behinderten seine Sicht. Alles, was er erkennen konnte, waren die rot-braunen Schwaden der Atmosphäre, die von den Scheinwerfern der PEARL und denen Peryas der Dunkelheit entrissen wurden.

Tipa Riordan nahm in ihrer knarzenden Ledermontur in dem engen Sessel neben ihm Platz. Die junge Terranerin, die ihre Gesprächspartner ständig dämlich angrinste, musste mit einem ausklappbaren Notsitz hinter ihnen vorlieb nehmen. Er gehörte nicht zur standardmäßigen Ausstattung eines Sammlers. Ebenso wenig wie der Doppelsessel in dem Riordan und er saßen. Damit war die Zentrale auch schon überfüllt und die Luftumwälzung beinahe überlastet. Zumindest brannte ihm das blumige Parfum der Piratin in der Nase, dass ihm Tränen in die Augen stiegen.

»So gerührt, endlich das Objekt ihrer Forschung zu besuchen?«, missdeutete die alte Schachtel seine Tränen.

»Ja«, log er. »Wohin haben Sie denn die anderen verfrachtet?« Er interessierte sich zwar nicht sonderlich für die Besatzungsmitglieder der PEARL, doch konnte es nicht schaden, sich über die Modifikationen des Sammlers zu informieren. Gefährte dieses Typs hatten seiner Erfahrung nach nur in der engen Kapsel des Steuermoduls Platz für Passagiere. Sie war am Bug der unteren Hüllenschale verankert. Der übrige Teil des Sammlers bestand aus Tanks, die zwischen den beiden Arkonstahlschalen untergebracht waren. Insgesamt achtzehn gab es normalerweise an Bord, von denen aus reißfeste Schläuche ausgefahren werden konnten. Mit Hilfe dieser Apparaturen fischten die Prospektoren in der trüben Atmosphäre Nancanors nach den exotischen chemischen Verbindungen.

»Wir haben etwas ausgemistet und hochwertige Ortungssysteme, Schutzschirmgeneratoren und zusätzliche Energieerzeuger eingebaut. Außerdem haben wir eine Nebenzentrale installiert, um die außerplanmäßigen Systeme steuern zu können«, erklärte die Piratin freimütig. Leider gab sie keine Details preis.

Na ja, was soll's, dachte Falton. *Eigentlich interessiert es mich nicht. Bald habe ich mein Ziel erreicht. Endlich, nach all den Jahrzehnten ...*

Mit einem metallischen Knall lösten sich die Klammern der Raumstation von der PEARL. Falton war das Geräusch sattsam bekannt. Oft war er mit einem Sammler in die Atmosphäre Nancanors aufgebrochen, doch stets waren die veralteten und mangelhaft zusammengeflickten Schwadentaucher nicht gut genug ausgerüstet gewesen, um seinen Zwecken dienlich zu sein.

»Abkoppelung von Perya erfolgreich«, meldete der Epsaler mit der für sein Volk typisch dröhnenden Stimme. Wie war doch gleich sein Name? ... Na ja, egal. Falton verschwendete auch daran keinen zweiten Gedanken. Es fiel ihm schwer genug, sich überhaupt auf seine Umgebung zu konzentrieren. Ihm war schwindlig, und hin und wieder tanzten dunkle Flecken vor seinen Augen.

Riordan drückte ihm kommentarlos eine Folie in die Hand. Wortlos und ohne aufzublicken entfaltete er sie. Das Anzeige- und Eingabegerät nahm lautlos seine Tätigkeit auf und präsentierte ihm die Messergebnisse der hochgezüchteten Ortungssysteme, die Riordan in das klapprige Gefährt hatte stopfen lassen.

»Unglaublich«, murmelte Falton, erstaunt ob der vielfältigen und exakten Ergebnisse. Wenn er doch nur früher über derartige Mittel verfügt hätte. Stattdessen hatte er sich mit billigen Imitaten der in Forscherkreisen genutzten Apparaturen herumschlagen müssen. Sie hatten ungefähr dieselbe Güte besessen wie die abgenutzten Bildschirme, Schalter, Touchscreens und anderen Aggregate an Bord der PEARL, die nicht ausgetauscht worden waren. Man glaubte stets, die neueste Technik sollte auf einem Stand sein, dass sie ewig hielt. Doch nach Jahrzehnten der Nutzung setzten immer Verschleiß und Degenerierung ein. Und dass gerade Billig-Produzenten ihre Geräte daraufhin konzipierten, nach einiger Zeit Schaden zu nehmen, hatte Naron Falton schmerzhaft erfahren müssen. Die Nachfrage musste eben stabil gehalten werden ...

»Und?«, riss ihn die rücksichtlose alte Schachtel aus seinen Gedanken.

»Was und?«, blaffte er.

Verscherze es dir nicht mit ihr, rief er sich zur Ordnung. *Noch bist du nicht am Ziel.*

»Entschuldigen Sie, Ma'am. Sie haben mich erschreckt«, gab er sich kleinlaut.

»Schwamm drüber!«

Aha, dachte er. *Die große Tipa Riordan geht darüber hinweg. Also scheint Sie auf mich genauso angewiesen zu sein wie ich auf sie.*

»Nun, ich habe meine eigenen Programmroutinen dabei«, sagte er laut. »Ich weiß nur nicht, ob sie kompatibel mit Ihren modernen Systemen sind.«

»Kein Problem.« Sie streckte ihm ihre runzlige Hand vor das Gesicht. Zwischen ihren Fingern glänzte ein etwa zehn Zentimeter langes und drei Zentimeter breites Gerät. »Ein Universaldock. Verbinden Sie Ihre Speichermedien damit und spielen Sie die Programmroutinen auf.«

Falton zögerte zum Schein. Er wollte der Piratin nicht auf die Nase binden, dass er alles gegeben hätte, um an sein Ziel zu gelangen.

»Keine Angst, wir klauen Ihnen Ihre Programme nicht.«

Was gilt schon ein Wort aus deinem Mund. Aber egal, ich werde die Routinen bald nicht mehr benötigen.

»In Ordnung.« Er griff nach dem Universaldock. Die Installation erfolgte überraschend schnell und problemlos. Bald ergaben sich aus den Berechnungen Koordinaten und Vektoren, die ihnen eine praktikable Route vorgaben. Sie hatten sich seit seinem letzten Ausflug kaum verändert; die Schwächung befand sich noch auf fast demselben Fleck wie vor Jahren. Doch niemals waren die Ergebnisse seiner Kalkulationen derart exakt gewesen wie zu diesem Zeitpunkt. Das hatte er Tipa Riordan zu verdanken. Dass sie nur aus Eigennutz handelte, war nebensächlich. Was auch immer sie sich von der Schwächung des Universums versprach, es würde ihn nicht daran hindern, *sein* Ziel zu erreichen.

»Ich übermittle Ihnen den Kurs, den wir einschlagen müssen«, teilte er dem epsalischen Piloten mit. »Aber dabei handelt es sich nicht um eine statische Kursberechnung. Sie enthält einige Variablen, die ich ständig neu kalkulieren muss.« Angeblich war der Klotz ebenfalls Wissenschaftler, also verstand er hoffentlich die Problematik und sparte sich unnötigen Fragen.

Falton spürte den Blick Tipa Riordans auf sich. Und auch in seinem Rücken saß jemand, der ihn nicht aus den Augen ließ. Die USO-Spezialistin. Etwas neugierig war er ja doch, was im Gainbal-System vor sich ging. Bislang hatte er keinen blassen Schimmer. Er war völlig perplex gewesen, als man ihn so unvermittelt aus der Kryostase geweckt und mit allen möglichen Medikamenten fit gespritzt hatte. Daher hatte er sich noch überhaupt keine Gedanken über die Absichten der Piratin oder der anderen Teilnehmer machen können.

Er wusste, dass Riordan bereits im Jahre 3090 auf das Gainbal-System aufmerksam geworden war und Aktivitäten auf dem Mond Nacht begonnen hatte. Es war – vor seinem unfreiwilligen Kältetiefschlaf – stets seine Vermutung gewesen, dass sie dort ebenfalls eine Schwächung des Universums entdeckt hatte. Doch der Trabant Nancanors war für ihn zu jeder Zeit unerreichbar geblieben. All seine Finanzen hatte er in seine Forschungen auf Perya investiert und war in eine Sackgasse geraten. Nur die flüssigen Mittel, die ihm durch den Kult zugeflossen waren, hatten es ihm überhaupt ermöglicht weiterzuforschen.

Trotzdem hatte er sofort eingewilligt, der Piratin bei ihrer Expedition ins Innere Nancanors zu helfen. Sie glaubte, ihm die Schwächung auf Nacht verheimlichen zu können. Selbstverständlich war dies nicht der Fall. Er war zwar nach der Erweckung benommen gewesen, als wäre sein Gehirn nur auf halber Tourenzahl gelaufen, doch er war nicht debil! Wenn die Piratin ihm anbot, gemeinsam in der Atmosphäre des Gasriesen nach der Schwächung zu suchen, dann tat sie das nur, weil ihr Weg auf Nacht ebenfalls in eine Sackgasse geführt hatte. Oder aus ähnlich gelagerten Gründen.

»Passage ... Polychora ... Retten ...« Riordan und die USO-Offizierin wechselten leise Worte, die Falton nur zum Teil verstand. Was auch immer sie sich von der Schwächung des Universums versprachen, sie ahnten ja nicht, wovon sie redeten! Ein Lächeln stahl sich auf seine Lippen.

Nach einiger Zeit, er wusste nicht wie viele Minuten oder Stunden vergangen waren, reichte ihm Riordan einen Becher mit aromatisiertem Wasser. Es roch nach süßen Beeren. Falton nahm das Getränk wortlos an und trank in raschen Zügen. Zu hastig! Er verschluckte sich und musste husten. Mit dem Handrücken wischte er sich den Mund ab und sah auf den Becher. Seine Hand zitterte. Er spürte das Kribbeln in den Fingerspitzen. Dort war es besonders stark. Nur das prickelnde Gefühl auf der Kopfhaut übertraf es in seiner Intensität.

»Alles in Ordnung?«, fragte Riordan.

»Ja, ja. Natürlich.«

»Vielleicht sollten wir Mr. Falton eine Erholungspause gönnen«, schlug die USO-Frau vor.

»Nein!« Heftig wehrte er ab.

So kurz vor dem Ziel nicht!

»Es ist niemandem damit gedient, wenn wir aufgrund einer Fehlberechnung havarieren«, ließ die junge Terranerin nicht locker.

»Mir geht es gut!«

Riordan neben ihm räusperte sich. »Machen Sie weiter. Wir haben es eilig.«

Überraschenderweise fügte sich die USO-Angehörige und schwieg.

Tipa Riordan

Schweißperlen standen dem arkonidischen Wissenschaftler auf der Stirn. Besorgt musterte Riordan ihn. Seine Augen ruckten wie die eines Besessenen hin und her, folgten den rasenden Zahlen, Symbolen und Diagrammkurven auf der Folie. Seine von Erfrierungen verunzierte Haut war aschfahl. Die Lippen waren aufgesprungen. Blut war an der stickigen Luft getrocknet.

Ropander Tin manövrierte die PEARL kommentarlos auf dem von Falton vorgegebenen und stetig angepassten Kurs. Bislang war es weder Riordan noch Tin, Hesper oder Weyport gelungen zu entschlüsseln, nach welchem Muster Naron Falton arbeitete. Was für Hindernissen oder Gefahren wichen sie aus und wohin leitete der Arkonide sie? Ihre Wissenschaftler fanden keine Antwort.

Hoffentlich lassen mich meine Menschenkenntnisse und mein Instinkt nicht im Stich, dachte die Piratin. *Falls Falton in der Kryostase verrückt geworden ist, müssen wir uns glücklich schätzen, wenn er uns nur in die Irre führt. Im günstigsten Fall haben wir Zeit verloren, in der wir Atlan womöglich anders hätten helfen können. Im schlimmsten Fall gehen wir dabei drauf.*

Riordan beugte sich nach vorn und tippte Malkovoch auf die Schulter. »Faun, hast du meinen Koffer an Bord gebracht?«

Ihr Erster Wesir drehte seinen Kopf zu ihr und nickte. »Selbstverständlich.«

»Und du hast ihn ausgepackt?«, versicherte sie sich.

»Natürlich.«

»Alles funktioniert reibungslos?«

»Den Testdurchläufen zufolge – ja.«

»In Ordnung.« Sie lehnte sich wieder zurück und verschränkte die Finger ineinander.

»Darf man fragen, was sich in Ihrem Koffer befindet?« Es war Lea Long, die sich ihrerseits nach vorn gebeugt hatte und ihren Kopf zwischen Riordan und Faltons Kopfstützen steckte. Ihr Atem roch süßlich. Ein Bonbon schlug gegen ihre Zähne.

»Ja.«

»Und?«

Riordan kicherte. »Ich sagte nicht, dass ich die Frage beantworten werde.« Sie dachte nicht im Traum daran, Long über den Inhalt des Koffers zu unterrichten. Nur im äußersten Notfall würde die junge Frau davon erfahren. Die Piratin war schließlich kein Unmensch. »Sitzen Sie bequem, Miss Long?«

»Ja. Danke der Nachfrage.«

Natürlich tat sie es nicht. Der Notsitz war ein Provisorium.

Ein Ächzen ließ Riordan zu Falton herumfahren. Der dürre Arkonide saß in sich zusammengesunken da. Strähnen seiner feinen Haare klebten ihm an der Stirn. Die Folie hatte er in einer Hand zusammengeknüllt. Sein ganzer Körper zitterte wie Espenlaub. Er hyperventilierte.

»Falton! Was ist los mit Ihnen?« Die Piratin zögerte keinen Augenblick und riss eine Klappe neben ihrem Sitz auf. Aus der Öffnung zog sie ein Medopack, aktivierte es und legte es dem Wissenschaftler in den Schoß. Sofort startete das handkofferförmige Gerät summend seine Diagnosefunktion. Ein haarfeiner Schlauch schlängelte auf Faltons Armvenen zu und injizierte ihm etwas.

»Nachwirkungen der beschleunigten Erweckung aus der Kryostase?«, fragte Tipa Riordan Lea Long, ohne ihren Blick von Falton abzuwenden.

»Ich kann es nicht ausschließen. Aber derartige Symptome hat noch kein Patient gezeigt.«

Riordan fluchte. Allmählich begann Falton wieder regelmäßiger zu atmen, doch immer noch zitterte er am ganzen Leib. Seine Augenlider flatterten unkontrolliert.

Habe ich ihn mit meiner Entscheidung ans Messer geliefert?, fragte sie sich. Es wäre nicht der erste Mensch, der in diesen Tagen aufgrund ihrer Entschlüsse aus dem Leben schied.

Ein weiterer Schrei hallte durch die enge Pilotenkanzel. Riordan sah nach vorne. Ropander Tin war aus seinem Sessel aufgesprungen. Auch Malkovoch machte Anstalten, sich zu erheben.

»Glitter«, zischte er. Seine Pupillen waren geweitet. Riordan verstand, dass er sein Erlebnis mit den Geschöpfen Schmidts noch lange nicht verarbeitet hatte. Eine Mischung aus Angst und blankem Hass verzerrte sein Gesicht.

Jetzt sah es auch Riordan. Ein Planetoid schwebte inmitten der rotbraunen Gasschwaden Nancanors. Die Kugel leuchtete aus sich selbst heraus und erhellte die wabernde Atmosphäre um sich herum. Deutlich erkannte Riordan Kontinente und Meere. Die Strukturen auf den Erdteilen sahen aus wie Städte.

Und im Orbit um den unmöglichen Planeten kreisten flirrende Glitterkonstrukte in vielfältigen Formen und Gestalten.

»Ma'am?«

Nur mit Mühe konnte sich Riordan von dem Anblick loslösen. Plötzlich verspürte sie eine Angst, wie sie selten Besitz von ihr ergriff. Die Konstrukte flogen auf den Schwadentaucher zu.

»*Ma'am!*« Faun Malkovoch rüttelte an ihren Schultern »Wir müssen die PEARL verlassen.«

»Das ist der Durchgang«, sagte sie. »Wir haben ihn gefunden.«

»Mag sein. Auf jeden Fall ist es eine Schaumphasenrealität. Es ist eine physikalische Unmöglichkeit, dass *das* da in der Atmosphäre eines Gasriesen existiert.«

Ropander Tin hatte sich bereits durch die enge Gasse neben den Sesseln hindurchgezwängt und die Zentrale verlassen. Lea Long wartete im Durchgang zur Nebenzentrale.

»Zeigen Sie mir jetzt, was in Ihrem Koffer war?«

»Gehen Sie«, sagte Malkovoch. »Ich werfe mir den Arkoniden über die Schulter.«

Riordan nickte. Sie stand auf und ging auf Lea Long zu. Ein schmerzerfüllter Schrei und ein Poltern ließen sie herumfahren. Malkovoch lag vor ihren Füßen. Er zog eine schmerzvolle Grimasse. Hinter ihm kniete Naron Falton auf seinem Sessel. Silbernes Flirren umgab seinen Körper. Den Kopf hielt er gesenkt. Die dünnen Haare hingen ihm ins Gesicht.

»Ich komme nicht mit Ihnen, wohin auch immer ihr Weg sie führt«, sagte er mit seltsam verzerrter Stimme. »Ich bin am Ziel.«

Auf dem Bildschirm in Faltons Rücken sah Riordan ein entfernt walähnliches Glitterkonstrukt auf die PEARL zurasen.

»Faun, Miss Long, geht!«, befahl Riordan.

Ächzend kämpfte sich ihr Erster Wesir auf die Beine und packte sie am Arm. »Kommen Sie mit.«

»Sofort.« Sie schüttelte Malkovochs Hand ab. Dieser zögerte. »Jetzt!«

Long und er gingen. Allein mit Naron Falton in der engen Pilotenkanzel fühlte sich Riordan seltsam unbehaglich. Eine Spannung, ein Knistern lag in der Luft.

»Wohin gehen Sie, Falton? Was ist Ihr Ziel?«

»Das geht Sie nichts an«, blaffte er.

»Sie wussten mehr, oder? Ihnen fehlten nur die Mittel, hierher vorzustoßen. *Was* wissen Sie, was wir nicht wissen?«

Ein Lächeln stahl sich auf die verkrusteten Lippen des Arkoniden. »Sie wissen gar nichts.« Langsam hob er den Kopf. Er öffnete die Augen. Die blassroten Iriden und die schwarzen Pupillen waren verschwunden, verdeckt unter einer glänzenden Schicht ähnlich flüssigen Quecksilbers. »Und jetzt verschwinden Sie.«

Riordan hatte sich das nicht zweimal sagen lassen. Als sie die fünfzig Meter durch den schmalen Gang zur Nebenzentrale hinter sich gelassen hatte, warteten die übrigen vier Personen ihrer Mannschaft sowie Lea Long vor einem aktivierten Torbogentransmitter. Das mobile Gerät hatte sie erst auf ihrer letzten Reise ins Newton-System von den Wissenschaftlern auf Kopernikus erworben. Die USO hatte nichts von der neuartigen Apparatur erfahren sollen, deshalb hatte sie sich über den Inhalt ihres Koffers ausgeschwiegen. Der Ärger darüber, dass Oberleutnant Long das Geheimnis nun wohl gelüftet hatte, hielt sich in Grenzen. Alles, was in diesem Augenblick zählte, war zu überleben. Ein grüner Rand um das blauschwarz wabernde Abstrahlfeld signalisierte Bereitschaft.

»Wir evakuieren sofort«, befahl sie. Als Faun Malkovoch als Vorletzter durch den mobilen Transmitter gegangen war, blieb Tipa Riordan noch einen Moment vor dem Abstrahlfeld stehen und sah sich um. Ein silbernes Leuchten drang aus dem Gang zur Zentrale heran.

»Was geschieht hier?«, flüsterte sie. Dann trat auch sie die Flucht an. Wenige Sekunden später entfernte der Glitter die PEARL aus der Realität.

Kapitel 13

16. September 3126
Polychora

Jamie Olmos
Sie tauchten in das flüssige Licht ein. Und das Licht in den Shift. Es quoll durch winzigste Lücken in der subatomaren Struktur des Flugpanzers. Zumindest sah Jamie das als Erklärung des Unfassbaren an. Himmelblaue Tropfen bildeten sich auf den glatten Flächen der Touchscreens, verbanden sich zu kleinen Pfützen, diese zu Lachen. In Rinnsalen flossen sie die Steuerpulte hinab und stürzten auf den Boden.

»Was ist das?«, rief June alarmiert. Sie stand von ihrem Sitz auf und kam in die Pilotenkanzel.

Jamie legte ihr den Arm vor die Brust und hielt sie zurück. »Bleib hier.«

Ganus a That und Meyer saßen wie angewurzelt in ihren Sesseln. Ein hell leuchtender Tropfen fiel in das Diagramm des marsianischen Wissenschaftlers. Es flackerte kurz. Dann erlosch es. A That keuchte überrascht und zog die Hände zurück. Hilfe suchend starrte er zu Jamie und June herüber, die Augen aufgerissen, den Mund zu einem stummen Schrei geöffnet.

Was soll ich tun?, dachte Jamie. *Abwarten? Oder reagieren?* Was auch immer er tat, er konnte die Auswirkungen seines Tuns nicht abschätzen.

Meyer blieb im Gegensatz zu dem Wissenschaftler ruhig. Er konzentrierte sich auf die Steuerung des Shifts und starrte auf seine Anzeigen.

Tunnelblick, erkannte Jamie. *Er blendet wieder alles um sich herum aus, um sich auf seine Aufgabe konzentrieren zu können.*

Voller Sorge beobachtete der Kommandant der Dreadful Three, wie sich die blau leuchtende Lache um Meyers Stiefel herum ausbreitete und auf ihn und June zufloss. Doch es geschah nichts, was irgendeinen Einfluss auf den Piloten ausübte. Also entschied Jamie abzuwarten und sagte: »Bleiben Sie ruhig, Mr. a That. Keine unbedachten Aktionen. Das gilt für alle!« Damit meinte er sowohl die Männer an Bord seines S-V-29 als auch die Besatzungen der übrigen drei Shifts, denen er seinen Befehl per Funk übermittelte.

Unaufhaltsam näherte sich ihm die Flüssigkeit. Jamie versuchte, eine Struktur in ihr zu erkennen, irgendeinen Hinweis auf ihre Beschaffenheit zu finden. Doch er sah nichts als eine spiegelglatte Oberfläche, die sich immer weiter ausbreitete. Dann und wann durchbrachen Ringe das blaue Leuchten, wenn von der Decke ein Tropfen fiel.

»Wir müssen etwas unternehmen«, drängte June.

Mittlerweile hatte Jamie seinen Arm wieder von ihr genommen. Stattdessen hielt er die Hand über dem Griff seines auf Desintegrator-Modus geschalteten Handstrahlers.

»Und was, bitte schön?«

»Haben wir einen Kammerjäger-Roboter an Bord?«

»Was?« Verständnislos sah er June an. Hatte sie den Verstand verloren?

»Oder wir knallen die Viecher einfach ab! – Was glotzt du mich an wie ein Ölgötze?« Sie verzog das Gesicht zu einer Grimasse und presste sich die Hände auf die Ohren. »Ich kann das Quieken nicht mehr ertragen.«

»Captain!« Das war Jensens Stimme. Der bullige Olymp-Geborene stand ebenfalls von seinem Sitz auf. »Ich befürchte, McCarthy spinnt!« Er flüsterte, was gänzlich untypisch für ihn war. »Ich höre keinen Mucks. Und ich sehe auch keine Viecher.« Er tastete mit den Händen in der Luft bis er Jamies Arm zu Greifen bekam. »Da sind Sie ja. Warum ist es auf einmal so stockfinster?«

Was zum Teufel geht hier vor?

»Schaumphasenrealitäten!«, rief in diesem Augenblick Ganus a That. Nun fiel auch bei Jamie der Groschen.

»Okay, zuhören Leute. Anscheinend erleben wir jeder eine andere Wirklichkeit. Also Ruhe bewahren. Fangt nicht an, wild um euch zu schießen oder sonst eine Dummheit anzustellen. Bleibt ruhig!«

»Ruhig bleiben?« Ein beinah hysterisches Lachen antwortete ihm aus dem Personenraum. Jamie drehte sich zu dem Sprecher um. Perez war auf seinen Sitz gestiegen und zielte mit einem Handstrahler auf den Boden vor ihm. Ruckartig bewegte er die Abstrahlmündung von links nach rechts und wieder zurück. »Ruhig bleibe ich, solange mir die Schlangen vom Leib bleiben!«

»A That«, Jamie wandte sich dem Wissenschaftler zu. Er fühlte sich hilflos wie selten zuvor. Mittlerweile stand er bis zu den Knöcheln in der blau leuchtenden Flüssigkeit. Trotz seiner gepanzerten Montur kribbelte es an seinen Zehen und unter den Füßen. Ein elektrisches Knistern ging von der Flüssigkeit aus. Blauer Lichtregen prasselte auf ihn nieder, rann seine Schläfen hinab. Es roch nach Ozon. Neben ihm presste June weiterhin ihre Hände auf die Ohren und starrte auf den Boden. Sie wimmerte vor Schmerz.

Der Marsianer hatte die Knie zur Tonnenbrust gezogen und drückte sich in seinen Kontursessel. Was auch immer er gerade für eine Realität erlebte, er konnte sich zusammenreißen und zu Jamie sehen. »Ja, Captain?«

»Was können wir tun?« Er breitete hilflos die Arme aus. Von seinen Fingerspitzen tropfte es hell. Es stand ihm bis zur Hüfte. Bald würde er den Helm schließen müssen, um nicht zu ertrinken ... Wenn ihm der Helm die Flüssigkeit überhaupt vom Leib hielt. Das klamme Gefühl in den Stiefeln ließ ihn daran zweifeln.

A That zuckte die schmalen Schultern. »Abwarten.«

»Abwarten?«, kreischte Perez. »Mister, das hier sind Kobras!«

»Alle Schaumphasen-Realitäten, die ich bislang erlebte, waren nur für kurze Zeit von Bestand. Vielleicht dauert es dieses Mal etwas länger. Möglicherweise bis wir den Durchgang passiert haben, doch dann ...«

Der Wissenschaftler kam nicht mehr dazu, den Satz zu vollenden. Ein greller Blitz, begleitet von einem ohrenbetäubenden Knall, tauchte alles in makelloses Weiß.

Einen Moment lang war er geblendet. Dann schälten sich erste Konturen aus dem kalkigen Weiß. Scherenschnittartig konnte er Ganus a That und Korporal Meyer erkennen. Jamie blinzelte Tränen weg, kniff die Augen zusammen und öffnete sie wieder. Immer besser erkannte er seine Umgebung. Langsam ebbte auch das Pfeifen ab, das dem Knall gefolgt war. Es wich dem Schrillen der Alarmsirenen.

»Kollisionsalarm. Ausweichmanöver eingeleitet«, meldete die Altstimme der Positronik. Es dröhnte in Jamies Ohren. Schmerz stach in seinen Schläfen.

Meyer im Pilotensessel massierte sich die Augen. Er schien noch immer nicht richtig sehen zu können, also stolperte Jamie auf ihn zu, drehte den Kontursessel und hievte den Piloten aus dem Polster. So sanft es ihm in der Eile möglich war, legte er ihn auf dem Boden ab.

»Ich übernehme, Korporal.« Rasch verschaffte Jamie sich einen Überblick. Sie hatten den Durchgang passiert, so viel stand fest. Die Ortungssysteme maßen eine deutliche Erweiterung des Raums an. Laut den ersten Ergebnissen der Grob-Ortung waren sie in einem klassischen Ringtorus aus der Passage gekommen. Der Durchmesser der Lebensblase, wie Lordadmiral Atlan die Räume innerhalb Polychoras getauft hatte, betrug etwa 122 Kilometer, die lichte Weite rund 60 Kilometer. Der Ort, an dem sie den Durchgang verlassen hatten, befand sich ziemlich genau im geometrischen Mittelpunkt des Gebildes.

Das muss der Torus sein, von dem Captain Karkeron berichtet hat, dachte Jamie.

Eine Person trat neben ihn, sah nach Ganus a That und hievte ihn dann aus dem Sessel, ebenso wie Jamie es mit Meyer getan hatte. Er sah zur kurz Seite und erkannte June.

»Gehe dir sofort zur Hand, Tiger.« June grinste schräg. Doch Jamie erkannte, dass es nur Maskerade war. Ihr ging es erbärmlich.

Er hatte keine Zeit sich darum zu sorgen. Stattdessen wandte er sich wieder den Kontrollen zu und übernahm die Steuerung vom Autopiloten, der nach Meyers Ausfall eingegriffen hatte. Glitterkonstrukte flogen durch den Luftraum. Mit einem improvisierten Ausweichkurs manövrierte Jamie ihren S-V-29 aus der direkten Gefahrenzone. Desintegratorstrahlen zuckten in grünen Bahnen aus den Waffenprojektoren und hielten die Konstrukte auf Distanz. June hatte die Kontrolle der Waffensysteme übernommen.

»Was für'n kranker Geist denkt sich solche Biester aus? Fliegende Nashörner lasse ich mir ja noch gefallen. Aber zu den meisten Glitterdingern fällt mir überhaupt nix ein«, kommentierte June.

»Weiß nicht«, brummte Jamie. Er hatte keine Zeit, sich anzusehen, was June meinte. Ihn interessierte es auch nicht, welche Gestalt der Glitter angenommen hatte. Zunächst wollte er ihren Shift in eine zumindest einigermaßen sichere Position bringen, um Lordadmiral Atlan und Captain Karkeron suchen zu können.

Als er die Reflexe der übrigen drei Flugpanzer auf dem Ortungsschirm entdeckte, atmete Jamie erleichtert aus. Er forderte einen knappen Statusbericht an. Nach und nach meldeten sich die Kommandanten. Es hatte nur einen einzigen Verlust gegeben. Marcus Jacobson war aus unerklärlichen Gründen zusammengebrochen und an einem Herzstillstand gestorben. Jamie wollte sich nicht ausmalen, was für eine Realität der Ganymedaner durchlitten hatte. Den Piloten der Shifts ließ er freie Hand. Es machte keinen Sinn, in diesem Chaos Formation zu fliegen.

»Ich finde den Palast nicht«, murmelte Jamie nach einigen Minuten, während deren er den Shift in einen Flugkorridor gesteuert hatte, der relativ frei von Glitter war.

»Vielleicht hat uns der Durchgang woanders hingebracht?«, vermutete June.

»Keine Ahnung ... Ausschließen können wir das nicht.« Immer wieder scannte er sowohl die unter als auch vor, hinter und über ihnen liegenden Landstreifen. Doch weder auf dem flachen Land, noch an den Hängen des zentralen Kegelbergs, wo sie zu finden sein sollte, entdeckte er Spuren des Palastes oder der Stadt. Stattdessen wechselte die Landschaft ständig ihr Aussehen. Fruchtbares Schwemmland wich schneebedeckter Tundra. Diese wiederum verwandelte sich in eine schwefelige Urbrühe, nur um kurze Zeit später einer Wasserstoff-Methan-Atmosphäre über Geröll Platz zu machen.

Ächzend kam Ganus a That wieder auf die Beine. Neben ihm hockte Meyer und reichte dem Wissenschaftler eine Feldflasche mit Wasser. Dankend nahm der Marsianer an und tat mehrere große Schlucke.

»Ich vermute, wir haben fremde Schaumphasenrealitäten an uns haften«, keuchte er dann.

»Aha?« Jamie warf ihm kurz einen fragenden Blick zu. Dann wich er einigen überraschend auftauchenden Glitterkonstrukten aus, die fliegenden Raupen ähnelten und Scherententakel nach ihnen ausstreckten.

»Ich habe meine Messungen wieder aufgenommen, mit denen ich schon die provisorische Karte der Störungszone berechnet habe. Natürlich ist das alles nur ein notdürftiger Behelf. Unsere Technologie ist der Schaumphasentechnik weit unterlegen und nicht auf sie ausgelegt ...«

»Auf den Punkt kommen, Sandfloh!«, rief ihn June zu Ordnung.

»Ja, verdammt! Also kurz gesagt, meine Messergebnisse lassen vermuten, dass wir mit der Passage Schaumphasenrealitäten aus der Störungszone mitgeschleppt haben. Vielleicht liegt es daran, dass der Durchgang kurz vor dem Zusammenbruch stand. Möglicherweise war er von der anderen Seite aus sogar nicht mehr passierbar, sonst hätten uns noch Funksprüche aus Polychora erreicht.«

»Wir sind also mit dem Kopf durch die Wand und haben ein paar Stücke mitgerissen. Und die kleben nun an uns«, fasste June zusammen.

»Sehr, sehr simpel ausgedrückt ... ja.«

»Kann das eine Erklärung dafür sein, dass wir den Lordadmiral und den Palast nicht ausfindig machen können?«, wollte Jamie wissen.

»Unbedingt.« A That nickte bekräftigend.

»Sehen Sie eine Chance, dass wir in die Realität finden, in der unsere Zielpersonen existieren?«

Der Marsianer warf einen Blick auf sein Diagramm, das er wieder aktiviert und offensichtlich den neuen Gegebenheiten angepasst hatte. Es stellte den Torus dar, erfüllt von Ortungsreflexen die Glitter symbolisierten. Um die Darstellung herum gruppiert leuchteten Zahlen und Symbole.

»Die Intensität der uns anhaftenden Realitäten lässt nach. Der Vorgang ist progressiv. Es kann sich meiner Meinung nach nur noch um Minuten handeln. Höchstens eine halbe Stunde. Aber das ist eine Schätzung, die auf einer vollkommen unzulänglichen Datenlage basiert.«

Es dauerte sechs Minuten und dreiundvierzig Sekunden. Dann heulten erneut die Warnsirenen auf.

»Was ist das?«, rief June erschrocken.

Jamie riss die Augen auf und reagierte instinktiv mit einem Ausweichmanöver. Rasend schnell glitt eine grüngelbe Metallwand an ihnen vorüber. Eine hellrote Strahlenbahn zuckte auf sie zu und traf den in einigen Abstand fliegenden S-V-33. Der Paratronschirm des Shifts leitete einen Teil der Energien in den Hyperraum ab. Doch ein geringer Anteil traf auf die Panzerhülle. Funken sprühten. Rauch wurde von den Fahrtwinden mitgerissen.

»Status!«, rief Jamie in den Funk. Er riss den S-V-29 herum und beschleunigte. Nur weg von dem plötzlich erschienenen Objekt.

»Schwere Schäden«, rauschte die Statusmeldung des S-V-33 aus den Empfängern. »Verluste noch unklar. Sind noch flugfähig.«

»In Ordnung.« Jamie stieß die unwillkürlich angehaltene Luft aus. »Weg und runter in Bodennähe mit euch. An alle: sofortiger Rückzug, Ausweichmanöver!«

Kapitel 14

16. September 3126
Polychora, Eispalast

Rulan Karkeron

Keine zwei Sekunden vergingen, bis Leutnant Grosz ihn anfunkte. »Rulan? Das Schiff ...«

»Ich sehe es«, unterbrach der Terraner. »Wir müssen die Leute in Sicherheit bringen!«

»Meine Männer sind bereits unterwegs, um für Ordnung zu sorgen. Du erwartest einen Angriff?«

Karkeron seufzte innerlich. »Ich *befürchte* ihn. Da der Kontakt zu meinem Erkundungsteam abgebrochen ist, dürfen wir nicht hoffen, dass *sie* es sind, die das Schiff auf den Palast zusteuern.«

»Mhm. Ich teile deine Befürchtung. Hast du die Shifts gesehen?«

Karkeron runzelte die Stirn. »Shifts?«

In knappen Worten erklärte ihm der Leutnant, dass Lars Roupol eine Veränderung in den Schaumstrukturen erkannt habe, die aus dem kollabierten Durchgang quollen. Der solariumgebräunte Mann mit dem gewollt verwegenen Drei-Tage-Bart hatte Schatten und Blitze gesehen und Grosz herbeigerufen. Dann waren kurz nacheinander vier Shifts aus dem Schaum hervorgebrochen und in den Himmel des Torus gerast, fort vom Palast. Die Enttäuschung in seiner Stimme konnte der Leutnant nicht verhehlen.

Während Karkeron mit Grosz sprach, trabte er in Richtung des mobilen Kommandozentrums. Aliken Hantoon, Julian

Munich, Damika Milano und vier weitere Menschen hatten Mühe ihm zu folgen.

»Gehen sie in die Palastsäle«, befahl er. »Meine Roboter haben begonnen, dort Stollen durchs Gletschereis hindurch in den Fels zu treiben.«

Die Sicherheit der Felsstollen war trügerisch, dessen war sich Karkeron bewusst. Doch es war die einzige Möglichkeit die Flüchtlinge aus der direkten Schusslinie des fremden Schiffes zu bringen. Er würde die GLADIATOR-Roboter zwischen die Menschen beordern, damit sie zusätzlich ihre Schutzschirme einsetzten, um sie zu behüten.

»Wenn es sich tatsächlich um Shifts gehandelt hat, dann wahrscheinlich um welche der USO. Aber warum sind die dann vom Palast weggeflogen?«, nahm Karkeron das Gespräch mit Grosz wieder auf.

Während die Gruppe um Hantoon auf die Kolonnaden zulief, die vor den Zugängen zum Inneren des Palastes standen, beschleunigte der Oxtorner seinen Lauf und erreichte nach wenigen Sekunden den Leutnant. Karkeron sah sich noch einmal um. Hantoon und die anderen waren vor den mächtigen Eissäulen stehengeblieben. Anstatt sich selbst in Sicherheit zu bringen, bemühten sie sich, die Flüchtlinge auf den richtigen Weg zu lotsen und für Ruhe zu sorgen. Zufrieden nickte Karkeron. Er hatte sich nicht in der Gruppe getäuscht; die Alten besaßen sowohl Charisma als auch Führungsqualitäten.

»Da bist du ja!« Grosz kam auf ihn zu. »Ich denke, die Schaumschleier, die die Shifts hinter sich hergezogen haben, könnten der Grund dafür sein, dass man uns übersehen hat und weitergeflogen ist. Vielleicht verhindern die Schleier Sicht und Ortung.«

Karkeron fluchte. »Wenn sie sich nicht schlimmer auswirken. Haken wir die Hoffnung auf Unterstützung vorerst ab.«

»Was sollen wir nun unternehmen?« Grosz konzentrierte sich direkt auf das Naheliegende: die Situation der Flüchtlinge, nachdem das fremde Schiff über dem Palast aufgetaucht war. »Ich habe meine Leute angewiesen, die Gruppen nach und nach zu den Schächten zu lotsen. Aber ich befürchte, die Leute werden nicht die Ruhe bewahren.«

Karkeron musste ihm recht geben. Die Menschen waren aufgewühlt. Man hatte sie ihrer – wenn auch ungeliebten – Heimat beraubt. Der Glitter brachte Tod und Zerstörung. Der Torus befand sich in Auflösung. Und zu allem Überfluss näherte sich nun noch eine völlig unkalkulierbare Bedrohung!

Karkeron blickte in den Himmel. Es waren erst wenige Minuten vergangen. Und obwohl das Raumschiff sich im Schleichtempo auf den Palast zubewegte, hatte es diesen beinahe erreicht. Die von Grosz beobachteten Shifts tauchten nicht mehr auf. Nur einmal meinte Karkeron in der Ferne kurz vier unklare Schemen zu erkennen. Rote Strahlenbahnen aus der Flanke des fremden Schiffes zuckten ihnen hinterher. Dann war die erhoffte Rettung endgültig aus seinem Blickfeld verschwunden.

Was sollten sie nun unternehmen? Die Kampfroboter von ihrer bisherigen Aufgabe entbinden, die Schächte tiefer in den Fels zu treiben? Die dadurch erschaffene Sicherheit war ohnehin zweifelhaft. Stattdessen konnte man die Maschinen einsetzten, um Prallfeldtunnel zu errichten, mit Hilfe derer man die Flüchtlinge auf Kurs halten würde. Doch dann wären die provisorischen Bunker rasch überfüllt. Man musste also die Ressourcen splitten ...

Das fremde Schiff nahm ihm die Entscheidung über das weitere Vorgehen ab. Mit einem Satz überbrückte es die übrige Distanz und schwebte nur etwa tausend Meter über den verbliebenen Dächern des Palastes. Eine Stimme erklang. Und was sie zu sagen hatte, verschlug Rulan Karkeron die Sprache.

Kapitel 15

16. September 3126
Polychora

Jamie Olmos

Zeitgleich mit dem Auftauchen des fremden Objektes – das sich bei genauerer Betrachtung als siebenhundertfünfzig Meter langes, kolbenförmiges Flugobjekt mit vier Flügeln am dickeren Ende entpuppte – war der letzte Schaumschleier von den Shifts gewichen. Ein Peilsignal ging bei ihnen ein. Zunächst hatte Jamie es nicht registriert, da er vollkommen darauf konzentriert gewesen war, vor dem fremden Objekt zu fliehen. Erst mit Junes gerufenem »Was ist das?« bemerkte er es auch.

»Wir empfangen eine Kennung. USO-Signatur. Meyer, kümmern Sie sich bitte darum.«

»Aye.« Der Korporal setzte sich auf den Notsitz, von dem aus schon Jamie gearbeitet hatte, als er Ganus a That seinen Platz überlassen hatte. Der Wissenschaftler hockte derweil auf dem Boden hinter dem Sessel, den June mittlerweile besetzte. Er hatte die Beine im Schneidersitz verschränkt und arbeitete an der Auswertung der Ortungsdaten. Jamie hatte einem der Soldaten befohlen, einen Gurt aus dem Lagerraum zu holen, um a That, der nicht von seiner Arbeit zu trennen war, zu fixieren.

»Ein Peilsignal, Sir. Das steht fest«, meldete Meyer. »Aber es ist dermaßen schwach, dass ich es nicht eindeutig identifizieren kann.«

»Ich kann Ihnen da was anbieten«, sagte Ganus a That.

»Ja?« Jamie horchte auf. »Raus damit!«

»Ich habe die Funksysteme in meine Auswertung integriert, als Sie das Peilsignal erwähnten. Es ist tatsächlich sehr schwach. Wir können es nur dank der hochgezüchteten Sonderausstattung des Shifts empfangen. Dem Signal ist eine Signatur angeheftet. Sie ist jedoch chiffriert.«

»Danke, a That«, rief Meyer. »Ich greife auf Ihre Daten zu.«

Fast eine halbe Minute verging, dann sagte der Korporal: »Paladin! Der Signatur nach gehört das Peilsignal zum Paladin II!«

»Atlan«, rief June aus. Einen Moment brandete ein jubelndes Stimmengewirr auf.

»Wir haben ihn gefunden«, jubelte Jensen überlaut.

»Ruhe bewahren!«, rief Jamie. Er gab die Botschaft an die übrigen Shifts weiter.

»Apropos«, fügte Ganus a That hinzu. »Ich habe eine Schleuse entdeckt, die uns aus dem Torus führt. Ich lege die Koordinaten auf Ihre Station, Captain.«

Der Marsianer grinste ihn an. Jamie kam nicht umhin, das Grinsen zu erwidern. Sie hatten eine Spur gefunden.

Unbemerkt blieb der Eispalast hinter ihnen unter einer Wolke aus Glitter zurück.

June McCarthy

»Verdammt noch mal, ist das kalt!« June spuckte aus. Sofort gefror ihr Speichel auf dem zerklüfteten Eisboden. Der Himmel über ihr war dunkel, fast schwarz. Dennoch war es zumindest so hell, dass sie einige Meter weit sehen konnte. Irritierenderweise strahlte das kümmerliche Licht jedoch nicht von oben, sondern von unterhalb des Eisbodens. Da sie sich den Ortungen zufolge in einer Sphäre aufhielten, leuchtete es wahrscheinlich auch über ihren Köpfen, vier Kilometer entfernt. Doch es war zu schwach, um bis zu ihnen vorzudringen. Wind wehte keiner. Und es war mucksmäuschenstill in dieser Lebensblase.

»Schließ die Klappe.«

June verharrte mitten im Lauf. Jemand lief auf sie auf und fluchte.

»Nicht in diesem Ton, Jensen!«

»Verdammt, McCarthy!«, schimpfte der Olymp-Geborene. »Markier nicht den vorbildlichen Vorgesetzten. Und bleib nicht einfach stehen. Soll ich mir die Nase an deinem Dickschädel stoßen?«

»Mach halt die Augen auf, dann passiert dir so was nicht.«

»Außerdem meinte ich, dass du deinen Helm schließen sollst.«

»Natürlich.« June drehte sich zu Jensen um und grinste süffisant. »Ich muss dir wohl mal wieder den Hintern versohlen, Riesen-Baby!«

»Funkdisziplin wahren«, schallte es aus ihrem Helmempfänger. Das war Jamie. Beinahe hatte June aufgrund der Stille vergessen, dass sie die Kanäle offen hielten, weil er jeden ihrer Schritte sowohl visuell als auch verbal verfolgen wollte. Er wollte in der fremden Umgebung kein Risiko eingehen und sicherstellen, dass immer jemand an Bord der Shifts über die Aufenthaltsorte und den Status der Soldaten informiert war. Irgendwie war es ja süß, wie er sich um sein Team sorgte. Aber das ständige Paragraphen reiten ging ihr wirklich auf den Keks. Wenn er doch nur nicht so ein verflucht gut aussehender Bursche gewesen wäre ... Und – verdammt! –, wenn es nur das gewesen wäre, was sie an ihn band.

»Aye, Captain«, bestätigte Jensen. Er grinste sie an und verdrehte die Augen. June grinste zurück. Sie wusste genau, dass das Muskelpaket für Jamie, sie und alle anderen Kameraden durch die Hölle gegangen wäre.

Die nächsten achthundert Meter schwiegen sie. Dann erkannte June im Zwielicht der Eislandschaft den Shift. Drei der Flugpanzer waren in einigen Metern Abstand voneinander gelandet. Nur der S-V-33 war hunderte Meter von der Gruppe entfernt dem Boden entgegengetrudelt, nachdem Sergeant Can bereits beim Durchflug der letzten zwei Lebensblasen Probleme mit den Triebwerken gemeldet hatte. Drei der acht Besatzungsmitglieder hatten sich bei dem Treffer des fremden Objektes, das sie inzwischen einfach als Raumschiff bezeichneten, schwer verletzt. Das zeugte von der Feuerkraft des Schiffes. Mittlerweile war einer von ihnen seinen Verletzungen erlegen.

Einen Shift verloren, ein Toter beim Durchflug der Passage, jetzt noch ein Toter, dachte June bitter. *Macht zehn gefallene Kameraden.* Sie fluchte leise. Wie immer, wenn sie sich anmerken ließ, dass ihr Verluste an die Nieren gingen, schwieg Jensen.

Fünf Männer, an ihrer Spitze Sergeant Can, erwarteten sie vor dem Shift. Die zwei Verletzten waren auf Antigravtragen fixiert und sediert worden. Den Toten hatte man auf einer dritten Trage aufgebahrt. Die acht GLADIATOR-Roboter hatten Teile des Gepäcks auf ihre Rücken geschnallt und trugen weitere Pakete in den Armen. Auf zwei Antigravscheiben war die restliche Ladung des S-V-33 verfrachtet worden.

»Wir werden das Zeug an den Außenhüllen der übrigen drei Shifts befestigen müssen«, sagte Can statt einer Begrüßung. Er hatte wie June den Helm geöffnet, um endlich wieder frische Luft atmen zu können. Auch wenn sie eiskalt war, im Gesicht stach und in den Lungen brannte.

»Alles klar.« June zog Can beiseite, schaltete ihr Mikrofon auf Stumm und signalisierte es ihm, ihr gleich zu tun. Als er nickte, flüsterte sie ihm ins Ohr. »Wo ist das Teil?«

»Einer der Roboter trägt es. Ich werde dafür sorgen, dass es in euren Shift verfrachtet wird.«

»Super. Ich bin dir was schuldig, Hassan. Jamie hätte mir nie erlaubt, es an Bord zu bringen und deshalb an Notzelten und anderer Katastrophenausrüstung zu sparen. Und er hat die Ladeliste *genauestens* überprüft.«

»Mir was schuldig, hm? Ja, das bist du wohl.« Hassan Can lächelte bitter. Der Tod eines seiner Besatzungsmitglieder war nicht spurlos an ihm vorübergegangen. »Was hast du dem Captain erzählt, warum du hierherkommst? Das wäre ja unnötig gewesen ohne dein kleines Geheimnis.«

»Dass ich auf Nummer sicher gehen will, ob alles glattgeht mit euch Deppen. Ich glaube, er ist froh, mich mal für ein paar Minuten los zu sein.«

»Ihr beide seid doch unglaublich. Irgendwann werde ich es schon noch erleben, wie ihr vor dem Traualtar steht. Zumindest, wenn wir das hier überstehen.«

June lachte nur. Dann aktivierte sie wieder das Mikro ihres Helmfunks und hoffte, dass Ganus a That, der den Funk an Bord ihres Shifts überwachte, ihrer Bitte zu Schweigen nachkam.

Eine halbe Stunde später starteten die verbliebenen drei Shifts und folgten dem immer stärker werdendem Peilsignal des Paladins.

Kapitel 16

16. September 3126
Polychora, TRÄNE EINES ERSCHRECKTEN SONNENAUFGANGS

Angen-Math
Viel zu lange fort gewesen ... Angen-Math konnte sich keinen Reim auf die Worte des Schiffs machen. Seit dem Tod der Terranerin Bep Faruss und der Ferronin Aamaka Cugota hatte sich die TRÄNE EINES ERSCHRECKTEN SONNENAUFGANGS nicht mehr bei ihm gemeldet. Der Wanderer war allein mit der bohrenden Frage, ob er an Bord des Raumschiffs Polychora erreicht hatte oder ob er ein Nachfahre der Flüchtlinge war, von denen die Arche einst besiedelt worden war. Die Worte des Schiffes ließen auf Ersteres schließen. Doch er konnte sich an gar nichts erinnern ... Und die TRÄNE schwieg, so oft und laut er auch nach ihr rief.

Als Nächstes hatte der Salipir versucht den Raum, in dem er sich aufhielt, abzugehen. Doch er musste feststellen, dass er sich nicht zu bewegen vermochte. Ob es eine normale Folge der Teilverschmelzung mit dem Schiff war oder ob die TRÄNE ihn absichtlich festhielt, wagte er nicht einzuschätzen. So oder so bannte ihn etwas auf seinen Platz.

Was er von dort aus von dem Raum erkennen konnte, war nicht viel. Eine Wand, die sowohl grünmetallisch glänzte als auch wegen ihres Pulsierens organisch wirkte, zog sich mal zusammen, dann weitete sie sich wieder. Dann und wann meinte Angen-Math kristalline Strukturen sichten zu können, über die sich jedoch bald wieder metallisch glänzendes Gewebe spannte. Der Duft, den er trotz seines halbmateriellen Zustandes roch, war einerseits frisch, wie erwachende, vom Tau benetzte Blätter und Blüten. Andererseits begleitete ihn der Odem von Fäulnis und Alter. Den Boden ertasten konnte Angen-Math nur so weit seine diversen Tentakel reichten; die Wände blieben außerhalb seiner Reichweite. Der Untergrund fühlte sich nachgiebig, doch robust an. Eine wohlige Wärme ging von ihm aus, gepaart mit leichter Feuchtigkeit.

Irgendwann stellte der Salipir seine Erkundungen ein und starrte nur noch auf die sich stetig verändernden Wände. Wiederholt beulte sich das Material aus, wie die Eier der Salipir kurz vor dem Schlüpfvorgang. Wieder solch unerwartetes Wissen, das ihm jedoch momentan nichts nützte! Angen-Math verfluchte die Situation.

Die virtuellen Augen zwangen ihm derweil weiter ihre Aufnahmen auf. Hilflos musste er mit ansehen, wie der Kampf der Glitterkonstrukte an Bord der TRÄNE tobte. Schwieg das Schiff deshalb? War es zu sehr damit beschäftigt, Schaden von seinem Inneren abzuwenden, als dass es sich mit ihm hätte beschäftigen können? Und das, obwohl er doch angeblich eine derart große Gefahr darstellte, da er mit Wildem Geist verseucht sein könnte?

Doch alle Überlegung brachte nichts. Kein provozierender Gedanke lockte die TRÄNE aus der Reserve. Stattdessen fluteten ihn die Augen mit immer weiteren Eindrücken von innerhalb und außerhalb des Schiffes.

Alles in allem breitete sich ein deprimierendes Bild der Lage vor ihm aus: Polychora starb.

Nach und nach lösten sich die Lebensblasen auf. Die sie bevölkernden Lebewesen kämpften teils um ihr Leben, teils begingen sie Massensuizid. Für sie war das Ende der Welt gekommen. Das Jüngste Gericht, wie es einer der Menschen ausgedrückt hatte.

Als reagierten sie auf das Stichwort, fokussierten die Augen plötzlich auf den aus reiner Hybris entstandenen Palast Galverin Schmidts. In einem Zeltlager scharten sich die Flüchtlinge. Die Stoffbahnen der Zelte behinderten die Sicht der Optiken nicht. Angen-Math sah verletzte Menschen, weinende Frauen und Männer sowie schreiende Kinder. Auch Vernil Grosz und seine vier Soldaten konnte er erkennen, wie sie, unterstützt von den Leuten der USO, das Flüchtlingslager organisierten und Bunkerschächte in den Fels unter dem Eis trieben. Es tat Angen-Math beinahe körperlich weh, seine Freunde um ihr Leben und das der Flüchtlinge kämpfen zu sehen.

Freunde?

Ja ..., dachte der Wanderer. Er war zwar nur einen Bruchteil seines langen Weges gemeinsam mit Vernil Grosz, Lars Roupol, Buchanan Churl, Eigen Korth, Fyderus Ynster, Harlon Darter – dem winzigen Kerlchen – und nicht zuletzt dem beeindruckenden weißhaarigen Atlan gegangen, doch in diesen wenigen Tagen hatte er sie fest in der Galerie seiner Seele aufgenommen. Er wusste nicht, wie das in solch kurzer Zeit hatte geschehen können. Möglicherweise lag es an der Einsamkeit, die für so lange Zeiten sein einziger Begleiter gewesen war. Vielleicht lag es aber auch an dem unerschütterlichen Optimismus und der standhaften Humanität, die die Menschen ihr Eigen nannten.

Er konzentrierte sich auf ein anderes Bild. Zum wiederholten Male zeigte es die Hohlsphäre, in dessen Wüstenei Galverin Schmidt seinen schrundig-schwarzen Turm errichtet hatte. Von dort aus lenkte der Tyrann die Angriffe seiner Glittergeschöpfe. Was auch immer dazu geführt hatte, dass der Kampf zwischen Polychora und dem Terraner entbrannt war – beide führten ihn mit aller Heftigkeit.

Inmitten der Dünen entdeckte Angen-Math dunkle, sich bewegende Punkte. Wie auf ein geheimes Kommando hin zoomten die Augen heran und der Salipir erkannte Atlan und drei seiner Begleiter. Zwei der fünf USO-Spezialisten, stellte Angen-Math fest, waren bereits im Kampf gefallen. Der Paladin erwehrte sich derweil der Angriffe der Glitterkonstrukte.

Die Landschaft hatte ihr Antlitz mittlerweile radikal verändert. Atlan und seine Mitstreiter hatten tiefe, schmutzige Krater in den Sand- und Steinboden gerissen. Bunte Flächen verunzierten die Fassade des schwarzen Turms. Angen-Math erkannte, dass die Menschen auf diese Weise die Kräfte Schmidts banden. Denn anstatt in seinen Angriffen mit aller Vehemenz fortzufahren, gab Galverin Schmidt der Wiederherstellung der von ihm geschaffenen Landschaft den Vorrang. Doch obwohl die Restaurierung als auch die Kämpfe in vielen Lebensblasen Polychoras, die Reserven des irren Terraners banden, standen die Chancen Atlans schlecht. Es gelang ihm einfach nicht, die Abwehr Schmidts erfolgreich zu durchbrechen. Auf kurz oder lang würde Galverin Schmidt sein Spiel beenden und Atlan töten. Was auch immer ihn dazu trieb.

Ich muss etwas unternehmen, dachte Angen-Math. Er überlegte fieberhaft, was in seiner Macht stand, um die Freunde zu unterstützen.

Mit einem Mal meldete sich die TRÄNE wieder zu Wort.

»Warum?«, fragte das Schiff mit seiner sphärischen Gedankenstimme.

»Warum was?«, entgegnete Angen-Math.

»Warum musst du etwas unternehmen?«

»Meine Freunde leiden. Sie werden sterben.«

Einige Atemzüge lang schwieg das Schiff.

»Kümmert dich das?«, fragte es dann. Die Stimme klang ... nicht verblüfft ... befremdet vielleicht? Nein, auch das war es nicht. Angen-Math hatte eher das Gefühl, geprüft zu werden. Doch konnte er nicht erkennen, was für eine Antwort die TRÄNE von ihm erwartete. Was blieb ihm also übrig, als ehrlich zu sein?

»Ja, es kümmert mich.«

»Weshalb? Dem Schiff – mir – droht die Vernichtung durch den sich bekämpfenden Glitter. Polychora befindet sich in Auflösung. Alles, was war, strebt seinem Untergang entgegen. Und du kümmerst dich um das Leben einiger Lebewesen?«

»Es sind meine Freunde!«

»Freunde ...«, wiederholte das Schiff nachdenklich.

Angen-Math spürte ein zaghaftes Zupfen in sich. Er hatte, seitdem er in die Struktur des Schiffes integriert worden war, stets vermutet, dass die TRÄNE jeden seiner Gedanken, jedes seiner Gefühle, kannte. Doch anscheinend gewährte sie ihm mehr Privatsphäre, als er gedacht hatte. Bereitwillig ließ er das traurige Bewusstsein in seinen Geist und öffnete sich ihm.

»Das also sind deine Gefühle den Menschen gegenüber«, sagte das Schiff. »Und was gedenkst du zu ... ›unternehmen‹?«

Angen-Math überlegte. »Ich weiß es nicht. Du hast die Kontrolle über mich. Mir sind die Tentakel verschnürt. Wenn ich frei wäre ...«

»Du wärst machtlos«, schloss das Schiff.

»Ja«, gab der Salipir zu. »Aber ich würde alles ausprobieren, um meinen Freunden zu helfen.«

Und wenn ich versuchen müsste, dich in meine Gewalt zu bringen, um deine Macht einzusetzen, die Menschen zu retten.

»Du scheinst vergessen zu haben, dass du mir Zugang zu deinen Gedanken gewährt hast, Angen-Math.« Der Salipir erschrak. Doch die TRÄNE schien eher belustigt, denn erbost über seine Absicht, das Schiff unter seine Kontrolle zu bringen.

»Du würdest also alles versuchen, sie zu retten, auch wenn dies deine eigene Existenz beendete? Und bedenke, diese könnte aufgrund der Schaumphasentechnik endlos währen.«

Angen-Math musste nicht eine Sekunde lang überlegen. »Ja, das würde ich.«

»Gut. So sei es.« Die Stimme der TRÄNE EINES ERSCHRECKTEN SONNENAUFGANGS vibrierte in einem zufriedenen Klang. Dann öffnete sie die letzten Pforten zu Angen-Maths verschütteten Erinnerungen.

Angen-Math, ferne Vergangenheit

»Wer ... *bin* ich?« Die Worte brachen aus ihm hervor, wie der Schrei eines Frischgeschlüpften, das nach Luft schnappte und die ersten Atemzüge seines Lebens tat.

Eine traurige, doch gütige Stimme antwortete ihm: »Du bist Angen-Math. Du bist mein Soldaten-Forscher. Und mein Kind.«

Der frisch ... »erschaffene« Salipir lauschte den Worten.

Soldaten-Forscher?, fragte er sich. Angen-Math öffnete seine sechzehn Augen und sah sich um. Er lag, die sechs viergelenkigen Beine vom gepanzerten Hinterleib abgespreizt, in einer warmen, weichen Kuhle. Milchig weißes Licht tauchte den Raum in angenehme Helligkeit.

Nur kurz blendete es Angen-Math, dann gewöhnten sich seine Tentakelaugen daran. Um ihn herum pulsierten grün- und gelbmetallische Wände. Ab und zu zeigten sich kristalline Strukturen, nur um gleich wieder von dem vorherrschenden Material verdeckt zu werden, das weder metallisch noch organisch war.

Etwas stupste den Soldaten-Forscher an den berührungsempfindlichen Unterleib. Instinktiv zog er die Beine an und stemmte sie gegen den Boden. Er erhob sich und ging einige wackelige Schritte. Die vier Armtentakel des Mittelrumpfes machten die Bewegung mit. Zitternd vor Anstrengung stieß er sich mit den zwei Kraft- sowie den beiden Filigranarmen ab. Mit einem Knirschen und Knacken bewegte sich das knöcherne Zwischengelenk. Der Mittelrumpf seines Körpers erhob sich. Zaghaft streckte Angen-Math seine Augententakel aus der hornigen Kopföffnung.

»Noch bist du schwach«, erklang wieder die Stimme. »Doch bald schon wird deine Muskulatur geschmeidig sein und perfekt funktionieren.«

Angen-Math ließ seine Augententakel kreisen, um nach dem Sprecher Ausschau zu halten, doch er vermochte nirgendwo einen anderen Salipir sehen. Auch Lautsprecher oder Ähnliches machte er nicht aus.

Ein belustigter Impuls erreichte ihn. Der Soldaten-Forscher konnte nicht beschreiben, inwiefern er dies verspürte; das Gefühl war einfach vorhanden.

»Du bist gerade erst erwacht, Angen-Math. Habe noch etwas Geduld und das Wissen wird sich dir offenbaren.«

»Aber ich bin neugierig«, beschwerte er sich.

»Das liegt in deinem Daseinszweck begründet«, erklärte die Stimme. »Du wirst mein Späher im Feindesland sein. Einer von vielen ersetzbaren Pionieren, um *sie* ausfindig zu machen und ihre Stärken und Schwächen in Erfahrung zu bringen.«

»Wer bist du? Und wer sind *sie?*«

»Ich«, antwortete die Stimme, »bin deine Schöpferin. Das Schiff. Die TRÄNE EINES ERSCHRECKTEN SONNENAUFGANGS. Und *sie* sind die Schaumfreunde. Diejenigen, die meine Schöpfer im Stich ließen und dieses Gebilde erbauten, dass sie Arche nennen. Oder Polychora.«

Einige Momente lang dachte Angen-Math nach, während allmählich die Sonnenstrahlen des Wissens den Nebel des Nicht-Verstehens vertrieben.

»Die Schaumfreunde sind geflohen, als unsere Schöpfer, die Schaumfeinde, versuchten die Heimat von den verwilderten Glitterkonstrukten zu befreien. Wie irrsinnig ist es denn, bei dieser offensichtlichen Gefahr in ein Gebilde aus Schaum zu fliehen?« Seine Kopftentakel zitterten teils vor Belustigung, teil vor Bestürzung über solche Naivität.

»Sei es, wie es geschehen ist«, antwortete die TRÄNE lapidar. »Wie ihre Vorväter bei ihren Schöpfungen begingen auch die Schaumfreunde den Fehler, Verstandesstrukturen innerhalb ihrer Technologie einzusetzen, um Polychora zu stabilisieren und nutzbar zu machen. Wie von unseren Erbauern erwartet, verloren die Schaumfreunde die Kontrolle über den Schaum. Er verselbstständigte sich und gebar eigenes Bewusstsein – Wilden Geist. Unsere Schöpfer erkannten die Gefahr bei einer Aufklärungsmission. Eine meiner Schwestern konnte mit letzter Kraft die Heimat erreichen und berichten.«

»Daraufhin versiegelten unsere Schöpfer Polychora«, erkannte Angen-Math.

»Nur, um die Heimat zu schützen«, erklärte die TRÄNE. »Denn dort hatte man genügend Probleme. Die Schaumfreunde haben ihr eigenes Grab geschaufelt.«

»Aber unseren Schöpfern gab man die Schuld.«

»Natürlich! Deine und meine Aufgabe ist es nun, zu überwachen, dass die Gefahr nicht in die Heimat vordringt.«

Die TRÄNE streichelte Angen-Math zärtlich mit ihren Sinnen, dann gab sie ihn endgültig frei.

»Gehe nun, Angen-Math. Erfülle deinen Auftrag.«

Angen-Math, Gegenwart

»Ich bin gescheitert?«, fragte Angen-Math, als die Erinnerung verblasste.

Das Schiff summte wieder die traurige Melodie. »Wir sind gescheitert, Angen-Math. Allesamt. Du bist der einzige Aufklärer, der zurückkehrte. Wenn auch jetzt erst.«

Der Salipir erinnerte sich des Anblicks der leeren Stadt, in der er erwacht war.

Die korallenartigen Gebäude, Häuser der Schaumfreunde, waren verlassen gewesen. Alles andere lag im Dunkeln des Vergessens. Erinnerungen, die auch die TRÄNE nicht wieder hervorzaubern konnte.

»Sie sind alle tot«, vermutete Angen-Math. »Der eigenen Schöpfung zum Opfer gefallen. Und nun, geschieht dies auch den letzten Überlebenden der Arche.«

»Die Menschen haben sie geweckt. Der Wilde Geist entbrennt im Kampf gegen die Eindringlinge.« Die TRÄNE klang nicht wütend, nur unendlich traurig.

»Sie handelten im Unwissen«, verteidigte Angen-Math seine neuen Freunde.

»Ich weiß.«

Plötzlich konnte sich Angen-Math wieder bewegen. Er hatte seine Körperlichkeit zurückgewonnen. Die Bilder der Augen wandelten sich. Die Sinneseindrücke wurden vielfältiger. Angen-Math spürte, wie die Kraft der TRÄNE ihn durchpulste. Er sah zu dem einstigen Palast Galverin Schmidts.

»Wir müssen die Menschen retten«, sagte er. Und mit einem Mal schwebte die TRÄNE dicht über den schmuckvollen Türmen des Eispalastes. Erschrocken beobachtete Angen-Math die Reaktion der Menschen. Sie zeigten zum Himmel, schrien um Hilfe. Panik brach aus.

»Habt keine Angst!«, rief Angen-Math. Seine Stimme hallte durch jeden Winkel des Palastes. »Ich bin hier, um euch zu retten!«

Kapitel 17

16. September 3126
Polychora, Schmidts Refugium

Atlan

»Na? Was gedenken Sie nun zu tun, Lordadmiral?«

Der Hohn in Galverin Schmidts Stimme war unüberhörbar. Ich presste die Zähne aufeinander, um keinen unbedachten Fluch auszustoßen. Harlon Darters Leben stand auf dem Spiel. Immer noch hielt Schmidt den siganesischen Hyperphysiker mit einer Faust aus Glitter umfasst und drückte zu. Darter schrie vor Schmerz, bis ihm die Luft wegblieb.

Schmidt schien den gesunden Menschenverstand sowie jedwede menschliche Moral verloren zu haben. Viele seiner Handlungen bestätigten nur meine Vermutung, dass er maßlos geworden war, sich als gottgleich betrachtete. Dennoch verhielt er sich noch so rational, dass er seine Geisel nicht gefährdete. Der Druck der Glitterfaust schien nachzulassen, denn Darter sackte zusammen und schnappte hektisch nach Luft.

So wie Darters Abbild von einem linsenförmigen Glitterkonstrukt präsentiert wurde, musste Schmidt auch dem Siganesen ein Bild von mir zeigen. Der etwa handgroße, lindgrünhäutige Mann sah mir direkt in die Augen. Der stumme Hilferuf war nicht zu übersehen.

Er hat zu hoch gepokert und muss nun dafür büßen, kommentierte mein Extrasinn die Situation. *Du kannst Schmidt überraschen, wenn du Harlon Darter opferst. Damit wird er nicht rechnen. Tausche seine Existenz gegen unzählige.*

Mir widerstrebte es, Leben gegen Leben aufzuwiegen. Doch letztendlich hatte der Logiksektor recht; Darter hatte das Risiko gekannt und sich ihm trotzdem ausgesetzt. Wer sich in Gefahr begab, konnte darin umkommen. Dies war ein ungeschriebenes Gesetz. Aber ich wollte den Wissenschaftler noch nicht aufgeben.

»Und Sie, Schmidt? Bedeuten Ihnen die Leben anderer nichts?«, antwortete ich. Ich musste mir rasch einfallen lassen, wie ich für Ablenkung sorgen konnte. Vielleicht entdeckten Major Dephin und seine Thunderbolts eine Möglichkeit, Darter zu befreien, während ich dafür sorgte, dass Schmidts Aufmerksamkeit ganz allein mir galt, und nicht seiner Umgebung.

»Man muss bereit sein, Opfer zu bringen, wenn man große Ziele erreichen will. Das sollten gerade Sie wissen. Stattdessen verhandeln Sie lieber um das Leben *eines* Siganesen unter vielen. Was hebt Mr. Darter aus der Menge heraus, dass er es wert ist, von Ihnen gerettet zu werden? Wollen Sie mir das erklären, *Lordadmiral*?«

Mein Titel als Oberbefehlshaber der USO klang aus seinem Mund wie eine Beleidigung. Genauso gut hätte er mich »Dummer August« rufen können. Es war mir gleich. Stattdessen spürte ich Erleichterung darüber, dass Schmidt sich auf die Diskussion einließ. Ich versuchte gar nicht erst, den Himmel oder die Landschaft nach Anzeichen des aus meinem Blickfeld verschwundenen Paladins abzusuchen. Jedweder Versuch in dieser Richtung konnte meine Absicht verraten.

Die Thunderbolts hören über Funk mit, beruhigte mich mein Extrasinn.

»Kein Mensch ist gesichtsloser Teil einer Masse. Ebenso wenig gilt das für Vertreter nicht-menschlicher Spezies. Ich bin mir bewusst, dass nicht jeder so denkt. Doch in *meinem* Wertesystem gilt jegliches Leben gleich viel.«

Zur Antwort lachte Schmidt erneut. »Ihre Kleingeistigkeit amüsiert mich. Ich dachte immer, die Berichte über Ihre Humanität seien heillos übertrieben. Ein Unsterblicher, der einer Organisation wie der USO vorsteht, kann nicht auf diese Art und Weise denken und handeln, war ich mir sicher. Nun, anscheinend überlassen Sie die Drecksarbeit lieber anderen. Ist das so, Lordadmiral?«

Er will den Spieß umdrehen und dich provozieren. Bedenke genau, was du ihm antwortest, mahnte der Extrasinn. *Schmidt mag überheblich, eitel und arrogant sein. Doch er ist nicht dumm. Er wird eine Lüge erkennen, wenn du sie aussprichst. Und mit der Wahrheit ist die Diskussion rasch beendet. Denn wenn er erfährt, dass du aus Sachzwängen heraus bereits weitaus mehr als ein Leben geopfert hast, wird er seine Umgebung noch aufmerksamer beobachten. Und dann ist dein schöner Plan dahin. Der übrigens sowieso auf Sand gebaut ist.*

Was sollte ich dem ehemaligen Korporal erzählen, das er nicht als Lüge identifizieren konnte, ihn jedoch ebenso wenig alarmierte?

»Sind Sie sprachlos, Lordadmiral? Ist es mir tatsächlich vergönnt, dem legendären Atlan die Sprache verschlagen zu haben? Sagen Sie nun bitte nicht, Sie hätten keine Ahnung von den schmutzigen Seiten Ihres Metiers. Spione, Infiltratoren, Agenten – alle ihrer Leute besitzen die Erlaubnis zu töten. So ist es doch? Jemand, der andere Vorstellungen hat als die USO, wird eliminiert. Ich finde das überhaupt nicht verwerflich. Nur ist Ihre Auffassung davon, wie man Frieden und Wohlstand erreicht, die falsche. Sie wollen es nur nicht erkennen. Und darüber hinaus sind Sie ein Heuchler, Lordadmiral. Ich gebe wenigstens zu, dass ich zum Erreichen meiner Ziele bereit bin, Opfer zu bringen. Vor allem die Leben derer, die sich mir in den Weg stellen.«

Ich konnte nur hoffen, dass die Thunderbolts rasch handelten. Lange vermochte ich Schmidt nicht mehr hinhalten. Auch wenn sein Monolog mir weitere wertvolle Zeit geschenkt hatte. Und einen Ansatz, die Diskussion am Laufen zu halten ...

»Die Spezialisten der USO sind befugt zu töten, ja. Aber nur im Notfall! Sie irren, wenn Sie glauben, die USO wolle allen anderen ihren Willen aufzwingen. Unser Weg ist derjenige der Überzeugung. Unsere Klinge ist diejenige der Diplomatie. Gewalt wenden wir nur an, um uns zu verteidigen und unsere Schutzbefohlenen zu beschützen.«

Schmidt schnaubte abfällig. Es wirkte spielerisch, wie die Glitterfaust erneut den Druck auf Harlon Darters Körper erhöhte. Der Siganese stöhnte.

»Was Sie nicht sagen. Beinahe könnte man den Eindruck gewinnen, Sie glaubten selbst, was Sie da von sich geben. Ich ... *Was ist das?*«

Die gesamte Zeit über hatte ich Harlon Darter nicht aus den Augen gelassen. Nun sah ich mich um. Was meinte Schmidt? Was hatte er gesehen? Da entdeckte auch ich den Grund für seine Überraschung. Drei Shifts in Angriffsformation rasten auf den Turm zu. Desintegratorstrahlen zuckten aus den Waffenprojektoren der Flugpanzer. GLADIATOREN regneten vom Himmel und griffen die Glitterkonstrukte an der Basis des Turms an. Eine Wolke aus Sand und Staub aufwirbelnd landete einer der Roboter direkt vor mir und breitete einen Schutzschirm um uns herum aus.

»Sir«, sagte er. »Die Abteilung Drei der Raumlandetruppen des USO-Schlachtschiffs VESPER meldet sich bereit, Sie zu unterstützen.«

Mein fotografisches Gedächtnis ermöglichte es mir, die Abteilung direkt zuordnen. Die Männer und Frauen hatten mehr als einmal von sich reden gemacht.

»Die Dreadful Three also«, sagte ich und konnte den Stolz auf diese verwegenen USO-Soldaten, die bis hierher vorgedrungen waren, nicht verbergen. »Herzlich willkommen in Polychora, ihr Verrückten!«

June McCarthy

»Ich habe den Paladin in der Ortung«, rief Ganus a That. Aus dem Mund des Angestellten einer berüchtigten Piratin klang der freudige Ausruf eigenartig. Man erwartete, dass sich Verbrecher vor der USO fürchteten. Doch June ließ sich nur zu gern von seiner Begeisterung anstecken.

Jamie reagierte mit der ihm eigenen Schnelligkeit auf die neue, wenn auch prognostizierte Situation. Nachdem sie das Peilsignal des Paladins empfangen hatten, war klar gewesen, dass der Lordadmiral in Schwierigkeiten stecken würde. Dementsprechend hatten Sie sich vorbereitet.

»GLADIATOREN ausschleusen, beziehungsweise abkoppeln. Alle Einheiten bis auf ...«, rasch wählte er mit wenigen Sichtbefehlen einen Roboter aus dem Register des S-V-29 aus, »... GLAD-V-356 greifen den vor uns liegenden schwarzen Turm und die ihn schützenden Glitterkonstrukte an. S-V-30 und 32 nehmen sofort die Überlebenden auf; dann bis zum Widerruf Angriffe auf den Glitter. GLAD-V-356 sucht nach dem Lordadmiral und nimmt ihn unter Personenschutz, bis wir da sind. A That, können Sie Atlan ausfindig machen?«

»Ich bin dabei«, erklärte der Marsianer.

June hatte genug gehört.

»Meyer, übernehmen Sie die Waffen?« Jamie hatte die Steuerung des Shifts nicht mehr aus der Hand gegeben, seit er sie vom Korporal übernommen hatte. Meyer kam ohne Nachfragen Junes Bitte nach und setzte sich an die Waffenkontrolle. Jamie warf ihr nur einen kurzen, fragenden Blick zu. Sie ignorierte ihn geflissentlich und verließ die Pilotenkanzel.

Am Ende des Personenraums führte ein Schott zur Fracht. June zwängte sich durch die schmalen Bereiche, die zwischen den Paketen aus Zelten, Wassercontainern, Medikamentenboxen, Heizstrahlern und Ähnlichem verblieben waren. Kurz überprüfte sie die Notiz, die Hassan Can ihr gegeben hatte.

Ihr geheimes Frachtgut lagerte direkt an der oberen Frachtluke, um deren Öffnung herum Hassans Leute einige Frachtstücke des S-V-33 provisorisch an der Hülle des Shifts befestigt hatten. Schnell fand June den Lagerplatz. In einem Regal lag der Rückentornister. Sofort machte sie sich auf den Rückweg. Zurück im Personenraum schnallte sie sich den Tornister um.

»Was hast du da?«, fragte Jensen. Auch Perez warf ihr einen schiefen Blick zu.

»Geht euch nichts an, Jungs«, sagte sie und ging in die Pilotenkanzel. Auf dem Bildschirm erkannte sie, wie Jamie den Shift dicht über dem Wüstenboden flog.

»Wir haben den Lordadmiral gefunden«, informierte Meyer sie. »Ein GLADIATOR ist bereits bei ihm. Wir nehmen ihn sofort auf. Es gibt jedoch ein Problem: Galverin Schmidt hat eine Geisel genommen. Den siganesischen Hyperphysiker Harlon Darter. – Was trägst du denn da auf dem Rücken?«

Für einen kurzen Augenblick sah Jamie zu ihr und registrierte kopfschüttelnd den Tornister. Er seufzte, aber ein feines Lächeln umspielte seine Lippen. »Ich wäre überrascht gewesen, hättest du meine Befehle zu hundert Prozent befolgt.«

June grinste. »Weiß ich doch.«

»Du kümmerst dich um die Geisel?«

June nickte.

»Danach kehrst du sofort zurück!«

»Klar.«

Harlon Darter

Verdammt!, dachte Harlon Darter. *Wie konnte das nur schief gehen?* Sein Plan war gut gewesen, davon war er immer noch überzeugt. Zu großen Teilen war er auch geglückt. Die Desintegratorbombe war detoniert und hatte den Turm Schmidts beinahe zum Einsturz gebracht.

Doch sie schienen Schmidts Macht unterschätzt zu haben. In der höchsten Gefahr, dass sein Turm stürzte, reagierte er rasend schnell und nutzte Unmengen von Glitter dazu, den Turm zu stützen. Mittlerweile hatte er die Schäden vielleicht sogar behoben. Zumindest teilweise. Denn Darter registrierte, dass immer mehr Konstrukte die Wolke verließen und zurück in die Weiten der Sphäre schossen.

Möglicherweise war es einem Zufall geschuldet, dass man ihn bemerkt hatte. Ein unglücklicher Zusammenstoß bar jeder Wahrscheinlichkeit. Trotz seiner vergleichsweise geringen Größe war Darter mit einem Glitterkonstrukt zusammengestoßen. Ebenso groß musste der Zufall gewesen sein, dass das Konstrukt ihn nicht gleich getötet, sondern ihn nur außer Gefecht gesetzt hatte. Als Darter wieder aus der Ohnmacht erwachte, hatte ihn bereits der Glitter umklammert. Kurz darauf war eine Linse vor ihm entstanden und das überraschte, schockierte Gesicht Atlans hatte ihm entgegengestarrt.

Das alles *musste* einfach auf einem Zufall beruhen. Darter wollte sich nicht ausmalen, was es bedeutete, wenn es sich nicht um eine unglückliche Fügung des Schicksals handelte. Sollte Schmidt die Möglichkeit besitzen, jede Wahrnehmung des Glitters nachzuvollziehen, hieße es, dass der Terraner eine noch unfassbarere Macht in den Händen hielt, als sie bislang befürchteten. Und dass sie einfach keine Chance besaßen, gegen Galverin Schmidt zu bestehen.

Darter schrie, als der Glitter sich fester um ihn zusammenzog. So musste es sich anfühlen, wenn man unter einem Fels begraben wurde. Wenige Augenblicke später war er nicht mehr in der Lage, einen klaren Gedanken zu fassen. Alles versank im Schmerz.

Irgendwann – der Siganese konnte nicht einschätzen, wie viel Zeit vergangen war – ließ der Druck nach. Mühsam hob Darter den Kopf und sah Atlan durch einen Tränenschleier hindurch in die Augen.

Helfen Sie mir, dachte er nur.

Ein Gespräch entstand zwischen dem Lordadmiral und jemand anderem. Schmidt? Verhandelten sie um sein Leben? Er verstand die Worte nicht. Alles, was er hörte, war das Rauschen seines Blutes in den Ohren. Dann kontrahierte das Flirren um ihn erneut. Darter stöhnte. Ihm wurde schwarz vor Augen.

Aus!, war sein letzter Gedanke.

Als er wieder erwachte, lag er im Sand. Jemand griff nach ihm und zog ihn in die Höhe. Er musste sich übergeben. Bittere Galle und Speisereste schlugen gegen seine Helmscheibe. Sein Körper zog sich krampfhaft zusammen. Jeder Atemzug endete in einem Husten. Nur am Rande bekam er mit, wie sein Anzug das Erbrochene absaugte.

»Ruhig, Kleiner. Alles wird gut. Wir haben dich.« Das war nicht die Stimme Schmidts. Aber ebenso wenig die Atlans oder seiner Begleiter. Eine Frau sprach zu ihm. Darter war zwar nicht klein, doch ließ er seiner Retterin diesen Fauxpas durchgehen. Wenn nicht ihr, wem sonst? Blinzelnd öffnete er die Augen, nur um sie direkt wieder zu schließen. Es war so hell!

»Wir müssen ihn sedieren, June. Bestimmt hat er Schmerzen«, sagte ein Mann.

Wenn ihr nur wüsstet!

»Mr. Darter? Ich bin Leutnant June McCarthy. Ich habe unsere Anzüge gekoppelt«, erklang wieder die Frauenstimme. »Die Systeme Ihrer Montur sind stark beschädigt. Ich befürchte, die Autoreparaturmechanismen werden das nicht mehr beheben können. Ich transferiere eine geringe Dosis Analgetikum, um Ihnen die schlimmsten Schmerzen zu nehmen. Meine Kameraden bringen Sie sofort zu einem Shift, um sie medizinisch zu versorgen.«

Harlon Darter spürte den Einstich nur kurz. Bleierne Müdigkeit ergriff von ihm Besitz. Ein letztes Mal öffnete er die Augen und blinzelte in das grelle Licht. Er wollte seine Retterin, June McCarthy, sehen. Als die Frau seinen Blick bemerkte, grinste sie schief. Die blonde Strähne einer strubbeligen Kurzhaarfrisur hing ihr in die Stirn. Mit einem ihrer himmelblauen Augen zwinkerte sie ihm zu. Auf der linken Wange machte ein kleines Muttermal die Bewegung mit.

»Danke«, krächzte Darter. Dann schlief er ein.

June McCarthy

»Okay, Jungs. Nehmt den Kleinen und bringt ihn zum Shift.« Sie hatten Harlon Darter im Sand liegend gefunden. Der Glitter war verschwunden gewesen, hatte sich vermutlich den angreifenden GLADIATOR-Robotern und Flugpanzern entgegengeworfen. Von einer Geiselbefreiung konnte keine Rede sein; alles war überraschend problemlos abgelaufen. June reichte den zusammengesackten kleinen Körper an Perez weiter. Der nahm Harlon Darter vorsichtig entgegen und bettete ihn in beiden Händen.

Jensen sah sie prüfend an. »Und was machst *du*, McCarthy?«

»Ich habe noch was vor.« Sie grinste schief.

Der Soldat seufzte. »Ich kenne dieses Grinsen. Das bedeutet nichts Gutes. Mach bloß keinen Unsinn. Der Captain reißt uns den Kopf ab, wenn dir etwas zustößt.«

»Wieso sollte er?« June schüttelte den Kopf. »Er kennt mich und weiß, dass das ganz allein meine Entscheidung ist. Und zwar unerschütterlich.«

»Na ja. Er ... und du ... Du weißt schon.« Jensen schürzte die Lippen zu einem Kussmund.

»Wir könnten es dem Captain melden und er untersagt dir, auf eigene Faust loszuziehen«, schlug Perez vor.

»Das solltest du schön bleiben lassen.« June schloss langsam die Hand, als würde sie etwas darin zerquetschen wollen. Dabei warf sie einen bezeichnenden Blick auf seine Leibesmitte und hob eine Augenbraue. »Hm? Haut ihr nun ab?«

»Ja, ist ja gut.« Perez aktivierte seinen Deflektorschirm. Durch den Antiflex-Filter ihres Helmdisplays sah June, wie er davonflog. Kopfschüttelnd folgte Jensen ihm.

Auch June schaltete ihre Tarnvorrichtung aktiv. Dann zog sie zwei Desintegratoren aus den Halftern und entsperrte sie. Sirrend erwachten die Waffen zum Leben. Die grünen Dioden an der Abstrahlmündung signalisierten Bereitschaft. June blickte zur Basis des Turms. Der hässliche Wolkenkratzer schien zerfressen. Von den Thunderbolts hatte sie erfahren, dass eine einzige siganesische Desintegratorbombe ausgereicht hatte, die Lücken in das schrundig-schwarze Material zu reißen. June konnte dabei zusehen, wie sich die riesigen Auslassungen in der Struktur des Gebäudes wieder füllten. Wolken aus Glitter bewahrten den Turm derweil vor dem Zusammenbruch. June aktivierte den Antigrav und schwebte langsam, um sich nicht durch Verwehungen im Sand zu verraten, auf den Turm zu.

Ein Rettungszelt könnte jetzt nichts bewirken, Jamie. Aber wenn eine siganesische Bombe solch eine Zerstörung verursacht, dann entfernen es meine Babys erst recht aus der Schaumwelt.

Als sie nur noch wenige Meter von den Wänden des Turms entfernt war, hielt June an, legte den Tornister ab und förderte eine unterarmgroße Desintegratorbombe daraus hervor. Mit einigen Handgriffen hatte sie den zylinderförmigen Sprengsatz gezündet. Ein schwarzer Touchscreen erwachte zum Leben. June programmierte den Zeitzünder. Dann schloss sie den Waffenbehälter wieder, schulterte ihn erneut und ging weiter. Sie wiederholte die Prozedur noch fünfmal. Dann kehrte sie zum S-V-29 zurück, ohne dass sie ein Glitterkonstrukt bemerkt hätte.

»Das war ja einfach«, wunderte sie sich und warf einen letzten Blick zum schwarzen Turm. »Viel Spaß damit, du Schaumschläger.«

Atlan

»Danke, Captain.« Ich schüttelte Jamie Olmos, dem Kommandanten der Dreadful Three, die Hand. »Ich kann nachvollziehen, was das für ein beschwerlicher Weg gewesen sein muss. Gab es Verluste?«

Olmos, ein mustergültiger Offizier mit wachen Augen und vorbildlichem Verhalten, gab mir einen kurzen Bericht über den Höllenritt und die Zahl der Todesopfer.

Ich nickte verdrossen. »Ich hoffe, Ihr Ziel lag nicht allein darin, mich zu retten. Ich bin eine einzige Person. Selbst samt dem Thunderbolt-Team, Harlon Darter und meinen Begleitern wären wir nur eine kleine Gruppe. Was ist mit den Menschen im Torus?«

Olmos schüttelte den Kopf. »Es tut mir leid, Sir. Aber wir haben keine Spur von den Flüchtlingen entdeckt. Nicht einmal den Palast oder die Stadt konnten wir ausfindig machen. Dabei kamen wir zweifellos in einer torusförmigen Lebensblase aus dem Durchgang.«

Der Captain berichtete mir von den Schaumphasenrealitäten, die ihnen nach der Passage angehaftet hatten, sowie von dem fremden Raumschiff, von dem sie angegriffen worden waren, sobald die Schaumschleier verschwanden. Dann hatte sein Shift das Peilsignal des Paladins aufgefangen. Der Wissenschaftler Ganus a That hatte es bis hin zur Hohlsphäre verfolgt. Der Weg hierher war ähnlich steinig gewesen wie der meine. Doch die Dreadful Three hatte keine weiteren Verluste erlitten.

»Mr. a That, ich danke Ihnen für Ihre Unterstützung.« Ich schüttelte dem Marsianer kurz die Hand. »Ich bin Ihnen – und wohl auch Tipa Riordan – etwas schuldig. Entschuldigen Sie mich jetzt aber bitte. Captain Olmos, ist Harlon Darter stabil?«

»Jawohl, Sir. Auch Leutnant McCarthy ist mittlerweile eingetroffen.«

Eine junge, vielleicht vierzig Jahre alte Frau betrat in diesem Augenblick den Shift. Sie zwinkerte dem Captain zu, öffnete ihren Helm und fuhr sich mit der Hand durch die fingerlangen, blonden Haare. Ihre alabasterfarbene Haut war leicht gerötet und verschwitzt. Ein kleines Muttermal saß auf ihrem linken Jochbein.

»Sir!« Sie salutierte vor mir und grinste. »Es freut mich, Sie wohlbehalten zu sehen.«

Ich lächelte ebenfalls und nickte ihr zu. »Ganz meinerseits«, sagte ich und ließ mich über ihre außerplanmäßige Aktion unterrichten.

Olmos neben mir räusperte sich. Er warf dem Leutnant einen schwer deutbaren Blick zu, der irgendwo zwischen schwacher Eifersucht und unterdrücktem Zorn lag. McCarthy hatte eine nicht vorgesehene Extratour unternommen. Mich erinnerte sie darin ein bisschen an den Mausbiber Gucky, der Perry Rhodan ein ums andere Mal zur Verzweiflung brachte, in den meisten Fällen jedoch erfolgreich war. Nur sah June McCarthy eindeutig besser aus als der Ilt.

»Ja, Sir?« Provozierend sah sie zu Olmos. Ihr Grinsen wurde noch etwas breiter.

»Leutnant, lösen Sie bitte Sörensen an den Waffen ab.«

»Jawohl, Sir.« Sie warf mir einen letzten, herzerweichenden Blick zu. Dann schob sie sich am Captain und mir vorbei in die Pilotenkanzel.

Ich kannte aus den Akten der beiden Offiziere annähernd ihr kompliziertes doch befruchtendes Verhältnis und klopfte Olmos auf die Schulter. Vertraulich flüsterte ich ihm zu: »Captain, seien Sie gewiss, dass ich nicht an Leutnant McCarthy interessiert bin. Und, sie auch nicht an mir, denke ich. Frauen provozieren gern. Besonders, wenn sie sich nicht genügend beachtet fühlen.«

Olmos Gesichtsfarbe wurde eine Spur röter. »Sir, ich versichere Ihnen ...«

Ich winkte ab. »Kümmern wir uns um Wichtigeres. In fünf Minuten detonieren Leutnant McCarthys Sprengsätze. Bis dahin sollten wir Schmidt so gut ablenken, wie es uns möglich ist. Nicht, dass er die Überraschung noch entdeckt. Ich fürchte, das Spiel, das er mit uns treibt, strebt seinem Ende zu. Er wird eine Entscheidung herbeiführen.«

»Jawohl, Sir. Die Angriffe auf den Turm und die Glitterkonstrukte sind im vollen Gange. Der Paladin unterstützt uns, so gut er kann. Aber Major Dephin unterrichtete mich über einige mittlere Schäden, die der Roboter davongetragen hat.«

Ich wollte soeben antworten, da erschütterte etwas den Shift. Ich strauchelte und ging trotz der Magnethaftsohlen auf alle viere. Olmos hingegen konnte sich halten.

»Was war das?«, rief er in die Pilotenkanzel, wo Ganus a That die Ortungssysteme überwachte.

Die Stimme des Marsianers klang ungläubig. »Da ist was auf uns gelandet. Ein ... Mensch?« Er schaltete eine Übertragung der Außenbordkameras auf unsere Helm-Displays.

Es stand tatsächlich eine humanoide Gestalt auf dem Dach des Shifts. Doch es war kein Mensch, der dort in die Kameras grinste. Das Geschöpf gehörte zu Galverin Schmidt und war ihm wie aus dem Gesicht geschnitten. Es war durchsichtig, flirrte nur leicht silbern und bunt, als hätte jemand ein Galverin-Schmidt-Prisma vor die Kameralinsen gesetzt.

Mir stockte der Atem, als die Gestalt winkte und fünf unterarmgroße Zylinder hinter dem Rücken hervorzog, als handle es sich dabei um einen Blumenstrauß. Eine Stimme erklang in meinem Helmfunk. »Ich glaube, Ihre Mitarbeiterin hat etwas bei mir vergessen, Lordadmiral.«

Es waren die fünf Desintegratorbomben. Und das Display zeigte die noch abzulaufende Zeit. Sie stand bei vierzig Sekunden.

Ich schüttelte den Kopf. Damit hatte ich nicht gerechnet. Ich sprang hoch. Der Boden unter mir bäumte sich wiederholt auf.

Doch keines der waghalsigen Manöver genügte, um den Glitter-Schmidt abzuschütteln.

»In Ordnung«, rief ich. »Sie wollen mich, nicht meine Leute. Also, hier bin ich und ergebe mich. Sie haben gewonnen.«

Kapitel 18

16. September 3126
Polychora, Eispalast

Aliken Hantoon
»Habt keine Angst!«, schallte eine Stimme durch den Palast. »Ich bin hier, um euch zu retten!«

Übergangslos hatte sich der Himmel verdunkelt. Das Zwielicht des von Glitterkonstrukten behangenen Firmaments war der Dunkelheit gewichen. Dann war die Stimme erklungen. Sie klang sanft und vertrauensvoll. Und gerade das machte Aliken misstrauisch.

Das stetige Hintergrundrauschen der durcheinanderrufenden Männer und Frauen, der weinenden Kinder und der um Ordnung bemühten Soldaten schwoll an. Es durchbrach die Mauer des Erträglichen. Die Unruhe schlug endgültig in eine Massenpanik um. Aliken trat aus dem Schatten des Säulenganges und drängte sich durch die in den Palast hereinstürmenden Menschen. Sie kassierte Rempler und Knuffe. Manch einer stieß sie rücksichtslos aus dem Weg.

Endlich erreichte sie eine ruhige Stelle nahe der nächsten Eissäule und sah in die Höhe. Das fremde Schiff schwebte unmittelbar über den spitzen Dächern des Eispalastes. Nur an den gewölbten Rändern erkannte Aliken das Wetterleuchten des Glitters. Immer noch streifte sie hin und wieder einer der panisch in den Palastsaal stürmenden Menschen. Sie schob sich an der Säule entlang, bis sie dem Strom der Flüchtenden entkam.

Schließlich entrann sie dem direkten Zufluss. Aus der plötzlichen Dunkelheit, an die sich ihre Augen erst noch gewöhnen mussten, schlug ihr die Panik der mehr als sechshundert Flüchtlinge entgegen. Es waren diejenigen, die in dem von ihr geschaffenen Zeltlager Zuflucht gesucht und noch nicht in die Säle hatten fliehen können. Die schweren, metallischen Schritte der Kampfroboter dröhnten auf dem massiven Eispanzer des Innenhofes. Unter Einsatz von weißem Licht kenntlich gemachte Prallfeldbarrieren entstanden.

»Bewahren Sie die Ruhe!«, forderte eine jung klingende, von Lautsprechern verstärkte Männerstimme. »Folgen Sie einfach den durch die Schutzfelder vorgegebenen Wegen. Achten Sie auf Kinder, Verletzte und Alte. Hey! Sie da! Was soll das? Passen Sie auf die Mutter und ihr Kind auf!« Das Sirren eines Paralysestrahls erklang. Dann erkannte Aliken, wie einer der Roboter einen Mann in die Höhe hob und vor sich ablegte.

»Meine Güte«, flüsterte Damika Milano. Die alte Frau hatte sich ebenfalls zur Säule durchgekämpft und folgte Alikens Blick erst in die Höhe, dann zu den bestimmt zwanzig Reihen fünf Meter breiter Gänge aus Prallfeldern. Aliken wusste nicht, ob Milano mit ihren Worten die Panik oder das Raumschiff meinte.

Plötzlich wich die nur durch das Funkeln der Energiebarrieren durchbrochene Dunkelheit erst mildem, dann immer heller werdendem Licht. Aliken konnte keine Leuchtkörper erkennen. Stattdessen schien die gesamte Hülle des fremden Schiffes aus sich heraus zu leuchten. Grüngelber Schein tauchte das blauweiße Eis des Palastes in einen unwirklichen Schimmer.

Eine Melodie erklang, traurig und sanft und doch auf gewisse Art beruhigend. Aliken wollte sich gegen den Einfluss wehren, ihr Misstrauen drängte sie dazu, doch ungeachtet ihres Willens schloss sie die Augen und lauschte der fremden Weise. Eine eigenartige Ruhe überkam sie. Und plötzlich schienen ihr alle Ängste wie weggeblasen.

Ein harter Griff riss sie zurück in die Wirklichkeit. »Wach bleiben! Lassen Sie sich nicht einschläfern!«

Aliken hob mühsam die Lider und starrte in das runzlige Gesicht Damika Milanos. »Aber ...«

»Kein aber. Sehen Sie.«

Sie folgte Milanos Fingerzeig. Die Leute auf dem Innenhof des Palastes waren zur Ruhe gekommen. Nach und nach erstarben die Rufe und Schreie. Die den Palastsälen zuströmenden Menschen blieben stehen. Manche von Ihnen schlossen, wie Aliken es vor einigen Sekunden getan hatte, die Augen. Nach weniger als einer halben Minute herrschte beinahe gespenstische Stille. Nur hier und da erklangen Rufe von Männern und Frauen, die wie Damika Milano ihr eigener Herr geblieben waren.

»Was geschieht hier bloß?«, flüsterte Aliken, ängstlich mit ihrer Stimme Unheil heraufzubeschwören.

Auch Damika Milano schwieg. Mit zusammengekniffenen Lippen starrte sie zu dem Schiff hoch, als erwarte sie von dort eine Antwort.

Und sie kam von dort. Zunächst sah Aliken nur einen kleinen, dunklen Punkt. Dann setzte sie ihre Begabung ein und schuf ein Fernglas aus dem Quantenschaum. Sie lugte hindurch und erkannte das fremde Geschöpf, das dem Boden entgegenschwebte. Es war Angen-Math, der Wanderer, der an Atlans Seite zu ihnen gekommen war.

»Ich muss zu Leutnant Grosz und Captain Karkeron«, erklärte sie Damika Milano.

»Wer schwebt dort hinab?«, wollte die Alte wissen.

Aliken zuckte die Schultern. »Ein Freund? Ein Feind? Ich weiß es nicht ...«

Die alte Frau nickte nachdenklich. »Ich werde Sie begleiten.«

Es war ein gespenstisches Erlebnis sich zwischen den Menschen hindurchzudrängen, die scheinbar im Stehen schliefen. Ab und zu begegneten sie einem Mann oder einer Frau, die im Gegensatz zu allen anderen die Augen offen hielten und verständnislos und ängstlich dreinblickten. Während Aliken den Blicken scheu auswich, hielt Damika Milano immer wieder an und hatte ein paar beruhigende Worte parat. Aliken bewunderte sie dafür, Mut zusprechen zu können, obwohl sie selbst nicht den blassesten Schimmer hatte, was vor sich ging.

Nach einigen Minuten erreichten sie das mobile Kommandozentrum der USO. Aus dem etwa einen Kilometer entfernten ehemaligen Durchgang quoll immer noch regenbogenfarbener Schaum hervor und löschte die Realität aus, wo er auf sie traf. Grosz und Karkeron standen vor Angen-Math. Anscheinend führten sie ein Gespräch. Aliken bemerkte die misstrauischen Blicke, die Damika Milano dem Wanderer zuwarf. Vor hundertvierzig Jahren hatte die damals junge Offizierin ihn kennengelernt, als sie an Atlans Seite nach Polychora vorgedrungen war. Auch das exotische Fremdwesen war augenscheinlich nicht gealtert. Immer noch strahlte sein segmentierter Panzer in bunt gescheckten Farben. Die Augen an den Tentakeln des an einen Oktopus gemahnenden Kopfes leuchteten blau.

Als sie die drei Männer erreichten – oder war Angen-Math eine Frau? Aliken glaubte sich erinnern zu können, dass er sich als eitragendes Exemplar seines Volkes bezeichnet hatte – vernahm sie die glucksenden Laute des Wanderers. Der Translator übersetzte sie in eine neutrale Stimme, die Interkosmo verwendete.

»... läuft die Zeit davon«, sagte Angen-Math soeben.

Karkeron war es, der sie als Erster bemerkte. Er winkte sie herbei. »Damika Milano, ich darf Ihnen Angen-Math vorstellen. Miss Hantoon, Sie kennen den Salipir bereits?«

Aliken hob eine Augenbraue. »Ich habe Angen-Math kennengelernt, ja. Vor einer langen Zeit. Zumindest nach meinem Erleben. Der Begriff Salipir sagt mir jedoch nichts.«

»So nennt sich mein Volk. Oder vielmehr *nannte* sich so das Volk, dessen Schöpfung ich bin.«

»Ich verstehe nicht recht ...«

»Wir haben keine Zeit, alle Erklärungen zu wiederholen«, mischte sich Vernil Grosz ein. »Es geht um die Frage, ob wir die Flüchtlinge und uns dem fremden Schiff anvertrauen, dass Angen-Math TRÄNE EINES ERSCHRECKTEN SONNENAUFGANGS nennt.«

»Die Alternative wäre, im sich auflösenden Torus zu sterben.« Angen-Math fixierte Aliken und Damika Milano aus jeweils fünf seiner Augen.

Aliken runzelte die Stirn. Zwar war sie zu dem Zeitpunkt seines Aufbruchs in ihren Versuchen vertieft gewesen, den Durchgang zu stabilisieren. Doch am Rande ihrer Wahrnehmung hatte sie mitbekommen, dass der Wanderer nicht allein aufgebrochen war.

»Was ist mit Ihrem Kommando, das Sie in das Schiff ausgesandt haben, Captain Karkeron?«, fragte sie deshalb den Oxtorner. »Wie schätzen Ihre Leute das Angebot ein? Können wir uns diesem absolut fremden Gebilde anvertrauen?«

Karkeron schlug die Augen nieder und schüttelte den Kopf. »Meine Spezialisten sind tot«, erklärte er mit matter Stimme. »Angeblich gestorben, bevor Angen-Math von dem Schiff über seine Herkunft aufgeklärt wurde und mit ihm zu einer Übereinkunft kam.«

»Ihr Misstrauen schmerzt mich, auch wenn ich es nachvollziehen kann«, sagte der Wanderer und gestikulierte mit den filigranen Greifwerkzeugen seines oberen Tentakelpaares. »Dennoch bitte ich Sie, mir zu vertrauen«

Einen Moment lang herrschte Schweigen, dann setzte Vernil Grosz zu einer Entgegnung an.

Damika Milano kam ihm zuvor. »Meine Herren, die Dame«, die alte Frau nickte Aliken zu. »Entschuldigen Sie, dass ich mich einmische. Aber ich denke, ich bin am ehesten dazu ... *befugt*, für die Flüchtlinge zu sprechen. Ich bin zwar keine gewählte Sprecherin. Doch viele der Menschen, um die es geht, vertrauen mir.«

Karkeron verschränkte die Arme vor der Brust und legte den Kopf schief. »Und was haben Sie uns *im Namen des Volkes* zu sagen?«

Milano ging nicht auf die Spitze ein. Stattdessen breitete sie die Arme aus und sagte: »Bleiben wir hier, scheint uns der Tod gewiss. Vertrauen wir uns dem Schiff an, haben wir vielleicht eine Chance zu überleben. Was kann uns schon Schlimmeres zustoßen als zu sterben?«

»Mir fällt da einiges ein«, unkte Vernil Grosz.

Wir sollten die Menschen von Polychora entscheiden lassen, war Aliken versucht zu sagen. Doch als sie am Rand des Schiffes entlang die Blitze der Glitterkämpfe betrachtete und die sich auflösende Realität oben am ehemaligen Felsendom, wurde ihr klar, dass nicht die Zeit für demokratische Abstimmungen blieb.

»Vertrauen wir uns dieser ... TRÄNE an«, stimmte sie also Damika Milano zu.

»Gut, gehen wir das Risiko also ein«, sagte auch Grosz und klatschte in die Hände.

Alle Blicke wandten sich Rulan Karkeron zu. Der Oxtorner löste die Verschränkung seiner Arme und nickte. »In Ordnung.«

Angen-Math stieß ein Glucksen aus. Es klang zufrieden.

Aliken Hantoon schluckte.

Wenn das mal gut geht.

Kapitel 19

16. September 3126
Polychora, Schmidts Refugium

Atlan
»Sie haben gewonnen.«

Olmos starrte mich entsetzt an. »Sir, Sie können doch nicht ...«

»Ruhe, Captain! Ich kann. Schmidt will *mich*, also bekommt er *mich*. Wenn er dafür Ihnen und Ihrer Crew sowie dem Paladin freien Abzug gewährt.«

Selbstverständlich gab ich mich nicht geschlagen. Stattdessen hoffte ich, in nächster Nähe zu Schmidt etwas ausrichten zu können.

Das ist töricht, Narr! Deine Chancen sind so gering, wie noch nie in deinem Leben!, schalt mich der Extrasinn.

Mag sein, aber es ist unsere letzte Möglichkeit.

Die Displays der fünf Desintegratorbomben zeigten zwanzig Sekunden an. Schweiß trat auf meine Stirn und Tränen rannen mir die Wangen hinab.

»Was ist, Schmidt? Das wollten Sie doch!«

Die Projektion grinste. Ihre Strukturen verfestigten sich, glichen beinahe dem echten Galverin Schmidt. Dann verblassten die Farben wieder, als habe unser Feind nicht die volle Kontrolle über die Schaumtechnologie. Der Brustkorb hob und senkte sich in raschem Wechsel, hüpfte auf und ab. Dann öffnete die Gestalt den Mund und lachte laut.

»Wie weich Sie doch sind, sich zu ergeben. Nein, diesen letzten Sieg gönne ich Ihnen nicht. Sie werden sterben. Und alle anderen mit Ihnen.«

Er hob die fünf Bomben höher, drehte den Kopf zur Seite und sah auf eines der Displays.

»Fünf«, zählte er genüsslich. »Vier.«

Ich zog den Strahler aus meinem Gürtelhalfter, zielte auf die Stelle der Decke, über der ich Schmidt vermutete und ...

Ein Blitz blendete mich. Instinktiv schloss ich die Augen. Etwas riss mir die Waffe aus der Hand und schleuderte mich zu Boden. Es knallte und krachte. Unter mir bebte es. In einer fließenden Bewegung rollte ich mich auf den Rücken, die Kraftverstärker meines Anzugs reagierten, ich warf meine Beine hoch, stieß mich vom Boden ab und sprang in eine aufrechte Position. Ich schwankte. Immer noch war ich geblendet.

Verdammt! Wo ist die Waffe?

Die vier Sekunden sind lange vorbei, kommentierte der Extrasinn. *Irgendwer hat euch gerettet.*

Langsam klärte sich mein Blick. Einige schwarze Flecke tanzten noch durch mein Blickfeld, doch ich konnte zumindest wieder einigermaßen sehen. Der Boden unter mir vibrierte. Captain Olmos zog sich soeben an der Wand hoch. Alarmsirenen heulten und warnten vor der Überlastung der Schutzschirme. Wankend lief ich in die Pilotenkanzel und stürzte zum Sessel des Piloten. Doch Korporal Meyer manövrierte den Shift sicher auf den Wüstenboden zu. Mit einem heftigen Ruck landete er den Flugpanzer. Beinahe wäre ich erneut gefallen. Meine Finger gruben sich in die Rückenlehne des Kontursessels. Sand wirbelte auf und prasselte auf die Panzertroplonkuppel der Kanzel. Nach einigen hundert Metern kamen wir zum Stehen.

Meyer ließ sich in den Sessel zurücksinken, atmete tief ein und pustend wieder aus. »Was war das? Fast hätte es uns erwischt.«

»Die Frage müsste vielmehr lauten: *Wer* war das«, antwortete ich. Mein Herz schlug in einem rasenden Rhythmus. Adrenalin spülte durch meine Venen. Der Schreck saß tief. »Ich glaube nicht, dass dieser jemand uns überhaupt erwischen wollte. Mir scheint, die Beschädigung unseres Shifts war nur ein unumgängliches Übel.«

»Ich war's. Schätze ich zumindest.« Leutnant McCarthy fuhr sich durch die Haare. Eine schweißnasse Strähne blieb ihr in der Stirn hängen. Sie sah zu mir hoch. »Ich habe versucht, die Desintegratorbomben per Fernsteuerung zu desaktivieren, aber irgendetwas verhinderte meine Einflussnahme. Ich habe es dann mit der Selbstzerstörung der Bomben probiert.«

»Die hätten aber doch nicht eine so heftige Erschütterung verursacht, sondern nur den Zündungsmechanismus zerstört«, warf ich ein.

McCarthy nickte. »Stimmt. Die funktionierte auch nicht. Ich habe dann in den letzten Sekunden versucht, die Projektoren der Desintegratoren auf dem Dach zu überladen. Ich kann Ihnen aber nicht sagen, ob mein Versuch für die Explosion verantwortlich war. Laut den ersten Auswertungen der Selbstanalyse sieht es doch eher nach einem Angriff von außen aus.«

Ich klopfte ihr auf die Schultern. »Was auch immer zu der Detonation geführt hat, Sie haben Ihr Bestes gegeben. Trotzdem frage ich mich, wer Schmidt vom Dach geschossen hat, wenn Sie nicht dafür verantwortlich sind.«

»Und uns damit vor dem sicheren Tod gerettet hat«, fügte Captain Olmos hinzu. Er hinkte in die enge Pilotenkanzel, sah auf dem Weg nach dem im Notsitz hängenden Ganus a That und nickte mir zu. »Ohnmächtig, aber bis auf ein paar Beulen unverletzt.«

»Die Kommunikationssysteme sind jedenfalls im Arsch«, schimpfte McCarthy. »Der Strahl hat uns doch glatt die Antennen verschmort. Ich fahre die Redundanzsysteme hoch.«

»Ihre Ausdrucksweise!«, rügte Olmos. Doch es klang nur nach einem halbherzigen Versuch, in meiner Anwesenheit für einen angemesseneren Umgangston zu sorgen. Sein Gesichtsausdruck, mit dem er die junge Frau ansah, verriet mir seine Erleichterung darüber, dass wir überlebt hatten.

»Priorität liegt auf der Wiederherstellung der Schutzschirmstaffel«, befahl ich.

»Kümmere mich bereits darum, Sir«, sagte Korporal Meyer.

Es dauerte ein paar Minuten, dann stand zumindest ein einfacher Energieschirm. Kurz darauf hatte auch McCarthy Erfolg. Es knackte in den Empfängern und wir hörten eine mir nur allzu vertraute Stimme. Beinahe hatte ich nicht mehr damit gerechnet, sie noch einmal zu hören.

»Hier spricht Captain Rulan Karkeron. Lordadmiral, Sir? Verstehen Sie mich? Da der Verrückte seinen Bombentanz auf dem Dach dieses Shifts gemacht hat, vermute ich, dass Sie sich an Bord befinden.«

Ich lachte befreit auf. »Captain Karkeron, schön Ihre Stimme zu hören. Ja, ich bin an Bord des S-V-29. Waren Sie das, der uns die Funksysteme zerschossen hat? Ich habe hier eine Leutnant sitzen, der darüber gar nicht erbaut ist.«

»Verzeihung. Ich werde Angen-Math mitteilen, dass er nächstes Mal die Zerstörung Ihres Shifts in Kauf nimmt.« Mittlerweile stabilisierte sich auf dem Frontbildschirm das Konterfei des Oxtorners. Er grinste schmal.

»Wie auch immer Sie das angestellt haben, besprechen wir das lieber bei einem Gläschen oxtornischem Feuergeist. Haben Sie den Schmidt-Glitter noch im Visier? Wenn nicht, dann berichten Sie mir bitte, wie Sie uns retten konnten und wie die Lage draußen ist. Ich befürchte, die optischen Systeme des Shifts haben ebenfalls gelitten. Und die Ortung funktioniert in dieser Sphäre nicht.«

Karkeron grinste eine Spur breiter. »Feuergeist? Wenn Sie sich das antun möchten, gerne, Sir. Und was unsere Möglichkeiten als Retter angeht ... Ich hole Sie einfach an Bord. Ich vermute, Galverin Schmidt befindet sich in dem schwarzen Turm? Ich habe bereit einen Sturmtrupp losgeschickt. Ich befürchte, Sie werden sich diesem anschließen wollen ...«

Dein schlechter Ruf eilt dir voraus, Arkonide, spöttelte der Extrasinn.

Ich musste schmunzeln. »Sie befürchten richtig, Captain.«

»Ich schicke Ihnen eine Eskorte. Karkeron Ende.«

Karkeron ließ sich nicht lumpen. Zu meiner Unterstützung schickte er mit Pertar Almoth und Daniel Pherson zwei seiner besten Männer. Drei weitere Spezialisten der Abteilung A912 begleiteten sie. Da es eine Zeit lang dauern würde, den S-V-29 der Dreadful Three wieder auf Vordermann zu bringen, hatte mir Captain Olmos zusätzlich sechs seiner Leute überlassen, unter ihnen Leutnant McCarthy, sowie sieben Kampfroboter. Den verletzten Harlon Darter übergab ich in Karkerons Obhut. Der achte GLADIATOR-Roboter des S-V-29 transportierte ihn zu dem fremden Fluggefährt.

Einen Moment lang blieb mir die Luft weg, als ich aus dem Shift trat. Beeindruckt blickte ich in den Himmel. Seitlich von der Kunstsonne angestrahlt, schwebte ein schlanker elegant wirkender Schiffsrumpf unweit vor uns, in beißend grünen Farben. Die bizarren gelben und weißen Strukturen, schienen sich auf der Oberfläche zu bewegen. Die Blattflügel am dickeren Ende, das ich als Heck einschätzte, waren weit abgespreizt. Es war das Raumschiff, das wir im Torus entdeckt hatten.

Bei der bekannten Länge von siebenhundertfünfzig Metern dürfte die Spannweite der aufgeklappten Flügelkonstruktion am Heck rund fünfhundert Meter betragen, kommentierte mein Extrasinn, der wohl versuchte, die fehlenden Ortungsdaten durch Schätzungen zu ersetzen.

Nein, einfache euklidische Geometrie, Ähnlichkeit und Strahlensatz, du vergesslicher Narr!, schimpfte der Logiksektor.

Ich blickte zum Bug, der noch schlanker zulief, und wendete sofort geblendet die Augen ab. Dort saß ein großer, grellweiß leuchtender Kristall als Abschluss der unwirklichen Konstruktion. In der uns zugewandten Seitenwand der Sphäre klaffte ein tiefschwarzer Schlund mit regelmäßiger Kontur – offensichtlich eine Schleuse.

Mit allem hatte ich gerechnet, doch nicht damit, dass uns Rulan Karkeron mit diesem ominösen Raumschiff zur Hilfe eilte. Ich schluckte mein Erstaunen herunter und verschob meine Fragen auf später.

Im Mittelpunkt der Sphäre stand noch immer die weiße Kunstsonne und brannte unerbittlich auf die öde Landschaft. Einen Moment lang hatte ich während der vergeblichen Angriffe des Paladins auf Schmidts Turm daran gedacht, ihm damit zu drohen, das Gestirn zu zerstören. Zugunsten von Darters Plänen und aus Sorge vor unkontrollierbaren Auswirkungen hatte ich darauf verzichtet. Dann hatten sich die Ereignisse überschlagen.

Mittlerweile war eine derartige Drohung unnötig geworden. Unterstützt von dem fremdartigen Raumschiff hielten die zwei übrigen Shifts der Dreadful Three, ihre GLADIATOR-Roboter und diejenigen der A192 die Glitterkonstrukte Schmidts in Schach. Diese scharten sich inzwischen um den schwarzen Turm. Und ihre Anzahl wuchs, so schien es mir, im Sekundentakt. Schmidt musste sie von weiter entfernten Schauplätzen abziehen, die Angen-Math im Funkgespräch kurz erwähnte.

Ihr habt ihn in die Enge getrieben! Dank des fremden Schiffs habt ihr unversehens eine Übermacht gewonnen. Nutze Sie, bevor Schmidt euch erneut überrascht und neue Kräfte mobilisieren kann!

Ich nickte grimmig. Meine Wut auf Galverin Schmidt war durch die Erschöpfung abgekühlt, doch das minderte nicht ihre Intensität. Meine noch etwas geschwollene Nase juckte. War tatsächlich erst die Hälfte des 16. September vergangen? So vieles war in den wenigen Stunden geschehen.

Einige hundert Meter vor der schrundigen und von Desintegratorstrahlen teilweise aufgelösten Fassade des Turms bremsten wir unseren Flug. Auf halbem Weg war der Paladin zu uns gestoßen. Die SAC-Stahl-Panzerung des Spezialroboters wirkte an mehreren Stellen lädiert. Ruß und Schrammen übersäten seine Hülle. Hier und da klafften kleine Risse, deren Ränder Blasen geworfen hatten. Mittlerweile waren sie ausgekühlt und verhärtet. Major Harl Dephin versicherte jedoch, dass der Paladin einsatzfähig sei.

Nur wenige, schmale Korridore führten durch die Glitterwolken. Ich fragte mich, ob Schmidt unseren Anflug bemerkt hatte und nun versuchte, uns den Weg zu versperren.

»Angen-Math?«, nahm ich Verbindung zu dem Wanderer auf, der anscheinend das Kommando über das fremde Schiff übernommen hatte. »Wir könnten etwas mehr Freiraum gebrauchen, um in den Turm vorzudringen.«

Er gluckste bestätigend. »Schließt die Augen.«

Ich regelte die Lichtfilter meines Helms hoch und kam seiner Empfehlung nach. Nur wenige Sekunden später gloste ein hellroter Energiestrahl über uns hinweg und in die Glitterwolke hinein. Ich hob die Lider etwas und beobachtete, wie der Strahl scheinbar vom Glitter gebremst wurde. Doch der hatte ihm nichts entgegenzusetzen; stetig bohrte sich die Energiebahn durch das silberne und farbige Flirren. Ich begann zu zählen; bei drei verblasste die Energielanze. Ich öffnete die Augen – der Weg war frei.

»Vorwärts!«, befahl ich.

Der Paladin bildete die Spitze unseres Stoßtrupps. In rasendem Tempo schoss er auf eine Lücke im schwarzen Material zu und drang in den Turm ein. Nach und nach folgten die Spezialisten, Soldaten und ich dem Roboter. Die GLADIATOREN sicherten uns zu den Seiten ab.

Im Inneren des Turms war es stockfinster. Als würde ein unmerkbares Feld alles Licht aufsaugen, empfing uns absolute Dunkelheit, sobald wir eingedrungen waren. Sofort aktivierten sich die Scheinwerfer der Anzüge. Wie ein Fanal durchstieß der Kunsthaluter vor uns den einer Grotte gleichenden Tunnel. Stalagmiten und Stalaktiten prägten das Bild. Die vollständige Trockenheit passte nicht dazu. Zudem durchbrachen nur die von unserer Gruppe erzeugten Geräusche die bleierne Stille. Ich schaltete die olfaktorischen Sensoren meines Anzugs ein und schnupperte, doch es war kein spezifischer Geruch wahrzunehmen, als hätte Schmidt jeden Sinneseindruck aus seinem Reich verbannen wollen.

»Ich mache mir immer mehr Sorgen, um das Seelenleben dieses Schaumschlägers«, sagte Pertar Almoth.

Ein Schnauben erklang. »Schaumschläger als Titel für unseren dunklen Prinzen habe bereits *ich* unter Markenschutz stellen lassen«, beschwerte sich June McCarthy.

»Ach ja?« Almoth lachte herausfordernd.

Jemand seufzte. »Da haben sich ja zwei gesucht und gefunden.« Es war Daniel Phersons Stimme. Der Korporal galt als ein ruhiger Typ.

Ich ließ die Männer und Frauen gewähren. Die Szenerie war bedrückend und sie benötigten ein Ventil. Sollten es eben flapsige Sprüche sein. Das war mir allemal lieber, als wenn jemand die Beherrschung verlor.

Auf einem Felsvorsprung landete der Paladin. Ich sah auf die Uhr; wir hielten uns erst fünf Minuten in Schmidts Turm auf. Die Zeit war mir um einiges länger vorgekommen. Ich setzte neben dem Kunsthaluter auf und schaute zu seinem Kopf empor.

»Mr. Dephin, irgendeine Ortung, die uns den Weg weisen würde?« Ich deutete auf die Weggabelung vor uns. Das schrundig schwarze Material war einer ringförmigen, organisch wirkenden Struktur gewichen. An den Lichtverhältnissen hatte sich indes nichts geändert.

»Bedaure. Kein Hinweis darauf, wo sich Galverin Schmidt aufhält.«

Ich stemmte die Fäuste in die Hüfte. »Der Turm ist riesig. Und Schmidt könnte überall sein. Wir benötigen irgendeinen Anhaltspunkt.«

Das fällt dir ja früh ein, ätzte mein Logiksektor.

Wer hat mich denn zur Eile angetrieben?, konterte ich.

»Wenn ich helfen dürfte?«, erklang eine Stimme hinter mir. Die neutrale Klangfärbung identifizierte ich direkt als Translatorübersetzung. Ich drehte mich um und sah in sechs strahlendblaue Augen, die an den Spitzen bunt gescheckter Tentakel saßen. Die übrigen zehn Sehorgane waren in alle möglichen Richtungen ausgerichtet.

»Angen-Math! Wie kommst du hierher?« Ich vermutete eine Projektion. Doch eine solch lebensechte? Ich streckte die Hand nach dem Salipir aus und stieß auf feste Materie.

»Du irrst dich. Ich bin nicht wirklich hier, sondern halte mich immer noch an Bord der TRÄNE auf. Das Schiff befähigt mich dazu, euch virtuell beizustehen.«

In diesem Moment dachte ich nicht über die Risiken dieser Entwicklung seiner Möglichkeiten nach. Stattdessen ergriff ich die Chance, die sich mir bot, am Schopf.

»Du sprachst von Hilfe; wie soll diese aussehen?«

Der Wanderer, der sich mittlerweile als Salipir bezeichnete, hob einen der zwei dünneren Tentakel und zeigte auf den nach rechts abzweigenden Gang. »Dort führt euer Weg zu Galverin Schmidt entlang. An der nächsten Weggabelung werde ich euch erwarten.«

Der Vorgang wiederholte sich noch viermal. Dann weitete sich der mittlerweile porösem Bimsstein ähnelnde Tunnel zu einem weiten Raum. Eine lichte, etwa dreihundert Meter hohe, kreisrunde Halle lag vor uns. Eine schwarzkristalline Kuppel schloss sie nach oben hin ab. Obsidianfarbene Säulen säumten die Wände. Der Boden war schwarz, grau und weiß marmoriert. Er spiegelte das blauweiße Licht der durch den Raum gleitenden Kristalllüster.

Mitten über der Fläche schwebte Galverin Schmidt. Ich zoomte ihn mit meinen Helmoptiken heran. Seine Gestalt schimmerte einem Hologramm ähnlich. Er schien semitransparent. Seine Augen waren nach oben gedreht, nur das Weiße war in ihnen zu erkennen.

»Er ist entrückt«, flüsterte ich.

»Nicht völlig. Schmidt existiert derzeit halb stofflich, halb in Polychora aufgelöst«, raunte mir Angen-Math zu. »Noch hat er euch nicht bemerkt.«

»Dann nutzen wir das aus.« Ich lächelte grimmig. »Das Spiel ist aus.«

Galverin Schmidt

Er war zornig. Wut beherrschte sein Denken in einem Ausmaß, wie er es bislang nicht erlebt hatte. Alles, wirklich alles, war beinahe nach Plan verlaufen. Atlan hatte ihn etwas geärgert, gut, das musste er ihm zugestehen. Doch es war nicht mehr als lästig gewesen. Es hatte sein Vorhaben nicht gefährdet. Doch dann war es aus dem Ruder gelaufen!

Zunächst hatte er es nur mit Atlan zu tun gehabt. Zudem war da noch Aliken, diese widerspenstige ... er fand keine Worte, die beschreiben konnten, wie enttäuschend, verräterisch und undankbar diese Frau war, die er einmal zu lieben geglaubt hatte. Niemals war er so sehr enttäuscht worden. Er hatte mir ihr ein Paradies erschaffen wollen. Nie würde er verstehen, warum sie dies ablehnte. Nun, sie hatte ihre Strafe bekommen. Er hatte ihr und all den undankbaren Menschen den ersehnten Weg in die Milchstraße abgeschnitten. Sollte Aliken doch in dem sich auflösenden Torus verrecken.

Doch dann war das Schiff aufgetaucht. Als hätte er nicht genug damit zu schaffen gehabt, die Angriffe des sich seiner Kontrolle entziehenden Glitters abzuwehren. Er verstand einfach nicht, warum Polychora sich plötzlich gegen ihn wandte. Er war doch der Erwählte! Er wollte Polychora doch vor dem Untergang bewahren und der Milchstraße den Frieden bringen!

Ihm war es wie Schuppen von den Augen gefallen. Das fremde Raumschiff ... Die Auflösungserscheinungen im Torus und in weiteren Lebensblasen ... Der sich gegen ihn wendende Glitter. – All das war das Werk der Marodeure. Und nun stellten sie sich ihm.

Das Schiff der wahren Feinde drang in seine Sphäre ein, in das Zentrum seiner Macht. Und es verbrüderte sich mit Atlan. Wäre er noch in einem vollstofflichen Zustand gewesen, er hätte vor Wut gezittert. Der Feind, der all die Zeit aus dem Verborgenen heraus operiert hatte, zeigte sich. Endlich kam es zu einer Entscheidung. Dass er nun seinen beiden ärgsten Widersachern gemeinsam gegenüberstand, ängstigte ihn nicht. Schlug er eben zwei Fliegen mit einer Klappe. Und mehr als das würden sie nicht sein, auch wenn sie glaubten, ihn in die Enge getrieben zu haben.

Galverin Schmidt spürte, wie die Kraft Polychoras ihn durchdrang. Er verwuchs mit dem Schaum. Es prickelte. Unvorstellbare Macht flutete seinen Geist. Er sog ein letztes Mal die Luft ein, bevor er endgültig die Schranken des Körperlichen durchbrechen und hinter sich lassen würde. Er ...

Schmerz durchzuckte ihn. Er sackte ab, fiel und landete hart auf dem Gesäß. Er blinzelte. Die Eindrücke aus unzähligen Lebensblasen verblassten, wichen dem Anblick seiner Ruhmeshalle. Eine Gestalt stand vor ihm. Kaltes Metall drückte gegen seine Stirn.

»Es ist vorbei, Schmidt.«.

»Atlan ...«, raunte er. Langsam blickte er hoch und sah in die roten Augen des Arkoniden. »Wie ...?«

»Hochmut kommt vor dem Fall, du Schaumschläger!«, sagte jemand hinter ihm.

Dann traf ihn ein harter Schlag auf den Hinterkopf, und es wurde schwarz um ihn herum.

Kapitel 20

16. September 3126
Gainbal-System, Mond »Nacht«

Tipa Riordan

Sie trat durch den Transmitter. Von einem Augenblick auf den anderen ließ sie die PEARL hinter sich und stand im Rund des Transmitterraums ihrer Forschungsstation auf Nacht. Nur ein leichter Entzerrungsschmerz zeugte von der zurückgelegten Distanz.

Nun sind wir wieder da, wo alles Übel seinen Anfang genommen hat, dachte sie verbittert und schaute in den Raum, der bis auf sie und ihre Begleiter verlassen war. Tipa Riordan war eine erfolgsverwöhnte Frau. Es schmerzte sie, ihre Grenzen aufgezeigt zu bekommen. Und das auf eine so drastische Art und Weise. Sie schloss die Faust um den Hyperfunk-Impulsgeber. Noch zögerte sie, das Signal für die Fusionsbombe an Bord der PEARL zu senden.

Denzen Hesper, der »Frischling« wie Ganus a That ihn zu nennen pflegte, stand bereits an einer der Kontrollkonsolen, die links und rechts des Ein- und Ausgangs an den runden Wänden platziert waren. Sie beobachtete, wie er eine Verbindung zu den Satelliten im Orbit Nancanors herstellte und nach dem Peilsignal der PEARL suchte. Auf dem Bildschirm der Konsole leuchtete ein Abbild des Gasriesen auf. Weiße Siliziumwolken zogen über die rötlich-braunen Schwaden der Helium-Wasserstoff-Atmosphäre. Ein Raster legte sich darüber. Wenige Sekunden später erschien der Ortungsreflex des Schwadentauchers. Doch er flackerte.

»Ich empfange das Peilsignal nur schwach. Es setzt immer wieder aus. Vermutlich liegt es am angreifenden Glitter«, kommentierte der rothaarige Wissenschaftler trocken.

Mach schnell, alte Frau, bevor es zu spät ist. Es ist keine Kommunikation mit dem Glitter möglich. Und wenn du es jetzt nicht tust, wer weiß, was es mit dem Planeten anstellt. Dass sich damit wahrscheinlich *auch dieser* Durchgang zu Polychora schließen würde, musste sie den Menschen auf Asther und Perya zuliebe in Kauf nehmen. *Er wird einen Weg finden. Wenn es einer kann, dann Atlan ...*

Sie schloss die Augen und aktivierte den Impulsgeber. Einige Herzschläge später beobachtete sie, wie die rot-braunen Gasschwaden der Atmosphäre sich leicht aufwölbten, um dann wieder in sich zusammenzufallen und zu verwirbeln. Sie registrierte auf den Ortungsanzeigen den Standort Asthers und Peryas, sie würden die Ausläufer des nun entstehenden Sturms wegstecken. Eventuelle Schäden konnten die Techniker der USO beheben.

»Die PEARL ist Geschichte«, kommentierte Denzen Hesper.

»Wollen wir hoffen, dass das auch für den Glitter gilt«, sagte Riordan und fluchte leise. So hatte sie sich den Ausgang ihrer Mission nicht vorgestellt. Sie stieg die drei Stufen vom Transmitter hinab. Faun Malkovoch kam ihr entgegen und reichte ihr einen Spazierstock. Mit heiligem Zorn packte sie die Gehhilfe und schleuderte sie davon.

»Wo hast du denn das Ding aufgetrieben? Verdammt! Ich hätte meinen Stock nicht auf Asther zurücklassen sollen. Dass mir Alabuks und Seppelt ihn bloß nicht auf der Station vergessen!«

»Ich befürchte, Ihr Stock wäre auch nicht hilfreich gewesen. Und mag er noch so viele kleine und feine Spielzeuge beinhalten«, wandte Lea Long ein. Das Grinsen war aus ihrem hübschen Gesicht gewichen. Ungewohnter Ernst beherrschte ihre Mimik.

»Ich hätte Falton den Hintern versohlt«, schimpfte Riordan trotzdem. Dann berichtete sie von der Verwandlung des Wissenschaftlers und seinen letzten Worten.

»Gut, dass Sie den Stock nicht dabei hatten. Das hat Ihnen das Leben gerettet, Ma'am.«

Riordan fuhr zu Faun Malkovoch herum. Doch als sie seine ernste Miene sah, schluckte sie ihre Tirade herunter. Faun wusste seit seinem Erlebnis mit Schmidts Glitter, wovon er sprach.

Sie räusperte sich. »Wie dem auch sei. Denzen, wie sieht es mit der Störungszone aus? Irgendeine Veränderung? Und wie weit ist die Evakuierung fortgeschritten? Hält sich noch wer in der Forschungsstation auf?«

Denzen Hesper fuhr sich durch das strähnige Haar und schürzte die Lippen. Seine Stirn warf Falten, als er zu ihr blickte. »Die letzten Soldaten und Techniker der USO benutzten einen der Transmitter, kurz bevor wir die PEARL verlassen haben. Was die Störungszone angeht ...«

»Die hat sich stabilisiert«, mischte sich die Hochleistungspositronik der Station ein.

»Orakel, bist du das?«

»Wer sonst, o holde Sternenfreibeuterin?«

»Und die Zone hat sich tatsächlich stabilisiert?«, fragte Lea Long. Sie trat neben Riordan und sah sie an. »Wenn das stimmt, dann könnten wir ...«

»Natürlich stimmt das, ihr Kretins!« Das Orakel schien wieder eine seiner launischen Phasen zu haben. In diesem Moment ärgerte es Riordan mehr denn je. Sie stand unter Anspannung. Am liebsten hätte sie ...

»Oh!«

Der Ausruf Calipher-SIMS ließ die Piratin stocken. Sie senkte die zum Protest erhobene Hand und hob eine Augenbraue.

»Was bedeutet ›Oh!‹?«

»Nichts Gutes befürchte ich.« Auch Faun Malkovoch war neben sie getreten, während sich Myriam Weyport und Ropander Tin zu ihrem Wissenschaftskollegen gesellt hatten, aufmerksam dem Gespräch lauschten und irgendwelche Daten aufriefen und analysierten.

»Da hat der tumbe Klotz ausnahmsweise recht«, stimmte das Orakel zu. »Die Störungszone löst sich auf.

»Was so viel heißt, wie ...?«, fragte Riordan.

»So viel wie: Nichts wie weg!«

Kaum hatte das Orakel die Devise ausgegeben, aktivierte Denzen Hesper den Transmitter erneut. Die Wissenschaftler liefen auf Riordans Nicken hin zur Plattform und nahmen rasch die drei Stufen. Myriam Weyport schritt als Erstes durch das Abstrahlfeld, das sie an Bord der BUTTERFLY transmittieren würde. Denzen Hesper und Ropander Tin folgten, danach war Lea Long an der Reihe. Faun Malkovoch blieb bis zuletzt an Riordans Seite.

»Orakel?«, rief sie zur Decke. »Kannst du dich in Sicherheit bringen?«

»Selbstverständlich! Ich bin doch kein Narr! Geht nur.«

Ungeduldig schob die Piratin ihren protestierenden Ersten Wesir auf das Abstrahlfeld zu und stieß ihn hindurch. Sie pflegte zwar nicht den altertümlichen Brauch, mit dem Schiff – oder eben der Station – unterzugehen, doch als Kommandantin fühlte sie sich dazu verpflichtet, als Letzte zu flüchten. Sie warf noch mal einen Blick zum Gang hinaus. Es blitzte und flirrte. Glitter näherte sich. Nun hatte er auch diesen bestgeschützten Bereich der Station erreicht.

Mit einem Schritt gelangte Tipa Riordan in die Sicherheit der BUTTERFLY. Als sie aus der Gegenstation trat, desaktivierte sich der Transmitter umgehend.

»Zentrale, was ist mit dem Orakel und der Positronik?«, rief sie in ihr Funkgerät. Man übertrug ihr die Beobachtungen der

Ortung auf eine Arbeitsstation des Transmitterraums. Echtzeitaufnahmen präsentierten ihr die trostlose Oberfläche Nachts. »Regen« und »Schnee« der stark metallischen und silikatreichen Atmosphäre des Trabanten fielen auf die Schachtöffnung des ehemaligen Bergwerks nieder. Es irrlichterte in dem vierzehn Kilometer tiefen Hohlraum.

»Na komm schon«, murmelte Tipa Riordan. Sie spürte, wie sich die Begleiter hinter ihr drängten, um ebenfalls einen Eindruck des Geschehens zu erhaschen.

Die Sekunden vergingen, ohne dass etwas geschah. Dann glaubte Riordan einen Schatten erkennen zu können, der sich rasch der Oberfläche näherte. Orangerote Flammen durchbrachen das silberne Wetterleuchten. In ihrer Mitte schwebte eine dunkle Kugel.

»Die Positronik hat sich freigesprengt und den Schacht hoch katapultiert«, rief Denzen Hesper unnötigerweise. Jeder konnte es sehen.

Tipa Riordan ballte die Hände zu Fäusten und hieb auf die Eingabefläche der Arbeitsstation. Sie atmete erleichtert aus. Zumindest das Orakel hatte sich und die ungeheuer wertvolle Positronik gerettet. Kurze Zeit später fischte die BUTTERFLY die stählerne Kugel aus dem All.

»Ma'am«, meldete sich ihr Ortungsoffizier, als die Piraten-Lady sich bereits auf den Weg in die Zentrale gemacht hatte.

»Ich höre.«

Der Mann räusperte sich. »Wir haben einen energetischen Ausbruch geortet. Jetzt ist die Magmakammer innerhalb Nachts ortungstechnisch tot. Ich schätze, die Störungszone ist zusammengebrochen.«

Stunden später bestätigte auch Oberst Yun von der VESPER die Vermutung. Er hatte ein Kommando aus Wissenschaftlern und Technikern entsandt, die sich im Inneren des Mondes umsahen. Eine nahezu kugelförmige Energieballung musste bei dem Zusammenbruch der ehemaligen Zone entstanden sein. Zurückgeblieben war lediglich ein etwa zwanzig Kilometer durchmessender Hohlraum.

»Das bedeutet ...«, schloss Oberst Yun und blickte Tipa Riordan über eine optische Verbindung besorgt in die Augen.

»... dass für Atlan und alle anderen in Polychora Verschollenen der Rückweg in die Milchstraße verschlossen ist«, beendete sie den Satz.

Kapitel 21

16. September 3126
Polychora, TRÄNE EINES ERSCHRECKTEN SONNENAUFGANGS

Aliken Hantoon
»Ich werde Silana tar Kosh, Persher Gust und Satran Kalandaar suchen«, kündigte Aliken an.

Damika Milano sah sie prüfend an und legte den Kopf schief. Sie saßen in einer größeren Runde zusammen, bestehend aus ehemaligen Besatzungsmitgliedern der WAV-E und einigen tatkräftigen Nachfahren, und besprachen ihr weiteres Vorgehen. Unmittelbar nachdem Aliken und Milano an Bord gekommen waren, war die alte Frau aufgebrochen, ihre Verbündeten zu suchen und aus der vom Schiff induzierten Trance zu wecken. Momentan war der Großteil der Menschen noch ruhiggestellt. Doch ihnen allen war bewusst, dass es sich dabei nur um die Ruhe vor dem Sturm handeln konnte. Man hatte sie vorerst gerettet, aber die Umgebung, in der sie sich nun befanden, war Angst erregend fremdartig. Ständig veränderten sich die Räume und Gänge. Das grüngelbe Material, das wie Metall aussah, doch organisch pulsierte, das milchig weiße Licht, die kristallinen Strukturen und etliche andere Phänomene beunruhigten sie. Was für einen Eindruck mochte es erst auf die verängstigten Flüchtlinge machen, die mental weniger gefestigt waren?

»Was versprichst du dir davon?«, fragte Julian Munich. Damikas engster Vertrauter klang nicht misstrauisch. Man hatte Aliken von Anfang an spüren lassen, dass man sie nicht für gefährlich hielt, und sie war dankbar dafür. Allerdings mischte sich ein Hauch von Ärger unter seine Worte.

»Ich will nicht vor den anstehenden Aufgaben flüchten«, versuchte sie ihn zu beruhigen. »Nur ... ich mache mir Sorgen um die drei. Das, was Galverin ihnen angetan hat ... Sie haben es nicht so gut überstanden wie ich. Ich fühle mich für sie verantwortlich.«

Damika Milano nickte. »Wenn es dein Gewissen beruhigt, dann sieh nach ihnen. Aber beeile dich. Wenn die ersten aus der Trance erwachen, müssen wir rasch handeln, um eine erneute Panik zu verhindern. Angen-Math hat uns versprochen, den großen Saal in mehrere kleinere Räume zu unterteilen. Wir sollten bei jeder Gruppe einen von uns positionieren, der versucht, die Erwachenden zu beruhigen.«

Aliken nickte dankbar. »Ich werde mich beeilen«, versprach sie und verließ die Kaverne, die Angen-Math direkt neben der Halle für sie geschaffen hatte. Sie fröstelte bei dem Gedanken daran, welches Machtmittel dem Salipir mit dem Raumschiff zur Verfügung stand. Es war mittels Schaumphasentechnologie erschaffen worden, das spürte sie mit jeder Faser ihres Körpers. Doch es gelang ihr nicht im Geringsten, Einfluss auf die Quantenschaumstrukturen zu nehmen. Damit waren sie dem ehemaligen Wanderer ausgeliefert, und das behagte ihr ganz und gar nicht.

Mittlerweile hatte sich der große Saal zu verkleinern begonnen. Erste Wände waren entstanden und trennten die Flüchtlinge in Gruppen von etwa fünfzig Personen. Laut Leutnant Grosz hatten seine Leute an die tausendzweihundert Menschen registriert, die in dem Flüchtlingslager angekommen und von dem Schiff per Antigravfeldern an Bord geholt worden sind. Was bedeutete, dass Angen-Math rund fünfundzwanzig Räume würde erschaffen müssen.

Also sind über tausend Personen zurückgeblieben, dachte Aliken betrübt. Was mochte sie dazu bewogen haben? Oder war es nicht ihre freie Entscheidung gewesen? Hatte der Glitter sie getötet?

Aliken betrat den nächstgelegenen Raum. Es roch nach Schweiß, Magensaft und Ausscheidungen. Über alldem lag der undefinierbare Eigengeruch des Schiffes. Es war eine Mischung aus frischen Kräutern und Gewürzen, aber sie vermochte nicht zu sagen, um welche es sich dabei handelte. Zu lange war es her, dass sie echte Pflanzen gerochen hatte. Alles in Polychora Erschaffene stammte aus ihrer puren Erinnerung. Und die war von Jahrzehnt zu Jahrzehnt stärker verblasst.

Aliken eilte zwischen den verstreut Dasitzenden hindurch. Wie schnell mochte es ihr gelingen, die drei ehemaligen Leidensgenossen zu finden? Satran Kalandaar war Ertruser; ihn aufspüren, sollte sie vor keine unlösbaren Schwierigkeiten stellen. Aus jeder Menschenmenge ragte er weit heraus. Sie konnte nur hoffen, dass Silana und Persher sich bei ihm befanden.

Insbesondere um Silana sorgte sich Aliken. Seit Silanas Mann Aiman Kathibi bei dem Sturm gestorben war, der das Dorf der gestrandeten WAV-E-Besatzung zerstört hatte, fühlte Aliken eine besondere Verantwortung der Terranerin gegenüber. Als dann Galverin den gemeinsamen Sohn der beiden entführte, war die Schuld, die Aliken verspürte, noch stärker geworden. Und spätestens, nachdem ihr damaliger Partner Silana missgestaltet hatte, weil sie sich für Aliken eingesetzt hatte, waren die Schuldgefühle ins Unermessliche gestiegen.

Fünf Räume hatte sie bereits abgesucht, da entdeckte Aliken endlich Satran Kalandaars breiten Kopf. Sein Haar trug er wie immer zu einem Pferdeschwanz gebunden. Der Ertruser saß einfach da. Hin und wieder zupfte er imaginäre Staubkörner von seiner roten, eng an den beeindruckenden Muskelpaketen anliegenden Montur. Das war alles, was er seit Jahrzehnten tat. Als Aliken an den wie paralysiert dasitzenden Menschen vorbei auf den Ertruser zuging, entdeckte sie auch Persher Gust. Der untersetzte Mann saß neben Satran. Persher hatte die Beine an die Brust gezogen und nickte ständig, dabei formten seine Lippen stumme Worte.

Bei den beiden Männern angekommen, bemerkte Aliken auch Silana tar Kosh. Die Schuldgefühle schnürten ihr die Kehle zu. Sie hatte Galverin stets in Schutz genommen. Er jedoch hatte das Dorf der gestrandeten Schiffsbesatzung zerstört und damit Aiman getötet. Aliken hatte die Menschen dazu gebracht, Galverin zu vertrauen und in die Stadt aus Eis und Stahl zu ziehen. Und Galverin? Hatte Silanas Kind entführt. Und als Aliken endlich gegen Galverin aufbegehrte, hatte er Silana, die ihr zu Hilfe eilte, gequält und deformiert.

Silanas Schädel war seitdem kahl; selbst Wimpern und Augenbrauen waren ihr nicht geblieben. Hautfalten und Verwachsungen verunstalteten ihr Gesicht, ungezählte Beulen, Verknöcherungen und Missbildungen den übrigen Körper. Jede Bewegung musste für sie eine Qual bedeuten. Doch niemals hatte Aliken sie darüber klagen gehört. Die Frau lag seitlich auf dem nachgiebigen, warmen Boden. Ihre Hände hatte sie vor dem Bauch verschränkt. Ein lockeres, dunkles Oberteil und weite Hosen umflossen ihren dürren Leib.

Aliken ging neben ihr in die Hocke und streichelte über ihren Kopf. »Silana«, flüsterte sie. »Ich bin es, Aliken. Wie geht es dir?«

Langsam öffnete Silana die Augen. Sie sah sie nicht an, doch ihre Lippen formten Wörter: »Wo ist er?«

»Wo ist wer?«

»Galverin.« Sie dehnte den Namen auf unnatürliche Weise.

»Du musst keine Angst haben. Wir sind in Sicherheit. Galverin kann uns nichts mehr anhaben.« Sie glaubte selbst nicht an das, was sie da von sich gab. Doch sie hoffte mit aller Inbrunst, dass es Atlan gelang, Galverin zu besiegen.

»Ich muss zu ihm.« Silanas Hände entwickelten während ihrer Worte ein Eigenleben, strichen ständig über den Bauch.

»Aber weshalb denn das?« Aliken schüttelte den Kopf.

»Mein Kind!« Silana bäumte sich auf.

»Dein Sohn ist ... verschollen. Das weißt du doch. Er ist mit Galverin aufgebrochen und nie mehr zurückgekehrt.« Aliken schluckte und musste die Tränen unterdrücken. In wie vielen durchwachten Nächten hatte sie gerätselt, was Silanas Sohn, der wie der Vater Aiman hieß, zugestoßen war? Sie hatte die Antwort erahnt, doch stets war sie davor zurückgeschreckt, dem Gedanken weiter nachzugehen. Galverin hatte niemals ein Wort darüber verloren.

»Nein, nicht Aiman ... nicht er ... mein Kind! Mein Baby! Es braucht seinen Vater!« Silana begann zu zittern. Sie riss den Mund auf. Nur wenige, schiefe Zähne ragten aus dem dunklen, entzündeten Zahnfleisch hervor. Ein gutturaler Schrei drang aus ihrer Kehle. Tränen tropften auf den Boden.

Aliken senkte den Kopf. Mit der einen Hand streichelte sie immer noch den Kopf der Frau, mit der anderen ergriff sie Silanas Hände und drückte zu. Welchen Aiman mochte sie meinen; ihren Sohn oder ihren Partner? Wen auch immer sie herbeisehnte, Mann oder Sohn, sie waren beide aus dem Leben geschieden. »Aiman ist tot, Silana. Seit sehr langer Zeit.«

»Nicht Aiman Kathibi ... Galverin!«

Bestürzt starrte Aliken ihr in die tränenerfüllten Augen. War es so weit gekommen? War Silanas Geist dermaßen zerrüttet, dass sie Galverin für den Vater ihres Sohnes hielt?

»Silana, Galverin ist nicht ...«

Aliken hielt mitten im Satz inne. Sie spürte, dass plötzlich jemand hinter ihr stand. Ruckartig drehte sie sich um. Das Herz schlug ihr bis zum Hals.

»Angen-Math!« Es war der Salipir, der auf einmal da war und sie aus mehreren seiner Augen ansah. »Sie haben mich erschreckt.«

»Das tut mir leid«, entschuldigte sich der Salipir. »Es lag nicht in meiner Absicht. Ich bin hier, um Ihnen mitzuteilen, dass Atlan an Bord gekommen ist.«

»Hat er ...«

»Ja. Er hat Galverin Schmidt gefangen genommen.«

»Galverin ...«, wimmerte Silana.

»Bitte kommen Sie zu uns. Atlan wünscht, Sie zu sehen. Ich werde Sie führen.«

Aliken streichelte Silana ein letztes Mal über den kahlen Schädel und flüsterte ihr ein paar tröstende Worte zu. Dann stand sie auf und folgte dem Salipir.

Er führte sie über verschlungene Wege. Mal war der Gang eng, dann weitete er sich, so dass mehrere Haluter nebeneinander Platz gehabt hätten. An einigen Stellen passierten sie Gebilde, die wie geschmolzene und wieder erstarrte Wachsfiguren aussahen.

In wiederum anderen Bereichen ragten scharfkantige, quecksilberfarbene Objekte aus den Wänden und der Decke. Einmal kamen sie an einer Wand vorbei, die in sinnverwirrenden Mustern leuchtete. Und wiederholt entdeckte Aliken die kristallinen Strukturen, die plötzlich auftauchten und ebenso schnell in dem metallisch-organischen Material verschwanden. Stetiger, melancholischer Singsang erfüllte das Innere des Schiffs. In manchen Bereichen lauter, in anderen leiser. Auch die Düfte variierten in ihrer Intensität. Nun fiel Aliken auch endlich ein, woran sie der Eigengeruch der TRÄNE erinnerte: an eine Mixtur aus Salbei und Zimt.

Wie oft sie Steigungen hinauf und hinab, in nach links oder rechts geschwungenen Kurven und sogar Spiralen gegangen waren, vermochte Aliken nicht mehr zu sagen, als sie die Zentrale erreichten. Sie schaute auf ihre Uhr. Vor nicht einmal zwei Minuten hatte sie Angen-Math abgeholt. Sie waren ihr wie zwei Stunden vorgekommen.

»Miss Hantoon, da sind Sie ja.« Der Lordadmiral kam auf sie zu. Neben ihr löste sich Angen-Math in winzige Schaumflocken auf. Aliken zuckte zusammen.

Atlan fasste sie schmunzelnd an der Schulter. »Keine Angst. Bei Ihrem Begleiter hat es sich lediglich um eine Projektion Angen-Maths gehandelt. Ich habe auch schon meine Erfahrung damit gemacht.« In diesem Moment trat der – echte? – Salipir aus der Deckung eines der verformten Wachsgebilde. »Wie geht es Ihnen?«

Aliken versuchte sich an einem Lächeln, doch sie scheiterte. »Den Umständen entsprechend, Sir.«

Der Arkonide nickte verständnisvoll. »Kommen Sie, ich möchte Ihnen etwas zeigen. Es sei denn, Sie möchten Galverin Schmidt nicht noch einmal begegnen.«

Sie schluckte. Einen Moment lang musste sie tatsächlich darüber nachdenken, ob sie ablehnen sollte. Doch sie entschied sich, nicht mehr vor ihrem ehemaligen Partner und Peiniger davonzulaufen.

»Bringen wir es hinter uns. Ich habe Damika Milano versprochen, beim Erwachen der Flüchtlinge zur Stelle zu sein.«

Atlan schaute etwas verständnislos drein. Rulan Karkeron versprach dem Lordadmiral, ihn bald vollständig über alles in Kenntnis zu setzen.

»Sie müssen entschuldigen, Miss Hantoon. Ich bin gerade erst an Bord gekommen.« Atlan führte sie durch das unregelmäßig geformte Rund des Raumes hin zu einer Galerie. Er stellte sich an das Geländer und Aliken tat es ihm gleich. Dahinter ging es mehrere Meter tief hinab. Ein knisternder, prickelnder Film spannte sich vor ihnen. Ein Schutzfeld?

»Dort ist er.«

Aliken folgte Atlans Fingerzeig und entdeckte Galverin am Boden des Raums. Eine Art Linse schob sich vor ihr Gesicht und vergrößerte das Abbild dieses ... Monsters? Nein, das wurde ihm nicht gerecht.

Er war blass. An seinem Hinterkopf klebte getrocknetes Blut. Dunkle Schatten umringten seine Augen. Als hätte er ihren Blick bemerkt hob er den Kopf und sah hinauf. Er grinste.

Aliken schauderte. Ruckartig wich sie zurück. »Keine Angst«, sagte Atlan und legte ihre beruhigend eine Hand auf den Rücken. »Mehrere GLADIATOR-Roboter richten ständig ihre Waffen auf ihn. Das Schiff wird umgehend Signal geben, falls er Glitter erschafft.«

»Das beruhigt mich nicht im Geringsten, Sir. Bitte entschuldigen Sie mich. Ich werde gebraucht.«

Ohne ein weiteres Wort verließ sie den Raum und eilte davon.

Atlan

Angen-Math hatte für uns Sitze erschaffen. Der kreisförmige Raum, an dessen Seite Galverin Schmidts Kerker lag, stellte vorerst unsere Zentrale dar. Allerdings war sie nicht mit dem eigentlichen Kommandozentrum der TRÄNE identisch, wie der Salipir mir berichtete. Weshalb dieses uns verschlossen blieb, konnte auch er nicht sagen. Möglicherweise vertraute uns das Schiff nicht ausreichend.

Ich sah mich um. Aus unauffindbaren Quellen ergoss sich milchig weißes Licht über uns. Kristalline Strukturen tauchten auf und verschwanden wieder. Ansonsten behielt »unsere Zentrale« ihre Form. In lockerer Runde saßen wir in den bequemen Sitzen und berieten über diverse Kleinigkeiten.

Die Versorgung der Flüchtlinge übernahmen fortan Damika Milano und ihre Leute. Hilfsmittel standen ihnen in Form der Güter zur Verfügung, die die Dreadful Three nach Polychora transportiert hatte. Logistische Unterstützung bekamen sie von den Spezialisten der Abteilung A192. Außerdem kündigte Angen-Math an, dass er mit Hilfe des Schiffes Nahrung generieren würde.

Grosz' Männer und die Soldaten Olmos' hatte ich derweil damit beauftragt, die an Bord vandalierenden Glitterkonstrukte zu jagen und von den Flüchtlingen fernzuhalten. Zwar bereiteten uns Galverin Schmidts Geschöpfe seit dessen Gefangennahme keine Probleme mehr, die TRÄNE bekam jedoch den vom Wilden Geist Polychoras beseelten Glitter aus eigener Kraft nicht in den Griff. Er trieb weiterhin sein Unwesen, mit dem Ziel, das als feindlich erkannte Objekt zu zerstören. Angen-Math hatte mich um Hilfe gebeten, da er nicht zugleich das Schiff und die Flüchtlinge schützen könne.

»In Kürze erreichen wir den Torus«, berichtete der Salipir soeben. Ich hatte ihn trotz einer gesunden Portion Skepsis nicht aus der Runde ausgeschlossen. Schließlich war er der Schiffsführer. Und letztendlich hätte er mit Hilfe des Schiffes so oder so jedes Wort, das wir sprachen, mitbekommen. Da integrierte ich ihn lieber offiziell in unsere Gruppe, der er sich mittlerweile zugehörig fühlte. So sagte er zumindest.

Nachdem ich an Bord gekommen war und Aliken Hantoon den inhaftierten Galverin Schmidt präsentiert hatte, war ich von Captain Karkeron über die Vorkommnisse im Eispalast informiert worden. Anschließend hatte Angen-Math von seinen Erkenntnissen an Bord der TRÄNE EINES ERSCHRECKTEN SONNENAUFGANGS berichtet. Seine plötzliche Offenheit begründete er damit, dass er die Geschichte des Schiffes und seiner Erbauer erfahren habe. Zudem erinnere er sich nun an seine ursprüngliche Aufgabe als Agent gegen die Konstrukteure Polychoras. Nach der langen Zeitspanne sei dieser Auftrag allerdings nicht mehr bindend für ihn. Stattdessen habe er eingesehen, dass außer an unserer Seite keine Zukunft mehr für ihn existiere. Seine einstige Mission sei gescheitert, Polychora dem Untergang geweiht und seine Vorfahren – oder Schöpfer – mittlerweile wohl längst eine ausgestorbene Spezies. Er klang überzeugend. Nur die Bezeichnung TRÄNE als Name des Schiffes gefiel mir nicht, implizierte er doch eher negative Gefühle. Und davon besaßen die Menschen Polychoras bereits genügend.

»Damit, dass der Durchgang zur Milchstraße kollabiert ist, dürfte die Gefahr für die Heimat gebannt sein. Sollte Polychora bald untergehen, hätte dies keine Auswirkungen für die Milchstraße«, fasste ich zusammen. »Den Tod der auf anderen Existenzebenen lebenden Intelligenzen können wir nicht verhindern, so leid mir das tut.« Ich sah auffordernd zu Angen-Math »Oder siehst du eine Chance?

Der Salipir gestikulierte mit dem filigraneren der zwei Armtentakelpaare sowie vier seiner Augen. »Die TRÄNE besitzt einiges Wissen über Polychora. Aber sie ist nicht in der Lage, die Schattenwesen zu retten«, bestätigte er meine Vermutung.

Schattenwesen, so hatten wir die unserer Realität entrückten Bewohner Polychoras getauft. Mir tat es weh, sie zurücklassen zu müssen, aber ich hatte pragmatisch zu entscheiden. Laut Angen-Math nahte das Ende der Schaumarche. Eile war geboten. Einen Weg zu finden, sie zu retten, setzte eine intensive, langwierige Forschungsarbeit voraus, zu der uns nicht die Zeit blieb.

»Viel interessanter scheint mir die Frage, ob es für uns überhaupt eine Möglichkeit gibt zu überleben«, warf Leutnant Grosz ein. Der stämmige Terraner mit der Kurzhaarfrisur presste die Lippen zu einem schmalen Strich zusammen. Die Strapazen der letzten Tage waren ihm deutlich anzusehen. »Der Durchgang ist kollabiert. Sie sagten es selber, Sir. Weshalb dann die Rückkehr in den Torus?«

Angen-Math ergriff das Wort. Er lag, seine sechs Beine abgespreizt, auf einem blau leuchtenden Gel-Kissen.

»Ich habe es vorgeschlagen«, erklärte er. »Mit der TRÄNE steht uns ein neues Machtmittel zur Verfügung, mit dessen Hilfe wir Einfluss auf die Schaumphasentechnologie ausüben können.«

»Wir?«, fiel ihm Captain Karkeron ins Wort. »Wohl eher *allein Sie*.« Der Oxtorner machte keinen Hehl daraus, dass er Angen-Math misstraute. Wer mochte es ihm verdenken, nachdem seine Spezialisten, die er an Bord der TRÄNE geschickt hatte, umgekommen waren? Nur der Salipir hatte überlebt und sogar das Kommando über das Schiff übernommen.

»Ich kann nicht oft genug betonen, wie sehr ich das Schicksal von Bep Faruss, Aamaka Cugota, Menning Harkness und Regg Cooper bedauere, Captain Karkeron. Aber *bitte* glauben Sie mir, dass es keinen Grund gibt, mir zu misstrauen.«

»Wie könnte ich das? Ich werde Sie im Auge behalten. Darauf können Sie Gift nehmen!«

»Wieso sollte ich Gift nehmen?« Der Salipir stieß ein gurrendes Geräusch aus und wandte mir ganze zwölf seiner Augen zu, als würde er mich um Hilfe bitten wollen.

»Das ist nur eine Redensart, mit dem der Captain seine Entschlossenheit unterstreichen möchte. Wie dem auch sei: Uns fehlen die Alternativen. Und so leid mir das Schicksal Ihrer Leute tut, Captain – ich vertraue Angen-Math. Wollte er unseren Tod, könnte er das einfacher erreichen.«

»Vielleicht hat er ja anderes mit uns vor. Galverin Schmidt brachte die gestrandete Besatzung der WAV-E auch nicht in die Stadt aus Eis und Stahl, um sie zu töten, wie mir Leutnant Grosz erklärt hat.«

Ich nickte. »Er wollte sie in Luxus baden, damit sie viele, der Schaumphasentechnologie mächtige Nachfahren gebären. Mit diesen plante er, Polychora zu stabilisieren«, gab ich das Wissen weiter, das mir Aliken Hantoon offenbart hatte. »Ich sehe keinen Hinweis darauf, dass Angen-Math ähnliche Ziele verfolgt. Ich gebe zu, ich fühle mich in dieser Rolle ungewohnt – normalerweise bin ich der Warner und Mahner – aber ich wiederhole noch mal: Unser Vorhaben ist ohne Alternative. Oder wollen Sie auf eigene Faust losziehen, um nach einem weiteren Durchgang zur

Milchstraße zu suchen? Wie hoch mag die Wahrscheinlichkeit auf Erfolg sein? Ich sage es Ihnen: gleich null. Und das ohne die Tatsache zu berücksichtigen, dass Polychora sich auflöst.«

Karkeron nickte grimmig. »Sie haben ja recht, Sir. Dennoch widerstrebt es mir, Angen-Math zu vertrauen.«

Der Salipir gurrte. Traurig, wie mir schien.

Lass dich nicht von ihm um den Finger wickeln. Auch, wenn du mit deiner Entscheidung richtig liegst, mahnte der Extrasinn.

»Die Frage muss also lauten: Was tun wir, wenn es Angen-Math und Aliken Hantoon nicht gelingt, den Durchgang zur Milchstraße wieder zu öffnen?«, betonte ich.

»Sollen wir das überhaupt tun oder uns nicht lieber opfern? Eben sagten Sie noch, nur durch den Kollaps des Durchgangs sei die Gefahr von der Heimat abgewandt.« Karkeron runzelte die Stirn und sah mich fragend an.

Ich grinste humorlos. »Wenn es ihm gelingt, die Passage zu öffnen, kann Angen-Math sie auch wieder schließen. Notfalls jagen wir sie samt des Mondes Nacht in die Luft. Transformbomben, Gravo-Bomben und ähnlich schweren Geschützen sollte auch ein Quantenschaumtunnel nicht widerstehen.«

Ganz überzeugt war Karkeron nicht, doch er schwieg. Auch Grosz sagte kein Wort mehr.

»Also keine Vorschläge, was wir bei einem Scheitern unserer Suche unternehmen können?«, fragte ich.

»Weitersuchen«, murmelte Karkeron. »Bis es zu spät ist.«

»Diese Antwort habe ich befürchtet.«

Nachdem wir die Diskussionsrunde aufgelöst hatten, saß ich noch einige Momente in meinem Sessel, um mir wenigstens etwas Ruhe zu gönnen. Nach dem strapaziösen Kampf gegen Galverin Schmidt war mir noch keine Minute der Erholung geblieben. Irgendwann erschöpften sich auch meine Kräfte. Zellaktivator hin oder her. Eine dünne Stimme riss mich aus der kurzen Phase der Besinnung.

»Warum?«

»Hm?«, machte ich überrascht. »Warum was? Wer ist da?« Erst als eine Antwort ausblieb, registrierte ich, dass der Sprecher nicht mich meinte. Ich drehte mich um. Auf dem Geländer der Galerie stand ein Siganese und starrte hinab zu Galverin Schmidt.

Harlon Darter, erkannte ich und lauschte.

»Warum was?«, fragte auch der ehemalige Korporal. Er schwebte in Energiefesseln gebannt bis auf Darters Augenhöhe hinauf.

»Warum haben Sie mich nicht getötet?«

Schmidt zuckte mit den Achseln.

»Es war nicht nötig. Hätte es mir einen Vorteil gebracht, ich hätte es ohne mit der Wimper zu zucken getan.«

Wortlos stand Darter da. Dann machte er eine Handbewegung und Schmidt stürzte in die Tiefe. Ich zuckte zusammen, wollte aufspringen, doch ein leichter Druck hielt mich zurück. Ein kleiner Bildschirm leuchtete auf der Lehne meines Sitzes auf und zeigte mir, dass Schmidts Fall kurz vor dem Boden abgefangen wurde.

Angen-Math stand plötzlich neben mir. »Verzeih. Ich habe dich nur zurückgehalten, weil keine Gefahr für den Gefangenen bestand. Ich wollte Harlon Darter ... seine Genugtuung lassen.«

»Du hast richtig gehandelt. Bitte lass mich nun allein.«

Aliken Hantoon

»Lassen wir ihn doch einfach hier. Zur Strafe für alles was er ... *uns* angetan hat.« Aliken hatte »mir« sagen wollen, sich jedoch rasch besonnen. Sie war nicht die einzige, die unter Galverins Taten gelitten hatte. Und wahrlich nicht diejenige, die am meisten abbekommen hatte. Da war Silana. Und natürlich all jene, denen es niemals vergönnt gewesen war, eine Begabung für die Schaumphasentechnologie zu entwickeln. Galverin hatte sie dafür verabscheut, weil sie ihm nicht dabei nützten, Polychora zu stabilisieren und der Milchstraße seine Herrschaft aufzuzwingen.

Atlan schüttelte den Kopf. »Nein!«

»Nein? Wieso denn nicht? Sie mussten doch am eigenen Leib erfahren, wozu er fähig ist!«

Sie war von Wort zu Wort lauter geworden und zeigte mit einem Finger hinüber zur Galerie. Ob Galverin hören konnte, was sie besprachen?

Atlan stand von seinem Sitz auf und kam auf Aliken zu. Bei ihr angekommen, fasste er sie mit der einen Hand am Arm, mit der anderen deutete er auf einen der Sitze.

»Wollen Sie sich nicht zu mir setzen, Miss Hantoon?«

»Nein, will ich nicht!« Sie befreite sich von der Hand des Arkoniden. »Ich will in Sicherheit leben.«

Wieder schüttelte Atlan den Kopf. »Sobald wir Polychora verlassen, wird Schmidt nach und nach seine Fähigkeiten einbüßen. Dann droht Ihnen und allen anderen keine Gefahr mehr. Ich will meine Beweggründe erklären. Zwei Dinge sind es, die mich davon abhalten, Ihrem Vorschlag zu folgen. Erstens verspreche ich mir von ihm, mehr über die Schaumphasentechnologie zu erfahren. Zweitens: Ja, er ist schuldig. Und wir haben genügend Zeugen an Bord. Er wird seine gerechte Strafe bekommen. Aber vor einem ordentlichen Gericht. Ihn hier im untergehenden Polychora zurückzulassen wäre Standrecht. Und das ist für mich inakzeptabel.«

»Ist das Ihr letztes Wort, Sir?« Ihr war bewusst, welch bösen Blick sie Atlan zuwarf. Doch der Lordadmiral ließ sich weder beeindrucken, noch zeigte er eine Spur von Unwillen.

»Zu diesem Thema – ja.«

»Dann werde ich ja nicht mehr gebraucht.« Sie wandte sich zum Gehen, da hielt er sie mit einem knappen »Moment!« zurück.

»Was ist noch? Sie wollten mit mir über Galverin reden. Das haben wir getan.«

»Wir haben darüber gesprochen, was sein Schicksal sein wird. Das war jedoch nicht, worüber ich mit Ihnen sprechen wollte.«

»Sondern?«

»Außer Schmidt, Ihnen, Gust, tar Kosh und Kalandaar gab es noch weitere Menschen, die mit der Schaumphasentechnologie umgehen konnten. Ich möchte Sie darum bitten, einige mental gefestigte Personen zu finden. Schmidt wird von dem Schiff und den GLADIATOREN bewacht. Doch ich will auf Nummer sicher gehen. Spätestens sobald wir aus Polychora zu entkommen versuchen, wird Schmidt eine letzte, verzweifelte Aktion starten, uns aufzuhalten.«

»Ich verstehe. Haben Sie jedoch Verständnis dafür, dass die Menschen sich vor Galverin fürchten. Es könnte schwierig werden, Freiwillige zu finden.«

Atlan fasste sie an der Schulter. Der Griff seiner Hände war sanft doch bestimmend. Wäre Aliken in diesem Moment nicht so wütend über seine Entscheidung gewesen, hätte sie sich am liebsten an ihn geschmiegt. Einfach nur, um nach all der langen Zeit endlich wieder einmal Geborgenheit zu fühlen.

»Bitte geben Sie ihr Bestes. Unser Leben könnte davon abhängen. Sagen Sie den Menschen: Sobald Galverin Schmidt Glitter erzeugt, wird er sofort erschossen.«

Aliken schluckte. »Das werde ich tun.«

Galverin Schmidt

Die Fesseln schnitten ihm ins Fleisch. Man hatte seine Hände und Füße mit Kunststoffbändern verschnürt. Hinzu kamen Fesselfelder, die ihn auf eine Stelle des Bodens bannten. Er kniete auf dem fremdartigen Belag. Nicht einmal ein Bett oder eine Sitzgelegenheit hatte man ihm angeboten. Der Raum war kahl. Auf allen Seiten standen GLADIATOR-Kampfroboter und zielten mit ihren Waffenarmen auf ihn. Wie Raubtieraugen leuchteten die Abstrahlmündungen und Sehzellen im Dunkel.

Soviel also zu Ihrer Menschlichkeit, Lordadmiral, dachte Schmidt.

Zwar hatte der Arkonide offeriert, dass man ihm auf Wunsch Nahrung oder ein Bett zur Verfügung stellen würde, doch das waren nur schöne Worte gewesen, damit Atlan vor seinen Leuten in einem gewohnt guten Licht dastand. Wie leicht sich diese Idioten doch blenden ließen. Natürlich wusste Atlan, dass er – Galverin Schmidt – sich niemals die Blöße geben und um eine angenehmere Behandlung betteln würde.

Seitdem Galverin aus der Ohnmacht erwacht war, hockte er auf diesem Fleck und dachte nach. Darüber, wie es ihm gelingen konnte, seine Bewacher zu überlisten und ... zu fliehen, hätte er beinahe gedacht. Sofort besann er sich eines Besseren. Er mochte vorerst in die Hände des Feindes gefallen sein. Doch er würde nicht fliehen, sondern sich *zurückziehen*, um dann mit neuer Kraft, die schaumbegabten Menschen Polychoras aus den Klauen dieses Blenders zu befreien! Der wertlose Pöbel, der nicht einmal kleinste Dinge aus dem Quantenschaum erschaffen konnte, war ihm egal.

Atlan war nicht der Einzige, den es zu bestrafen galt. Da war zum einen Aliken ... Dieses Miststück hatte sich direkt dem Arkoniden an den Hals geworfen. Galverin hatte schon immer den Verdacht gehabt, dass der Lordadmiral es auf sie abgesehen hatte. Der Ruf eines Weiberhelden eilte ihm ja voraus. *Galverins*

Genie jedoch, *seine* Ideale hatte sie nie verstanden. Wie hatte er sich nur derart in einem Menschen täuschen können?

Dann war da noch dieses freche Biest, das ihn inmitten seines Herrschaftsbereichs niedergeschlagen hatte. Ihr Grinsen hatte sich in sein Gedächtnis eingebrannt. Dieses blonde kurzhaarige Luder mit dem hässlichen Leberfleck auf dem Wangenknochen. Sie hatte hier, in diesem Raum darauf gewartet, dass er aufwachte, um ihn zu demütigen. Ihre Worte waren wegen des Rauschens in seinen Ohren nicht bis zu ihm durchgerungen. Doch ihr provokantes Gebaren hatte Bände gesprochen. Und schließlich dieser Spruch in seinem Turm, bevor sie ihn geschlagen hatte: »Hochmut kommt vor dem Fall, du Schaumschläger.«

Das wirst du mir büßen, schwor er sich. *Mit einem Desintegrator in der Hand und GLADIATOREN im Rücken fühlt man sich stark, nicht wahr? Aber du bekommst schon noch deine gerechte Strafe.*

»Übrigens: Mein Name ist June McCarthy«, hatte sie sich vorgestellt, ehe sie aus seinem Verlies verschwunden war.

Keine Angst. Diesen Namen werde ich nicht vergessen.

Zu guter Letzt war da noch dieser Siganese, der die Frechheit besessen hatte, seinen Turm beinahe zu zerstören. Selbstverständlich war es ihm nicht gelungen. Als der dreiste Winzling ihn in die Tiefe stürzen ließ, war Galverins Wut weiter angestachelt worden.

Ihr ganzen Möchtegern-Gutmenschen haltet euch nicht einmal an eure eigenen, hehren ethischen Regeln. Ihr seid so erbärmlich ...

Schmidt ließ die Wut in sich aufsteigen; langsam erhitzte sich sein Zorn, brodelte hoch, kochte sprudelnd. Mit dem Furor kehrte die Kraft zurück. Er spürte die Macht Polychoras durch seine Venen strömen. Warum nur wendete sich die Arche gegen ihn? Er verstand es nicht, doch er würde dem Einhalt gebieten. Wenn er erst einmal aus den Klauen der Feinde entkommen war, konnte er alles richten.

»Wag es dich ja nicht«, erklang eine weibliche Stimme in der Dunkelheit.

Galverin versuchte, das Zwielicht zu durchdringen. Einige Meter über ihm fiel Licht von der Galerie in seinen Kerker. Ansonsten leuchteten nur die unvermeidlichen Abstrahlmündungen und Sehzellen der Roboter. Etwas blitzte. Augen. Jemand stand dort.

»Wenn du versuchst, deine Gabe einzusetzen, bekommen wir es mit. Oder das Schiff. Wir werden die Menschen vor dir beschützen. Und solltest du Glitter erschaffen ...« Die Frau ließ die Drohung unvollendet.

Galverin antwortete nicht. Wer immer dort zu ihm sprach, war wie diese June McCarthy – selbstsicher und anmaßend, solange sie sich in einer sicheren Position wähnte. Langsam ebbte sein Zorn ab. Er tat das, was schon Aliken geängstigt hatte. Er lächelte.

Von da an schwieg die Fremde. Auch ihre Begleiter sagten kein Wort. Es mussten Schaumbegabte aus seiner Stadt sein, die man ihm als Bewacher zugeteilt hatte. Verräter, die von seiner Gnade profitiert hatten und sich nun gegen ihn stellten.

Ein seltsam bekanntes Gefühl riss ihn aus seinen Gedanken. Zwar war es nur schwach, wie ein einzelnes Glühwürmchen in der Nacht, doch wohnte ihm ein Nachhall inne, der von einstmals Großem zeugte.

»Was ist das?«, murmelte Galverin nachdenklich. Dann biss er sich auf die Lippe. Er durfte nicht verraten, dass er etwas entdeckt hatte!

»Was ist was?« Es war nicht die Frauenstimme von vorhin. Jemand anderes sprach zu ihm. Gleich wer, er sollte die Wahrheit nicht erfahren.

»Das, was euch glauben macht, dem Arkoniden vertrauen zu können«, lenkte er deshalb auf ein Thema um, von dem sie denken mussten, dass es ihn umtrieb. Dabei wusste er es natürlich. Die Einfältigen folgten den Blendern. So war es schon immer gewesen.

Die gesichtslose Stimme erzählte ihm etwas. Galverin hörte nicht zu. Stattdessen konzentrierte er sich wieder auf dieses Gefühl. Er versuchte sich vorzustellen, wie es sich einmal angefühlt haben mochte, bemühte sich, es in seiner Intensität zu potenzieren, um eine Ahnung davon zu bekommen, was es war. Dann fiel es ihm wie Schuppen von den Augen.

Der Durchgang! Natürlich! Sie sind in den Torus zurückgekehrt in ihrer verzweifelten Hoffnung, in die Milchstraße fliehen zu können. Er musste sich ein Lachen verkneifen. Wie sollte ihnen *das* gelingen ...

Das Schiff ... Vielleicht vermögen die Marodeure, die Passage zu öffnen. Schließlich müssen sie es irgendwann einmal geschafft haben, nach Polychora vorzudringen.

Nur ungern dachte Galverin an seinen Ausflug in die Milchstraße zurück. Es war zu früh gewesen, seine Macht nicht gefestigt genug; noch brauchte er Polychoras direkte Nähe, um die Schaumphasentechnologie anwenden zu können. Wenn Atlan mit dem Schiff der Marodeure der Durchbruch zur Galaxis gelang, würde sich die Position des Arkoniden ungeheuer verbessern. Das durfte er nicht zulassen.

Sie wollen einen Durchgang? Sie sollen einen bekommen, Lordadmiral. Ein Lächeln stahl sich auf Galverin Schmidts Lippen. Er griff tief in die Struktur Polychoras hinein. Was er über die Möglichkeiten der Arche erfahren hatte, konnte niemand nachvollziehen. Bislang hatte er nicht all sein Wissen eingesetzt. Nun wurde es Zeit, es zu wagen ...

Ihm wurde erst warm, dann heiß. Schweißperlen entstanden auf seiner Stirn, perlten den Kopf hinab. Doch keiner bemerkte seine Manipulation.

»Der Durchgang stabilisiert sich!«

Fast hatte ich den Eindruck, Überraschung und Triumph in Angen-Maths Stimme zu hören. Doch selbstverständlich konnte dem nicht so sein. Der mobile Translator vermochte in den wenigen Tagen, die der Salipir uns begleitete, nicht alle Nuancen der fremden Sprache zu analysieren, um derartige Gefühle zu erkennen und wiederzugeben.

Unnütze Gedanken, Arkonide!, mahnte der Extrasinn. *Die Erschöpfung schwächt deine Konzentration. Kämpfe dagegen an.*

Ich kam dem Vorschlag meines Logiksektors nach. Nur ein kaum spürbares Kribbeln und ein leises Zischen zeugten von der Injektion, die mir von der Medokomponente des Kampfanzugs verabreicht wurde.

Lange geht das nicht mehr so weiter. Ich brauche Erholung. Und wenn es mir schon so geht, wie fühlen sich erst die anderen? Ich legte eine Hand auf die Brustplatte meines Anzugs und bildete mir ein, das Pulsieren des Zellaktivators durch die Panzerung hin zu spüren.

»So rasch hattest du Erfolg?«, fragte ich den Salipir.

Er richtete mehrere Tentakelaugen auf mich, gestikulierte mit ihnen und dem Tentakelpaar, das er als Filigranarme bezeichnete. »Nein. Ich war das nicht.«

»Wer dann?« Ich runzelte die Stirn und ging zu dem Salipir, der auf einem blau leuchtenden Kissen lag. Dunkle Nickhäute, die im starken Kontrast zu seinem bunt gescheckten Panzer und der hellblauen Haut seiner Tentakel standen, hatten sich über seinen Augäpfeln geschlossen.

»Ich weiß es nicht. Polychora selbst vielleicht; sozusagen als Abstoßungsreaktion. Oder jemand von der anderen Seite.«

Oder Galverin Schmidt!, warnte der Extrasinn. *Es könnte eine Finte sein.*

»Schmidt?«, fragte ich laut.

»Die TRÄNE überwacht ihn. Doch ich will es nicht ausschließen.«

»Wer auch immer dafür verantwortlich ist«, mischte sich Rulan Karkeron ein. »Wir sollten die Gelegenheit zur Flucht nutzen.«

Der Oxtorner deutete auf den linsenförmigen Bildschirm, den Angen-Math für uns humanoide Passagiere erschaffen hatte, damit wir mit ansehen konnten, was außerhalb des Schiffes vor sich ging. Es war eine vertrauensbildende Maßnahme, die unseren Status als Gäste ohne Befugnisse nicht veränderte.

Und dennoch erwartet der Salipir deine Entscheidung. Er hat sich in dieser Hinsicht untergeordnet. Die Verantwortung liegt mal wieder bei dir, bemerkte mein Logiksektor.

Ich nickte. Karkeron hatte recht. Bereits seit vielen Stunden löste sich die Realität im Torus auf. Der Prozess beschleunigte sich augenscheinlich. In steigendem Tempo vergingen Wiesen, Seen, ja ganze Felsformationen und verwandelten sich in bunt flimmernde Schaumstrukturen. Immer hartnäckiger griff der Wilde Geist Polychoras die TRÄNE an.

»Die Bilder stützen die Theorie der Abstoßung«, dachte ich laut nach. »Das Schiff wurde als Fremdkörper erkannt und je aktiver es wird, desto heftiger reagiert der Glitter und desto schneller schreitet die Auflösung des Torus voran.«

Ich ließ mich auf den Sitz sinken, den Angen-Math neben seinem Kissen erschaffen hatte, und stützte das Kinn auf meine Innenhand.

Auffordernd richtete der Salipir zwei Augen auf mich. Normalerweise benutzte er für solche Gesten mehr als nur ein Paar seiner Sehorgane. War das ein Zeichen dafür, dass die Steuerung des Schiffes seine Aufmerksamkeit immer stärker beanspruchte?

»Wie viel Zeit bleibt uns noch?«, fragte ich ihn.

Der Salipir benötigte ungewöhnlich lange, um mir zu antworten. Er stieß ein glucksendes Geräusch aus, das der Translator nicht übersetzte. Dann bildete er in langsamem Tempo dem Übersetzungsgerät verständliche Worte.

»Nicht mehr viel. Ich kann keine genaue Zeitangabe machen, aber das Schiff hat alle Mühe, sich des Glitters zu erwehren. Und die Zerfallserscheinungen beschleunigen sich exponentiell.«

»Bleibt uns Zeit, den Durchgang zu erkunden?«, fragte Captain Olmos. Der Kommandant der Dreadful Three hatte bislang schweigend zugehört. Er saß in einem Sessel, vor dem er ein mobiles Kommandopult positioniert hatte. Von dort aus koordinierte er die Einsätze seiner Soldaten innerhalb der TRÄNE. »Meine Leute könnten mit einem Shift in die Passage vordringen. Wir haben schon Erfahrungen damit. Vielleicht wäre Ganus a That dazu bereit, ein Kommando wissenschaftlich zu unterstützen.«

Der Marsianer, der sich ebenfalls in unserer »Zentrale« aufhielt und von hier aus versuchte, weitere Erkenntnisse über Polychora und die Schaumphasentechnologie zu erlangen, schielte unsicher zu uns herüber. Dann aber nickte er vorsichtig.

Ich musste nur einen Blick auf die dunklen Schatten unter den Augen der zwei Männer werfen, um zu verstehen, dass dieser Vorschlag aus einer Art erschöpfungsbedingtem Hochgefühl entstanden war. Sogar die Aktionen gegen die Glitterkonstrukte innerhalb des Schiffes konnte man in dem derzeitigen Zustand der Soldaten nur als wagemutig und riskant bezeichnen. Immerhin war dies jedoch das Markenzeichen der Dreadful Three. Und es behagte mir nicht, sehenden Auges in eine Falle zu tappen.

»Angen-Math?« Ich wandte mich wieder dem Salipir zu. »Genügt die Zeit, um eine Erkundungsmission durchzuführen?«

Zum wiederholten Male benötigte der derzeitige Steuermann der TRÄNE eine längere Zeitspanne für seine Antwort. Die Situation war unwirklich. Während um das Raumschiff herum Chaos brodelte, saßen wir in gemütlichen, warmen Sitzen. Bis auf unser Gespräch herrschte Stille. Niemand traute sich, unnötig zu sprechen und damit die Konzentration des Salipir zu gefährden. Nur das kaum hörbare Summen der Geräte sowie der stetige, sachte Sing-Sang des Schiffes untermalten die Szenerie.

»Nein. Keine Zeit. Angriffe werden heftiger. Eile ... geboten.« Angen-Maths gluckernde Lautäußerungen waren kaum noch zu vernehmen, so leise sprach er. Die Übersetzung des Translators hingegen schallte überlaut durch den Raum.

Entscheide dich, Arkonide! Wagst du den Durchbruch ins Ungewisse? Oder zieht ihr euch aus dem Torus zurück, in der zweifelhaften Hoffnung eine weitere Passage zu entdecken?

Was blieb mir schon für eine Wahl?

»Angen-Math? Wir dringen in den Durchgang ein.«

Einige Herzschläge vergingen, dann schloss der Salipir auch das letzte seiner sechzehn Augen. Mit einem großen Satz sprang die TRÄNE regelrecht in den blau und weiß funkelnden, Funken sprühenden Energie-Moloch. Ich erwartete Phänomene, wie sie Captain Olmos beschrieben hatte, verwirrende Schaumphasenrealitäten, einen Blitz, der alles um mich herum in kalkiges Weiß tauchte.

Doch nichts dergleichen geschah. Von einem Augenblick auf den anderen breitete sich das Sternenmeer einer Galaxis vor uns aus. Wir hatten den Durchgang erfolgreich passiert.

»Wo sind wir herausgekommen? Wie ist der Status des Schiffes? Welche Daten liefert uns die Ortung? Ist uns Glitter gefolgt?«

Unwillkürlich fiel ich in das Verhaltensmuster eines Raumschiffkommandanten zurück und forderte Meldung, als wäre Angen-Math Navigator, Techniker und Orter in Personalunion. Und als sei er meinem Befehl unterstellt. Die Instinkte, die mich handeln ließen, waren mir während meiner kosmonautischen Ausbildung aufgeprägt worden. Und sie hatten mir mehr als einmal das Leben gerettet. Befreit von den schädlichen Einflüssen des untergehenden Torus und der angreifenden Glitterkonstrukte reagierte Angen-Math diesmal prompt. Ein Zittern durchlief die Tentakel, sein Panzer vibrierte – schüttelte er so die Benommenheit ab? –, dann sprudelten die Worte regelrecht aus ihm heraus.

»Wir befinden uns etwa zweihundertfünfzigtausend Meter oberhalb eines Planeten. Die TRÄNE ist voll funktionsfähig. Uns ist kein Glitter von Polychora gefolgt, aber ...«

Angen-Math verstummte.

»Aber?«

Statt einer Antwort blendete die Darstellung auf der vor uns schwebenden Bildschirmlinse um. Der erwähnte Planet geriet in unser Blickfeld. Mir stockte der Atem.

»Bei den She'Huhan ...«, flüsterte ich.

»Was zum ...« Rulan Karkerons Ausruf blieb unvollendet.

In diesem Moment kam Leutnant Grosz in die Zentrale gelaufen. Er hatte mit seinen Männern die Aufgabe übernommen, die Fracht der Shifts zu entladen und Damika Milanos Gruppe dabei zu unterstützen, die Flüchtlinge mit dem Nötigsten zu versorgen. Kurz bevor wir in den Durchgang eingedrungen waren, hatte ich ihn hergebeten.

»Glitter!«, rief er fassungslos. »Ich dachte ...«

Was auch immer Grosz gedacht hatte, es blieb unausgesprochen. Der Anblick des Planeten fraß sich in mein Gedächtnis.

Das also geschieht, wenn der Glitter in einer Galaxis außer Kontrolle gerät. Meine Armhaare stellten sich auf. Ich sog scharf die Luft ein. *Hoffentlich ist das nicht die Milchstraße.*

Der unter uns liegende Planet war über und über mit Glitter bedeckt. Vielleicht ein Drittel der Oberfläche war frei geblieben. Bis in die Stratosphäre hinein reihten sich wild pulsierende, flirrende Konstrukte aneinander. Sie ähnelten sich auftürmenden Gewitterwolken. Ich kniff die Augen zusammen und versuchte, die Landmassen und Meere durch das silberne Flirren hindurch zu erkennen.

Der Planet sieht aus, als sei er vom Glitter zerfressen!

Dem ist wahrscheinlich auch so, stimmte der Extrasinn meiner Vermutung zu.

»Angen-Math, Rückzugsmanöver. Sofort!«

Der Salipir bestätigte.

Eine zweite Bildschirmlinse entstand aus dem Nichts und projizierte ein Abbild der Sonne. Der gelbe Stern leuchtete ungewöhnlich schwach, besaß eher die Leuchtkraft eines roten Riesen. In der Korona trieben ebenfalls Glitterkonstrukte. Zusätzliche Linsen setzten sich aus der Struktur des Schiffes zusammen, zeigten weitere Sonnen in der Nähe. Allen war eine auffallend geringe Helligkeit zu Eigen.

Eine Ahnung keimte in mir heran. Und die Schlussfolgerungen schienen nicht erfreulich. Dies war nicht die Milchstraße, es sei denn, der Zeitfluss innerhalb Polychoras hätte sich umgekehrt und in der Heimat wären mittlerweile viele Jahrzehnte oder Jahrhunderte vergangen. In diesem Fall bestand die Möglichkeit, dass aus Polychora ausgebrochener Glitter die Galaxis ins Verderben gestürzt hatte. Ich konnte nur hoffen, dass dies nicht der Fall war, sondern dass wir in einer fremden Galaxis herausgekommen waren. Meine Gedanken rasten, während es mir vorkam, als ändere die TRÄNE nur quälend langsam ihren Kurs.

»Wir müssen zurück nach Polychora«, befahl ich. Wieder entstand eine Linse im Raum. Dieses Exemplar zeigte den Durchgang, der sich als kilometergroße Zone darstellte. Sie schwebte im Raum, an den Rändern blass, nach innen hin immer stärker in blauen, silbernen und weißen Lichteruptionen pulsierend. Täuschte ich mich, oder erstarb auch deren Leuchtkraft?

»Der Durchgang verblasst!«, rief jemand. Ganus a That? Es war also nicht allein mein Eindruck.

»Angen-Math?«

»Es stimmt«, bestätigte der Salipir. »Außerdem bremst etwas unseren Flug. Die TRÄNE wehrt sich, doch es gelingt ihr nicht, den fremden Einfluss abzuschütteln.«

Ein Aufprall erschütterte das Schiff. Ich spürte nur ein Vibrieren. Doch wusste ich von Angen-Math, dass dieser Raum zentral lag und besonders geschützt war, ähnlich der Zentralekugel eines terranischen oder arkonidischen Raumschiffes. Die Erschütterung musste in der Peripherie heftiger zu spüren sein.

»Was war das?«

»Glitter greift uns an«, erklärte Angen-Math. Die Ruhe der Translatorstimme wirkte deplatziert. »Ich versuche, die Angriffe abzuwehren, aber es sind zu viele Glitterkonstrukte.

Alles, was ich auf den Linsen mitverfolgen konnte, war silbernes, von Regenbogenfarben durchzogenes Flirren. Und Blitze. Immer stärker vibrierte der Boden unter meinen Füßen, die Wände zitterten. Die Kon- und Relaxation des grüngelben Materials wechselte sich rascher ab, als würde sich der Puls der TRÄNE beschleunigen. Der ständige Sing-Sang erstarb. Nur hin und wieder durchbrach ein klirrendes Geräusch, wie von berstendem Glas, die Stille. Ich fühlte mich hilflos. Da saß ich und konnte gar nichts ausrichten.

Dann kreischte das Schiff. Angen-Math riss alle sechzehn Augen auf. Seine Beine und Tentakel zitterten. Eine blassgelbe Flüssigkeit rann aus den Öffnungen zwischen Panzer und Extremitäten. Ein Seufzen entrann sich seiner Sprechöffnung.

»Getroffen ... Hüllenbruch ... Glitter dringt ... ein«, übersetzte der Translator die abgehackten Gluckser des Salipir.

Wenn wir den Durchgang nicht früh genug erreichen, sind wir verloren, dachte ich. Und eines stand für mich fest: *Schmidt hat uns verraten und in eine tödliche Falle gelockt.*

Galverin Schmidt

Er lächelte. Sein Plan war aufgegangen. Wie die Motte das Licht, so hatte Atlan den Durchgang gesucht. Galverin spürte es, fühlte, wie sie sich von Polychora entfernten. Es war schrecklich, aber auch gut.

Atlan fliegt direkt in die Falle.

Geduldig verharrte Galverin Schmidt auf den Knien. Er schloss die Augen und versuchte, einen Eindruck der Umgebung zu erlangen, in die sie der Durchgang ausgespuckt hatte. Es war kalt und leer. Doch Galverin spürte Inseln inmitten der Leere auf. Es handelte sich dabei um Schaumphasengebilde und -realitäten. Sie waren bedrohlich und wild. Ähnlich dem Glitter, den Polychora gegen ihn in den Kampf geschickt hatte.

Nach wenigen Minuten erschütterten Angriffe das Schiff der Marodeure. Welche Parteien hier aufeinandertrafen, wusste Galverin nicht. Er hatte jedoch auch kein besonderes Interesse daran. Vor ihm lag das Ziel seiner Bestrebungen. Das allein zählte.

Eine erneute Erschütterung, so heftig wie keine zuvor, brachte den Boden zum Beben. Seine Bewacher wurden unruhig. Rufe gellten durch die Dunkelheit. Einige Menschen liefen davon. Hilferufe drangen von weiter weg zu seinem Verlies. Geräusche wie von berstendem Eis hallten in dem Raum. Dann erstarb der Singsang des Schiffes. Ein Kreischen erklang. In diesem Moment wurde Galverin Schmidt aktiv. Er spürte, dass der Durchgang kollabierte. Längst würde er zu klein sein, um dem Raumschiff eine Passage nach Polychora zu ermöglichen. Galverin fluchte verhalten; das hatte er nicht geplant. Er konnte die schaumbegabten Menschen nicht mehr zurück in die Arche bringen. Es ging nun allein darum zu entkommen. Und zumindest die Illusion zu erhalten, dass der Durchgang passierbar sei. Sonst würde Atlan in die Weite der fremden Galaxis flüchten.

Ein Blick genügte, um festzustellen, dass die drei GLADIATOREN immer noch auf dem Posten waren, doch der Schrei des Schiffes war eindeutig gewesen. Es war verletzt und abgelenkt. Galverin konzentrierte sich auf die Roboter; er wusste ungefähr, wo die Energieleitungen der Waffenarme verliefen; mit höchster Präzision erschuf er winzigen Glitter und blockierte den Energiefluss. Dann ließ er eine Klinge aus seinen Fingern wachsen und durchtrennte seine Fesseln. Galverin bündelte seine Kraft und zerstörte den Boden unter sich. Die Kampfmaschinen reagierten, hoben ihre Waffenarme, doch kein Strahl löste sich aus den Mündungen.

Galverin sprang in die Tiefe, orientierte sich kurz und rannte in eine beliebige Richtung davon. Auf den Einsatz seiner Begabung verzichtete er. Auch wenn das Schiff abgelenkt war, bedeutete dies nicht, dass er leichtsinnig werden durfte. Es galt nun, unbemerkt zur Peripherie zu gelangen. Genau, wie er gehofft hatte, griff der fremde Glitter das Schiff ungehemmt an. Bei seiner Erforschung Polychoras hatte Galverin einst entdeckt, dass ein Weg in diese schwach leuchtende Galaxis führte. Atlan würde das Raumschiff der Marodeure zum Durchgang steuern. Es blieb ihm nichts anderes übrig. Bis dahin musste Galverin ihn offen halten und am Leben bleiben.

Er hörte die metallischen Bewegungen der Roboter, spürte die Erschütterungen des Bodens bei jedem Schritt der Maschinen. Mit der Unterstützung des Schiffes konnten sie ihm gefährlich werden. Er benötigte einen Schutz. Eine Geisel.

Aliken! Du wirst meinen Rückzug decken. Und dann nehme ich dich mit in mein Reich. Du hast einiges gutzumachen.

Galverin spürte dieses feine Band, das alle Begabten miteinander verband, doch nur die Talentiertesten wahrzunehmen vermochten. Seine ehemalige Partnerin war nur wenige Meter entfernt. Er lächelte wieder. Der Gedanke gefiel ihm.

Dem unsichtbaren Band folgend lief er durch die Gänge, die aussahen, wie er sich stets das Innere einer Blattader vorgestellt hatte. Der direkte Weg zu Aliken blieb ihm verwehrt. Er zitterte vor Anspannung. Ein Großteil seiner Kräfte musste er darauf verwenden, den Durchgang stabil zu halten. Gleichzeitig gab er seine Wachsamkeit nicht auf und konzentrierte sich, um im Notfall Glitter erschaffen und sich zu wehren zu können. Er misstraute dem Schiff, schließlich war es den Marodeuren zuzurechnen. Mit seinem Erwachen hatte der Niedergang des Torus begonnen. Und es hatte sich offen gegen ihn gestellt. Vielleicht war das sogar die Erklärung für das ungewöhnliche Verhalten Polychoras ihm gegenüber? Hatte die Arche ihn fälschlicherweise für einen Verbündeten der Marodeure gehalten, weil das Schiff sich in der Nähe *seiner* Stadt befunden hatte?

Der Terraner schüttelte den Kopf. Die Gedanken brachten ihn nicht weiter. Wie viel Zeit mochte vergangen sein? Eine Minute? Er musste sich beeilen. Allmählich ebbten auch die Geräusche der Kampfroboter ab. Wahrscheinlich hatten sie seine Spur in den sich ständig verändernden Strukturen der Gänge und Räume verloren. Als sich ihm eine Wand in den Weg schob, blieb er stehen. Stirnrunzelnd musterte Galverin das grüngelbe Material. Er drückte gegen das Hindernis. Die Oberfläche fühlte sich warm und nachgiebig an. Einen Moment lang war er versucht, die Wand mittels seiner Gabe zu entfernen. Er hatte es eilig. Doch er widerstand der Verlockung und folgte dem neuen Verlauf des Ganges.

Alikens Präsenz wurde immer stärker. Galverin bildete sich ein, sie riechen zu können, ihren Herzschlag zu hören, das Pulsieren ihrer Gabe zu fühlen. Es mussten mindestens zwei weitere Minuten vergangen sein. An einer Weggabelung blieb er stehen. Er lauschte in beide Richtungen. Das Ziel war ganz nah. Aus dem linken der Gänge vernahm er Stimmen. Zu seinem Leidwesen führte ihn sein Weg tiefer in die Eingeweide des Schiffes. Nun gut, er konnte sich mittels seiner Begabung immer noch einen direkten Weg schaffen, um zur Peripherie und damit zum Durchgang vorzudringen. Atlan und Aliken ... was auch zwischen den beiden lief, es war Galverins Faustpfand. Der Arkonide würde es seinen Gehilfen untersagen, Aliken zu gefährden. Und er würde darunter leiden, dass Galverin sie ihm genommen hatte. Sollte er mit dem Verlustgefühl im Chaos dieser sterbenden Galaxis untergehen.

Der Terraner schlich, den Rücken an die Wand gepresst, den Gang entlang. Die Stimmen näherten sich. Hinter einem kristallenen Bogen führte ein weiterer Korridor in einen etwa fünfzig Quadratmeter großen Raum. Er war zu klein, um alle Menschen zu beherbergen, die in der Stadt aus Eis und Stahl gelebt hatten. Doch Galverin spürte deutlich, dass sich Aliken irgendwo in der Nähe aufhielt.

Er lugte um die Ecke. Hinter einer leichten Krümmung weitete sich der Gang zu einem Raum. Der Terraner erblickte dunkles, mattes Material. Es bewegte sich.

Das gehört nicht zum Raumschiff, erkannte er. *Das ist ein USO-Kampfanzug.*

Zögerlich erschuf Galverin Glitter. Er durfte jetzt nicht übervorsichtig sein. Die Zeit lief ihm davon. Immer weiter näherte sich das Schiff dem Durchgang, der endgültig zu kollabieren drohte. Längst war Galverin den Robotern entkommen und benötige keine Geisel mehr. Seine Sorge war unnötig gewesen. Jedoch hatte sich der Gedanke, Aliken mitzunehmen, zu einer fixen Idee entwickelt. Eine kleine, flirrende Kugel bildete sich über seiner Handfläche. Er schloss seine Finger darum, erdachte sich einen Raumanzug, der demjenigen des Soldaten glich.

Ein Riss klaffte in der Seite der Montur. Galverin presste die andere Hand davor als leide er unter Schmerzen. Dann humpelte er auf den USO-Soldaten zu.

»Helft mir ...«, keuchte er. »Bin angegriffen worden ...«

Sofort eilte der Mann auf ihn zu.

»Was ist passiert?«, fragte er, packte Galverin, der in die Knie gesunken war, unter den Achseln und zog ihn in den Raum. Galverin sah sich um. Aliken befand sich nicht an diesem Ort. Er musste seinen »Helfer« also möglichst unbemerkt außer Gefecht setzen, sich für einen der Flüchtlinge ausgeben und in dem angrenzenden Raum weitersuchen.

Doch er kam nicht mehr dazu, seinen Plan in die Tat umzusetzen. Jemand rief ihn. Und zwar bei seinem Namen. Und das trotz der Maskerade. Da spürte er das vertraute Band.

»Galverin? Bist du das?« Es war eine Frauenstimme, die ihm nur allzu bekannt war. Wie viel Zeit er doch in den letzten Monaten mit ihr verbracht hatte, um sie seinen Wünschen entsprechend zu manipulieren. Sie hatte ihn stets gehasst. Wegen ihres verstorbenen Mannes, wegen ihres Sohnes, wegen der Verunstaltungen, die er ihr zugefügt hatte – doch es war ihm gelungen, sie umzupolen, sie auf seine Seite zu ziehen.

»Silana«, flüsterte er.

»Was ... Sie kennen die Frau? Wer zum Teufel ...« bevor der Soldat seine Waffe aus dem Holster ziehen konnte, versetzte Galverin ihm einen Schlag ins Gesicht. Mit einem Schrei fiel sein Gegner nach hinten. Sofort schleuderte Galverin ihm den winzigen Glitterball hinterher, der sich durch den Kopf des Mannes fraß. Ohne einen weiteren Laut sackte der Körper zusammen.

»Da bist du ja endlich. Unser Kind ...« Während die Menschen um sie herum panisch zu schreien begannen, fiel ihm die missgebildete Frau um den Hals. Angewidert wich er zurück. Instinktiv legte Silana die Hände auf ihren Bauch.

Sie denkt immer noch, ich hätte sie geschwängert, erkannte er. Tatsächlich war es sein Plan gewesen, ein Kind aus dem Schaum zu erschaffen und es ihr einzupflanzen, damit es ein stabiles Bewusstsein entwickelte. Es sollte der Beginn einer ganzen Blutlinie schaumbegabter Menschen werden. Nachdem Aliken wegen ihrer Renitenz als Trägerin ausgeschieden war, hatte er sein Auge auf Silana geworfen, da sie nach seiner ehemaligen Partnerin die am stärksten begabte Frau Polychoras war. Sie war von ihm bereits behutsam auf ihre Mutterrolle vorbereitet worden, als Atlans Ankunft seine Pläne durchkreuzte.

»Komm!« Er packte Silana an der Schulter und zog sie zu sich heran. Ein Soldat kam in den Raum gestürzt und legte auf ihn an. Doch längst hatte Galverin die Waffe des Toten genommen und drückte die Mündung an Silanas Schläfe. Sie schrie erschrocken auf.

»Ich tue es nur für unser Kind. Alles Show«, log er flüsternd. Eine um sich schlagende Geisel konnte er nicht gebrauchen. Sofort beruhigte die Frau sich. »Bleibt, wo ihr seid«, rief Galverin mit ruhiger Stimme.

Aliken musste er zurücklassen; eine weitere kleine Niederlage. Doch die Gewissheit, dass sie dem Tod geweiht war, besänftigte ihn etwas. Doch brauchte er nun tatsächlich eine Geisel. Nun würde eben Silana dafür herhalten. Einige Meter entfernt entdeckte er Persher Gust und Satran Kalandaar. Während alle um sie herum flüchteten, starrten die zwei Männer ihn aus großen Augen an. Mit einem knappen Gedanken schuf Galverin eine Glitterschlinge und zog die beiden damit zu sich.

»Ihr kommt mit.« Zu allen Seiten positionierte er seine Gefangenen. Mit dem Rücken stellte er sich an die Wand, während die übrigen Menschen panisch flüchteten. Der Durchgang war bereits ganz nah!

»Geben Sie auf, Schmidt! Sie stehen alleine gegen uns und haben keine Chance«, rief eine der bewaffneten Gestalten. Mittlerweile waren weitere Soldaten in den Raum gekommen. Vier an der Zahl. Die Sprecherin erkannte Galverin sofort.

»June McCarthy«, dehnte er ihren Namen in die Länge und lächelte. »Ich freue mich, dass Sie es sind, die sich mir in den Weg stellen.«

Er tat so, als wolle er abdrücken, dann stieß er Persher Gust nach vorn. Die Soldatin hatte bereits ihre Waffe ausgelöst. Der Desintegratorstrahl traf Persher mitten in die Brust.

Ein Schrei gellte durch den Raum. Das war Alikens Stimme. Galverin feuerte schon den nächsten Glitterball ab. Er traf die blonde Soldatin ebenfalls in die Brust. Mit einem heftigen Ruck fiel sie zu Boden.

Wieder schrie Aliken. »Galverin! Nein! Du Monster!«

Er lachte, wollte Aliken packen. Nun bekam er sie doch noch. Sie lief ihm regelrecht in die Arme. Weitere Soldaten und Kampfroboter folgten ihr. Gerade wollte er ihr vorschlagen, sich ihm im Austausch gegen Silana und Satran auszuliefern, da durchzuckte ihn ein Impuls.

Der Durchgang war ganz nah – und er kollabierte!

Rasch schuf er einen Tunnel durch die Eingeweide des Raumschiffs hin zum Bug. Dort wartete die Passage nach Polychora auf ihn. Ein Schrei erklang, ähnlich dem eines Wals, den eine Harpune traf. Der Ausdruck des Schmerzes tönte nahezu aus jeder Pore der organisch-metallischen Wände, Böden und Decken.

Schweißperlen entstanden auf Galverins Stirn. Irgendetwas stemmte sich gegen ihn, wollte den Tunnel wieder verschließen. Seine Knie wurden weich. Was war ... Aliken! Er sah zu ihr. Sie zitterte, schloss die Augen zu schmalen Schlitzen. Satran Kalandaar nutzte die Chance und entwand sich seinem Griff. Nur Silana blieb, drückte sich an ihn.

»Gib sie frei!«, rief Aliken mit gepresster Stimme.

»Damit ihr mich niederschießen könnt? Niemals!«

Zögerlich schritt Aliken auf ihn zu. Ihr Gesicht war von Hass verzerrt. »Ich komme mit dir«, presste sie zwischen den Zähnen hervor.

Galverin hielt sie nicht auf, aber zog sich gleichzeitig langsam in die enge Tunnelöffnung zurück. Als sie nur noch eine Armlänge von ihm entfernt war, packte er sie am Arm und stieß Silana davon. Wimmernd fiel die missgestaltete Frau zu Boden. Sie hatte keine Kraft mehr. Weinkrämpfe beutelten sie.

»Du bist ja so selbstlos«, spottete Galverin und zog Aliken zu sich heran. Sie roch nach Schweiß. Und ... sie schüttelte den Kopf. Weshalb?

»Glaubst du das wirklich?«

Jetzt erst spürte er, wie sich ihr Widerstand vergrößerte. Sie hinderte ihn daran, zum Durchgang vorzustoßen. Während es all seine Begabung beanspruchte, die Passage sowie den Tunnel zum Bug des Schiffes aufrechtzuerhalten, konzentriert sich Aliken allein darauf, ihn aufzuhalten. Die Bündelung ihrer Kräfte machte sie ihm zum ersten Mal im Leben überlegen. Schweren Herzens verabschiedete er sich wieder einmal von dem Gedanken, sie mit nach Polychora zu nehmen.

»June! Bleib hier! Schlaf nicht ein, hörst du?«

Alikens Blick wanderte rasch zwischen Galverin und der verletzten Soldatin hin und her. Ein massiger Mann kniete neben June McCarthy und redete auf sie ein.

»June«, sagte Galverin genüsslich und zwang sich überheblich zu lächeln. »June McCarthy, so heißt sie, Aliken. Anscheinend lebt sie noch. Da war ich wohl nicht gründlich genug. Na ja, terranische Chirurgie wird sie wohl kaum retten können.«

Alles Blut wich aus Alikens Gesicht. Sie atmete tief ein.

»*Du* könntest sie allerdings vor dem Tod bewahren«, sagte er.

Mit einem heftigen Schlag vor seine Brust stieß sich Aliken von ihm ab und eilte auf die tödlich verletzte Soldatin zu.

»Verreckt doch alle«, fluchte Galverin.

Bevor ihn die Desintegratorstrahlen der Soldaten und Kampfroboter erreichten, war er verschwunden und drang in den Durchgang ein.

Atlan

Die Ereignisse hatten sich in wenigen Minuten überschlagen. Glitterkonstrukte tauchten in unserer unmittelbaren Nähe auf, griffen an und fügten dem Schiff bislang nicht einschätzbare Schäden zu. Die Hülle brach an einigen Stellen und Glitter drang ein.

Über Funk wurden wir derweil Zeugen von Galverin Schmidts gewalttätiger Flucht. Dann erklang ein fiepender, mehrstimmiger Laut. Angen-Math stieß ein Gurgeln aus, dass der Translator als »Schmerzlaut« übersetzte. Einer der Linsenschirme zeigte uns einen Tunnel, der sich längs durch den Schiffsleib bohrte, aus dem Bug heraustrat und zum Durchgang führte.

Schmidt will fliehen!, hatte mein Extrasinn noch gewarnt.

Dann erlosch die blausilberne Röhre und mit ihr verblasste die Passage zurück nach Polychora.

»Der Durchgang hat sich endgültig geschlossen.« Angen-Math richtete vier seiner Augen auf mich. Sie tränten heftig.

Mein Herz raste. Ich fluchte verhalten. Dabei bemerkte ich, wie fest ich meine Zähne während der letzten Sekunden aufeinandergepresst hatte. Meine Kiefer schmerzten und knackten, als ich sie lockerte.

»Können wir fliehen? In den Hyperraum oder sonst ein Kontinuum, das uns rasch von den Angreifern wegbringt?«, fragte ich.

»Ich versuche, zur TRÄNE durchzudringen. Doch der Schmerz raubt ihr beinahe den Verstand.«

Erneut traf uns ein Angriff des Glitters. Immer noch durchzuckten hellrote Strahlenbahnen das All und wehrten die Attacken der Konstrukte teilweise ab. Doch wiederholt durchbrachen sie das Abwehrfeuer.

Ihr müsst ein höheres Risiko eingehen!, riet der Extrasinn. *Frage Angen-Math, ob es möglich ist, die Energie der Waffensysteme in den Antrieb umzuleiten!*

Ich unterbreitete den Vorschlag dem Salipir. Er reagierte nicht. Weitere Sekunden vergingen, in denen Angriffe unsere Abwehr durchdrangen. Allmählich verringerten sich jedoch die Anzahl der roten Strahlenbahnen.

»Ich habe sie ...«, sagte plötzlich Angen-Math neben mir.

»Wen?«

»Die TRÄNE. Ich bin zu ihr durchgedrungen. Sie stellt das Abwehrfeuer ein, um alle Energie für den Überlichtflug nutzen zu können.«

Gebannt starrte ich auf den Salipir. Er hatte wieder alle sechzehn Augen geschlossen. Ansonsten rührte er sich nicht. Erneut wurde mir meine Hilflosigkeit bewusst. Ich war Gast auf dem fremden Raumschiff. Wir hatten sozusagen Asyl bekommen. Dennoch drohte uns der Tod. Und mir waren die Hände gebunden. Ich konnte nichts anderes tun, als abzuwarten.

»Sir«, meldete Captain Olmos. »Glitter hat sich bis auf wenige hundert Meter den Flüchtlingsräumen genähert. Ich will einen Vorstoß wagen, damit wir nicht in die Enge getrieben werden.«

»Gewährt.«

Ich hörte noch, wie Olmos sich mit Karkeron in Verbindung setzte, der aufgebrochen war, als er von Schmidts Flucht erfahren hatte. Leutnant Grosz, der dem Captain gegenübersaß, kommunizierte ebenfalls pausenlos, um unsere Truppen zu koordinieren. Nur Ganus a That saß mit bleichem Gesicht vor seinen Geräten und sammelte stumm alle möglichen Daten, wie ich es ihm aufgetragen hatte.

»Atlan.«

Ich sah zu Angen-Math. Er hatte ein einzelnes Auge geöffnet und blinzelte mir zu.

»Geschafft.«

Ich hörte noch einen leise ansteigenden, jaulenden Laut, dann blendete mich ein weißer Blitz.

Die TRÄNE war ein Wrack. Wir durften uns nichts vormachen – einen weiteren Angriff würden wir kaum überstehen.

»Wie steht es um die ... Regenerationsfähigkeiten der TRÄNE«, wollte ich von Angen-Math wissen. Der Begriff *Autoreparaturmechanismen*, den ich zunächst hatte benutzen wollen, schien mir diesem Gebilde aus Schaumphasentechnologie nicht gerecht zu werden. Das Schiff lebte, besaß ein Bewusstsein. Und bei all dem, was ich bislang erfahren hatte, fragte ich mich, ob das nicht weiteres Unheil bedeutete. Ich würde Angen-Math darauf ansprechen müssen. Wenn sich denn die Möglichkeit ergab und *wenn* wir nicht vorher den Tod fanden. Um das zu verhindern, musste jedoch zunächst das Raumschiff ›geheilt‹ werden.

»Die TRÄNE leidet«, erklärte der Salipir. »Sie verfügt zwar über erstaunliche Selbstheilungskräfte, aber die Strapazen waren nach der langen Zeit im Tiefschlaf zu viel. Normalerweise reicht es, die benötigte Energie aus dem Quantenschaum zu borgen ...«

»Aber in dem jetzigen Zustand nicht?«, riet ich. »Von was für einem Zeitraum sprechen wir denn bei der Tiefschlafphase?«

»Eigentlich müsste die Quantenschaumenergie ausreichen. Aber wie lange die TRÄNE damit für ihre Heilung benötigen würde, kann ich nicht sagen. Außerdem kann sie damit nicht die Kontrolle über all ihre Geschöpfe gewährleisten. Sie könnten den Menschen gefährlich werden. Ganz zu schweigen davon, dass das Schiff im derzeitigen Zustand nicht in der Lage ist, den eingedrungenen Glitter abzuwehren.«

Angen-Math schwieg einen Augenblick, machte einige Bewegungen mit seinen Augententakeln, die ich nicht zu deuten wusste, und fuhr fort: »Wie lange die TRÄNE sich im Tiefschlaf befand? Ich weiß es nicht. Der Schlaf wurde immer wieder unterbrochen, um sich Angriffen zu erwehren. Während die Salipir, die Erbauer der Arche, derweil ausstarben und ich in einer verlassenen Stadt erwachte. Außerdem verlief der Zeitstrom innerhalb des Torus langsamer als in anderen Lebensblasen. Ich kann nur Vermutungen anstellen, da ich nicht weiß, welches Tempo der Zeitablauf in den übrigen Lebensblasen hatte, die ich in sechshundert Jahren durchstreifte. Aber die TRÄNE könnte Jahrmillionen im Torus verborgen gewesen sein.«

Ich nickte nachdenklich und rieb mein Kinn. »Jahrmillionen«, murmelte ich beeindruckt.

»Aber das ist eine reine Hypothese«, schränkte der Salipir ein.

»Du hast Recht«, sagte ich. »Priorität hat es, das Schiff zu retten und den eingedrungenen Glitter zu beseitigen. Wir haben bereits einen Teil unserer GLADIATOR-Roboter ausgesandt, um ihn zu bekämpfen. Auch der Paladin hat sich auf den Weg gemacht. Nur die menschlichen Soldaten bleiben bei den Flüchtlingen, um für deren Sicherheit zu sorgen.«

»Das alles wird kaum genügen, wenn wir nicht eine Energiequelle finden, an der sich die TRÄNE laben kann.« Angen-Math stampfte abwechselnd mit seinen sechs Beinen auf den Boden. Ein Zeichen von Nervosität vermutete ich.

»Was für eine Energiequelle benötigt das Schiff denn?«, wollte ich wissen.

»Am besten eine Sonne. Die TRÄNE offenbart mir wegen ihrer Notlage einige Informationen, die mich eigentlich nichts angehen. Der Kristall am Bug zum Beispiel beherbergt in erster Linie ein auf quantenmechanischer Basis funktionierendes Antriebssystem für den Überlichtflug. Aber er ermöglicht auch das Anzapfen von Energiequellen verschiedener Arten.«

Ich legte die Stirn in Falten. »Das erschließt sich mir nicht ganz. Wozu braucht das Schiff externe Quellen, wenn es sich die Energie aus dem Quantenschaum borgen kann, aus dem praktisch *alles* besteht?«

»Schaumgebilde«, erklärte Angen-Math geduldig, »entstehen und *be*stehen nicht von allein. Es ist ein lenkendes und vor allem stabilisierendes Bewusstsein nötig. In der Vergangenheit wurde dieses direkt in die Schaumgebilde integriert. Aber die Entwicklung war katastrophal; die Schöpfungen der Salipir verselbstständigten sich. Du hast dich selbst davon überzeugen können: der Wilde Geist in Polychora, die Glitterkonstrukte auf dieser Seite des Durchgangs, die einen ganzen Planeten fraßen und die Sonne befielen ...«

»Also befinden wir uns in der Heimatgalaxis deiner Ahnen?«, unterbrach ich ihn. Der Gedanke erleichterte mich einerseits, bedeutete es doch, dass dies nicht die Milchstraße war, die der Glitter befallen hatte. Andererseits hieß das auch, dass wir uns auf unbekanntem Territorium befanden. Wer vermochte zu sagen, wie weit die Heimat entfernt lag?

»Sie dürfte es sein. Ahnen hingegen ist vielleicht der falsche Begriff. Ich würde es dir gerne erklären, aber die Zeit drängt ... Wir müssen eine Energiequelle finden.«

So neugierig ich auch war, so sehr konnte ich nachvollziehen, dass den Salipir zunächst die Rettung der TRÄNE interessierte.

Auch dir sollte das in erster Linie am Herzen liegen. Wie oft hast du Perry Rhodan vorgeworfen, seine Neugier würde ihn noch ins Grab bringen, mäkelte mein Logiksektor.

Er lebt immer noch. Aber du hast recht.

»Ja. Es eilt. Steuer also das Schiff auf eine geeignete Sonne zu. Verschieben wir detaillierte Erklärungen auf einen späteren Zeitpunkt. Du musst mir allerdings versprechen, mich genauestens über deinen Wissensstand in Kenntnis zu setzen, sobald sich eine Möglichkeit ergibt. Bislang haben wir nur Stichworte austauschen können. Wenn du jedoch zu uns gehören willst, benötige ich größere Vertrauensbeweise.«

Angen-Math schwang seinen oktopusähnlichen Kopf hin und her. Die Augententakel pendelten mit. »Ich verspreche es dir.«

Wenige Sekunden später vernahm ich erneut das jaulende, langsam ansteigende Geräusch, das einen Überlichtflug ankündigte.

»Also«, nahm ich den offenen Gesprächsfaden wieder auf. »Der im Schaum integrierte Geist machte sich also selbstständig. Das Experiment ging schief. Was ist nun an der TRÄNE anders als an diesen missglückten Geschöpfen? Ich hoffe doch, sie unterscheidet sich von diesen.« Ich hob eine Augenbraue und musterte den Salipir prüfend.

»Natürlich, sonst hätte ich es nicht so explizit angesprochen. Der Geist der TRÄNE ist auf mehrere dezentralisierte Rechengehirne verteilt, die nicht aus Schaumphasentechnologie bestehen. Sie bilden sozusagen das Bewusstsein des Schiffes. Und diese Maschinen benötigen nun die Energie, um das mittels Schaumphasentechnik konstruierte Schiff zu stabilisieren. Normalerweise genügt die Energie, welche die TRÄNE ihnen aus dem Quantenschaum zur Verfügung stellt. Doch die Beschädigungen sind zu groß.«

Allmählich verstand ich. Am liebsten hätte ich Ganus a That losgeschickt, um diese fremden Rechnersysteme zu untersuchen. Doch die in den Gängen und Räumen lauernden Gefahren waren immens. Ich blickte zu dem Marsianer, der immer noch an seinen Geräten saß, die er aus dem S-V-29 hierher in die Zentrale verfrachtet hatte. Er signalisierte mir mit einem Nicken, dass er jedes Wort mitbekommen und aufgezeichnet hatte.

»Nun gut, machen wir uns also auf die Suche nach einer geeigneten Energiequelle«, sagte ich. »Eine Sonne ist so gut wie die andere, nehme ich an.«

Ein Geräusch drang aus Angen-Maths Sprechöffnung, die mich an ein Seufzen erinnerte: »Wenn es so einfach wäre ...«

Jamie Olmos

Die provisorische Zentrale, das Verlies, aus dem Galverin Schmidt geflohen war, sowie die Flüchtlingsräume lagen im Zentrum des Schiffes relativ dicht beieinander. Trotzdem benötigte Jamie mehrere Minuten für seinen Weg. Immer wieder bog sich der röhrenförmige Gang in eine andere Richtung oder es bildeten sich Gabelungen, an denen Jamie nach Gefühl entscheiden musste, welchen Weg er wählen sollte. Ab und zu, wenn er einem der kristallinen Auswüchse zu nahe kam, zuckte ein Blitz durch die Luft und verpasste ihm einen leichten Stromstoß.

Einmal hatte sich die Wand neben ihm unvermittelt geöffnet. Ein mehrere Meter langer und etwa einen Meter hoher Spalt war aufgeklafft und hatte den Blick auf eine Halle freigegeben. Jamie war zusammengezuckt, hatte seine Waffe gezogen, doch da schloss sich der Riss bereits wieder.

Glitter. Aber erstarrt, als handle es sich dabei um gefrorene Seifenblasen, erkannte er. Sofort gab er seine Beobachtung per Funk weiter, doch Angen-Math beruhigte ihn. Wenn der Glitter erstarrt war, musste es sich um Überreste von schiffseigenen Einheiten handeln.

Nach geschlagenen zehn Minuten erreichte Jamie endlich die Flüchtlingsräume. Mittlerweile waren von Leutnant Grosz' Leuten die Notzelte und weiteres Gerät installiert worden, das sie aus den Frachträumen der Shifts entladen hatten. Dies war auch nötig, denn die Struktur der Räume schien sich auch hier ständig zu verändern. Und das, obwohl Angen-Math versichert hatte, die Räumlichkeiten würden stabil bleiben.

Ein Soldat im Kampfanzug der Solaren Flotte kam auf ihn zu. » Lars Roupol, Sir«, stellte der gebräunte, junge Mann sich vor und salutierte. »Seit Schmidt geflohen ist, gerät hier alles aus den Fugen. Gut, dass Sie so umfangreiche Mittel zur Katastrophenhilfe geladen haben.«

Jamie nickte nur knapp und sah an dem Soldaten vorbei. Wo war June?

»Mir erschien das sinnvoll, nachdem ich Captain Karkerons Berichte studiert hatte. Bitte entschuldigen Sie mich, ja? Ich suche eine meiner Offiziere.«

Roupol nickte ernst. »Bestimmt meinen Sie Leutnant McCarthy. Ich führe Sie zu ihr, Sir.«

Der junge Mann leitete ihn durch das Chaos der Räume. Jamie sah sich um. Einige Wände existierten noch, andere ähnelten zerfetzten Vorhängen, wieder andere waren komplett verschwunden. Der Boden warf teilweise Falten oder wölbte sich zu kleinen Hügeln. Der frische, aromatische Eigengeruch des Schiffes war beißendem Ammoniak-Gestank gewichen. Hinzu kamen die Ausdünstungen der Menschen, die teils in, teils vor den Zelten standen oder saßen. Mancher irrte ziellos umher und rief den Namen eines Verwandten oder Freundes.

»Bitte, Sir.« Roupol blieb stehen und wies auf eines der kuppelförmigen Notzelte. Jamie schob den Vorhang beiseite und trat ein. Auf an den Wänden aufgereihten Matten lagen mehrere Verletzte und wurden von faustgroßen Medorobotern, die zum Inventar der Katastrophenhilfe gehörten, untersucht oder versorgt. Vor einem der Patienten hockte eine Frau mit asiatischem Einschlag. Sie sah nicht auf, als Jamie sich neben sie kniete und die Hand der Verletzten ergriff.

»Sie sind sicher Captain Olmos«, flüsterte Aliken Hantoon. » Perez sagte mir, dass sie kommen würden.«

»Hat er das?«, fragte Olmos ebenso leise. Die Frage war rhetorisch und Hantoon erkannte das. Sie schwieg.

Behutsam streichelte Jamie über Junes Hand. Ihre Augenlider flatterten, die Stirn war schweißbedeckt. Strähnen klebten ihr auf der blassen Haut. Jamies sah zu ihrer Brust, doch der Blick auf ihre Verletzung blieb ihm verwehrt. Man hatte June ihres Anzugs entledigt und sie in Schockfolie eingewickelt.

»Ich musste mein ganzes Können aufbieten, das ich mir in hundertvierzig Jahren angeeignet habe«, erklärte Hantoon ungefragt. »Sie leidet. Aber ...«

»Sie wird es überleben?«

»Ja. Ich denke schon. Eine Medo-Einheit unterstützt jetzt ihren Kreislauf und überwacht die Werte.« Hantoon deutete auf die faustgroße Kugel, die neben Junes Hüfte lag.

Ein Stein fiel ihm vom Herzen. So sehr er sich an June rieb und sie verfluchte, so oft sie beide sich liebten und stritten, sich trennten und wieder zusammenfanden – stets hatten sie Seite an Seite für die USO gekämpft. Sie zu verlieren hätte bedeutet, einen Teil seiner selbst einzubüßen.

Jamie schluckte. »Miss Hantoon, ich danke Ihnen.«

Er merkte, wie sie ihn nun doch ansah, und erwiderte ihren Blick. Die Frau sah traurig aus. Jamie hatte diesen Gesichtsausdruck oft bei Personen gesehen, die einen liebgewonnenen Menschen verloren hatten. Es schien egozentrisch, doch momentan interessierte er sich nicht für die Verluste anderer. Rasch wandte er die Augen von ihr ab, senkte seinen Kopf zu Junes Stirn und küsste sie.

»Sei stark. Ich komme bald wieder«, flüsterte er.

Kapitel 22

17. September 3126
Fremde Galaxis, TRÄNE EINES ERSCHRECKTEN SONNENAUFGANGS

Aliken Hantoon
In ihr war nur noch Leere. Sie hatte niemals tiefe Gefühle für Persher Gust empfunden. Doch war er ihr in den vielen Jahrzehnten, die sie gemeinsam dem Kreis der Fünf angehörten, eine vertraute Person geworden. Damit stand er auf einer Stufe mit Satran Kalandaar. Nur zu Silana tar Kosh hatte Aliken ein innigeres Verhältnis entwickelt. Zu allen anderen Menschen in der Stadt aus Eis und Stahl war jeder engere Kontakt abgebrochen, nachdem Oberst Ernesto Kalafarr aufgebrochen war, um Galverin die Stirn zu bieten. Er war nicht mehr zurückgekehrt, und mit ihm war ihr letzter, tatsächlicher Freund gestorben.

Pershers Tod schmerzte sie dennoch mehr, als sie für möglich gehalten hatte. Der etwas untersetzte Mann mit dem kurzgeschorenen weißen Haar und den Sommersprossen auf der Nase war nicht mehr. Nie wieder würde er nicken, wie er es stets getan hatte, seitdem Galverin ihn in den Wahnsinn getrieben hatte.

Ein Mensch, der ganz gewöhnliche soziale Kontakte pflegte, konnte nicht verstehen, was Aliken, Silana, Satran und Persher aneinander gebunden hatte. Doch so zuneigungsarm ihre Beziehung auch gewesen sein mochte – Aliken war zum Heulen zumute. Nur hinderte diese innere Leere in ihr sie daran, irgendeine Emotion auszuleben.

Das Schlimmste jedoch war, dass ihr sogar Galverin fehlte. Auch mit ihm verband sie etwas, ein unsichtbares Band, ein

Geflecht, das alle schaumbegabten Menschen miteinander verknüpfte. Insbesondere allerdings die ehemaligen Fünf. Es war gut, dass Galverin fort war. Dennoch tat es weh.

Wortlos tat sie einen Schritt nach dem anderen, ohne ihre Umgebung zu beachten. Erst als sie die provisorische Zentrale des Raumschiffs betrat, sah sie auf. Atlan bemerkte sie als Erster und winkte. Sitze waren aus dem Boden gewachsen. Kommentarlos folgte Aliken der Einladung und nahm Platz. Die Sitzfläche fühlte sich hart an. Kein Vergleich zu dem anschmiegsamen Gefühl, das das Material noch vor wenigen Stunden bereitet hatte. Das Schiff erübrigte nicht einmal mehr für solche Kleinigkeiten Ressourcen – oder hätte Aliken in diesem Fall von *Aufmerksamkeit* sprechen müssen? Es war jedenfalls ein deutlicher Hinweis darauf, dass die TRÄNE mit schwerwiegenden Problemen zu kämpfen hatte.

Captain Karkeron, Captain Olmos, Leutnant Grosz, Ganus a That, Angen-Math, selbstverständlich Atlan und nicht zuletzt Damika Milano komplettierten die Runde.

»Da wir nun vollzählig sind«, eröffnete der Lordadmiral die Versammlung, »können wir beginnen.«

Ein linsenförmiger Bildschirm schwebte heran und projizierte eine Szene aus dem Weltraum. Blauweißfarbene Flammeneruptionen züngelten ihnen entgegen. Es waren Flares, Plasma-Magnetfeldbögen eines blauen Sterns. Das Licht blendete, der Filter vor der Darstellung musste falsch kalibriert sein. Als hätte Atlan ihre Gedanken erraten, schüttelte er den Kopf.

»Vielleicht denkt mancher von Ihnen gerade, dass vergessen wurde, das Sonnenlicht abzuschwächen. Wir befinden uns übrigens zurzeit in der Korona dieser Sonne. Aber nein, das ist ein Irrtum. Tatsächlich ist die Leuchtkraft dermaßen gering, dass ich darum gebeten habe, die Übertragung nicht abzudunkeln. Was sie hier sehen, ist ein Phänomen, das über große Teile dieser Galaxis verteilt ist.

Seit einigen Stunden tankt die TRÄNE EINES ERSCHRECKTEN SONNENAUFGANGS mittlerweile Energie. Der Vorgang dauert aufgrund der schwachen Strahlung und der Beschädigungen des Schiffes etwas länger. Doch das müssen wir in Kauf nehmen, wie erste Ortungen nahelegen. Sobald die TRÄNE die notwendigsten Energievorräte ergänzen konnte, habe ich darum gebeten, die kosmische Umgebung zu vermessen. Dabei nahm ich in Kauf, dass sich Reparaturen an den Maschinen oder die Stabilisierung unserer Räume verzögern. Ich hielt dies für erforderlich, um einem weiteren wahrscheinlich tödlichen Angriff von Glitterkonstrukten entgehen zu können. Momentan scheint die Gefahr gebannt. Anscheinend konzentriert sich der Glitter auf Sonnen, denen noch eine höhere Strahlungskraft innewohnt. Deshalb auch unser Aufenthalt hier und nicht bei einem besser geeigneten Stern.«

Atlan legte eine Pause ein, die Damika Milano für eine Zwischenfrage nutzte: »Was haben die Ortungen noch ergeben? Wo befinden wir uns?«

Der Arkonide sah sie an und lächelte. Gequält, wie es Aliken schien.

»Das Schiff meint, dass wir uns in der Heimat ihrer Erbauer befänden. Ersten Berechnungen der Sternbewegungen nach sind jedoch einige Millionen Jahre seit dem Aufbruch der TRÄNE nach Polychora vergangen.«

Milano räusperte sich. »Wir sind also am Ursprung des Übels angelangt.«

»Sozusagen. Auf jeden Fall ist Glitter über die Sterne und Planeten dieser Galaxis hergefallen. Er ist für die Schwächung der Sonnen verantwortlich. Alles Weitere werden sie von Angen-Math erfahren. Er hat sich bereit erklärt, uns von der Geschichte seiner ... Ahnen zu berichten, soweit sie ihm bekannt ist. Ich freue mich, dass unser neuer Freund uns dieses Vertrauen entgegenbringt.«

Atlan setzte sich auf den freien Sitz neben Aliken und bat den Salipir mit seiner Erzählung zu beginnen.

Angen-Math

»Wie ich bereits Atlan gegenüber erwähnte, ist der Begriff Ahnen nicht ganz korrekt. Es ist sehr intim, was ich Ihnen nun eröffne. Aber Atlan hat recht, wenn er von mir einen Vertrauensbeweis fordert. Was Sie alle in den vergangenen hundertneunzig oder hundertvierzig Jahren oder auch nur in den letzten Tagen erleiden mussten, basiert letztendlich auf den Machenschaften meiner *Schöpfer*.

Ja, sie haben richtig gehört, meiner Schöpfer. Ich bin ein Produkt – aus Schaumphasentechnologie erschaffen. Aber ebenso wie beim Schiff ist in mir kein Bewusstsein integriert, das sich verselbstständigen könnte, so wie es in Polychora oder bei dem Glitter in dieser Galaxis geschehen ist. In mir existiert ein halb organisches, halb positronisches Rechengehirn, dass meine Existenz stabilisiert. Ich bin ein Soldaten-Forscher, der TRÄNE EINES ERSCHRECKTEN SONNENAUFGANGS gegenüber verpflichtet. Meine Aufgabe bestand einst darin, Aufklärung bei den Salipir in der Arche Polychora zu betreiben. Denn diese waren ›Schaumfreunde‹.«

Auf dem linsenförmigen Bildschirm war bei der Erwähnung des Schiffsnamens ein Bild erschienen, das ein von einer Träne gefülltes Auge zeigte. In der Träne spiegelte sich eine explodierende Sonne.

»Nicht nur Mitglieder dieses Volkes beherrschten den Schaum, beinahe alle höher entwickelten Spezies meiner Heimatgalaxis taten es. Aber die Salipir hatten die Schaumphasentechnologie perfektioniert. Sie waren es auch in der Mehrzahl, die nicht von ihr ablassen wollten, obwohl die Geschöpfe ihrer Kontrolle entglitten. Wie Sie in Polychora selbst erlebt haben, bildete sich Wilder Geist, der sich anschickte, unsere Heimat zu zerstören. Es ist ihm offensichtlich gelungen.

Die Fraktion der Salipir und der anderen Völker, die sich gegen den Schaum stellten, nannte man ›Schaumfeinde‹. Jene sind auch meine Schöpfer und die der TRÄNE. Sie versuchten, ihre pervertierte Schöpfung einzudämmen und die Glitterkonstrukte zu bekämpfen. Statt Bewusstseinssplitter, nutzten sie nun Rechengehirne zur Stabilisierung – ein Mittelweg, der genutzt werden sollte, bis man endgültig auf Schaumphasentechnologie verzichten konnte.

Ohne dass meine Schöpfer es hätten verhindern können, erbauten die ›Schaumfreunde‹ jedoch eine Arche – sie nannte sie Polychora! Mehrere Existenzebenen wurden geschaffen, damit ausreichend Platz vorhanden war und sich die verschiedenen Spezies nicht in die Quere kamen. Die Schaumfreunde wollten sich vor dem Schaum in den Schaum flüchten. Ein Vorhaben, das von vornherein zum Scheitern verurteilt war.

Natürlich verselbstständigte sich auch Polychora. Da meine Schöpfer an der Heimatfront gebunden waren und eine Niederlage gegen die eigene Schöpfung drohte, versiegelten sie die Arche von außen, um die Gefahr einzudämmen. Die Schaumfreunde waren selbst daran schuld, doch sie sahen es freilich anders. Erkundungskommandos wie die TRÄNE und mich bezeichnete man daher als ›Marodeure‹. Und selbstverständlich sah man in uns den Grund für Polychoras Niedergang.

Ich war also aufgebrochen, um in der Hauptstadt der Salipir herauszufinden, was die Schaumfreunde planten. Deshalb gab man mir auch diese Gestalt. Was dann geschah, bleibt im Dunkeln des Vergessens. Ob man mich enttarnte oder eine andere Katastrophe dafür verantwortlich war, vermag ich nicht zu sagen, aber ich fiel in einen tiefen Schlaf. Als ich erwachte, lag die Stadt verlassen dar. Ich war allein und ohne Erinnerung, also begab ich mich auf meine Wanderung. Sechshundert Jahre war ich auf der Suche, bis ich auf Atlan und seine Gefährten traf.

Nun bin ich zurück in der Heimat, die längst nicht mehr die meine ist. Ich bin ohne Lebensziel. Deshalb bitte ich: Gebt mir eine Chance, wenigstens euch zu helfen! Nehmt mich in eurer Gruppe auf!

Zum Beweis meiner Loyalität habe ich meine Geschichte offenbart. Und ich unterwerfe mich deiner Führung, Atlan. Die TRÄNE wird deine Befehle annehmen.«

Atlan

Die Geschichte des Salipir war schon in der komprimierten und lückenhaften Form seines Vortrags kaum zu glauben. In den sechshundert Jahren seiner Wanderung musste er einen ungeheuren Erfahrungsschatz gesammelt haben. Ich fragte mich, von welchen Wundern Angen-Math hätte berichten können, wäre sein Gedächtnis nicht derart beschädigt.

Du nimmst ihm seine Geschichte ab?, wollte mein Extrasinn wissen. *Ohne Vorbehalte?*

Nein, nicht vorbehaltlos. Aber wir sind auf ihn angewiesen. Und meine Menschenkenntnis sagt mir, dass er zumindest nicht lügt. Höchstens verschweigt er uns Teile seiner Lebensgeschichte.

Angen-Math ist kein Mensch.

Und ich habe keine Lust, mir Neologismen auszudenken, versetzte ich. *Außerdem fühle ich mich dem Salipir verbunden. Sein Schicksal erinnert mich an mein Exil auf Terra, auf Larsaf III, abgeschnitten von der Heimat, allein unter Barbaren.*

Zwei Brüder im Geiste, spottete der Logiksektor.

Rulan Karkeron riss mich aus dem Zwiegespräch mit meinem Extrasinn. »Was sind nun unsere nächsten Ziele, Sir?« Der Oxtorner war aufgestanden und hatte sich vor meinem Sitz positioniert.

Ich erhob mich ebenfalls und sah mich um. Damika Milano und Aliken Hantoon hatten sich zu dem Salipir gesellt und stellten ihm weitergehende Fragen, die dieser geduldig beantwortete, soweit er eine Antwort wusste. Leutnant Grosz und Captain Olmos waren ebenfalls aufgestanden und diskutierten lebhaft miteinander.

»Unser primäres Ziel ist es, einen Weg in die Heimat zu finden. Dafür müssen wir zunächst die Position der Milchstraße herausfinden. Ich werde Angen-Math bitten, die TRÄNE danach suchen zu lassen.«

»Glauben Sie denn, dass wir eine realistische Chance haben?« Vernil Grosz trat nun ebenfalls zu uns. Er war immer noch von den Strapazen gezeichnet. Genau wie Captain Jamie Olmos, der neben ihm stand und dem die Sorge um Leutnant McCarthy ins Gesicht geschrieben war.

»Mir fehlen die nötigen Daten, um das beurteilen zu können. Ich hoffe es jedoch.«

Wir lösten die Runde bald auf. Ich nutzte die Verschnaufpause, um mir ein Bild von der Stimmung der Flüchtlinge zu machen. Auch June McCarthy besuchte ich. Die junge Frau mit dem losen Mundwerk schien auf dem Weg der Besserung. Sie war Aliken Hantoon dankbar, aber fühlte sich unwohl bei dem Gedanken daran, Schaumphasenbiologie in sich zu tragen.

Angen-Math hatte ich derweil gebeten, nun vordringlich nach der Milchstraße zu fahnden. Als Ansatz seiner Suche diente ihm die Lage der Störungszone auf dem Mond Nacht im Gainbal-System, die der Zielpunkt des Durchgangs vor dem Kollaps gewesen war. Die TRÄNE hatte die Daten gespeichert, machte er mir Hoffnung. Ich war darauf mit ihm zu Captain Olmos gegangen und hatte diesen gebeten, dem Salipirschiff aus den Shifts einen kartographischen Datensatz der Milchstraße und ihrer Nachbargalaxien als Referenzmaterial zur Verfügung zu stellen. Olmos beauftragte Korporal Cornelia Karsyk damit.

Nachdem ich meine Runde absolviert hatte, suchte das Schiff immer noch. Ich fühlte eine leichte Enttäuschung, obwohl meine Hoffnung auf einen raschen Erfolg unrealistisch war. Anscheinend hatte ich mich ebenfalls von dem märchenhaften Potenzial der Schaumphasentechnologie blenden lassen.

»Die TRÄNE erholt sich nur langsam von den Beschädigungen, die von den Angriffen verursacht wurden«, erklärte Angen-Math die Schwierigkeiten. »Zwar hat sie wieder Kräfte gesammelt, doch der Kampf gegen den eingedrungenen Glitter zehrt an ihr. Die Hilfe ihrer Kampfroboter und Soldaten ist vorbildlich, aber ...«

»Ein Tropfen auf dem heißen Stein?«, fragte ich.

Der Salipir pendelte mit den Augententakeln, schien das Sprichwort zu analysieren. »Ja«, stimmte er dann zu. »So könnte man es sagen.«

»Ich möchte dich noch einmal auf deine Zusage ansprechen, dass sich das Schiff meinem Kommando gegenüber offen zeigt.« Bewusst wählte ich eine vorsichtige Formulierung. »Ich frage mich, woher das plötzliche Vertrauen stammt. Allein gutes Zureden deinerseits kann nicht ausreichend gewesen sein.«

»Nein«, bestätigte er. »In erster Linie verdanken wir das Entgegenkommen der TRÄNE deinem Verhalten unmittelbar nach dem Eintreffen in dieser Galaxis. Du hast wie ein erfahrener Kommandant gehandelt. Nicht zuletzt dein Vorschlag, die Energien der Waffensysteme zum Antrieb umzuleiten, überzeugte das Schiff von deiner Eignung. Es bringt dir weniger Vertrauen entgegen als vielmehr Respekt und Anerkennung deiner Fähigkeiten.«

War deine Ausbildung und vor allem die Absolvierung der ARK SUMMIA, die in meiner Aktivierung gipfelte, doch zu etwas nützlich, stichelte der Extrasinn.

Ich ignorierte den subtilen Hinweis darauf, dass es mein Logiksektor gewesen war, der die Idee zur Energieumleitung eingebracht hatte. Vielmehr störte ich mich immer noch an dem Eigennamen des Schiffes. Viele der Flüchtlinge fragten bereits nach dem Namen, doch ich verschwieg ihn zunächst und hatte auch Damika Milano und meine Offiziere darum gebeten. Mit dem Begriff TRÄNE assoziierten Terraner überwiegend negative Gefühle.

Ich entschied mich jedoch vorerst, Angen-Math nicht darauf anzusprechen. Die Beziehung zum Schiff erschien mir noch zu fragil und die Kommunikationsweise zu indirekt. Missverständnisse wollte ich auf keinen Fall riskieren. Hingegen fragte ich nach einer Möglichkeit der direkteren Verständigung, und der Salipir versprach mir, sich darüber Gedanken zu machen.

Aliken Hantoon

Wieder einmal rief Atlan sie zu sich, und Aliken war nicht sicher, ob sie ihrem neuen Status als Ansprechpartnerin des Arkoniden etwas abgewinnen konnte. Nach all den Erlebnissen der vergangenen Tage wünschte sie sich eigentlich nur eines: *Ruhe.* Allein die Schuld, die sie gegenüber den Menschen Polychoras verspürte, hielt sie aufrecht und brachte sie dazu, die Verantwortung zu übernehmen, die Atlan ihr aufbürdete.

Aliken warf einen letzten Blick auf die schlafende Silana tar Kosh. Seitdem sie sich nach Galverins Flucht in eine Art Erschöpfungsschlaf geweint hatte, war sie nicht mehr erwacht. Satran saß neben ihr, zupfte wie immer imaginäre Staubkörner von seiner grellroten Kombination und hielt ansonsten nur Wache übers Silanas Schlaf. Mit gemischten Gefühlen ließ Aliken die beiden allein.

Mittlerweile hatten Atlan und Angen-Math ihre Position innerhalb des Schiffes verlegt. Der kleine, unregelmäßig geformte Raum in der Nähe des Flüchtlingslagers war nur eine Ausweichzentrale gewesen. Die TRÄNE hatte nicht genügend Vertrauen in ihre neue »Besatzung« gehabt. Doch dank Angen-Maths Überzeugungsarbeit konnten sie sich nun relativ frei bewegen. Nur die immer noch von Glitter gefährdeten Bereiche blieben ihnen versperrt. So oder so fühlte sich keiner der Flüchtlinge bemüßigt, zu Entdeckungstouren aufzubrechen.

Die tatsächliche Zentrale befand sich knapp hinter dem weiß glühenden Kristall am Bug, der Energiezapfungssysteme und insbesondere ein auf quantenmechanischer Basis funktionierendes Antriebssystem beherbergte. Der Raum war torusförmig und in ständiger Bewegung. Die bereits vielfach beobachteten kristallinen Strukturen wanderten über die Wände und Decken des Raumes. In allen Regenbogenfarben leuchteten die zentralen Kegel, die mit den Köpfen aufeinander ruhten. Gebilde, die an geschmolzene und wieder erstarrte Wachsfiguren gemahnten, prägten das Bild. Viele Flächen schienen spiegelglatt und waren von sinnverwirrenden, rauschenden Farbmustern bedeckt. Mehrere Linsenschirme zeigten die balkenförmige Galaxis, die Atlan aufgrund ihrer nur schwach leuchtenden Sterne »Finsternis« getauft hatte.

»Normalerweise könnten wir uns eine beliebige Schaumphasenrealität erschaffen«, hatte Angen-Math Aliken bei ihrem ersten Besuch im Kommandozentrum erklärt. »Ich verzichte darauf, da die Ressourcen des Schiffes an anderer Stelle benötigt werden.«

Atlan empfing sie mit offenen Armen und umarmte sie flüchtig. Aliken war nicht sicher, ob es echte Zuneigung war, die der Lordadmiral ihr entgegenbrachte, oder ob er lediglich ihre Unsicherheit spürte und ihr Halt geben wollte. Mittlerweile duzten sie sich sogar.

»Aliken, schön, dass du so rasch gekommen bist. Ich möchte dich um einen Gefallen bitten, der mit deiner Begabung zusammenhängt.«

Sie zuckte zusammen. »Ich ... bin mir nicht sicher, ob ich behilflich sein kann. Ich bin bei weitem nicht so begabt wie Galverin. Außerdem habe ich davon Abstand genommen, meine *Begabung* zu nutzen. Es macht den Menschen Angst. Und das ist das Letzte, wonach mir der Sinn steht.«

Atlan nickte mit ernster Miene und legte ihr eine Hand auf die Schulter. »Niemand wird es erfahren. Das verspreche ich dir. Mir geht es darum, dass die Kommunikation zwischen der TRÄNE und mir nur auf indirektem Weg über Angen-Math funktioniert. Anscheinend liegt es an meinem aktivierten Extrasinn. Vielleicht auch an anderen mentalen Stabilisierungen. Jedenfalls bekomm ich keinen Kontakt zum Geist der TRÄNE. Auch ein hypnomechanisches Verhör oder Ähnliches fällt aus. Über telepathische Fähigkeiten verfüge ich bekanntlich ebenfalls nicht.«

Aliken wiegte nachdenklich den Kopf. »Und warum genügt die indirekte Verbindung über Angen-Math nicht?«

Atlan lächelte. Sie verfluchte sich selbst. Weshalb hatte sie nicht direkt vehement abgelehnt?

»Mir geht es darum, Vertrauen zwischen dem Schiff und uns zu entwickeln. Momentan bilden wir eine reine Zweckgemeinschaft. Nur – was ist, wenn es unser überdrüssig wird? Es ist nicht auf uns angewiesen – nur Angen-Maths Zugehörigkeit zu uns bringt es dazu, uns zu helfen –, *wir* sind jedoch umgekehrt sehr wohl abhängig. Ich möchte, dass das Schiff mein ehrliches Bemühen *spüren* kann, will eine Beziehung zur TRÄNE aufbauen. Das sollte auch in deinem Interesse sein, Aliken. Du willst doch June McCarthy und anderen Verletzten beistehen. *Dafür* setzt du die Schaumphasentechnologie ein, ohne dass es dir jemand übel nimmt. An Galverin Schmidts Beispiel konnten wir erkennen, dass die Fähigkeit dazu abnimmt, je länger sich ein Begabter von Polychora entfernt aufhält. Die TRÄNE ist die einzige nichtwilde Schaumquelle in dieser Galaxis, die einer Abschwächung dieser Begabung entgegenwirken kann.

Um auf deine Frage einzugehen: Angen-Math versteht die menschliche Mentalität nicht in ausreichendem Maße. Wir beide vertrauen jedoch einander, kennen uns mittlerweile. Du kannst unsere Beziehung dem Schiff begreiflich machen. Und das, was ich mit der TRÄNE besprechen möchte, dürfte für sie ... *intim* sein.«

Aliken hob eine Augenbraue. »Intim? Für ein Raumschiff?«

Atlan schüttelte den Kopf. »Die TRÄNE ist viel mehr als das. Wie sieht es aus? Hilfst du mir?«

Aliken seufzte. »In Ordnung. Ich helfe dir.«

Der Arkonide atmete tief durch. Anscheinend war ihm sehr wohl bewusst, *wie viel* er ihr abverlangte.

Was folgte, war unwirklich. Nie in ihrem Leben hätte Aliken geglaubt, dem Lordadmiral der USO einmal so nah zu kommen. Sie saß auf einem weichen, aromatisch riechenden Untergrund. Atlan legte sich mit dem Oberkörper auf ihren Schoß und entspannte sich. Aliken umfasste seinen Kopf, schloss ebenfalls die Augen.

»Ich bin bereit«, sagte sie in Richtung Angen-Math, der sie wortlos beobachtete. Umgehend überlagerte das Bild eines tränengefüllten Auges, in dem sich eine Sonne spiegelte, die Szenerie. Aliken sah nur noch zweierlei – Atlan und das Eigenbild der TRÄNE.

Dann begann die Befragung ...

Sie tauschten Positionen aus. Atlan sprach und das Schiff lauschte ihm, teilte zugleich Alikens Einschätzungen und Gefühle gegenüber dem Arkoniden. Die Antworten der TRÄNE erklangen aus Alikens Mund, als wäre sie Marionette und Sprachrohr. Seltsamerweise fühlte es sich nicht unangenehm an. Atlan erklärte seine Motive und die seiner Offiziere. Es folgte eine Erläuterung der menschlichen Triebe und ihrer moralischen Grundsätze, um der TRÄNE das Handeln Galverins sowie die Reaktion Atlans und aller anderen begreiflich zu machen. Die menschliche Psyche und ihre Emotionen wurden ebenso thematisiert.

Auch die TRÄNE EINES ERSCHRECKTEN SONNENAUFGANGS berichtete von den ethischen Grundwerten, die ihr von den Erbauern mitgegeben worden waren, von deren Entsetzen und Trauer über die Ereignisse, die sie selbst mit hervorgerufen hatten. Aliken konnte als Mittlerin intensiv verfolgen, wie sich Schritt für Schritt ein gegenseitiges Verständnis aufbaute, in das auch Angen-Math mit einbezogen war.

Dann spürte sie, wie Atlan sich dem heikelsten Punkt dieses eigentümlichen Gesprächs näherte. Er verspannte, sein Puls beschleunigte sich leicht.

»Dein Name, TRÄNE EINES ERSCHRECKTEN SONNENAUFGANGS, wirkt auf die Flüchtlinge Angst einflößend. Ich weiß nicht, wie es bei den Salipir ist; aber Menschen verbinden mit Tränen vorwiegend negative Gefühle, wie zum Beispiel Trauer, Verzweiflung, Not und Schmerz.«

Ein misstrauischer Impuls durchzuckte Alikens Kopf. Das Schiff fragte durch ihren Mund: »Du willst mir einen anderen Namen geben?«

Atlan holte tief Luft. »Nicht direkt. Ich möchte den Menschen Polychoras gegenüber eine Bezeichnung für dich wählen, die ihnen weniger negative Gefühle vermittelt. Sie fürchten sich bereits genug. Ich will dich nicht umtaufen, sondern lediglich deine Zustimmung einholen, dich in ihrer Anwesenheit anders nennen zu dürfen.«

Einige Sekunden lang schwieg das Schiff. Dann signalisierte es vorsichtige Neugier. »An was für eine Bezeichnung hast du gedacht?«

»Ich dachte an einen Namen aus dem alten Ägypten: ›Neith‹. Sie war die Schutzgöttin der Toten.«

Aliken zuckte zusammen. »Du möchtest das Schiff umbenennen, weil der Name die Polychora-Flüchtlinge ängstigt, aber als Ersatz den Namen einer uralten vergessenen Totengöttin wählen? Wie willst du *uns* oder den Menschen das erklären?«

Atlan schmunzelte. »Ich will dir gerne über sie erzählen: Neith war eine der ältesten Göttinnen in Ägypten. Ursprünglich war sie zuständig für den Krieg und die Jagd, dadurch wurde sie zur Patronin des Königshauses und des Pharaos. Später erzählte man sich gar von ihr, Neith habe die Sonne, den Gott Ra, geboren. Als Schutzgöttin der Toten hatte sie eine wichtige Aufgabe: Sie half dabei, die Verstorbenen durch das dunkle Reich in die lichten Gefilde des Jenseits, in den Sternenhimmel, zu bringen.«

»Aber was hat diese Geschichte mit dem Schiff zu tun?«, wunderte sich Angen-Math. Es war das erste Mal, dass er sich in das Gespräch einmischte.

»Die TRÄNE EINES ERSCHRECKTEN SONNENAUFGANGS erhielt in der Vergangenheit von ihren Erbauern die Aufgabe, die Völker und Sonnensysteme vor der Gefahr durch Polychora zu schützen. Egal, ob die Abschottung der Arche funktioniert hat oder nicht, es ist hier in der Galaxis Finsternis aus uns unbekannten Gründen zu einer Katastrophe mit wilden Glitterkonstrukten gekommen. Das Schiff kann seine ursprüngliche Pflicht nicht mehr erfüllen. Aber, Angen-Math, ihr habt eine neue Aufgabe auf euch geladen, der wir unser Leben verdanken. Ihr habt die Menschen gerettet, die in Polychora gefangen waren! Ihr habt sie, wie es damals auch von der Göttin Neith gesagt wurde, aus einem dunklen Reich in die hellen Sternengefilde gebracht. Deshalb habe ich diesen Namen vorgeschlagen.«

Aliken holte tief Atem. Die Heimatgalaxis der TRÄNE als hell zu bezeichnen war übertrieben, doch das Schiff hatte geduldig und, wie ihr schien, wohlwollend gelauscht. Mit ruhiger dunkler Stimme sagte es durch Alikens Mund: »*Wir* sind einverstanden mit dem neuen Namen. Darüber hinaus bieten *wir* dir die Führung der NEITH an, bis wir eure Heimatgalaxis gefunden haben und in ihr angekommen sind.«

Ein leichter Hauch wehte Aliken ins Gesicht, als Atlan erleichtert ausatmete.

»NEITH und Angen-Math, ich danke für das Vertrauen, das ihr mir entgegen bringt. Auch mein Ziel ist es, diese Menschen zu retten und in die Heimat zu bringen. Ich hoffe, wir haben bald Erfolg.«

Abrupt beendete das Schiff die Verbindung. Mit einem Schlag war Aliken zurück in der Realität. Sie seufzte. Atlan erhob sich von ihrem Schoß und sah sie an.

»Wie geht es dir?«

»Gut«, hörte sie sich noch sagen. Dann fielen ihr die Augen zu. Erschöpft sank Aliken zu Boden.

Atlan

Mehrere Tage vergingen. Als Erstes besiegte die NEITH mit Hilfe der USO-Einheiten und Leutnant Grosz' Männern den eingedrungenen Glitter. Fünf Personen fanden bei den Kämpfen den Tod, drei Soldaten der Dreadful Three, einer von Karkerons Spezialisten, die mich bereits in Schmidts Sphäre begleitet hatten, und zuletzt einer von Grosz' Männern – Lars Roupol.

Bald stabilisierten sich auch die Räume, in denen die Flüchtlinge untergebracht waren. Sie mussten schon am 19. September irdischer Zeitrechnung nicht mehr in größeren Gruppen beisammen sein. Familien- und Freundschaftsgruppen bildeten sich und bewohnten mit maximal zehn Personen jeweils einen Raum. 171 Polychora-Menschen hatten während der Angriffe auf den Eispalast und nach der Passage durch eingedrungenen Glitter den Tod gefunden. Weitere Tote waren zum Glück nicht mehr zu beklagen gewesen. Die Personenzahl betrug nun 1021.

Auch Nahrung stellte die NEITH nach eingehender Überprüfung des menschlichen Organismus zur Verfügung. Damika Milano hatte sich dem Schiff demonstrativ für diese Untersuchungen zur Verfügung gestellt, damit jeder sah, dass man der NEITH vertrauen konnte.

Am 20. September rief mich Angen-Math zu sich. Ich aß gerade mit Damika Milano zu Mittag und ließ mich von ihr über die Stimmungen und Cliquenbildungen der Polychora-Menschen unterrichten. Ich entschuldigte mich bei der alten Dame und bat Aliken, mit mir zu kommen. Rasch liefen wir in Richtung Zentrale. Das Schiff kam uns entgegen und schuf einen direkten Weg.

Der Salipir empfing uns am Eingang des Torus. Er richtete seine Augententakel zur Hälfte auf Aliken und mich, mit den anderen sah er auf einen linsenförmigen Bildschirm, der vor den zentralen Kegeln schwebte und mehrere Galaxien darstellte. Ein Spiralnebel war grün gekennzeichnet.

»Die Milchstraße«, flüsterte ich. Beinahe spürte ich beim Anblick der Heimat so etwas wie Rührung. Ich vernahm Schritte in meinem Rücken, aufgeregte Rufe erklangen. Es waren die Stimmen von Karkeron, Grosz und Olmos.

Ich hob die Hände und bat um Ruhe. »Meine Herren, bitte reißen Sie sich zusammen.« Ich blickte Angen-Math in eines seiner uns zugewandten acht Augen. Er war ruhig, hatte bislang kein Wort gesagt. »Vielen Dank für deine Mühe, Angen-Math. Ich kann deine Gestik und Mimik nicht ausreichend deuten. Aber ich habe das ungute Gefühl, dass du mir die Entdeckung auch per Funk mitgeteilt hättest, gäbe es nicht ein Problem.«

Der Salipir zögerte. »Es gibt tatsächlich eine gute und eine schlechte Nachricht, wie die Terraner zu sagen pflegen.« Angen-Math richtete dabei drei Augen auf Vernil Grosz. Wahrscheinlich hatte der Leutnant ihm das Sprichwort beigebracht.

»Die Gute lautet mit ziemlicher Sicherheit: Ja, die NEITH hat die Milchstraße gefunden«, warf Rulan Karkeron ein.

Angen-Math bejahte.

»Und was ist die schlechte?«, wollte ich wissen.

Erneut zögerte der Salipir, pendelte mit den Augententakeln hin und her. Die Fingerbüschel seiner Filigranarme verknoteten sich. Dann sog er mit einem pfeifenden Geräusch erst Luft ein und stieß sie wieder aus.

»Eure Heimat ist weit entfernt.« Abermals machte er eine Pause.

»Wie weit?« Erneut war es Karkeron, der auf eine Antwort drängte.

Angen-Math wandte uns nun auch seine übrigen acht Augen zu. Dann sagte er: »314 Millionen Lichtjahre.«

Einen Moment lang blieb mir sprichwörtlich die Spucke weg. Wortlos fixierte ich den Linsenschirm und räusperte mich. »Das ist aufgerundet das Hundertsechsundzwanzigfache der Entfernung zwischen Milchstraße und Andromeda, unserer Nachbargalaxis. Und selbst die ist für die menschliche Technik beileibe kein Katzensprung.«

»Wir sind also gestrandet?« Der pragmatische Rulan Karkeron sprach meinen Gedanken als Erster aus.

»Es muss doch eine Chance geben!«, widersprach Vernil Grosz. »Wir Terraner stoßen immer weiter in die Tiefen des Kosmos vor. Und in andere Sphären, wenn ich an die WAV-E erinnern darf. Wieso sollte es der Schaumphasentechnologie, die der unseren himmelweit überlegen ist, nicht möglich sein, diese Entfernung zu überbrücken? Angen-Math, sag doch etwas! Kannst du uns nach Hause bringen?«

Jamie Olmos Lippen waren zu einem Strich zusammengepresst. Er schwieg. So, wie ich ihn einschätzte, war er der Meinung, alles sei gesagt. Olmos war kein Mann der vielen Worte, sondern wusste, wann es besser war zu schweigen.

Auffordernd sah ich zu dem Salipir. »Und? Hat Leutnant Grosz recht? Gibt es eine Chance für uns?«

Angen-Math stieß einen zirpenden Laut aus. »Grundsätzlich schon ...«, begann er.

»Aber?«

»Aber es würde die TRÄNE – oder NEITH wie ihr sie nennt – an die Grenzen ihrer Leistungsfähigkeit bringen.« Er schwieg einige Momente, schien in Zwiesprache mit dem Schiff zu stehen, ähnlich meiner gedankenschnellen Gespräche mit dem Extrasinn. Dann fuhr er fort: »Vor allem die Beschädigungen machen ihr immer noch zu schaffen. Ich müsste mich während des Fluges vollkommen in das Schiff integrieren. Der Kontakt zwischen der ... NEITH und euch wäre abgebrochen.«

Als keiner auf die Kunstpause des Salipir reagierte, meldete sich nun auch Captain Olmos zu Wort. »Stellt das denn ein Problem dar? Die Versorgung der Menschen scheint gesichert, das Ziel steht fest.«

Abermals zirpte Angen-Math. Das Geräusch schien das salipirische Pendant eines Seufzers. »Das Schiff und ihr, beide Parteien sind sich fremd. Es kann immer wieder zu Missverständnissen kommen. Nach den Äonen des Tiefschlafs beherbergt die NEITH ungezählte, unkalkulierbare Variablen, Systeme, die plötzlich ansprechen und von euch als Angriff fehlinterpretiert werden könnten. Eine menschliche Kontakterin wäre immens hilfreich.«

»Das Schiff und du, ihr denkt an eine bestimmte Terranerin.« Es war nicht schwer, diese Person zu erraten.

»Genau. Wir denken an Aliken Hantoon. Die NEITH vertraut ihr.«

Ich hörte, wie die Frau neben mir tief die Luft einsog. Bislang hatte sie geschwiegen, doch nun musste sie eine Entscheidung treffen. Sie konnte sich nicht mehr raushalten, wie sie es am liebsten tat.

»Aliken?«, fragte ich sie und sah ihr in die weit aufgerissenen blauen Augen. »Wärst du dazu bereit?«

Röte schoss ihr ins Gesicht. Ich wusste, dass sie es nicht war und sich vorzugsweise mit Silana tar Kosh und Satran Kalandaar in einer Ecke verkrochen hätte. Sie fühlte sich schuldig und war es leid, ein Leben zu führen, das von äußeren Zwängen beherrscht wurde – in ihrem Fall waren es stets die Zwänge gewesen, die Galverin Schmidt auf sie ausgeübt hatte. Ich war mir jedoch sicher, dass sie zustimmen würde. Den Menschen Polychoras zuliebe.

Endlich nickte sie und sagte resigniert: »Ja.«

Kapitel 23

21. September 3126
Galaxis Finsternis, NEITH

June McCarthy
»Wie fühlst du dich?« Jamies besorgter Blick war herzerweichend. June konnte nicht anders, als zu lächeln.

»Alles gut. Als mich der Glitter durchbohrt hat, dachte ich nur: Bockmist, jetzt kriegst du Jamie nie wieder ins Bett!« Sie lachte laut. Perez und Jensen, die in einer Ecke des Raums lagen und sich ausruhten, schauten kurz herüber und grinsten.

Jamie lief rot an, wies sie aber nicht zurecht. Er musste wirklich *sehr* besorgt sein.

June stieß ihm mit dem Ellenbogen in die Seite und reckte ihm auffordernd das Kinn entgegen. »Was ist los, Tiger? Keine Schimpfe für das böse Mädchen?«

Er schüttelte den Kopf. Sein Gesicht hatte wieder die normale Färbung angenommen und tatsächlich schlich sich ein vorsichtiges Lächeln auf seine Lippen. June liebte die Grübchen, die sich auf seinen Wangen andeuteten.

»Nein. Heute noch nicht. Aber warte ab, bis du wieder gesund bist. Dann zahle ich dir alles heim.«

»Ich bin *kern*gesund!« Sie boxte ihn vor die Brust. Ein leichter Schmerz durchzuckte ihre Faust, als sie den harten Körperpanzer des Kampfanzugs traf – Jamie war, wie alle Soldaten und Spezialisten in andauernder Bereitschaft –, doch es kümmerte sie nicht. Sie lebte! Verdammt, wer konnte das schon von sich behaupten, nachdem ihm etwas die Brust durchlöchert hatte?

Sie hätte jauchzen können, Bäume ausreißen – sicher vermochte dieses Schaumwunderschiff ihnen auch einen Wald herbeizaubern, wenn es denn wollte. Im Überschwang ihrer Gefühle schlang sie die Arme um Jamies Hals und presste ihre Stirn gegen seine.

Er schluckte. »June, ich ...« Sein warmer Atem kitzelte ihre Nase.

»Was ist?« Sie stieß ein tonloses, knappes Lachen aus.

»Wir sind im Dienst. Und ...«

Ohne ein weiteres Wort ließ sie ihn los. Der kurze Moment, in dem sie geglaubt hatte, Jamie würde endlich über seinen Schatten springen, war vorbei. »Ja. Der Dienst. Deine wahre Braut.«

»Es tut mir leid.« Ohne sie noch einmal anzusehen, stand er auf und ging.

Ächzend ließ sich June zurück auf ihre Matratze sinken. Sie sog die Luft ein. Es roch nach Zimt und Salbei – der typische Eigengeruch der NEITH. An der Decke wanderten winzige Kristallstrukturen entlang. Die milchig weiße Beleuchtung war gedimmt, das metallisch-organische Material erschien dunkelgrün. Die Kristalle jedoch glitzerten, in ihrer Formation einer rotierenden Spiralgalaxis nicht unähnlich.

»Alles okay?« Jensen setzte sich neben sie. Alle überlebenden Soldaten der Dreadful Three teilten sich vier nebeneinanderliegende Räume für die Ausrüstung, zum Schlafen und in den Pausen zwischen den Einsätzen. Während ihrer bisherigen Mission waren bereits elf Kameraden gestorben. Neunundzwanzig Männer und Frauen von den vierzig, die aufgebrochen waren, lebten bislang noch. Die zwei schwer Verletzten des Shifts S-V-33 hatte Aliken Hantoon ebenso wie June geheilt. Obwohl sie es unangenehm fand, das Schaumzeug in sich zu wissen, war June der Frau dankbar. Übrig blieb der Schmerz des Verlustes. Und mit dem war sie meist allein. Voll war es in ihrem Lager nie, ständig war die Mehrzahl der Soldaten innerhalb der NEITH unterwegs, um eventuell herumstreifenden Glitter aufzuspüren.

»Mhm«, antwortete sie Jensen lediglich.

»Mal wieder die Pflicht? Dienstvorschriften und so?«

June nickte. »Klar. Was sonst?«

»Wann lässt du dich endlich versetzen, damit es mit euch klappt?«

June stieß zischend die angehaltene Luft aus. »Um es diesem Kommisskopf so einfach wie möglich zu machen? Pah!« Sie schwieg einen Augenblick lang und knirschte mit den Zähnen. »Außerdem habe ich bereits mehrmals eine Versetzung beantragt. Keine Chance. Irgendwas bewegt die feinen Herrschaften da oben, Jamie und mich mit allen Mitteln in einer Einheit zu belassen.«

»Hm. Blöde Situation.« Jensen malte mit dem Zeigefinger Kreise auf den warmen, weichen Boden.

»Tja«, sagte June. »Gibt's was Neues?«

Jensen nickte. »Habe vorhin mit Leutnant Grosz geplaudert. Der Reisebeginn Richtung Heimat steht an. Die NEITH erreicht wohl einen geschätzten Überlichtfaktor von sechs- bis siebenhundert Millionen.«

June runzelte die Stirn. »Verarsch mich nicht.«

»Doch, doch. Ist echt so. Die Reise würde demnach etwa ein halbes Jahr andauern. Die erste Etappe soll uns knapp über den Rand von Finsternis hinausführen.«

Sie schwiegen eine Weile, saßen nebeneinander und starrten zu den funkenden Kristallen an der Decke. Jensen war nicht umsonst ihr bester Freund unter all den Kameraden. Er wusste, wann sie reden, wann sie zuhören und wann sie einfach nur schweigen wollte.

Ein leises Jaulen erklang plötzlich in der Tiefe des Schiffes. Allmählich schwoll das Geräusch an, wurde lauter.

»Was ist das?«, fragte June.

Jensen horchte. »Der Überlichtflug beginnt. So hat es sich auch angehört, als wir vor den Angriffen des Glitters geflohen sind. Du hast das ja verpennt.« Er zwinkerte ihr zu.

Mit einem Mal erstarb das Jaulen und machte Stille Platz. Nach und nach erklang wieder der leise Sing-Sang, der die Gänge und Räume der NEITH ständig erfüllte. Wegen seiner melancholischen Note bereitete er June stets Unbehagen. Auch die Flüchtlinge fühlten sich unangenehm berührt, hatte June erfahren, als sie noch im Lazarett gelegen hatte.

Mit einem Mal wurde ihr schwindlig. Sie fasste sich an die Brust, doch kein Schmerz war zu spüren. Sie schnaufte. Die Kristalle über ihr begannen, sich zu drehen. Mühsam stemmte sie sich in eine sitzende Position. Jensen griff nach ihr. Er sagte irgendetwas, doch seine Worte klangen dumpf und drangen nicht bis in ihren Verstand. June sah zu ihm, doch sein Gesicht war verschwommen. Dann wurde ihr heiß. Schweiß perlte über ihre Stirn, die Schläfen hinab. Etwas wühlte sich durch ihren Magen, schüttelte ihren Leib, kletterte die Speiseröhre hinauf – sie übergab sich. Sie fühlte noch, wie sie zur Seite kippte. Dann fiel sie in Ohnmacht.

Atlan

»Es sind vor allem diejenigen betroffen«, erklärte mir Angen-Math, »die Schaumphasenbiologie in ihrer Körpersubstanz tragen. Das reicht von alterungsstoppenden Manipulationen der Zellkerne bis hin zu ersetzten Organen oder Körperteilen. Allen gemein ist jedenfalls, dass sie selbst nicht in der Lage sind, den Quantenschaum zu kontrollieren. Dies trifft auf etwa siebzig Prozent der Menschen zu.«

Schweigend musterte ich den Salipir. Ich konnte mich täuschen, schließlich war er ein sehr fremdartiges Wesen, doch er wirkte auf mich seltsam entrückt. Normalerweise fixierte er seine Gesprächspartner mit mehreren Augen. Nur bei Karkeron machte er dabei eine Ausnahme. Nun jedoch strebten sie in alle Himmelsrichtungen, fokussierten keinen Menschen oder Gegenstand. Als sei Angen-Math in Gedanken viel mehr beim Schiff, als hier in der Realität.

Was ist schon Realität?, fragte mein Extrasinn. *Du müsstest mittlerweile gelernt haben, dass es in der Welt der Schaumphasentechnologie nicht nur diese eine – unsere – Realität gibt.*

Mein Logiksektor hatte recht, aber im Augenblick interessierte mich seine Anmerkung nicht sonderlich. Ich hatte Aliken Hantoon nach den zahlreichen Meldungen von Schwindel, Übelkeit und Erbrechen gebeten, dass die NEITH ihre Passagiere bei der nächsten Überlichtetappe genauestens beobachtete. Als von den USO-Soldaten, den Spezialisten und Grosz' Männern nur diejenigen Beschwerden meldeten, die mit Schaumphasentechnologie in Berührung gekommen waren, war in mir ein Verdacht gekeimt. Angen-Math hatte ihn soeben bestätigt. Er war aus der Verschmelzung mit der Schiffssubstanz zurückgekehrt, um persönlich mit uns reden zu können.

»Woran mag das liegen?«, fragte ich den Salipir. Ich saß, die Arme vor der Brust verschränkt, auf einem bequemen Sessel in der torusförmigen Zentrale. Sie schien unverändert. An einigen Stellen schimmerte das Material jedoch feucht, als würde das Schiff vor Anstrengung schwitzen. Ein salziger Geruch unterstrich diesen Eindruck.

»Die NEITH und ich können es uns nicht erklären.« Angen-Math verschränkte die Fingerbüschel, breitet die Kraftarme aus und schob die Filigranarme durch das so gebildete V. Eine Geste, die ich bei dem Salipir bereits öfter beobachtet hatte, wenn er ratlos war.

Ich blickte möglichst unauffällig zu Aliken hinüber. Sie nickte mir leicht zu, um zu bestätigen, dass sie keine Unaufrichtigkeit im Kontakt mit der NEITH verspürte.

»Also tappen wir im Dunkeln?« Ich presste die Zähne aufeinander. Das passte mir ganz und gar nicht. Sollten sich die Vorkommnisse verstärken, war unsere Heimreise in Gefahr. Ich wollte zurück in die Milchstraße; allerdings nicht um den Preis vieler unheilbar erkrankter Menschen oder gar Toter. Die beunruhigenden Symptome bereits zu Beginn der zweiten Etappe ließen jedoch genau das befürchten.

»Ich kann nur Hypothesen aufstellen. Und die besagen, dass der Antrieb Schäden davon getragen haben muss. Ob während der langen Tiefschlafphase geschehen oder von den Angriffen des Glitters herrührend – das lässt sich im Nachhinein nicht mehr objektiv analysieren. In der Vergangenheit gab es keine Fälle dieser Art.«

»Sagt wer?«, fragte Rulan Karkeron bissig. Der Oxtorner begegnete Angen-Math immer noch mit Misstrauen. Ein Umstand, der sich wahrscheinlich niemals ändern würde.

Etwas mehr Argwohn stünde auch dir gut zu Gesicht, Arkonide, kritisierte der Extrasinn.

Würde ich mich noch argwöhnischer aufführen, belastete das nur unsere Beziehung zu Angen-Math und vor allem zur NEITH, konterte ich.

»Sagen das Schiff und ich. Derzeit sind wir in einer derart engen Verschränkung miteinander, dass die Grenzen verschwimmen«, antwortete Angen-Math dem Leiter der Abteilung A912.

»Was können wir also tun?«, fragte ich. »Ich werde keine weiteren Menschenleben gefährden. Wir haben bereits genug Verluste erlitten.«

Angen-Math richtete vier seiner blauen Augen auf mich. »Ich versuche, die Schäden zu beheben oder zumindest einzugrenzen. Ich melde mich bei dir.«

Mit diesen Worten verschwand der Salipir wieder in der Schiffssubstanz.

Zwei Tage vergingen, in denen die NEITH ziellos im Halo der Galaxis Finsternis trieb. Ich nutzte die Zeit, um viele ausführliche Gespräche mit den Flüchtlingen aus Polychora zu führen. Ich lauschte Lebensgeschichten, Beschwerden, Schimpftiraden, begegnete aber auch hoffnungsvollen, mir wohlgesinnten Menschen. Vor allem diejenigen, die aufgrund ihrer fehlenden Schaumbegabung Außenseiter gewesen waren, sahen in mir eine Art Erlöser.

Die einstmals Privilegierten zeigten mir hingegen offen ihre Ablehnung.

Mit Damika Milano, Julian Munich, Aliken Hantoon, den Captains Karkeron und Olmos sowie Leutnant Grosz schmiedete ich alternative Pläne für den Fall, dass die Schäden am Antrieb der NEITH nicht behoben werden konnten.

Olmos, so fiel mir auf, wirkte immer öfter unkonzentriert. In einer stillen Minute nahm ich ihn deshalb beiseite.

»Captain, auf ein Wort.« Ich drückte den etwa fünfzigjährigen Terraner auf einen Sessel am Rande der Zentrale und setzte mich neben ihn.

»Sir?« Er sah mich überrascht an.

»Captain Olmos, Sie wissen vielleicht, dass ich ein vielbeschäftigter Mann bin.«

Er lächelte dünn. »Selbstverständlich.«

»Das Wohl der Galaxis, der Frieden zwischen den Völkern der Milchstraße und was der Schlagwörter mehr sind – all das liegt mir am Herzen und dafür investiere ich fast meine gesamte Energie.«

Olmos nickte nur. Anscheinend begriff er nicht, worauf ich hinaus wollte. »Ihnen ist vielleicht aber auch mein Ruf bekannt, dass ich das Leben zu genießen weiß.«

Er zuckte mit den Achseln. »Ein Mann in Ihrer Position hat selbstverständlich Neider, die Ihnen Schwächen zuschanzen wollen, die Sie nicht besitzen.«

Ich schüttelte den Kopf und schaute dem – aus meiner Warte – jungen Mann tief in die Augen. »Eben das verstehen Sie falsch. Natürlich übertreibt die Boulevardpresse der Galaxis und wer sonst noch über mich lästert. Aber in jedem Gerücht steckt auch ein Körnchen Wahrheit. Ich *weiß* mein Leben tatsächlich auszukosten. Ich liebe Frauen, genieße Wein und Spirituosen, esse gern und bin gesellig. All das versüßt meine Existenz. Pflicht allein macht nicht glücklich. Und Glück, Captain, ist doch das, wonach wir alle streben.«

Olmos sah mich stumm an und verzog keine Miene.

Ich stand auf, klopfte ihm auf die Schulter und sagte: »Gehen Sie schon zu Leutnant McCarthy. Und bei nächster Gelegenheit werde ich befehlen, ihr Psycho-Team zu trennen, damit ihrer Beziehung nichts mehr im Wege steht.«

»Psycho-Team?«

Ich grinste. »Selbstverständlich? Oder glauben Sie etwa, wir hätten Ihnen beiden sonst all diese Verfehlungen durchgehen lassen, wenn sie sich nicht im Einsatz perfekt ergänzen würden?«

Ich ließ ihn sitzen und ging wieder zu der Diskussionsrunde.

»Sir!«, rief mir Olmos hinterher.

Ich drehte mich nochmals zu ihm um.

»Das mit Leutnant McCarthy und mir ... bestimmt hat es Ihnen Jensen oder ein anderer meiner Leute erzählt. Glauben Sie mir, es ...«

Ich winkte ab und unterbrach ihn. »Mag sein, dass es mir jemand zugeflüstert hat. Aber jeder, der *das* nicht von selbst erkennt, muss blind sein.«

Stunden nach diesem Gespräch berichtete mir Jensen tatsächlich von den beiden. Es war nur eine kurze Bildnachricht, auf der der stämmige Olymp-Geborene mir zugrinste und den Daumen hob.

In den späten Abendstunden des 23. September löste sich Angen-Math erneut aus der Schiffssubstanz. Die Nachricht war niederschmetternd. Er vermochte den Fehler, der die Menschen während des Überlichtflugs beeinträchtigte, weder zu beheben noch einzugrenzen – tatsächlich hatte er ihn nicht einmal ausfindig machen können.

Kapitel 24

24. September 3126
Galaxis Finsternis, NEITH

Atlan

Der geräumige Saal, den uns die TRÄNE zur Verfügung gestellt hatte, war mit den 1021 Polychora-Flüchtlingen nicht überfüllt. Ich beobachtete eine Zeitlang vom Podium aus, wie die Geretteten in größeren und kleineren Gruppen zusammenfanden und sich unterhielten. Mein Extrasinn half mir dabei, Familien, Wohngemeinschaften und Freundescliquen in etwa zu ordnen. Mir war längst klar, welche Konsequenzen sich aus unserer vertrackten Lage ergaben. Doch ich war mir sicher, dass die Menschen sich ihrer Situation noch nicht gestellt hatten. Sie waren in den vergangenen Tagen von einem Chaos in das nächste gestürzt worden. Jeder trug sein persönliches Leid mit sich herum. Deshalb hatte ich sie alle hierher gerufen.

Als der Letzte den Saal betrat, sich setzte und allmählich Ruhe einkehrte, erhob ich meine Stimme. Ich eröffnete die Versammlung und sprach ein paar einleitende Worte über Sinn und Zweck dieser Zusammenkunft. Nach mir ergriff Damika Milano das Wort, die zu einer Art Wortführerin und Übermutter der Flüchtlinge aus Polychora geworden war. Anschließend baten wir um Wortmeldungen, wie sich die Menschen ihre Zukunft vorstellten.

Zunächst meldete sich ein älterer Mann und stand auf. Seine ersten Worte blieben unverständlich, bis ihn ein fliegendes Mikro erreichte. Zugleich wurde sein Gesicht auf einem der linsenförmigen Bildschirme eingeblendet. Es war bronzefarben, von einigen Falten durchzogen, doch es wirkte nicht greise. Vermutlich eine der Personen, die von der Schaumphasentechnologie profitiert hatten.

»... wären wir besser in Polychora geblieben! Ich habe dort mein ganzes Leben in Sicherheit verbracht. Meine Kinder sind dort geboren. Bevor Atlan kam, wurde alles von den Fünf geregelt. Nun habe ich innerhalb weniger Tage zwei Söhne verloren, und meine Frau liegt in einem der Krankenzelte.« Seine Stimme verließ ihn. Er setzte sich einfach auf den Boden.

Deprimiert, ohne Perspektive – er wird nicht der Einzige bleiben, der nur irgendwie und irgendwo überleben will, kommentierte mein Extrasinn.

Es folgte eine junge Frau. Ihr Sopran klang schrill, als sie rief: »Ich will das alles nur hinter mir lassen. Will nichts mehr von Quantenmagie und Glitter sehen. Endlich ein normales Leben führen können! Und das geht hier, in dieser elenden Galaxis auch nicht – das geht nur in der Milchstraße. Lasst uns weiterfliegen! Lieber sterbe ich unterwegs, als hier zu bleiben ...« Rufe der Zustimmung erklangen. Einige andere buhten.

Der Extrasinn begann bereits zu kategorisieren. *Gruppe Zwei: resigniert, nur ein aggressiver Wunsch weiterzufliegen, egal mit welchem Risiko!*

Eine resolute kräftig gebaute Frau mittleren Alters verkündete mit erhobener Stimme: »An allem trägt nur die Schaumphasentechnologie Schuld, die uns eingefangen hat! Und Verantwortung für unser Schicksal tragen auch alle, die damit zu tun haben: Schmidt, Aliken Hantoon, dieses Schiff und der Außerirdische Angen-Math. Und Atlan! Der Chef der USO ist doch nicht wegen uns hier. Er wusste ja nicht einmal von uns, als er ankam. Er will nur diese Technik verstehen lernen, sie mit in die Milchstraße nehmen und in Zukunft als geheime Waffe einsetzen. Unsere Rettung kann nur darin liegen, dass wir nie wieder in irgendeiner Weise etwas mit dem Schaumzeugs zu tun haben! Ich will von Bord und dann sollen die hinfliegen, wo der Pfeffer wächst!«

Ich durfte mir nicht leisten zu schmunzeln, denn viele Augen richteten sich auf mich. Die Frau konnte sich wohl nicht vorstellen, dass ich zurzeit überaus gerne dort gewesen wäre, wo der Pfeffer heimisch war – nämlich auf Terra. Vielleicht an einem sonnigen indischen Sandstrand.

Ich halte es für wenig wahrscheinlich, dass sie die Herkunft dieser Redensart noch kennt. Aber sie spricht einigen aus dem Herzen. Hohe Aggressivität, gepaart mit einer Verschwörungstheorie. Das könnte es dir und deinen Leuten schwierig machen, vernünftige Entscheidungen durchzusetzen, holte mich der Extrasinn in die Realität zurück.

Ich wurde wieder aufmerksam, als Damika Milano neue Aspekte in die Runde einbrachte.

»Wir sind ein versprengtes Häuflein irgendwo in der Unendlichkeit. Im Moment sitzen wir sogar mitten im Leerraum. ›Von Bord‹ scheint mir genau so illusorisch wie ›nach Hause in die Milchstraße‹. Mir geht es um unser Weiterleben, für mich vielleicht um noch einige Jahre, für euch und eure Kinder um eine kommende Zukunft. Euch erwartet in der Milchstraße kein ›Zuhause‹. Ihr werdet dort fremd sein. Unsere Heimat war trotz aller Not längst Polychora geworden – und von dort mussten wir fliehen, vermutlich unumkehrbar. Wir müssen uns eine neue Heimat aufbauen, hoffentlich an einem sicheren und guten Ort. Aber es ist ziemlich unwichtig, *wo* der liegt. Wichtig ist, dass wir dort gesund leben können! Ich persönlich vertraue Atlan und den USO-Leuten. Ich erwarte mir von ihnen Rettung, falls es überhaupt eine für uns gibt. Meine Meinung lautet daher: Suchen wir einen Planeten und siedeln dort. Ich schätze siebzig Prozent von uns leiden unter den Begleiterscheinungen des Überlichtflugs. Wie viele würden die lange Reise überleben? Ich weiß es nicht. Doch jeder Tote ist einer zu viel.«

Eine geringe Bindung an die Milchstraße, aber eine klare Perspektive, wertete der Extrasinn die Einstellung Damika Milanos.

Ich merkte mir ihre Worte. An einige ihrer Gedanken wollte ich später anknüpfen. Doch zunächst wartete ich noch etwa zwei Dutzend Wortmeldungen ab, bevor ich aufstand und um Aufmerksamkeit bat. Ich erklärte, dass mein Beitrag kein Schlusswort sei, die Versammlung solle intern weitergeführt werden. Dann fuhr ich fort: »Es hat in der Frühzeit der menschlichen Raumfahrt immer wieder gestrandete Kleingruppen von Terranern gegeben. Zum Beispiel durch Schiffsunfälle. Manche Gruppen verloren über Jahrhunderte den Kontakt nach Terra. Sie überlebten nach einem solchen Unglück. Ähnlich wie ihr oder eure Eltern und Großeltern.

Wir sind nach der Flucht jedoch in einer anderen Situation. Für heutige Begriffe ist diese Galaxis, die ich wegen ihrer nur schwach leuchtenden Sonnen Finsternis nenne, zwar unendlich weit von Terra entfernt. Aber die Existenz der Menschen aus Polychora – eure Existenz – und euer Aufenthaltsort werden bekannt sein.

Mir bleibt keine Alternative, als die Reise mit der NEITH zu unternehmen. Perry Rhodan und die Milchstraße *müssen* vor der Polychora-Gefahr gewarnt werden. Falls ich dort ankomme, kann ich euch allen versprechen, dass euch eines Tages wieder jemand aufsuchen wird. Perry und ich stehen für diese Zusage. Dass wir biologisch unsterblich sind, erhöht die Wahrscheinlichkeit für eine Rückkehr! Für die meisten von euch liegt die Chance darin, sich hier ein neues Leben aufzubauen. Wer von den Begleiterscheinungen des Überlichtflugs betroffen ist, sollte nicht das Risiko eingehen müssen, während der langen Reise zu erkranken oder gar zu sterben.

Zur Schaumphasentechnologie – es stimmt nicht, dass ich mich dieser bemächtigen will. Ich bin auch nicht deshalb nach

Polychora gekommen. Doch nach all unseren gemeinsamen Erfahrungen ist eines klar: Diese Technik ist von Menschen nicht zu beherrschen! Denn es sind die Anwender, die sich als unfähig erwiesen haben! Sie hat zudem die fatale Eigenheit, sich an ihrem Betrachter, an ihrem Benutzer auszurichten – und wir sind eben nicht vollkommen, sondern sehr vielschichtig und dabei oft widersprüchlich. Daran ist Galverin Schmidt gescheitert, daran sind, wie Angen-Math berichtete, auch schon die Erbauer Polychoras gescheitert.

Wir sitzen zusammen in einem Schiff, das ebenfalls mit dieser Technologie arbeitet, jedoch aufgrund einer anderen Grundkonzeption unproblematischer zu handhaben scheint. In der jetzigen Situation ist die NEITH unsere einzige Chance auf Rettung. Und das in mehrfacher Hinsicht. Zumindest ich sehe keine Alternative, als sich auf ihre Hilfe zu verlassen.«

Ein aufgeregter Zwischenruf gab mir Kontra: »Nie wieder in einer Schaumstadt leben!«

Ich nickte zustimmend in die entfernte Ecke des Saals hinüber und hakte dort ein. »Daran denkt auch niemand! Die Herrschaft der Fünf ist vorbei. Schmidt ist Geschichte, wohin auch immer er geflüchtet ist. Es wird also keine Neo-Schaumstadt geben! Aber: Angen-Math und die NEITH haben ihre Loyalität bewiesen und bieten Hilfe an – diese müssen wir nutzen! Je mehr wir ihnen vertrauen, desto besser wird auch das Schiff in unserem Sinne funktionieren; trotz aller Beschädigungen. Es gibt uns Wärme, Luft, Essen und Trinken, dafür sollten wir dankbar sein.«

Ich beendete meine Rede mit dem Versprechen, dass ich der Versammlung die Wahl lassen würde. Wollten Sie mit mir die lange Reise in die Milchstraße antreten, und das ungeachtet der negativen Auswirkungen auf Körper und Geist, würde ich sie mitnehmen. Niemand würde jedoch zu dieser Odyssee gezwungen werden. Bevorzugten sie vielmehr, einen Planeten in der Galaxis Finsternis ausfindig zu machen und dort eine Kolonie zu gründen, würde ich sie beim Aufbau unterstützen, bevor ich in die Milchstraße heimkehrte. Allein die Rückkehr nach Polychora schloss ich aus, und Damika Milano stellte sich dabei demonstrativ an meine Seite. Es gab keinen Durchgang mehr in die Arche. Und selbst wenn doch einer existieren sollte, drohte Polychora immer noch der Untergang. Wenn er nicht bereits vollzogen war.

Ich verließ die Versammlung, während weiter diskutiert wurde. Meine Meinung war nun bekannt. Jetzt wollte ich den Flüchtlingen eine Diskussion ohne meine Anwesenheit ermöglichen. Zudem hatte ich darum gebeten, in offenen Wahlen einige Sprecher zu bestimmen, die ich bei den anstehenden Entscheidungen konsultieren konnte. Ich war davon überzeugt, dass eine von ihnen Damika Milano heißen würde.

Rulan Karkeron

»Warum hat Atlan uns hier zusammengetrommelt?«, flüsterte Lemut Halet, so leise er konnte, zu seinen Nachbarn herüber.

Rulan Karkeron warf dem jungen Ertruser einen warnenden Blick zu. Atlan würde die Versammlung der Polychora-Flüchtlinge bald eröffnen. Seine Leute, diejenigen der Dreadful Three sowie Leutnant Grosz und seine überlebenden drei Soldaten saßen in einem kleinen Raum neben dem Saal und verfolgten das Geschehen auf einem Linsenbildschirm. Lemut Halet verstand Karkerons stumme Aufforderung und schwieg. Am gegenüberliegenden Ende des Tischs drehte sich Korporal Pertar Almoth zu Halet um. Natürlich konnte er mit seiner Meinung nicht hinter dem Berg halten.

»Er wird sagen, wie es mit uns weitergeht. Die Flüchtlinge beraten über ihre Möglichkeiten, aber unsere Situation ist eine andere. Von uns ist bisher – außer ein paar Leuten der Dreadful

Three – niemand erkrankt. Also ist die Mission immer noch klar: Wir sollten den Lordadmiral finden, retten und nach Hause bringen. Außerdem müssen die Verantwortlichen in der Milchstraße wissen, was in der Schaumstoff-Arche passiert ist. Wenn Schmidt erneut einen Versuch unternimmt, von Polychora aus einen Übergang in unser normales Universum zu öffnen, und er schafft es, auf einen besiedelten Planeten zu gelangen, wird er Menschen in sein Quantenschaumreich entführen. Dabei wird er all die Mittel einsetzen, die wir zur Genüge kennen gelernt haben.«

Sergeant Betty Kallouli stellte ihre Trinkflasche ab und mischte sich ein. Karkeron seufzte. Natürlich war es Pertar Almoth wieder einmal gelungen, eine hitzige Diskussion in Gange zu bringen.

»Pertar, es ist nicht mal sicher, ob Schmidt noch lebt und ob er es nach Polychora zurückgeschafft hat. Als die NEITH uns da rausgebracht hat, sah es in den Hohlsphären und dem Torus wirklich nicht mehr gut aus.«

»Ist ja auch kein Wunder, nachdem der Paladin dort so gewütet hat«, flachste der Korporal halblaut mit einem respektvollen Seitenblick auf den riesigen Roboter halb hinter ihnen. »Von der edlen Residenz Schmidts ist ja nicht viel übrig geblieben!«

»Korporal Almoth, Sie sollten von Ihrer Ausbildung her wissen, dass Siganesen ein sehr feines Gehör haben«, klang eine lautsprecherverstärkte Stimme aus gut drei Meter Höhe zum Tisch herunter.

Bis auf Harl Dephin, der vermutlich an seinen Kontrollen saß, versammelten sich alle Mitglieder des Thunderbolt-Teams auf den verschränkten Laufarmen. Da sich Harlon Darter zu ihnen gesellt hatte, zählte Karkeron sechs Siganesen, die dort saßen und auf Atlans Erscheinen warteten. Natürlich kannte er die Namen und Funktionen aller Thunderbolts. Sie hatten ihrem Ruf während der Kämpfe in der Hohlsphäre und zuletzt in der NEITH alle Ehre gemacht. Wer der Sprecher gewesen war, konnte der Oxtorner nicht mehr ausmachen, denn in diesem Moment erhoben sich alle sechs und salutierten mit militärischer Präzision. Der Lordadmiral der USO betrat den Raum. Die Unterhaltungen brachen ab.

Atlan

Ich schaute mich in dem Raum um. Vor Neugier angespannte Gesichter blickten mir entgegen. Ich grüßte und ging zunächst auf die laufende Diskussion der Polychora-Flüchtlinge ein, die die Anwesenden am Bildschirm verfolgt hatten. Dabei machte ich die Situation aus meiner Sicht noch einmal deutlich: Eine Rückkehr in die Galaxis Finsternis und ein Aussetzen der Geretteten auf einem sicheren Planeten waren absolut notwendig. Im Anschluss formulierte ich meinen persönlichen Dank an alle für ihren außergewöhnlichen Einsatz in den vergangenen Tagen und bat die Anwesenden, sich von ihren Stühlen zu erheben – für einen Moment schweigender Erinnerung an die Kameraden, die die Kämpfe nicht überlebt hatten. Es wurde ein langer Moment, bis ich die Männer und Frauen bat, sich wieder zu setzen.

Ich wollte die Geduld der neugierigen Offiziere und Soldaten nicht überstrapazieren und kam direkt zum Thema der Zusammenkunft:

»Die Geretteten werden als Siedler alleine nicht überleben. Sie sind zum größeren Teil psychisch am Ende und ohne Lebensmut. Zudem haben sie nur fragmentarisches Wissen, sowohl von moderner Technik wie von manchen Alltagsdingen. Dafür hat Galverin Schmidt über Jahrzehnte gesorgt. Sie brauchen also erfahrene Leute bei sich, die sie beim Aufbau ihres neuen Lebens mitreißen, sehr kompetent sind und Probleme lösen können. Ich will den Siedlern die bestmögliche Ausstattung überlassen, die wir noch zur Verfügung haben. Aber sie sind weder in der

Lage diese Technik zu bedienen noch sie in Ordnung zu halten. Meine Damen und Herren, Sie können sich ausmalen, zu welchen Katastrophen es in kürzester Zeit käme, wenn wir unsere Ausrüstung auf einen Planeten stellen und die Siedler mit einigen digitalen Handbüchern allein lassen.«

Ich schaute mich in der Runde um und sah in ernste, nachdenkliche Gesichter.

Jetzt merken die Ersten, worauf du hinaus willst.

Ich ließ mich von meinem Extrasinn nicht irritieren und fuhr fort: »Andererseits haben wir ein Zeitproblem – nicht nur, weil wir so schnell wie möglich zurück in die Heimat wollen, sondern auch, weil wir nicht wissen, wie lange die NEITH noch funktionsfähig ist. Angen-Math konnte mir keine sichere Auskunft geben, ob sich die Beschädigungen im Antrieb durch das Schiff selbst reparieren lassen. Es kann auch sein, dass sich die Fehlfunktionen derart aufschaukeln, dass wir unser Ziel, die Milchstraße, vielleicht nie erreichen. Auch über dieses Risiko sollten Sie sich alle im Klaren sein.

Zum Schutz und zur Betreuung der Siedler werden einige von Ihnen zurückbleiben müssen. Es wird mit höchster Wahrscheinlichkeit ein Abschied für immer sein. Die Chance, dass wir es mit menschlicher Kraft und Technik in absehbarer Zeit über diese horrende intergalaktische Entfernung wieder hierher schaffen, ist minimal. Ich kann nur versprechen, dass ich alles daran setzen werde zurückzukehren.

Ich will in nächster Zeit keine Entscheidung von Ihnen. Wir müssen einen geeigneten Planeten finden und werden uns dort sicher einige Monate lang aufhalten. Sie haben also reichlich Zeit zum Nachdenken. Aber ich möchte, dass Sie sich über diese kommende Entscheidung Gedanken machen, miteinander diskutieren, auch mich ansprechen. Ein gewisses Einfühlungsvermögen in eine solche unumkehrbare Situation habe ich auch. Ich danke Ihnen!«

Zugleich mit meinem Schlusssatz brandete, wie von mir geplant, Gelächter und Beifall auf. Der Hinweis auf mein Leben als »Einsamer der Zeit« auf Terra hatte den Männern und Frauen die Möglichkeit gegeben, ihre innere Spannung durch ein befreiendes Lachen zumindest für kurze Zeit zu lösen. Die Entscheidung, egal in welche Richtung, würde ihnen sicher noch Kopfzerbrechen bereiten.

Und mir graute auch davor.

Kapitel 25

27. September 3126
Im Leerraum, NEITH

Atlan

»Da die nächstgelegene Galaxis 3,8 Millionen Lichtjahre von unserer derzeitigen Position im Leerraum entfernt ist und Angen-Math dringend davon abgeraten hat, uns um Kontakt zu anderen raumfahrenden Zivilisationen zu bemühen, beschränkte sich unsere Suche auf den Randbereich von Finsternis.«

Ich beobachtete die junge Frau mit dem sympathisch selbstbewussten Auftreten und dem strubbeligen roten Haar aufmerksam. Nele Karsyk war Mitglied der Dreadful Three. Vor einigen Tagen hatte Captain Olmos sie damit beauftragt, Angen-Math umfangreiches kartographisches Material über die Milchstraße und ihre Nachbargalaxien zur Verfügung zu stellen. Der Salipir war geradezu begeistert von dem Korporal gewesen. Da er mit hundertprozentiger Sicherheit nicht von ihrer zierlichen, doch weiblichen Figur und dem hübschen Gesicht geblendet werden konnte, musste die Offizierin mit ihrer Kompetenz gepunktet haben.

Zweifelst du etwa an den Fähigkeiten deiner eigenen Leute?, erkundigte sich der Extrasinn.

Selbstverständlich nicht. Doch bislang hat sich Angen-Math uns Menschen gegenüber zwar immer freundlich und zuvorkommend verhalten, aber derart begeistert hat er sich noch nie gezeigt.

Ich hatte die Führungsriege meiner Offiziere sowie Aliken Hantoon und Damika Milano, als gewählte Erste Sprecherin der ›Siedler‹, wieder einmal in die Zentrale der NEITH geladen. Ich war selbst überrascht gewesen, dort auf Korporal Karsyk zu treffen. Ohne mein Wissen hatte Angen-Math sie gebeten, ihm bei der Suche nach einem zur Besiedlung geeigneten Planeten behilflich zu sein.

»Legen Sie los, Korporal!«, bat ich. »Und bitte verständlich für uns alle.« Mein kurzer Seitenblick auf Damika Milano und Aliken Hantoon signalisierte ihr, wen ich mit dem Nachsatz meinte. Zwar waren die beiden einst Offiziere der Solaren Flotte gewesen, doch das war lange her.

Nele Karsyk deutete ein Salutieren an. Dann zeigte sie auf die dreidimensionale Linse, die zwischen uns schwebte. Es war das erste Mal, dass ich eine solche räumliche Art der Projektion an Bord des Schiffes beobachtete.

»Die NEITH hat seit Ankunft in der Galaxis Finsternis automatisch Ortungsdaten der Sternensysteme gesammelt. Für einen Katalog reicht es längst nicht aus, aber die Daten bieten uns eine Auswahl unter derzeit 1,5 Millionen Sonnen. Mit Hilfe unserer Ausschnittskarten der Milchstraße konnten die Sonnen terranischen Kategorien zugeordnet werden. Meine Suche galt Sternen vom G2V-Typ.«

Dabei handelte es sich um den Typ Sols, des Heimatgestirns der solaren Menschheit. Ich warf einen kurzen Blick in die Runde, niemand runzelte die Stirn oder machte Anstalten, eine Frage zu stellen. Also ließ ich Karsyk fortfahren.

»Ausgeschlossen habe ich Gebiete in der zentrumsnahen Region und dichtere Sternenhaufen, in denen die Sonnen im Strahlungsspektrum denaturiert waren. Der beobachtete Energiemangel in solchen Ballungen ist eindeutig den Aktivitäten von Glitter zuzuordnen. Diese Vermutung wurde von der NEITH bestätigt. Im Bereich unserer Flugrouten konnte ich viertausendsechshundert Sonnen vom Typ G2V fixieren. Dreihundert davon haben wir in einer derart geringen Entfernung passiert, dass wir die Existenz von Planeten in ihrer Umlaufbahn überprüfen konnten.«

Ich nickte zustimmend. »Als Suchkriterium hatte ich Ihnen vorgeschlagen, isoliert stehende Einzelsysteme ebenfalls auszuschließen«, wandte ich ein. »Am liebsten wäre mir eine stabile gelbe Sonne in einer unauffälligen Nachbarschaft, die für Glitter nicht appetitlich erscheint.«

Karsyk lächelte kokett. Ihre Sommersprossen schienen dabei auf der blassen Haut zu tanzen.

Welch eine der Situation angemessene Analyse, spottete der Extrasinn. Ich ignorierte seinen Einwurf.

»Da kann ich vier Kandidaten bieten. Mein Favorit OGF 16.264 ist nur achthundert Lichtjahre von unserer derzeitigen Position entfernt«, nahm Korporal Karsyk den Faden auf. »Die Sonne liegt in einem offenen, der Galaxis vorgelagerten Sternenhaufen. Mindestens sechs Planeten umkreisen sie, davon zwei in der habitablen Zone. Das System und seine Nachbarschaft liegen günstig, denn in Richtung Zentrum wird die Gruppe abgedeckt durch zwei größere Ballungen mit ziemlich *ausgelutschten*, teils erloschenen Sternen. Hier war Glitter anscheinend vor vielen Jahrtausenden bereits aktiv. Ein erneuter Besuch wäre nach menschlicher Logik wenig wahrscheinlich, solange noch energiereichere Angebote locken.«

Rulan Karkeron neben mir räusperte sich und blickte Angen-Math auffordernd an. »Wann könnte die NEITH starten? Für die Kranken wäre es günstig, wenn sie so früh wie möglich von Bord kämen.«

»Sobald in dieser Runde über das Ziel Einigkeit herrscht«, antwortet der Salipir, ohne auf den provokanten Tonfall des Oxtorners einzugehen. Freunde würden die beiden in diesem Leben nicht mehr werden. Die meisten seiner sechzehn Augen richtete Angen-Math auf die übrigen Anwesenden aus. »In dem Fall kann ich dem Schiff sofort übermitteln, OGF 16.264 anzufliegen.«

Ich nickte zustimmend und die Versammelten taten es mir gleich. Diese typisch terranische Geste war dem exotischen Außerirdischen, den ich bisher keiner Kategorie hatte zuordnen können, längst kein Geheimnis mehr. Er erhob sich von seinem blau leuchtenden Sitzkissen, dann verblasste seine Erscheinung und der Salipir war verschwunden. Er hatte sich wieder in die Substanz der NEITH integriert. Immer öfter hatte ich dies beobachten können. Und ich wusste nicht, ob mir diese Entwicklung gefallen sollte. Es entfremdete ihn von uns, denen er sich nach eigenem Bekunden zugehörig fühlte.

Rulan Karkeron brummte unwillig.

Ich stand auf und wandte mich an Damika Milano. »Egal, ob es dieser Planet sein wird oder vielleicht der übernächste, Sie sollten sich grundlegende Gedanken über Ihr Leben dort machen. Stellen Sie am besten eine Liste auf, was ihre Leute gelernt haben, womit sie sich auskennen, was sie gerne tun möchten ... Captain Karkeron wird die Daten sammeln, damit wir einen Überblick für die Planung bekommen.«

Ich warf auch dem Oxtorner, Grosz und Olmos einen Seitenblick zu. »So ein Verzeichnis wäre auch für Ihre Teams nützlich. Wir müssen wissen, auf welches Fachwissen wir bei Bedarf zurückgreifen können.«

Damika Milano räusperte sich. Die alte Frau mit der samtbraunen, faltigen Haut lehnte sich in ihrem Sitz vor und blickte mir tief in die Augen. Ihre Präsenz entfaltete sich auch in dieser illustren Runde. Mich wunderte es nicht, dass sie die zukünftigen Siedler rasch für sich vereinnahmt hatte.

»Atlan, bitte bedenken Sie unsere Geschichte. Die älteren Polychora-Menschen haben sich noch im ursprünglichen Dorf der gestrandeten WAV-E-Besatzung mit Landwirtschaft, Fischfang und Handwerk beschäftigt. Unter anderem gehörte auch ich dazu. Aber nachdem uns Schmidt in die Stadt aus Eis und Stahl zwang, war die Herstellung von Werkzeugen und Nahrungsmitteln nicht mehr notwendig. *Die Stadt* lieferte uns alles, was wir zum Leben brauchten. Galverin Schmidt«, sie sprach den Namen wie einen Fluch aus, »Aliken Hantoon, Silana tar Kosh, Persher Gust und Satran Kalandaar schufen ein Paradies. Zumindest glaubte Schmidt das. Und anfangs sicher auch Aliken und die anderen drei.«

Ich beobachtete, wie Aliken auf der Sitzfläche ihres Sessels hin- und herrutschte. Es war ihr sichtlich unangenehm, dass über diese Epoche ihres Lebens gesprochen wurde. Sie wich meinem prüfenden Blick aus und ich schenkte meine Aufmerksamkeit wieder Damika Milano.

»Nach und nach trainierten immer mehr Stadtbewohner ihre Fähigkeiten und stiegen zu Protegés Schmidts auf. Sie schufen märchenhafte Wälder, die zu langen Spaziergängen einluden. Die Jüngeren vertrieben sich die Zeit mit Sport oder legten sich andere Hobbys zu. Auch diejenigen, die der Schaumphasentechnologie nicht mächtig waren, frönten dem leichten Leben. Erst mit der Zeit wurden sie zu Außenseitern und ›Sklaven‹ der Begabten. Manche unter uns, auch ich, versuchten, das alte Wissen weiterzugeben – aber was die Menschen nun erwartet, ist völliges Neuland!«

Dann kannst du nur hoffen, dass die Jüngeren praktischere Hobbys gepflegt haben als der alte britische Landadel, meldete sich mein Logiksektor zu Wort. *Und dass die Unbegabten in ihrer Rolle als Leibeigene handfeste Kenntnisse erwarben.*

Der Extrasinn hatte durchaus recht. Mich interessierte im Moment jedoch viel mehr etwas anderes. Überrascht fragte ich Milano: »Die Fünf hatten also nichts dagegen, dass ihr die Kinder ausgebildet habt?«

»Wir legten immer Wert darauf, das frühere Wissen zu erhalten und zu lehren. Das wurde in den technischen Bereichen wie der Hyperphysik sogar gefördert. Schmidt stellte selbst Labors, Geräte und Experimentalareale zur Verfügung. Mit Medizin, Geschichte und Philosophie hingegen gestaltete es sich schwieriger. Es gab seit dem Umzug kaum Lesbares dazu, sodass wir immer mehr auf die mündliche Weitergabe angewiesen waren.«

Natürlich, Bibliotheken sind gefährliche Brutstätten des Geistes, nörgelte der Extrasinn. *Schmidt hat in den Schulen nur geeignete Kandidaten für die Beherrschung der Schaumphasentechnologie gesucht – oder für die Stabilisierung derselben.*

Ich musste der deprimierenden Einschätzung recht geben. Gerade wollte ich zu einer Antwort ansetzen, da erschien Angen-Math scheinbar aus dem Nichts.

»Wir haben den Rand des Zielsystems OGF 16.264 soeben erreicht. Möchtet ihr die Fernortungen sehen?«

Kapitel 26

28. September 3126
Galaxis Finsternis, OGF 16.264

Atlan
Ich saß auf der Kuppe eines sanften Hügels und blickte über die Schwemmebene hinaus aufs Meer. Eine Brise trug von Salzwasser schwangere Luft zu mir herüber. Unterarmgroße, bunt schillernde Insekten schwirrten zirpend über die violetten, von Mineralien verkrusteten Gräser. Die vorrangigen Entscheidungen waren gefallen, wir hatten einen Planeten gefunden. Die Siedler hatten ihn in erster Begeisterung »Zuflucht« getauft, die Sonne, die an diesem späten Mittag meinen Rücken wärmte, hieß nun »Eigenlicht«.

Für die Begeisterung hast du ja mit deiner vieltausendjährigen Erfahrung in spektakulärem Eventmanagement gesorgt – kein Wunder, dass die Siedlerversammlung sofort dafür gestimmt hat, hier zu bleiben.

Mein Extrasinn traf den Nagel auf den Kopf. Ich grinste leicht, knickte einen Grasstängel ab und strich damit über die Wiese mit ihren weichen Halmen. Rosafarbene Salzkristalle rieselten zu Boden.

Nachdem die NEITH das Sonnensystem OGF 16.264 mit den Systemen ihrer Nahortung überprüft hatte, war klar gewesen, dass der dritte Planet klimatisch ungeeignet für eine menschliche Besiedlung war. Wie die anderen sechs Planeten sei er nicht von Intelligenzwesen bevölkert, hatte uns das Schiff versichert. Daran war mir und auch den Siedlern gelegen. Ein potenzieller Konkurrent um die Lebensbereiche hätte ein zu hohes Risiko für die provisorische Kolonie der Polychora-Menschen bedeutet.

Der äußere Nachbar des heißen Wüstenplaneten hingegen hätte in der Milchstraße eine steile Karriere als Urlaubsparadies des Solaren Imperiums gemacht. Als nach wenigen Umrundungen des vierten Planeten das Kartenmaterial vorlag, hatte ich mich für den kleinsten der sieben Kontinente entschieden. An seiner Südküste suchte ich einen für mein Vorhaben passenden Ort aus. Dann wählte ich als Zeitpunkt für die Landung des Schiffes die letzte lokale Nachtstunde aus.

Captain Olmos und Korporal Meyer hatten zuvor mit ihrem Shift den Landeplatz auf Gefahren überprüft und das kahle Granitplateau für unbedenklich erklärt. Mit Hilfe meines fotografischen Gedächtnisses rekapitulierte ich die Ereignisse ...

»Was sollen wir denn hier mitten in der Nacht? Viel zu sehen gibt es ja nicht. – Da wären wir besser an Bord geblieben, um uns weiter Aufnahmen der Erkundungstrupps anzuschauen! – Mir ist kalt! – Hier sind ja nur Steine!«

In den Ausrufen der künftigen Siedler schwangen deutlich Unmut und Verärgerung mit. Ich hatte sie aufgefordert, die gelandete NEITH zu verlassen und sich auf dem Felsplateau zu versammeln. Nun standen an die tausend Menschen in kleinen und größeren Gruppen im milchig weißen Licht des Schiffes auf den vom Wind glatt geschliffenen Felsen. Sie wussten nicht, was sie hier eigentlich sollten. Nur wenige waren in der NEITH geblieben. Dabei handelte es sich um diejenigen, die besonders stark unter den Begleiterscheinungen des Überlichtflugs gelitten hatten. Zu ihnen gehörte auch Leutnant McCarthy. Glücklicherweise war niemand gestorben. Doch beinahe wäre es bereits auf dieser – zumindest für die Verhältnisse der NEITH – kurzen Reise dazu gekommen.

Ich sprach beruhigende Worte. Lautsprecher trugen meine Stimme zu den Menschen, übertönten das Rauschen des Windes. Ich bat die Männer, Frauen und Kinder um ein wenig Geduld. Dann funkte ich Angen-Math an, dass er die ›Scheinwerfer‹ des Raumschiffes desaktivieren sollte. Dunkelheit breitete sich über dem Felsplateau aus. Nur langsam gewöhnten sich meine Augen an die nächtliche Schwärze.

Der Himmel war für meinen Geschmack relativ sternenarm. Dadurch leuchteten jedoch auch Gasnebel und weiter entfernte Galaxien in der schwarzblauen Nacht. Der Effekt auf die künftigen Siedler ließ nicht lange auf sich warten. Auf dem Felsen erhoben sich andächtiges Raunen und Staunen – die meisten Polychora-Menschen hatten so einen Anblick noch nie in ihrem Leben gesehen. Der Halbmond hing tief über den Bergen und gab zusätzliches Licht, ohne das Firmament zu überstrahlen. Einige Siedler setzten sich oder legten sich auf den Rücken, um das Panorama in sich aufzunehmen.

In meiner Nähe begann ein greiser Mann zu weinen. Damika Milano, die mit ihren engsten Vertrauten etwas abseits von mir stand, kam zu mir herüber und flüsterte mir ins Ohr: »Er ist einer der Letzten aus der WAV-E, dem keine Schaumbegabung vergönnt war. Die Alterung unserer Körper ist in Polychora zwar langsamer vorangeschritten, aber Michael ist ein Greis. Sein Leben neigt sich dem Ende zu.«

Ich nickte verstehend. Der Alte hatte wohl nicht mehr erhofft, noch einmal auf einem Planeten zu stehen und die Sterne sehen zu dürfen. Ich hatte schon viel erlebt, doch dieser Gefühlsausbruch bereitete selbst mir eine Gänsehaut.

Das Meer vor uns war nur selten an leichtem Glitzern zu erahnen. Milchiges Blaugrau im Osten verdrängte allmählich die schwarze Nacht. Alle Köpfe drehten sich in die Himmelsrichtung der Morgendämmerung. Erste fahle Konturen der Umgebung wurden sichtbar, als die Farbe zu orangegelb wechselte. Doch die Beobachter ließen sich nicht ablenken, starten gebannt weiter in eine Richtung. Die Sonne setzte sich gegen den milchigen Dunst durch. Als goldgelbe Scheibe stieg sie über den flachen Hügeln empor. Ich hörte begeisterte Rufe. Die Menschen begannen, Beifall zu klatschen und zu lachen. Einige fielen sich in die Arme.

Während ich die ersten wärmenden Sonnenstrahlen auf meinem Gesicht spürte und der leichte Morgenwind durch meine Haare wehte, wusste ich, dass endlich der Bann ihrer schrecklichen Vergangenheit gebrochen war.

Ich rief den Siedlern einen letzten warnenden Hinweis zu, nicht zu lange ungeschützt in die Sonne zu schauen. Dann überließ ich die Menschen ihrem Glück und ihrer Freude. Ich hatte einiges zu tun. Die von Erleichterung getragene Stimmung würde bald erster Ernüchterung weichen.

Ich schüttelte den Kopf und widmete mich wieder der Gegenwart. Der Hügel im rückwärtigen Teil der violett-grünen Landschaft bot mir eine gute Aussicht über das künftige Siedlungsgelände. Meine Wahl war auf eine große fruchtbare Schwemmlandebene am Meer mit zwei kleinen Hafenbuchten gefallen. Dahinter stiegen im weiten Halbrund sanft bewaldete Berge an. Inmitten der Ebene ragte das Granitplateau etwa zweihundert Meter empor, auf dem auch die NEITH problemlos einen Landeplatz gefunden hatte. Sie war der Länge nach gelandet, die Blätter an ihr Heck gefaltet. Grüngelb schimmerte die Hülle in der Sonne. Von meiner Position aus wirkte das Schiff wie ein überdimensioniertes Insekt, das Wärme tankte.

Der Fluss, der am Felsfuß vorbei mäandrierte, brachte zuverlässig sauberes Wasser aus weiter entfernten Gebirgen heran – eine der Grundlagen für menschliche Ansiedlungen. In einer spontanen Versammlung auf dem Felsen hatten die Menschen dem Siedlungsplatz zugestimmt. Dabei waren auch die Namen für die Sonne und den Planeten bestimmt worden. Ich hatte anschließend darauf bestanden, dass die Siedler – vermutlich ein letztes Mal – im Schiff zu Abend aßen und schliefen. Die Umstellung auf Ortszeit und einen Tag mit fast sechsundzwanzig Stunden würde ihnen noch längere Zeit zu schaffen machen. Manche hatten allerdings Decken und Unterlagen aus der NEITH getragen und im Freien geschlafen, *auf ihrem Planeten*.

Währenddessen bereiteten einige USO-Soldaten am Fuße des Plateaus provisorische Unterkünfte vor, indem sie mit ihren Desintegratoren Höhlen in den stabilen Fels brannten. Später einmal konnten die Räumlichkeiten vielleicht als Vorratskeller genutzt werden. Momentan bedeutete es die schnellste Möglichkeit, genügend trockenen Wohnraum zu schaffen.

Ich flog hinüber zum Meer und landete an einer kleinen geschützten Felsenbucht. Captain Olmos hatte den S-V-32 unter dem Kommando von Sergeant Brody Bernsing und Korporal Nele Karsyk mit einem Dutzend Leuten besetzt, die seiner Liste nach Ahnung von Bootfahren, Fischfang, Tauchen oder sonstigen Tätigkeiten am Meer besaßen. Sie sollten das natürliche Umfeld auf Gefahrenpotenziale untersuchen und erste Grundlagen für einen sicheren Hafen schaffen.

Ich landete auf einer vorgelagerten Klippe. Ein unverwechselbarer Rotschopf kam mit offenem Helm zu mir herübergeflogen. Korporal Karsyk machte neben mir Halt, ihr fingerlanges Haar windzerzaust, und lachte. »Arbeitskontrolle, Sir? Ob wir am Strand liegen und uns sonnen?«

Ich grinste sie an. Einen derart unkonventionellen Umgangston war ich von meinen Untergebenen nicht gewohnt. Aber die Mitglieder der Dreadful Three waren eben etwas Besonderes. Und in unserer derzeitigen Lage mochte es nicht schaden, von dem steifen, militärischen Duktus der USO Abstand zu nehmen.

»Nennen Sie mich Atlan. Das ist mir in solchen Situationen vertrauter. Und ja, berichten Sie mir bitte, wie Sie vorgehen!«

»Zweimal ›gerne, Sir‹. Ich heiße übrigens Cornelia, also Nele. Dort draußen liegt eine Antigravplattform im Wasser. Ein Hobby-Biologe der einstigen WAV-E-Besatzung katalogisiert Meerestiere und untersucht mit unserem Standardset für Exoplaneten die Fische auf Gefährlichkeit, Gifte oder eben Bekömmlichkeit und Nährwert. Als Fischer haben wir ihm einen GLADIATOR zugeteilt. Mittlerweile stellt sich der Toaster gar nicht so übel an beim Harpunieren. Ab und zu bringt er den analysierten Fang an Land. Es dürfte so reichlich werden, dass wir heute Abend ein großes Barbecue am Strand veranstalten können. Trockenholz wird auch schon gesammelt. Sehen Sie den Kampfroboter drüben am Hang?«

Als sie mein leicht verzweifeltes Kopfschütteln bemerkte, erklärte sie mit einem breiten Lachen: »Nebenher überprüft der GLADIATOR die Tektonik des Gesteins entlang der Abbruchklippe oberhalb des Hafens, damit den Siedlern nicht irgendwann Felsbrocken auf den Kopf fallen. Und er hat die Aufgabe, größere Landtiere aufzuspüren und zu betäuben, damit sie untersucht werden können. Wollen wir zum Hafenbecken herüberfliegen? Dort kann ich Ihnen meinen Vorgesetzten vorstellen – Sergeant Brody Bernsing«

Wir flogen über den von Geröll bedeckten Sandstrand zur kleinen Bucht hinüber. Ein braun gebrannter Typ mit nacktem Oberkörper und weißblonden Haaren stand mit seiner Uniformhose bis zu den Knien im Wasser und brüllte in sein Headset. Wenige Meter neben ihm rangierte der Shift.

»Lassen wir ihn noch einem Moment in Ruhe. Das möchte ich mir ansehen!«, rief ich Nele Karsyk zu. Sie nickte und flog mir voraus auf einen Felsen zu, von dem aus wir einen umfassenden Überblick über das geräumige Felsenbecken genossen. Der Shift stand am unteren Ende einer breiten, künstlich geglätteten Rampe und hatte die Prallfelder so positioniert, dass vor dem Bug der Meeresboden vom Wasser freigeschoben war. Der Sergeant kommandierte weiterhin lauthals. Durch gezielte Schüsse – nach Bedarf mit Desintegrator- und Thermostrahlern – wurde die flach ansteigende Abfahrt in den Meeresgrund vorgeschoben. Fehlendes Material wurde mit dem Traktorstrahler herangeschafft und eingefügt.

»Der Sergeant ist Hobby-Segler, im Urlaub ständig mit Bootsanhänger und Schiff auf Tour. Er hat den Spitznamen Walross!«, informierte mich Karsyk.

Der Name traf zu, erkannte ich, als die Arbeiten offensichtlich zu seiner Zufriedenheit fertiggestellt waren und Bernsing zu uns herüberkam. Ich schätzte ihn auf etwa sechzig Jahre. Er war vollkommen durchnässt und von seinem Seehundbart tropfte das Wasser. Ein Glanz schimmerte in seinen braunen Augen, den ich nur zu gut kannte. Ich hatte während meines Exils auf Terra viele Seefahrer begleitet, deren wahre Heimat die Weite der Meere gewesen war, nicht die Hütten ihrer Dörfer, in denen Frau und Kinder auf sie warteten.

Bernsing salutierte. Ich reichte ihm die Hand. »Wirklich gute Arbeit, Sergeant! Damit kann man im Herbst problemlos die Boote an Land in Sicherheit bringen. Die Meteorologen sagen durchaus Winterstürme an dieser Küste voraus.«

»Ein Lob vom Experten. Danke!« Bernsing lachte. Stolz schwang darin mit. »Ich bin übrigens auf der Erde einige Ihrer früheren Routen im Mittelmeer nachgesegelt ... Da weiß man einen guten Hafen zu schätzen.«

Ich war einen Augenblick lang sprachlos. Nicht aber mein Extrasinn: *In dieser fernen Galaxis bereits Liebhaber deiner Uralt-Abenteuer. Aber jetzt bitte keine Rückerinnerung, sonst scheitert unser gesamter Zeitplan.*

»Ich würde mich freuen, heute Abend mit Ihnen und Ihrer Crew zu grillen, Sergeant Bernsing. Falls ich denn eingeladen werde ...« Der Gedanke an frischen Fisch war zu verlockend nach den erbarmungswürdigen Mahlzeiten der letzten Zeit. Am 3. September hatte ich über einen Zugang auf der WAV-E Polychora betreten. Fünfzehn Tage waren seither vergangen. Die Geschehnisse, die sich in diesen etwas mehr als zwei Wochen abgespielt hatten, wären genug für ein ganzes Jahr gewesen.

Mein Vorschlag stieß auf begeisterte Zustimmung. Ich wies darauf hin, dass sie ab nachmittags zusätzlich mit etwa zweihundert Siedlern rechnen sollten, die sich am Hafen- und später dem Bootsbau beteiligen würden. Das sei kein Problem, versicherten mir beide. Sie hatten schon mit der Verstärkung gerechnet. Wir wechselten noch einige Worte, dann verabschiedete ich mich und flog weiter, dem nächsten Ziel meiner Route entgegen.

Auf meinem Weg traf ich unter anderem auf den jungen Ertruser Lemut Halet, dem ich erstmals im Zuge der Illochim-Krise begegnet war. Ich hatte ihm einen sehnlichen Wunsch erfüllt, indem ich es ihm ermöglichte, der USO beizutreten. Er war mittlerweile Mitglied von Rulan Karkerons Abteilung A192 innerhalb des Spezialkommandos Atropos – und er machte sich nicht schlecht, wenn man den Worten des Oxtorners traute; und das tat ich!

Lemut arbeitete mit Hilfe eines GLADIATORS an dem Wegenetz, welches das Felsplateau, den Hafen im Westen und die Flussmündung am östlichen Rand der Ebene miteinander verbinden sollte. Der junge Ertruser bereitete die Wege vor, indem er Pflanzen und Geröll auf einer Breite beseitigte, dass ein Fahrzeug von der Größe eines Shifts die provisorischen Straßen passieren konnte.

Ich überraschte ihn dabei, wie er laut jauchzend auf dem Rücken der Maschine »ritt«. Er bekam einen riesen Schrecken und wurde weiß im Gesicht, als ich ihn anfunkte und bat, seinen wilden Ritt zu beenden, um mir Bericht zu erstatten. Ich verkniff mir ein Grinsen, als er mir stotternd seine bisherige Arbeit erklärte. Dann stellte ich einige Fragen, unter anderem, weshalb er die Straßen derart breit anlegte. Lemut begründete diese Maßnahme damit, dass in der nächsten Zeit möglicherweise schwere Transporte von den Shifts gezogen werden mussten. Ich lobte ihn für seine Umsicht und informierte ihn, dass die ersten Siedler den Weg in wenigen Stunden gehen sollten. Er versprach mir, dass dies kein Problem sei. Der Shift Sergeant Bernsings könnte die Wege mit Meerwasser besprühen, um den Staub zu binden und anschließend den Boden festigen. Mit einem augenzwinkernden Kommentar zu seinen Reitkünsten hieß ich ihn, seine Arbeit fortzusetzen.

Zufrieden flog ich weiter und stattete den Siedlern auf dem Felsplateau einen Besuch ab. Mittlerweile war es bereits eine Stunde nach dem Zenitstand der Sonne, also vierzehn Uhr örtlicher Zeitrechnung. Ihr Tag-Nacht-Rhythmus war immer noch von der NEITH geprägt, in der wir einen Glockenklang eingeführt hatten, der die Zeiten angab. Bislang behielt Angen-Math diese junge Tradition bei. Es würde einige Zeit benötigen, bis sich die Menschen umgestellt hatten. Deshalb wollte ich den Siedlern diesen Nachmittag zum Herumschnuppern und ersten eigenen Entdeckungen gönnen. Insbesondere die bislang Unentschlossenen und Zweifelnden sollten in aller Ruhe die schon geschaffenen Strukturen erkunden können. Ich gab einen kurzen Bericht darüber, an welchen Stellen während ihrer Schlafperiode bereits mit Arbeiten in der Ebene begonnen worden war.

Im Anschluss daran suchte ich nach Harl Dephin, fand ihn und sein Thunderbolt-Team jedoch nicht. Die Siganesen waren an Bord des Paladins aufgebrochen, um den Kontinent feiner zu kartieren sowie Flora und Fauna auf mögliche Gefahrenquellen zu untersuchen. Bislang harrten wir also noch ihrer Rückkehr. Ich funkte Dephin an, um mich nach ihren Fortschritten zu erkundigen. Der Major erteilte mir grünes Licht dafür, dass die Siedler hinunter in die Ebene gebracht werden konnten. Zumindest größere Raubtiere hatten sein Team und er noch nicht entdeckt.

Rulan Karkeron war derweil nicht tatenlos gewesen. Auf Basis der Siedlerliste hatte er ein Dutzend Gruppen zu den Arbeitsbereichen zusammengestellt, die wir am dringendsten angehen wollten. Auf der Versammlungsfläche verteilt standen zwölf farbige Informationsstelen, die uns die NEITH zur Verfügung stellte. Hier sollten sich die Gruppen zusammenfinden und miteinander beratschlagen. Noch konnten sie durch Verschieben ihrer Namen die Einsatzgruppen wechseln, wenn sich beispielsweise herausstellte, dass Familien oder Freunde zusammenbleiben wollten.

Ich wandte mich erneut an die Siedler. Bevor wir sie in die Ebene transportierten und ihnen Gelegenheit gaben, sich umzuschauen, beabsichtigte ich, sie über Sinn und Zweck der Arbeitsgruppen zu informieren. Dabei stellte ich heraus, dass es sich nicht um ständige Gruppierungen handelte, sondern später noch freie Entscheidungsmöglichkeiten blieben.

»Es geht jetzt darum, die notwendigsten Existenzbedingungen schnell zu schaffen. Dazu gehören Nahrung, Unterkunft, Erschließung des Siedlungsraums und medizinische Versorgung. Es gibt einen natürlichen Weg vom Plateau herunter in die Ebene. Er ist von einer Shift-Besatzung erweitert und geebnet worden. Am Fuße des Felsens wurden Höhlen eingebrannt, die für viele Dinge nützlich sind. Zunächst werden wir dort ein Medozentrum einrichten und die Kranken aus dem Schiff unterbringen. Provisorisch haben wir einige Verbindungswege angelegt, darunter eine breite Straße zum Meer und zum Hafen.

Dorthin sollen nachher besonders die Gruppen für Fischfang, Salzgewinnung und Bootsbau gehen, damit sie sich dort umschauen und vielleicht schon übernachten können. Es ist übrigens trockenes warmes Wetter angesagt, habe ich erfahren.«

Ich gab weitere Hinweise und schloss mit den Worten: »Wenn jemand etwas Ungewöhnliches bemerkt, sich verletzt oder in Gefahr gerät, bitte sagt sofort euren USO-Begleitern Bescheid. Diese können in vielen Fällen helfen und stehen in Verbindung mit Captain Karkeron auf dem Plateau! Wir befinden uns auf einem unbekannten und unerforschten Planeten. Jeder Hinweis ist wertvoll!«

Zwei Stunden später waren alle Gruppen unten in der Ebene. Die Kranken hatten wir, soweit transportfähig, in das neue Medozentrum transportiert. Ich saß mit Karkeron, Olmos und Aliken an einem Tisch vor den drei großen Zelten, in denen die gesamte Organisationsleitung untergebracht war. Ich dankte vor allem Olmos noch einmal dafür, dass er bei Beladung seiner Shifts beharrlich darauf bestanden hatte, anstelle von Waffen Notzelte, Medikamente und weitere Ausrüstungsgegenstände für humanitäre Hilfe mit nach Polychora zu nehmen.

Der Captain winkte erwartungsgemäß ab. »Ich habe nur meine Pflicht getan und nachgedacht, Sir.«

Rulan Karkeron lenkte das Gespräch auf weniger erfreuliche Dinge. »Dieser Entschluss der Siedler, hier alles ohne Schaumphasentechnologie aufzubauen, führt zu ziemlichen Einschränkungen«, bemängelte er. »Die NEITH könnte uns ansonsten bei groben Arbeiten helfen.«

Unsere Blicke gingen zu Aliken Hantoon herüber, die sich um den Umzug der Kranken gekümmert hatte. Sie trug, den Temperaturen angemessen, ein dünnes, malvenfarbenes Kleid, das die Schultern frei ließ und nur bis knapp über die

Knie reichte. Zumindest sie konnte noch nicht ganz auf die Annehmlichkeiten des Schaums verzichten. Ich wollte Aliken trotzdem nicht darauf ansprechen, dass sie vor einigen Tagen der Schaumphasentechnologie noch heftig abgeschworen hatte. Jahrzehntelange Gewohnheiten schüttelte man eben nicht mit einem Mal ab.

»Ich kann die Gefühle der Menschen bestens verstehen!«, verteidigte die Terranerin den Entschluss. »Sie wissen nicht nur, sie *fühlen* auch, dass die NEITH ein Produkt der gleichen Technologie ist, die ihnen so viel Unheil und Unterdrückung brachte. Solange das Schiff sie nach Hause bringen sollte, konnten und mussten sie das akzeptieren. Aber durch den erneuten Fehlschlag beim Heimflug sind ihre Hoffnungen zerstört und ihr Trauma neugeweckt worden. Sie wissen, dass sie auf diesem Planeten auf unbestimmte Zeit siedeln werden – und sie wollen hier ein Leben beginnen ohne Scheinrealitäten, ohne einen Schiffsgeist, ohne Glitterkonstrukte. Als Angen-Math ihnen Hilfen anbot, sagten sie klipp und klar, dass *nichts* von der NEITH hierbleiben solle, wenn das Schiff abfliegt.«

Ich rieb mein Kinn und schüttelte sachte den Kopf. Der Entschluss war nachvollziehbar, aber auf gefährliche Art und Weise unvernünftig.

»Ich will mich nicht über die Unlogik aufregen, die darin steckt, dass die Flüchtlinge Essen und Trinken zu sich genommen haben, die die NEITH für sie produziert hat«, sagte ich. »Dass sogar ihre Atemluft ein Produkt der Technologie war. Ich kann die tiefe Ablehnung verstehen. Aber diese Entscheidung nimmt uns Möglichkeiten, etwa Äcker und Felder mit passenden Pflanzen zu erschaffen. Es ist letztlich eine Entscheidung für ein mehrjähriges Leben als Jäger und Sammler – und ehrlich, ich glaube nicht, dass die Siedler ohne längere Vorbereitung dazu fähig sind.«

Alle vier – Karkeron, Olmos, Grosz und Aliken – nickten zustimmend.

Aliken fügte hinzu: »Das Schiff wäre sicher dazu in der Lage gewesen. Die NEITH vertraut mir auch so weit, dass ich sie von unseren Vorhaben hätte überzeugen können. Aber wir erlitten einen irreparablen Vertrauensbruch bei den Siedlern, der vielleicht ihren neu gewonnenen Lebensmut wieder zerstören würde. Und ich *will*, dass die Menschen endlich ihr Trauma hinter sich lassen. Das bin ich ihnen schuldig.«

Nichts von der NEITH soll auf diesem Planeten »verbleiben«, ist die Forderung. Mein Extrasinn stieß mich mit der Nase auf eine mögliche Lösung, aber dazu musste ich unbedingt mit jemandem vom Siedlerrat sprechen. Während Karkeron sich ins Zelt begab und Olmos mit Grosz loszog, um weitere Projekte anzugehen, nahm ich Aliken mit nach unten zu den Kranken. Dann machte ich mich auf die Suche nach Damika Milano.

Angen-Math hatte für uns in der Zentrale der NEITH eine Panoramaprojektion eingerichtet, die uns einen umfassenden Blick auf die Ebene unter unseren Füßen ermöglichte. Mittlerweile war später Nachmittag und die Sonne Eigenlicht tauchte das Land in sanftes Licht mit weichen Schatten. Wir schwebten wenige hundert Meter über dem dichten Bewuchs und sahen zu, wie das Schiff an von mir ausgewählten Stellen den Boden bearbeitete. Jeweils in Streifen von dreißig Metern Breite und einer Länge bis zu hundert Metern wurde der Wald gerodet. Stämme, Äste und Wurzelwerk lagerten bereits getrennt am Rand zur späteren Verwendung oder zum Abtransport. Dahinter lockerten die Traktorstrahler der NEITH den Untergrund tiefgründig auf, entnahmen der Erde Felsbrocken und größere Steine, schichteten sie zu Windschutzmauern auf.

Traktorstrahler?, ertönt süffisant die Stimme in meinem Kopf. *Du willst doch gar nicht so genau wissen, welche Mittel die NEITH hier zur Arbeit einsetzt.*

Das war das Stichwort, ich wandte mich Damika Milano zu. »Du siehst, dass Angen-Math hier mit konventionellen mechanischen Mitteln arbeitet. Es entstehen Felder, die wir selbst bestellen werden. Weder Pflanzen noch Baumaterialien kommen zum Einsatz, die mit der Hilfe von Schaumphasentechnologie entstanden sind. Wir nutzen ausschließlich das, was uns der Planet zur Verfügung stellt. Mir ist wichtig, dass du das mit eigenen Augen beobachtest und vor den Siedlern bestätigen kannst. Es geht mir darum, den Willen der Versammlung zu respektieren. Aber ich sehe auch die Notwendigkeit, so schnell wie möglich die Voraussetzungen für das Überleben von über tausend Menschen zu schaffen.«

Damika Milano löste sich von dem Anblick des linsenförmigen Panoramaschirms. Die alte Frau sah mich an und lächelte. Vor hundertneunzig Jahren, als die Besatzung der WAV-E in Polychora strandete, musste sie einige Verehrer gehabt haben. Sie mochte noch nicht einmal die hübscheste unter den weiblichen Besatzungsmitgliedern gewesen sein, aber mit Sicherheit die charismatischste. Viele entwickelten eine derartige Präsenz mit der Zeit; Damika Milano machte auf mich den Eindruck, als sei ihr die Ausstrahlung in die Wiege gelegt worden.

Nicht jeder bevorzugt starke Frauen, wie es dein Faible ist, kommentierte der Extrasinn.

»Ich verstehe dein Anliegen«, sagte Milano endlich. »Und ich bin alt genug, mich an die Zeiten zu erinnern, bevor Schmidt uns in die künstliche Stadt zwang. Ganz Polychora war ein Produkt der Schaumphasentechnologie, ohne dass es unser Leben anfangs beeinträchtigte. Ich werde ohne Wenn und Aber bestätigen, dass bei der Anlage der Felder keine Quantenschaumprodukte eingebracht wurden. Die Mehrheit der Siedler, insbesondere die Jüngeren, sind geprägt von der Unterdrückung durch die Fünf und die Ereignisse der vergangenen Wochen. Die Flucht, die Kämpfe gegen Glitter und jetzt noch die schrecklichen Krankheitsfälle – es ist kein Wunder, dass sie alles ablehnen, was sie auch nur an diese Technik erinnert.«

Dann wird es nicht lange dauern, bis sie auch den Abflug der NEITH fordern. Du wirst dich beeilen müssen, alter Städtebauer!

Wieder einmal musste ich meinem Extrasinn recht geben. Da ich das Misstrauen der Siedler gegenüber dem Schiff nicht noch verstärken wollte, hatte ich wohlüberlegt die Mitglieder des Rats und über die USO-Begleiter auch alle Gruppen informiert, bevor die NEITH vom Plateau abgehoben war und sich an die Kultivierung des Geländes gemacht hatte.

Angen-Math war die seelische Spannung der Menschen in Bezug auf Schaumphasentechnik bewusst. Das glaubte ich bei dem Salipir trotz seiner fremden Mentalität erfühlt zu haben, als ich ihn um Hilfe bat. Er steuerte das Unternehmen persönlich, immer unterstützt durch meine Hinweise, was am konkreten Ort noch besser gestaltet werden könnte. So entstanden unter uns künftige Ackerflächen mit kurzen Zuwegungen, breiten Windschutzstreifen und natürlich belassenen Freiflächen und Teichen. Mein fotografisches Gedächtnis half mir dabei, Erfahrungen vom Indus-Tal bis hin nach Ägypten in die Gestaltung mit einfließen zu lassen.

»Wir werden etwa zwanzig solcher Felder bis hinunter zum Fluss anlegen. Dann bleibt viel Möglichkeit des Experimentierens, welche Pflanzen an welchem Standort gut gedeihen. Auch die Bewässerung dürfte vom Bodenprofil keine Probleme bieten. Ein Botaniker ist mit seinen neuen Farmern schon dabei, eine Auswahl an Nutzpflanzen zu treffen und die Vegetationszyklen zu bestimmen. Das Thunderbolt-Team hat sogar eine Probe von zwei Wildgetreide-Arten aus einer großen Savanne im Norden geschickt. Ihr werdet bald euer eigenes Brot backen können.«

Damika Milano sah mir tief in die Augen. Dann ergriff sie mit beiden Händen die meinen und drückte sie. »Vielen Dank, Atlan. Für alles.«

Kapitel 27

18. Januar 3127
Galaxis Finsternis, Planet Zuflucht

Jamie Olmos
Er hatte June auf eine Anhöhe über der weiten Schwemmebene geführt. Ein leichter Wind wehte und wirbelte ihre blonden Haare durcheinander. Es roch würzig vom Meer und den Salzwiesen her. Zuhause auf Terra, in seiner Heimatstadt Metz, würde momentan vielleicht Schnee fallen. Doch hier auf Zuflucht, der Kolonie der ehemaligen Polychora-Menschen, herrschten milde Temperaturen um die vierzehn Grad. Jamie fühlte in sich hinein, doch verspürte keinen Deut von Heimweh. Weder nach der Milchstraße im Allgemeinen noch nach Metz im Speziellen.

Mehr als drei Monate waren seit ihrer Landung auf dem Planeten vergangen. Die Zeit war für die Siedler hart und entbehrungsreich gewesen. Recht schnell waren die ersten Rufe laut geworden, man solle doch besser wieder die Hilfe der NEITH und ihrer Schaumphasentechnologie in Anspruch nehmen. Eine kleine Gruppe ehemals von Schmidt protegierter Männer und Frauen hatten gar versucht, Angen-Math in ihre Gewalt zu bringen. Sie hatten den Salipir zwingen wollen, sie zurück nach Polychora zu schiffen. Selbstverständlich war es ihm ein Leichtes gewesen, den Angreifern auszuweichen. Sie hatten geglaubt, Angen-Math und die NEITH mit ihrem spontan entworfenen Plan und ihrer dürftigen Schaumbegabung überraschen zu können. Seitdem waren die sechs Personen in Gefängniszellen an Bord des Raumschiffes arrestiert. Die Siedler hatten sie aus ihrer Gemeinschaft ausgeschlossen.

Erschrocken über diesen Ausbruch von Gewalt waren auch die Wankelmütigen verstummt. Wieder einmal hatte ihnen das Geschehene bewiesen, dass die Schaumphasentechnologie nichts Gutes brachte. Trotz aller negativen Erfahrungen hatte sie erneut Menschen aus ihrer Mitte dazu getrieben, anderen schaden zu wollen, um ihre eigenen Ziele zu erreichen.

Je ertragreicher die bereits absehbare Ernte auf den Feldern wurde, je erfolgreicher die Jagd und je wohnlicher Ihre Situation durch neu geschaffene Häuser wurde, desto optimistischer blickten die Siedler in ihre Zukunft. Atlan hielt immer wieder aufmunternde Reden, gab Anekdoten von seinen Abenteuern auf dem historischen Terra zum Besten und half, wo er nur konnte. Mit Damika Milano hatten die Siedler zudem eine charismatische Anführerin gewählt, die mit der Zeit ihre Rolle als Mutter der neuen Nation ausfüllte. Für jeden hatte sie ein offenes Ohr.

Schnell war die Zeit vergangen, die Atlan ihnen eingeräumt hatte, bis er wieder abreisen wollte. In der Milchstraße warteten Aufgaben auf ihn. Vor allem aber beabsichtigte der Lordadmiral Perry Rhodan vor der Gefahr aus Polychora zu warnen. Zwar war der Durchgang in die Galaxis verschlossen. Doch niemand wusste, was aus Galverin Schmidt geworden war und ob weitere Passagen aus der Arche in die Milchstraße oder ihre Umgebung existierten. Dennoch hatte der Arkonide nicht damit hinter dem Berg gehalten, dass er lieber die Entwicklung der Kolonie unterstützt hätte.

Jamie seufzte bei dem Gedanken an den Abschied. Auch für ihn kam der Zeitpunkt, Lebewohl zu sagen. Er sah zu June hinab. Sie saß auf dem Boden. Die grün und violett schimmernden Gräser reichten ihr bis zur Brust. Der Wind zersauste ihr die Haare. Sie bemerkte seinen Blick und sah zu ihm hoch.

Jamie schluckte. War es wegen des Abschieds oder trieb der Wind ihr Tränen in die Augen? Er kannte June länger als jeden anderen Kameraden. Noch nie hatte er sie weinen sehen.

»Setz dich zu mir«, bat sie und klopfte auf den Platz neben sich.

Jamie kam ihrem Wunsch nach. Der Boden strahlte noch die Wärme des vergangenen Tages aus. Die goldene Scheibe Echtlichts versank im Meer. Er erkannte eines der neuen Fischerboote, das nahe dem Hafen kreuzte. Vielleicht saß auf den Planken ebenfalls ein Paar und genoss den Sonnenuntergang?

Eine Weile saßen June und er so da und starrten wortlos auf den Horizont. Unterarmlange Insekten schwirrten dicht über den Gräsern und zirpten leise. Manche landeten. Tunnel in der Erde dienten den Tieren als Bau. Sie waren ungefährlich, wie ein Exobiologe aus Karkerons Team herausgefunden hatte. In den Abendstunden lauschten viele Siedler dem Gesang der libellenähnlichen Wesen.

»Nun sag schon endlich etwas«, forderte June ihn irgendwann auf. »Wir können hier doch nicht schweigend rumsitzen und aufs Meer starren. Ich bin nicht so romantisch. Das weißt du doch!« Sie knuffte ihn. Jamie sah zur Seite. June grinste, doch es wirkte gequält.

»Die letzten Monate«, begann er zögernd, »waren wirklich schön. Ich habe es genossen, dass wir uns wieder näher gekommen sind. Dass der Lordadmiral die Verhaltensregeln gelockert hat, war ...« Mit halb offenem Mund verharrte Jamie mitten im Satz. Er seufzte. »Ich bin nicht gut in so etwas.«

Nun musste June doch lachen. Sie schüttelte den Kopf und eine Träne flog aus ihrem Augenwinkel davon. »Das stimmt. Du bist grausig in *so etwas*.«

Sie schwiegen.

Irgendwann sagte June: »Da mussten wir erst auf einem Planeten einer von Glitter verseuchten Galaxis stranden, um uns wieder näherzukommen.«

»Ja.« Jamie schluckte. Er ahnte, was nun folgen würde.

»Ich fände es toll, wenn du mit mir hier bleiben würdest.«

June musste auf Zuflucht zurückbleiben. Sie konnte die Heimreise in die Milchstraße nicht antreten. Nur durch den Einsatz von Aliken Hantoons Schaumbegabung war sie dem Tod noch einmal von der Schippe gesprungen, nachdem der Glitterball Galverin Schmidts ihre Brust durchbohrt hatte. Und jeder, dessen Körper vom Schaum manipuliert worden war, hatte unter den Auswirkungen des Überlichtfluges an Bord der NEITH mehr oder weniger stark gelitten.

»Ich würde gerne bleiben. Aber wir müssen erst die Befehle abwarten. Eigentlich haben sich bereits genügend Soldaten gemeldet, um die Siedler zu unterstützen.«

June seufzte. Sie klang verärgert. Kopfschüttelnd sah sie ihm in die Augen. »Du hättest dich auch melden können, Jamie.«

»Ich habe kein spezielles Fachgebiet, kein Hobby, kein besonderes Wissen, das beim Aufbau einer Kolonie hilfreich sein könnte. Wie sollte ich dem Lordadmiral erklären, dass ich hier bleiben will?«

Mit geweiteten Augen starrte June ihn an. Ihr Mund stand offen. »Du bist unglaublich, Jamie Olmos. Oder soll ich dich besser *Captain* nennen? Ist dir das lieber?«

Jamie schüttelte den Kopf. »June, was soll das?« Wieso war sie so unfair? Er tat doch nur seine Pflicht.

»Was das soll?« Sie stand auf und sah zu ihm hinab. Ihre blasse Gesichtshaut war gerötet. Tränen liefen ihr über die Wangen. »Kannst du – *verdammt noch mal* – auch mal an etwas anderes denken als deine ach so wichtigen Pflichten? Was macht es aus, ob in der Milchstraße ein Captain mehr oder weniger herumfliegt, hm? Was macht es Atlan aus, wenn er auf einen einzigen Offizier verzichten muss? Ich sage es dir: nichts! Aber weißt du, was es mir ausmacht, auf dich dummen Idioten verzichten zu müssen?«

Jamie wusste nicht, was er antworten sollte.

»Okay, du weißt es nicht. Dann sage ich es dir: Mir macht es verdammt viel aus, auf dich verzichten zu müssen. Und das mein ganzes Leben lang. Ich liebe dich, Jamie Olmos! Verdammt, geht das nicht in deinen verbohrten Soldatenschädel hinein?«

Tief sog Jamie die Luft ein. Mit offenem Mund starrte er zu June hoch. Er schluckte, leckte sich über die Lippen. Was sollte er sagen? Das war alles so ...

»Hast du mir noch etwas zu sagen?««, fragte June.

»Ich ...«

Ich liebe dich, hatte Jamie sagen wollen. Aber es kam nicht über seine Lippen.

June schüttelte entgeistert den Kopf. Dann drehte sie sich um und ging, erst langsam, als wartete sie darauf, dass Jamie sie aufhielt, dann immer schneller. Schließlich rannte sie den Hügel hinab auf die Siedlung zu.

Atlan

Ich schaute mit gemischten Gefühlen auf die Ansammlung von Menschen, die sich vor der Siedlung scharte, um uns zu verabschieden. Mehr als drei Monate lange hatte ich alle Energie in den Aufbau der Kolonie auf Zuflucht gesteckt. Ich hoffte, dass es genügte, um den Siedlern eine gute Ausgangslage für ihre Zukunft zu schaffen.

Du hast getan, was du konntest, Arkonide!, versicherte mein Extrasinn. *Die Menschen werden ungeduldig. Je besser sie zurecht kommen, desto stärker wird ihr Wunsch danach, dass mit der NEITH die letzte Erinnerung an die Vergangenheit aus ihren Augen verschwindet.*

Ich musste dem Logiksektor zustimmen. In den letzten Wochen und insbesondere Tagen waren die Forderungen der Siedler nach unserem Aufbruch immer lauter geworden. Denn wie ein Mahnmal thronte das Raumschiff auf dem Felsplateau über der Siedlung.

Ich hatte mit dem Gedanken gespielt, das Schiff auf einem anderen Kontinent oder im Orbit zu parken. In diesem Falle hätte ich eingreifen können, sollte die junge Kolonie Hilfe benötigten. Die Temperaturen waren in den letzten Wochen gefallen und ich befürchtete einen nahenden Wintereinbruch. Selbstverständlich war diese Absicht töricht gewesen.

Zudem hatte mich Damika Milano gewarnt, dass einige der Menschen das Schiff spüren würden. Sie hatten nach ihrem langen Leben in Polychora einen Instinkt für Schaumphasentechnologie entwickelt. Ich mochte es noch so gut meinen, man würde mein Tun nicht akzeptieren.

Letztendlich gaben die Beteuerungen meiner Offiziere, Spezialisten und Soldaten den Ausschlag. Sie hatten allesamt Brief und Siegel gegeben, sich der Situation gewachsen zu fühlen. Ich sollte den Verwandten und Freunden zuhause berichten, dass es ihnen gut ginge und sie an die Heimat dächten. Und es gab einen weiteren Grund, nicht zu lange zu warten. Angen-Math hatte mir berichtet, dass es der NEITH nicht gelungen war, ihre Triebwerksschäden zu reparieren. Die Defekte waren zwar eingedämmt, fraßen sich jedoch langsam durch den Antriebskristall. Es war nie sicher gewesen, ob das Schiff in seinem Zustand die unfassbare Entfernung zur Milchstraße würde überbrücken können. Aber die Chancen dazu sanken Tag für Tag ein wenig.

All das hatte letztendlich dazu geführt, dass ich nun hier stand und den Siedlern ein letztes Mal zuwinkte. Dann betrat auch ich die NEITH.

Angen-Math, das Thunderbolt-Team, Harlon Darter, Rulan Karkeron, Vernil Grosz und Ganus a That erwarteten mich bereits. Unweit der Zentrale wusste ich zudem acht Mitglieder der Abteilung A912, die drei überlebenden Soldaten aus Leutnant Grosz' Truppe sowie zwanzig Angehörige der Dreadful Three.

Auch Aliken Hantoon begleitete den Flug als Kopilotin des Salipir. Ich war froh, sie bei uns zu wissen. Aber letztendlich war es auch ihre Rolle unter den Siedlern gewesen, die sie zurück in die Heimat trieb. Trotz all ihrer Bemühungen war sie eine Außenseiterin geblieben. Mich hatte es daher nicht gewundert, dass Silana tar Kosh und Satran Kalandaar sich ihr angeschlossen hatten.

166 ehemalige Polychora-Menschen waren es, die gemeinsam mit uns den Weg in die Milchstraße antraten. Darunter die sechs aus der Gemeinschaft der Siedler Ausgestoßenen und elf Menschen, deren Körper vom Schaum manipuliert war. Trotz aller Überredungsversuche hatten sie nicht auf Zuflucht bleiben wollen. Wir alle konnten nur hoffen, dass sie den langen Flug überleben würden.

Einer Person jedoch hatte ich den Mitflug verweigert. Ein Linsenschirm übertrug die Bilder der Menschenmenge. Ich suchte den kantigen Kopf des Offiziers zwischen den Siedlern.

Wochenlang hatte ich darauf gewartet, dass er mich bat, auf Zuflucht bleiben zu dürfen. Als er die Bitte nicht äußerte, forschte ich nach, ob er in der Heimat eine Familie besaß, die er unbedingt wiedersehen wollte. Ich war zu dem Ergebnis gekommen, dass zwar Verwandte existierten, doch dies nicht der Grund für das Ausbleiben des Antrags war.

Es ist das Pflichtbewusstsein, das ihn an deiner Seite zurück in die Milchstraße treibt, hatte der Extrasinn schlussgefolgert.

Und weg von seiner großen Liebe.

Du bist ein hoffnungsloser Romantiker, Arkonide ... Aber gut, du müsstest dem Captain also eine Pflicht übertragen, die er auf dem Planeten zu erfüllen hat.

Endlich fand ich Olmos inmitten der Menschen. Leutnant McCarthy stand neben ihm. Er hatte einen Arm um ihre Hüfte gelegt. Hinter ihnen hatten sich Jensen und Perez positioniert.

Alle sahen glücklich aus, obwohl der Abschied sie sicherlich schmerzte.

»Machen Sie es gut, *Polizeichef* Olmos«, flüsterte ich und lächelte.

Dann gab ich Angen-Math den entscheidenden Wink. Unsere lange Reise begann.

Kapitel 28

30. März 3127
Im Leerraum, NEITH

Atlan

Ich warf einen Blick auf Aliken Hantoon. Sie bemerkte und erwiderte ihn. Dunkle Ringe zeichneten sich unter ihren Augen ab. Ihre Lippen waren zu einem schmalen Strich zusammengepresst. Es tat mir weh, sie so zu sehen. Von Tag zu Tag hatte sich ihre Verbitterung verstärkt. Je weiter wir uns von der Galaxis Finsternis entfernten, desto schwermütiger wurde sie. Anfangs hatte ich es auf die Nebenwirkungen des Überlichtflugs geschoben. Je länger er dauerte, umso deutlicher wurde der Verfall innerhalb der NEITH. Das Schiff verausgabte sich und ich vermutete, dass Aliken aufgrund ihrer Rolle als Kopilotin und Vermittlerin ebenfalls darunter litt.

Letztendlich litt ein jeder unter den Veränderungen, die in immer stärkerem Ausmaß ans Licht kamen. Zunächst wurde es dunkler; die milchig weiße Helle wich spärlichem Zwielicht. Als nächstes veränderte sich das gelbgrüne Material der Wände, Böden und Decken. Zu Beginn verfestigte es sich. Dann wichen die Farben. Zuletzt zerfielen die vielfältigen Kristalle, die sich ständig auf Wanderung befanden, zu Staub. Der aromatisch frische Geruch nach Salbei und Zimt machte einem fauligen und eitrigen Odem Platz.

Am härtesten traf es jedoch die elf Polychora-Menschen, die uns trotz der Schaumphasenelemente in ihren Körpern begleiteten. Bald schon starb der Erste. Weitere vier Männer und eine Frau fielen ins Koma. Bereits nach einem Monat fand der Letzte von Ihnen den Tod. Allein starke Schmerzmittel erleichterten ihm den Übergang. Unser Vorrat an Medikamenten war damit erschöpft.

Nach etwa zwei Monaten setzte ich mich zu Aliken, sprach sie auf ihren Zustand an. Seit Tagen schwieg sie.

»Was ist los mit dir?« Ich legte meine Hand auf ihre Schulter und sah ihr tief in die feuchten Augen.

»Ich ...« Aliken räusperte sich und brach ab.

»Leidest du mit der NEITH? Ist es das?«

Sie nickte.

»Aber da ist noch mehr, das dich belastet. Nicht wahr?«

Wieder nickte sie.

»Sind es die Toten?«

Noch ein Nicken, doch ein zögerliches.

»Das ist doch nicht alles.« Ich verstärkte meinen Griff um ihre Schulter, nahm meine rechte Hand dazu und ergriff sie an beiden Seiten. Dann drückte ich meine Stirn gegen die ihre. Sie war kühl und etwas feucht. Die Frau, die ich als junge, hoffnungsvolle Offizierin kennen gelernt hatte, war sichtlich gealtert, seit wir Polychora hinter uns gelassen hatten. »Rede mit mir, Aliken. Lass dir helfen.«

»Galverin ...« Sie flüsterte den Namen, kaute auf ihrer Lippe und verkniff die Augen zu Schlitzen. Ich erschrak. So viel Hass hatte ich bislang niemals an ihr beobachtet.

»Er wird tot sein«, versuchte ich sie zu besänftigen.

Doch sie schüttelte den Kopf.

»Nein. Irgendwann werde ich ihm wieder begegnen. Und dann wird er büßen.«

Nach diesem Gespräch stabilisierte sich ihr Zustand zwar, doch er verbesserte sich nicht. Nicht nur die Menschen aus Polychora waren erleichtert, als ich ihnen am 22. Juli unsere baldige

Ankunft in der Milchstraße ankündigte. Auch mir und meinen Leuten fiel eine Last von den Schultern.

Etwa zehntausend Lichtjahre vom Rand der Galaxis entfernt setzte ich einen kodierten Funkspruch ab. Über uralte Funkrelaisketten aus den Zeiten des Krieges gegen die Meister der Insel sollte er die treusten Verbündeten der solaren Menschheit erreichen. Ich bat die Posbis darin, die Nachricht so rasch als möglich an einen USO-Stützpunkt weiterzuleiten. Dieser Weg erschien mir sicherer und schneller, als über zusätzliche Relaisstationen weiterzufunken. Die Existenz der NEITH wollte ich auf alle Fälle geheim halten.

Ein halbes Jahr lang hatte unser Flug in die Heimat gedauert. Eine lächerliche Zeitspanne, wenn man bedachte, welch enorme Distanz zwischen den beiden Sterneninseln lag – 314 Millionen Lichtjahre! Trotzdem hatten sich die sechs Monate beinahe ins Unerträgliche gedehnt.

Direkt nach dem Funkspruch an die Posbis dirigierte ich die NEITH zu einer Position 6512 Lichtjahre vom Rand der Milchstraße entfernt. Es war der Standort von BOB-XXXI, einer der uralten Wachstationen, die im 22. Jahrhundert während der Posbi-Krise eine Rolle gespielt hatten. Bei dem schrundigen Diskus wollte ich auf das angeforderte Raumschiff der USO warten. Die NEITH sollte die Grenze zur Galaxis nicht überschreiten. Zum einen befürchtete ich, dass in irgendeiner Ecke des Schiffes doch noch Glitter existierte. Zum anderen war das Schaumphasenschiff am Ende seiner Kräfte. Und wer vermochte zu garantieren, dass der Zustand nicht zu Auflösungserscheinungen führte, aus dem Wilder Geist entstand? Nein, dieses Risiko wollte ich unter keinen Umständen eingehen.

Am 30. Juli des Jahres 3127 erreichte uns ein Funkspruch in USO-Kodierung. Es war das Ultraschlachtschiff VESPER unter Oberst Korbinian Yun – das Basisschiff der Dreadful Three.

In aller Eile räumten wir die NEITH. Ich blieb als Letzter an Bord. Angen-Math saß neben mir auf seinem blauen Sitzkissen. Im Gegensatz zu früher leuchtete es nicht mehr, sondern war dunkel und stumpf geworden. Auch der Salipir bot einen erbarmungswürdigen Anblick. Feine Risse verunzierten seinen Körperpanzer, die bunten Farben seiner Scheckung waren verblasst. Die Haut der Tentakel war von Altersflecken übersät.

»Der USO-Raumer ist bereit zum Abflug. Du bist dir sicher, dass du nicht mit uns in die Milchstraße kommen willst?«

Der Salipir machte eine Geste mit mehreren Augententakeln und einem Fingerbüschel seiner Filigranarme, die ich mittlerweile als Bestätigung zu identifizieren wusste.

»Ich lasse die TRÄNE, wie ich sie nun ja wieder nennen kann, hier nicht alleine zurück. Sie ist erschöpft und schwerstbeschädigt. Außerdem gehen die Energievorräte zur Neige.«

Schon bei den letzten Flugetappen hatten wir den Verfall der NEITH nicht mehr ignorieren können. Mit Hilfe von Außenkameras hatten wir den äußeren Zustand des Schiffes überprüft. Der Antriebskristall am Bug war stumpf und matt geworden. Von seiner gleißenden Schönheit war keine Spur übrig geblieben. Der elegant gestreckte Rumpf hatte in der Länge um ein Drittel eingebüßt. Die Veränderungen im Inneren waren zu Genüge bekannt.

»Das Risiko, die NEITH mit in die Milchstraße zu nehmen, ist zu groß«, erklärte ich nochmals. »Wir haben bereits darüber gesprochen: Niemand kann vorhersagen, was passieren würde, sollte das Schiff seinen strukturellen Zusammenhalt verlieren und zerfallen; niemand weiß, was in diesem Falle freigesetzt werden könnte. Aber ich verspreche alles zu tun, um euch hier draußen zu helfen. Du musst mir nur sagen, was ihr braucht.«

»Mach dir keine Sorgen um die TRÄNE und mich, Atlan. 278 Lichtjahre von unserem derzeitigen Standort hat die Ortung einen Weißen Zwerg im letzten Stadium ausgemacht.

Diese Sonne werden wir anfliegen und seine Energie wird uns helfen.«

Unzufrieden mit Angen-Maths Entscheidung verabschiedete ich mich von dem fremden Wesen, das mir in den vergangenen Monaten so viel näher gekommen war als viele meiner menschlichen Begleiter. Ich dankte dem Schiff noch einmal im Namen aller für unsere Rettung. Dann verließ ich die NEITH und wechselte auf die VESPER über.

Dort beendete man soeben die letzten Vorbereitungen zum Start. Die Überlebenden der Dreadful Three waren schon längst bei ihren Kameraden abgetaucht. So manche Geschichte würde erzählt und so manche Träne über die Gefallenen und Zurückgebliebenen vergossen werden. Ich hatte der gesamten Einheit für sechsunddreißig Stunden dienstfrei geben lassen und mir vorgenommen, bei ihnen im Quartier vorbeizuschauen, sobald es mir möglich war. Auch die Polychora-Flüchtlinge waren vernünftig untergebracht, die Krankenfälle in der Bordklinik versorgt und die Toten übernommen worden. Psychologen betreuten nun die Opfer Galverin Schmidts und des Quantenschaums.

Als ich die Zentrale betrat, sah ich den Start der NEITH auf dem Panoramaschirm. Ein Funkspruch mit einem Abschiedsgruß erreichte uns. Ich hieß den Kommunikationsoffizier, die Audiobotschaft auf die Lautsprecher zu legen. Kurz darauf hallte Angen-Maths Stimme durch die Zentrale: »Lebt wohl, ihr Menschen! Es hat uns gut getan, euch helfen zu können!«

Etwas am Tonfall des Salipir gefiel mir nicht. Neben mir atmete Aliken Hantoon zischend ein. Ich hatte sie in die Zentrale gebeten, damit sie den Abflug der NEITH beobachten konnte. Der ehemalige Korporal der Solaren Flotte hatte die tiefste Verbindung zu dem fremdartigen Raumschiff aufgebaut. Sie hatte es verdient, einen letzten Blick darauf zu werfen. Sie zupfte an meinem Ärmel.

»Das ist ein Abschied für immer«, flüsterte sie.

Ich wurde blass und hetzte zum Kommandosessel. »Oberst, Start sobald wie möglich und hinterher! Die NEITH will zu einer Sonne im Leerraum, 278 Lichtjahre von hier. Ortung, ist der Stern bekannt?«

Die zuständige Offizierin bestätigte. Unmittelbar danach lösten wir uns von BOB-XXXI. Die mächtigen Triebwerke der VESPER dröhnten. In den Schleusen und Laderäumen verursachte ich zweifellos einiges an Chaos, doch das war mir egal. Auch den fragenden Blick Oberst Yuns ignorierte ich. Mit zusammengekniffenen Lippen wartete ich die wenigen Minuten bis zum Linearflug ab. Die NEITH war längst aus der Ortung verschwunden.

Yun überwand sich und sprach mich nun doch an. »Geht von dem Schiff eine Gefahr aus? Soll ich Gefechtsbereitschaft anordnen, Lordadmiral?«

»Das wird nicht nötig sein, Oberst«, murmelte ich nur knapp.

Nach wenigen Minuten fielen wir vor dem Weißen Zwerg aus dem Linearraum. Das abrupte Bremsmanöver verlangte den Andruckabsorbern alles ab.

»Ortung, können Sie die NEITH ausmachen?«, fragte ich bebend. Mehrere Bildflächen und Datenreihen leuchteten vor uns auf, zentral die Vergrößerung eines Segments der Sonnenkorona. Darin war ein kleiner schwarzer Stab zu sehen, der immer tiefer in die gleißende Helligkeit hinabtauchte.

Ohne meinen Blick von dem Panoramaschirm abzuwenden, befahl ich dem Kommunikationsoffizier: »Funkkontakt, offener Kanal, volle Sendeleistung!«

Sofort nach dem Bereitschaftssignal begann ich zu sprechen. »Kehre um, Angen-Math! Wir werden eine Lösung finden! Ich bitte die TRÄNE EINES ERSCHRECKTEN SONNENAUFGANGS darum, ihre Entscheidung rückgängig zu machen!«

Ich wusste nicht, was ich noch alles in das Akustikfeld rief. Ich bat, ich argumentierte, ich befahl. Nichts davon zeigte Wirkung. Neben mir stammelte plötzlich Aliken ebenfalls irgendwelche Worte ... und dann erreichte uns zwischen lautem Rauschen, Störungen und Rückkopplungen doch noch eine Antwort.

»Lebe wohl, Atlan! Du warst der TRÄNE EINES ERSCHRECKTEN SONNENAUFGANGS ein guter Kommandant und *wir* haben viel von dir gelernt! Der Wanderer und die NEITH verabschieden sich von euch. Und auch dir, Aliken, gilt unser Dank! Du hast uns die Menschen näher gebracht! *Wir* haben nun die richtige Lösung gefunden! Es wird niemals eine Gefahr von uns ausgehen. Die Milchstraße wird nicht das Schicksal unserer Heimat teilen.«

Als der Funkkontakt abbrach, sank Aliken weinend neben mir zu Boden. Ich starrte wortlos auf den Schirm, bis der kleine schwarze Fleck in der wabernden Helligkeit nicht mehr zu sehen war.

Epilog

Das Porzellan klirrte leise, als ich meine Tasse voll dampfenden Kaffees zurück auf die Untertasse stellte. Ich trank den Exportschlager Terras, den ich dem Camaná meines Volkes meistens vorzog, schwarz und ohne Zucker. Nach all den Entbehrungen, genoss ich den starken, bitteren Röstgeschmack ganz besonders.

Perry Rhodan beobachtete mich prüfend über den Rand seiner Tasse hinweg. Ihm zuliebe hatte ich darauf verzichtet, dem Getränk einen Schluck irischen Whiskeys beizumischen. Manchmal war er ein echter Moralapostel. Dabei konnte uns Aktivatorträger der Genuss von Alkohol nicht beeinträchtigen.

Ich seufzte dennoch wohlig, genoss ein letztes Mal den aromatischen Geruch und stellte das Geschirr auf der runden Glastischplatte ab. Bequem lehnte ich mich in meinem Sessel zurück.

»Glücklich, endlich wieder dem Luxus frönen zu können, Beuteterraner?«

Ich warf Tipa Riordan einen müden Blick zu und lächelte. Warum sollte ich streiten? Laut Perrys und Oberst Yuns Berichten zufolge hatte sie alles daran gesetzt, mir und der gestrandeten Besatzung der WAV-E zu helfen. Und, wie Ganus a That mir vertrauensvoll erzählt hatte, machte die Piratin sich selbst die größten Vorwürfe, dass sie Galverin Schmidt aus der Störungszone innerhalb Nachts befreit hatte.

»Es ist eine Wohltat«, bestätigte ich knapp.

Riordan grinste zahnlos und ich lächelte zurück.

Wenn das so weiter geht, werdet ihr noch Freunde, spottete mein Extrasinn. Mir schauderte bei dem Gedanken. Doch ich kam nicht umhin, der runzligen Dame Respekt für ihre Bemühungen zu zollen.

Wir hatten uns über dieses und jenes unterhalten. Über meine Erlebnisse in der Quantenschaum-Arche, über die Kolonie in der Galaxis Finsternis, über das Schicksal das Galverin Schmidt ereilt haben mochte. Auch über Aliken und die anderen Polychora-Menschen, die sich derzeit in Rehabilitation befanden.

»Genug des Kaffeeklatsches«, entschied Perry auf einmal und stellte seinen Kaffee ebenfalls auf dem Tisch ab. Das in einer pastellfarben emaillierten Schale angerichtete Gebäck hatte keiner von uns angerührt. »Kommen wir zum Kernpunkt unseres Treffens. Tipa Riordan, wie weit sind die Vorbereitungen für die Abstimmung Asthers und Peryas gediehen?«

Die Piraten-Lady behielt ihre Tasse in der Hand, platzierte sie mitsamt der Untertasse jedoch auf ihrem Schoß. In ihrem Rücken glitzerten die Sterne der Milchstraße auf einem Panoramaschirm. Die BUTTERFLY sowie die VESPER waren auf einem Tender der Solaren Flotte gelandet, zu dem uns Perry gebeten hatte, um die Geschehnisse rund um die WAV-E und Polychora zu besprechen. Beide waren wir der Einladung gefolgt. Riordans schwarze Ledermontur knarzte, als sie sich leicht nach vorn beugte.

»In zwei Tagen werden die Bewohner der Stationen abstimmen, ob sie einer Selbstverwaltung des Gainbal-Systems unter dem Schutz der USO befürworten.«

»Was glauben Sie, wie die Bevölkerung sich entscheiden wird?«, fragte ich.

Riordan wiegte den Kopf. »Ich vermute, es wird ein positives Votum. Niemand dort mag die USO. Wen wundert's. Aber die Machenschaften Gorken Tansiths nehmen eine unrühmliche Prominenz in den Diskussionen der Prospektoren und ihrer

Mitarbeiter ein. Die Gerüchte, die deine schmucke Oberleutnant Long über die Gefahren gestreut hat, denen Falton und Tansith Asther und Perya durch ihr Tun angeblich ausgesetzt haben, scheinen Früchte zu tragen.«

Ich schüttelte den Kopf. »Das hört sich aus Ihrem Mund so negativ an. Wir sind uns doch einig darüber, dass wir den Menschen nicht die Wahrheit über die Ursache der heftigen Stürme innerhalb der Atmosphäre Nancanors sagen dürfen. Die Störungszone und der Glitter müssen geheim bleiben.«

Riordan rümpfte die Nase und warf mir einen indignierten Blick zu. *»Selbstverständlich* verstehe ich die Gründe der Geheimhaltung. Aber natürlich musst du mir wieder etwas Negatives in den Schuh schieben, Arkon-Scheich!«

Sie machte Anstalten nach ihrem Stock zu greifen. Ich brachte schnell meine Schienbeine in Sicherheit. Doch Perry griff ein, bevor unser Streit eskalieren konnte.

»Bitte! Es gibt ernste Themen zu besprechen. Begrabt wenigstens für ein paar Minuten euren ewigen Zank.« Das feine Lächeln, das die Lippen meines besten Freundes umspielte, nahm seinen Worten etwas die Schärfe. »Die Bewohner der beiden Stationen werden also höchstwahrscheinlich dem Schutzmandat zustimmen. Es wird bei Polizeiaufgaben der USO bleiben, um den Carsualschen Bund nicht zu verärgern. Dieser wurde ebenfalls von Tansiths Verbrechen und den Gefahren unterrichtet, nachdem Asther/Perya einen offiziellen Notruf an die USO aussandte. Anlass zu diplomatischen Turbulenzen gibt es also nicht. Das ist eine gute Entwicklung, wie ich finde.

Atlan, auch wenn deine Stellvertreterin der Zusammenarbeit mit dem Solaren Imperium gegenüber negativ gestimmt ist – ich hoffe, wir können in Zukunft unsere gemeinsamen Forschungen intensivieren. Ich denke, der Mond Nacht wäre ein geeigneter Ort für Untersuchungen, von denen nicht jeder Wind bekommen sollte.«

»Die Entscheidung ein solches Biest zu deiner Stellvertreterin zu ernennen, solltest du übrigens noch mal überdenken«, warf Riordan ein. »Ich habe nicht den Eindruck, als läge ihr am Wohl der Menschheit, sondern als verfolge sie eher eine viel neutralere Rolle.«

Ich hob eine Augenbraue und sah zu Perry. »Du hast mit Tipa Riordan über die Aufgabe ihrer Forschungsstation verhandelt?«

Riordan neben mir grinste, als ich zwischen ihr und Perry hin- und hersah. »Mit der Störungszone ist auch mein Interesse an dem Trabanten erloschen. Selbstverständlich erwarte ich eine angemessene Entschädigung von Seiten der USO und des Solaren Imperiums. Ich habe viel Geld in diese Forschungseinrichtung gesteckt. Und Galverin Schmidt war Offizier der Solaren Flotte, als er mit dir Beuteterraner aufgebrochen ist. Der Bursche hat einen beträchtlichen Schaden angerichtet.«

Ich knirschte mit den Zähnen. Das hatte sich diese Kräuterhexe natürlich wieder schön ausgedacht. Erst kratzte sie an Dingen, die zu groß für sie waren, dann verlangte sie Entschädigungen für ihr eigenes Versagen.

Perry räusperte sich, bevor ich der unverschämten Piratin eine gepfefferte Antwort geben konnte. »Wir alle haben das Wohl der Menschheit im Sinn; ich denke, davon kann ich ausgehen.«

Ich nickte.

Tipa Riordan rief: »Ich auf jeden Fall!«

»Dann sind wir einer Meinung. Wie genau die Verträge aussehen werden, die wir abschließen, das können wir noch in Ruhe verhandeln.«

Es folgten noch einige weitere Erklärungen; wir tauschten Meinungen aus, plauderten und stritten. Irgendwann verabschiedete sich Tipa Riordan. Perry und ich blieben allein in dem Besprechungszimmer zurück. Nun orderte ich doch einen Whiskey. Ich hatte vermutet, dass Perry ein paar Flaschen an

Bord hatte. Wie so mancher der Unsterblichenriege bevorzugte auch er die milden Single Malts der grünen Insel. Genüsslich nippte ich an dem Nosing Glas und atmete tief durch.

»Du wirkst traurig, mein alter Freund«, sagte Perry und trat neben mich. Er hatte sich ebenfalls einen kleinen Schluck eingeschenkt. Sein Blick schweifte in die Unendlichkeit der Sterne.

»Ich habe eine Kolonie von Menschen zurückgelassen. Und ich befürchte, dass sie einst doch von Glitter heimgesucht wird. Nun, da die NEITH und Angen-Math den Freitod gewählt haben, gibt es zudem keinen Weg mehr, mein Versprechen einzulösen und irgendwann zurückzukehren.«

Perry schüttelte den Kopf und legte mir eine Hand auf die Schulter. »Du weißt nur, dass dieser Angen-Math und sein Schiff in eine Sonne geflogen sind. Nach allem, was du mir von dem Potenzial der Schaumphasentechnologie erzählt hast, ist nicht gesagt, dass dies einem Freitod gleichkommt.«

Ich seufzte und trank noch einen weiteren Schluck. »Seine Worte waren so endgültig. Sie hätten eine Entscheidung getroffen, um keine Gefahr für die Milchstraße darzustellen. Mir fehlt der Glaube daran, die NEITH und Angen-Math einst wiederzusehen.«

Schweigend leerten wir unsere Gläser. Ich sah die Endlosigkeit des Universums vor uns. Irgendwo dort draußen, unglaublich weit entfernt, existierte eine Bedrohung. Weit weg, aber dennoch lauerte irgendwo ein Risikopotenzial für die Milchstraße, wie die Geschehnisse um Polychora bewiesen hatten.

Ich schloss die Augen und dachte an Zuflucht und die zurückgebliebenen Menschen. An Damika Milano. An Jamie Olmos, June McCarthy und die vielen anderen.

»Noch ein Glas, Atlan?«, fragte Perry.

»Ja, bitte.«

ENDE

Die neuen Fälle des Meisterdetektivs
SHERLOCK HOLMES
RALPH E. VAUGHAN
SHERLOCK HOLMES
und die
Zeitmaschine
Roman
BLITZ
J. J. PREYER
SHERLOCK HOLMES
und die
Moriarty-Lüge
Roman
BLITZ

Bisher sind folgende Titel erschienen:

DAS SCHWARZE AUGE		ISBN 978-3-89064-	
Magische Zeiten	Hrsg. Momo Evers	Reader	516-2
Dämmerung	Ulrich Kiesow	55. Roman	459-2
Das Greifenopfer	Thomas Finn	62. Roman	544-5
Das Dämonenschiff	Harald Evers	74. Roman	568-1
Kompanie der Verdammten	Manuel Krainer	75. Roman	562-9
Der Tag des Zorns	Daniela Knor	76. Roman	573-5
Der Schandfleck	Andre Helfers	77. Roman	582-7
Den Göttern versprochen	Charlotte Engmann	78. Roman	579-7
Unsterblicher Traum	Patricia Renau	79. Roman	588-9
Blaues Licht	Daniela Knor	80. Roman	589-6
Spielsteine der Götter	Heike Wolf	81. Roman	591-9
Rabengeflüster	Wichert/Jäcke/Wolf	82. Roman	515-5
Thronräuber	Alexander Lohmann	83. Roman	512-4
Todeswanderer	Yvonne Gees	84. Roman	518-6
Roter Fluss	Daniela Knor	85. Roman	514-8
Todgeweiht	Markus Tillmanns	86. Roman	523-0
Dunkle Tiefen	Daniela Knor	87. Roman	538-4
Maraskengift	Markus Tillmanns	88. Roman	457-8
Unter Aves' Schwingen	Hrsg. Momo Evers	89. Band	460-8
Goldener Wolf	Linda Budinger	90. Roman	542-1
Sieben Winde	Matthias A.W. Ott	91. Roman	461-5
Der Zugvogel	André Fomferek	92. Roman	468-4
Hjaldinger-Saga I: Glut	Daniela Knor	93. Roman	472-1
Galotta 1: Der Hofmagier	Ludwig / Wachholz	94. Roman	476-9
Galotta 2: Der Feuertänzer	Ludwig / Wachholz	95. Roman	489-9
Hohenhag	Dietmar Preuß	96. Roman	494-3
Satinavs Auge	Tobias Radloff	97. Roman	495-0
In den Nebeln Havenas	Daniel Jödemann	98. Roman	496-7
Answin 1: Macht	Michelle Schwefel	99. Roman	499-8
Über den Dächern Gareths	Stefan Schweikert	100. Roman	226-0
Gewittertage	Jana M. Eilers	101. Roman	225-3
Die rote Bache	Dietmar Preuß	102. Roman	455-4
Das Zepter des Horas	Mützlitz/Kopp	103. Roman	236-9
Khunchomer Pfeffer	Demirtel/Findeisen	104. Roman	237-6
Die letzte Kaiserin	Daniel Jödemann	105. Roman	244-4

Todesstille	Bernard Craw	106. Roman	246-8
Löwin und Mantikor	J. Hahn und K. Kaeb	107. Roman	249-9
Toras von Havena	Christian Labesius	108. Roman	168-3
Hjaldinger-Saga II: Sturm	Daniela Knor	109. Roman	245-1
Der erste Kaiser	Daniel Jödemann	110. Roman	247-5
Eiswolf	Linda Budinger	111. Roman	248-2
Der Kreis der Sechs	Michael Masberg	112. Roman	169-0
Die Paktiererin	Dietmar Preuß	113. Roman	158-4
Im Schatten der Dornrose	Bernard Craw	114. Roman	136-2
Galotta 3: Der Aschengeist	Ludwig/Wachholz	115. Roman	229-1
Answin 2: Verrat	Michelle Schwefel	116. Roman	455-4
Kamaluqs Schlund	Stefan Schweikert	117. Roman	137-9
Nachtrichter	Dorothea Bergermann	118. Roman	138-6
Isenborn 1: Stein	Bernard Craw	119. Roman	141-6
Das Ferdoker Pergament	Florian Don-Schauen	120. Roman	139-3
Isenborn 2: Erz	Bernard Craw	121. Roman	142-3
Isenborn 3: Eisen	Bernard Craw	122. Roman	143-0
Isenborn 4: Stahl	Bernard Craw	123. Roman	144-7
Tie'Shiannna	Florian Don-Schauen	124. Roman	140-9
Caldaia	Christian Lange	125. Roman	145-4
Der Schrecken von Arlingen	Thomas Walach-Brinek	126. Roman	146-1
Rabenkind	Gerrit Harm	127. Roman	147-8
Der Pfad des Wolfes	Alex Spohr	128. Roman	148-5
Im Schatten der Esse	Judith C. Vogt	129. Roman	125-6
Riva Mortis	Mike Krzywik-Groß	130. Roman	129-4
Der Blinde Schrat	Dietmar Preuß	132. Roman	124-9
Mörderlied	Stefan Schweikert	133. Roman	128-7
Tagrichter	Dorothea Bergermann	134. Roman	126-3
		ISBN 978-3-86889-	
Salsweiler	Alex Noffz	131. Roman	161-4
Taladur 1: Türme im Nebel	Bernard Craw	135. Roman	166-9
Khunchomer Pfeffer 2	Demirtel/Findeisen	136. Roman	167-6
Taladur 2: Die Last der Türme	André Wiesler	137. Roman	196-6
Herr der Legionen	Judith C. Vogt	138. Roman	197-3
Angbar Mortis	Mike Krzywik-Groß	139. Roman	207-9
Taladur 3: Das Spiel der Türme	Marco Findeisen	140. Roman	208-6
Schwarze Perle	André Wiesler	141. Roman	209-3
Herrin des Schwarms	Judith C. Vogt	142. Roman	210-9

Taladur 4: Tanz der Türme	Eevie Demirtel	143. Roman	211-6
Im Feuer der Esse	Judith C. Vogt	150. Roman	221-5
Der Kristall von Al'Zul:		ISBN 978-3-89064-	
Land ohne Gesetz	Anton Weste	Al'Zul 1	231-4
Stadt der Geister	Martina Nöth	Al'Zul 2	232-1
Wald der Verlorenen	Linda Budinger	Al'Zul 3	233-8
Am Finsterquell	Gernot Vallendar	Al'Zul 4	234-5
Aufs Schafott	Florian Don-Schauen	Al'Zul 5	235-4
Hundstage:			
Hundesöhne	Carolina Möbis	Hundstage 1	131-7
Hundswache	Henning Mützlitz	Hundstage 2	132-4
Hundeleben	Christian Humberg	Hundstage 3	133-1
Hundeelend	Dorothea Bergermann	Hundstage 4	134-8
Hundsfott	Carolina Möbis	Hundstage 5	135-5

ATLAN-HARDCOVER		ISBN 978-3-89064-	
Brennpunkt Vergangenheit	–	HC 37	069-3
Das Erbe der Akonen	–	HC 38	075-4
		ISBN 978-3-86889-	
Hetzjagd im Blauen System	–	HC 39	160-7
Die Doppelgänger	–	HC 40	187-4

ATLAN X		ISBN 978-3-89064-	
Lotse im Sandmeer	Hans Kneifel	Kreta 1	188-1
Insel der Winde	Hans Kneifel	Kreta 2	195-9
Das schwarze Schiff	Hans Kneifel	Kreta 3	196-6
Die Prophezeiung von Saïs	Hans Kneifel	Tamaran 1	820-0
Sternenfall der Goldenen	Christian Montillon	Tamaran 2	821-7
Das Urteil des Drachenbaumes	Herren/Mathiak	Tamaran 3	822-4

ATLAN		ISBN 978-3-89064-	
Totentaucher	Wim Vandemaan	Lepso 1	486-8
Die acht Namenlosen	Christian Montillon	Lepso 2	487-5
Befreiung in Camouflage	Michael M. Thurner	Lepso 3	488-2
Die Psi-Kämpferin	Achim Mehnert	Rudyn 1	171-3
Das Sphärenrad	Rüdiger Schäfer	Rudyn 2	172-0
Acht Tage Ewigkeit	Michael H. Buchholz	Rudyn 2	173-7
Das Relikt der Macht	Hans Kneifel	Illochim 1	174-4

Im Bann der Gatusain	Achim Mehnert	Illochim 2	175-1
Der Traum des Navigators	Rüdiger Schäfer	Illochim 3	176-8
Rico	Arndt Ellmer	Roman	177-5
Planet der Silberherren	Uwe Anton	Monolith 1	178-2
Todeszone Zartiryt	Rüdiger Schäfer	Monolith 2	179-9
Echo der Verlorenen	Hans Kneifel	Monolith 3	184-3
Der Silbermann	Marc A. Herren	Monolith 4	185-0
Ceres am Abgrund	Manfred H. Rückert	Monolith 5	186-7
Sprung ins Jenseits	Achim Mehnert	Monolith 6	187-4
Rhaens Ruf	Rüdiger Schäfer	Höllenwelt 1	197-3
Das Erwachen	Achim Mehnert	Höllenwelt 2	198-0
Dämmerung über Höllenwelt	Hans Kneifel	Höllenwelt 3	199-7
Im Schutz des Paladin	Rüdiger Schäfer	Marasin 1	065-5
Tschirque, der Kreuzwächter	Achim Mehnert	Marasin 2	066-2
Die zerschnittene Welt	Rüdiger Schäfer	Marasin 3	067-9
Taucher im Lavastrom	Oliver Fröhlich	Sternensplit. 1	077-8
Das Flexion	Bernhard Kempen	Sternensplit. 2	078-5
Geheimplan Quinto-Center	Michelle Stern	Sternensplit. 3	079-2
		ISBN 978-3-86889-	
Die geträumte Welt	Achim Mehnert	Polychora 1	168-3
Kommandofehler	Rüdiger Schäfer	Polychora 2	170-6
Versprengte der Unendlichkeit	Dennis Mathiak	Polychora 3	186-7

BATTLETECH		ISBN 978-3-89064-	
Wahnsinn & Methode	Michael Diel	1. Roman	592-6
Clangründer: Abkehr	Randall N. Bills	2. Roman	596-4
Das Schwert und der Dolch	Ardath Mayhar	3. Roman	425-7
Über dem Gesetz	Michael Diel	4. Roman	517-9
Clangründer: Traum	Randall N. Bills	5. Roman	597-1
Die Albatros-Akte	Reinhold H. Mai	6. Roman	526-1
Warrior: En Garde	Michael A. Stackpole	7. Roman	545-2
Warrior: Riposte	Michael A. Stackpole	8. Roman	546-9
Warrior: Coupé	Michael A. Stackpole	9. Roman	547-6
Früchte voll Bitterkeit	Ritter & Schreiber	10. Roman	458-5
Katze unter Bären	Arous Brocken	11. Roman	490-5
Clanwächter	Arous Brocken	12. Roman	491-2
In Ungnade	Chris Hartford	13. Roman	475-2
Mission Kiamba	Arous Brocken	14. Roman	493-6

En Passant	Michael Diel	15. Roman	479-0
Duo Infernale	Carolina Möbis	16. Roman	498-1
Karma	Bernard Craw	17. Roman	454-7
Royal Flush	Carolina Möbis	18. Roman	620-6
		ISBN 978-3-86889-	
Wiege der Basilisken	Reinhold H. Mai	19. Roman	153-9
Präludium	Bernard Craw	20. Roman	164-5
Zorn	Bernard Craw	21. Roman	165-2

MECHWARRIOR: DARK AGE		ISBN 978-3-86889-	
Die Zweifel des Ketzers	Randall N. Bills	17. Roman	162-1
Festung Republik	Loren L. Coleman	18. Roman	163-8
Blut-Avatar	Ilsa J. Bick	19. Roman	169-0

HARDCOVER		ISBN 978-3-89064-	
Die »Eis und Feuer«-Saga:			
Eisenthron	George R. R. Martin	1. Roman	532-2
Königsfehde	George R. R. Martin	2. Roman	533-9
Schwertgewitter	George R. R. Martin	3. Roman	534-6
Krähenfest	George R. R. Martin	4. Roman	535-3

WEITERE TITEL		
Die vergessene Schlacht	André Wiesler	ISBN 978-3-86889-066-2
Wo die Tiefen Wesen wohnen	Kenneth Hite	ISBN 978-3-940424-78-5

Dies ist eine Bibliographie und kein Verzeichnis lieferbarer Titel.
Es ist leider nicht möglich, alle Titel vorrätig zu halten.
Sollten Sie Fragen haben, kontaktieren Sie uns bitte unter

Ulisses Spiele GmbH
Industriestr. 11, 65529 Waldems Steinfischbach,
www.ulisses-spiele.de